执著于文本的批评

郭洪雷 著

人民出版社

本研究获得以下项目资助：

教育部人文社会科学研究一般项目 (12YJA751017)

福建省社会科学规划项目一般项目 (2011B104)

序

　　中文系的本科生,全部从旗山迁回仓山老校区了。当初迁往新校区,舍不得老校区;现在对新校区却又有些留恋了。福州素有"左旗右鼓"之称,鼓,即鼓山;旗,就是旗山,旗山在乌龙江南岸。如果不是太赶时间,上课前早个二十来分钟到达新校区,恰好碰上空山雨后,青山如洗,白云绕舞,"逶迤飞动,如旗之风靡",此即旗山也! 一时神情大为清爽。就人文言之,溪源江水紧贴校园而过,沿溪上溯,有溪源宫。乌龙江岸,有旧侯官市,"庙踞鼋鼍石,神依土木丛";"日泻帆光澹,江澄塔影寒",遗迹犹然可寻。明朝林春泽,居旗山北屿,历成、弘、正、嘉、隆、万六朝,正德进士,活了一百又四岁,有集曰《人瑞集》,子嗣后人,多有文名且长寿;瓜瓞连绵,五六百年来,水西林一直聚族而居。

　　老校区,又称仓山校区。仓山,即藤山,古名瓜藤山,后贩盐者割为私仓,遂称仓山,其名沿用至今。藤山,在闽江南岸,西起上渡,东至中洲,连绵五里,以其地多种瓜,瓜有藤,故名。藤山北岭,旧有天宁寺,南宋李纲谪居于寺之松风堂。明代藤山人周仕阶,嘉靖举人,仰慕李纲为人,自号天宁居士,其诗集名《周天宁先生诗选》。其子之夔,崇祯进士,重修松风堂,入清不仕,有《弃草集》。藤山北望,一水之隔,有晚清林纾的苍霞精舍。藤山南麓,旧时岁杪,郡人载酒来游,人称梅坞。"藤山梅万树,冬尽一齐开";"十里花为市,千家玉作林",此明代文人咏藤山梅之诗也。福州开埠之后,梅坞徒存其名,代之而起的是教堂错绣,领事馆比肩而立,"千门万户,抗云蔽日,塔如、厨如、青白缭错而下"。民初,国民政府前主席林森先生曾就读于英华学校,风风雨雨,如今林公馆修缮一新,青砖瓦舍,掩映于高楼之中,也是藤山的一道风景。

　　予生也晚,不及亲历 20 世纪 50 年代的院校调整,自然也没有见到福建师范学院在藤山山麓挂牌的盛况。青砖学生宿舍,地板嘎吱作响的筒子楼,通往音乐系的小木屋,遗世独立似的教工之家,短道游泳池,已经无处寻觅。毕业几十年的校友回到母校,总是千方百计想在校园中寻找过去的那些记忆,你可以指着两座八层楼高的研究生宿舍对他说,这个地方就是您住的青砖楼,还是叫十四、十五号楼,记忆与现实,两者之间还有着些许的联系;但是,当您兴冲冲去寻找短道泳池,路径找不到了,即使有识途的老马领着您去指认,面对建筑群,您只能茫茫然不知说啥是好。

　　建筑传统可能有中断,这对一所学校似乎关系不是特别大。况且,老校区的标志性建筑,如老华南建筑群还在,老音乐系建筑群也还在。比起建筑,一所大学、一个院系,文化学术传统的承传要重要得多。福建师范大学文学院,近期集中推出三套丛书,其中两套分别以两位学科奠基人,也是建国以来的第一、第二任系主任黄寿祺先生、俞元桂先生的斋名——六庵、桂堂命名,用意了然;另一套取名“藤山”,似也有看重文化积淀、学术承传之意。

　　黄寿祺先生、俞元桂先生的道德文章,其他两套书的序言都有精辟介绍,兹不赘。说起老中文系的旧事,我曾经在《听彭一万讲五十年前事》略有述及,彭先生知道的比我多,体会也比我深刻。我这里要补充的是一件旧事,一件近事。

　　十五年前,我编光泽高澍然《抑快轩文集》,偶然接触到黄曾樾教授(1898—1966)的生平著述。20 世纪 20 年代,黄先生在福州文儒坊拜石遗老人为师,治诗古文,石遗老人每有讲授,黄先生退而录之,结为《谈艺录》一书出版,30 年代中华书局已经印了 3 版。石遗老人论闽古文家,首推朱仕琇,高澍然次之。朱氏有《梅崖居士文集》传世,而高氏古文尚无刻本。黄先生不忘师训,十多年间,不断搜集高澍然古文 160 多篇。黄先生在法国里昂大学获得哲学博士学位回国,1943 年,福建省政府迁至永安,黄先生供职驿政,也到了永安。日机空袭山城,“每遇警报,挟册而行”,就是说,每当空袭,黄先生随身带的就是他搜集到的高氏之文。黄先生又想,万一躲不过空袭,人亡稿毁,挟册而行,并非上策。先生遂于 1944 年将高氏古文编成《抑快轩文集》上下两卷,自费在永安印行,公诸于世。

　　一件近事,前年,福建文史馆馆长卢美松先生同时馈赠两部文集。一部是包树棠先生的《汀州艺文志》(方志出版社 2010 年版),另一部是郑宝谦先生的《福建省旧方志综录》（福建人民出版社2010年版）。两位先生都曾任教于福建师范大学或它的前身福建师范学院中文系。两书都有卢馆长作的《序》。

包树棠（1900—1981），福建上杭人。著《汀州艺文志》，六十万字，为研究汀州文化、艺文不可或缺的著作。包先生早年毕业于厦门大学国文系代办之集美国学专门学校，建国之后为福建师范大学中文系教授，直至退休。《汀州艺文志》动手于1925年，完成于1930年，为其少作，除了《自序》一文发表在1930年《厦大周刊》上，全书生前未曾刊布。

郑宝谦（1938—2014），福建福州人。郑先生先就读于厦门大学化学系，后转入外文系，先后任教于福建农学院、华侨大学，1973年之后到福建师范大学任教。大家知道郑先生曾任教于历史系，然而，据《福建省旧方志综录》作者介绍，先生还曾在中文系任过教，看到这一介绍，让人汗颜，我们对中文系的历史了解实在太少。《福建省旧方志综录》皇皇一百四十万字，其学术价值，金云铭、黄寿祺、熊德基诸前辈言之详矣。《福建省旧方志综录》出版不到四年，郑先生今夏在孤独中溘然长逝，不觉为之唏嘘。

这两件旧事、近事，都和中文系的学术传统有关。黄曾樾先生获得国外博士学位之后，仍然不忘师训，一直念叨着他的老师，继续搜集研究高澍然的古文，难能可贵。老师所说的话，不一定都对，学生固然可以另辟蹊径，但是老师有益的教诲，学生可能会受用一辈子，我自己便很有体会。包树棠教授，毕业于"国专"，在强调学历学位的今天，"国专"，算什么层次？其实，身份不一定都那么重要，《汀州艺文志》1930年完成，2010年出版，书稿完成时包先生还是一位年轻学人。时光已经走过了八十年，出版距离先生谢世也已经三十年！一部浮浮躁躁而产生的所谓著作，有如此强大的生命力吗？郑先生的生活是孤独的，学术也是孤独的。《福建省旧方志综录》的作者介绍，没有职称，似有为智者"藏拙"之嫌，其实公开介绍郑先生是副教授，又有何妨？一位副教授，用二三十年的时间，写出可以传诸于后人的著作，我们这些有幸忝列教授行列的教师，难道不应该更加努力，在学术上更高地要求自己，免得后人指指戳戳吗？

收入本套丛书的作者有：黄黎星、余岱宗、陈卫、吕若涵、郭洪雷、郗文倩、刘海燕、雷文学等，他们的年龄都在四十边到五十之间，都具有博士学位、高职称。本丛书的作者都是我的朋友，当我一一写出他们的名字时，他们的音容笑貌跃然于我的眼前。比起刚毕业不久的博士,他们的学术已经成熟,有比较丰富的积累;比起六十边上或更老的"老教师",他们则更有活力和创造力,思维敏捷,出手快。他们是文学院各学科的中坚,承上启下;文学院的将来,首先靠的也是他们。文学院一下推出三套丛书,可能是出于作者归类的方便。何况,我上文说过,教授的论著,不一定就一定比副教授高明;同样,不是博导的教师,也可能写出比博导好的论著。收入这套丛书的著作,我虽然未能全部读完,但可以肯定,大家都非常优秀,在各自研究的领域已经做出成绩。随手举一个例子,郗文倩著作中"鱼龙曼戏"一章,即便我能写得出来,恐怕也不会如此精彩。文倩研究的领域我比较熟悉,故举以为例;其他几位的著作,也许更为突出也未可知。我强调遵从师训、学术承传,但也相信,中青年学人,一定会做得比前人、比老师更好,这样,学术才会进步。

本丛书的作者,都已经不是只出过第一本书的"新人"了,收入这套丛书的著作可能是他们的第二本、第三甚至第四本了,长足的进步,说明文学院很有希望。2012 年,中国内地出版的新书达 40 万种之多, 2013 年 44 万种,在出版如此繁荣的状况下,一本新书要超凡出众并不是一件很容易的事。包树棠先生的《汀州艺文志》、郑宝谦先生的《福建省旧方志综录》都足以传世。本丛书的作者(当然还有我自己)都得严肃面对这样一个问题,我们什么时候可以写出一部传世之作? 包先生的《汀州艺文志》是在完成八十年之后才得以出版的。比起包先生,我们幸运得多,出本书似乎不是太难,但是,八十年之后,人们是否还能记得我们今天出版的这部书? 假如有人读我们这部书,会有什么反映和评价? 我想,如果这套丛书有若干种足以传世,还能得到读者的肯定和较好的评价,那么我的序也就可以附之而不朽了,甚幸!

汉代,藤山草莱未辟,直到晚唐,此地方有民居。如今间阎扑地,歌吹沸天,已为福州一大奥区。文学院将本丛书名为《藤山述林》,如前所述,取名很有文化意蕴。文学院本科生都从旗山迁回来了,假如本科生不回迁,却把研究生也迁过去,丛书该叫什么名字? 如果让我说,那就叫"旗山述林"吧! 谁又能保证,文学院不会再有迁往旗山的那一天? 其实,旗山也很不错,那里空气好,山青水绿。

陈庆元

公元 2014 年 8 月 24 日于藤山华庐

抄书代序

歌德《〈雅典神殿入口〉发刊词》：

> 人的形体仅仅通过观察它的表面是无法了解的，因为它是作为一个美妙的不可分割的整体在我们面前波浪起伏地活生生地进行运动的。因此，要真正看到并模仿出人的形体这个运动的整体，那就必须揭示出它最内在的东西，分离它的各个部分，注意到这些部分之间的联系，识别出它们之间的区别，熟悉作用和反作用，铭记现象中隐蔽的、静止不动的、基础性的东西。只是观察一个生命体的表面现象会使观察者莫衷一是，因而在这里，也像在其他场合一样，可以把这句格言挂在墙上：只有知道了的东西，才能看到！

不求甚解地看，"人的形体"略通于文本。如果"文如其人"、"风格即人"这样的说法还能成立，还能为人所接受，那么，歌德这段话对我就是一种启示：执著于文本就是执著于"人"。文本和人一样复杂，我们必须注重它的构成方式，在开启、闭合之间抵达文本深处，形成理解，获得启悟。为此，批评者应找到属于自己的路径。否则，无法有效进入，所谓"灵魂的冒险"，更是无从谈起。

洪迈《容斋随笔·六十四种恶口》：

> 《大集经》载六十四种恶口之业，曰粗语、软语、非时语、妄语、漏语、大语、高语、轻语、破语、不了语、散语、低语、仰语、错语、恶语、畏语、吃语、诤语、谄语、诳语、恼语、怯语、邪语、罪语、哑语、入语、烧语、地语、狱语、虚语、慢语、不爱语、说罪咎语、失语、别离语、利害语、两舌语、无义语、无护语、喜语、狂语、杀语、害语、系语、闲语、缚语、打语、歌语、非法语、自赞叹语、说他过语、说三宝语。

数了一下，这里实际记录了五十二种恶口。批评是说话，无论面对的是作者还是读者。在我理解，上面所录诸种"恶口"更像是一面面镜子。在当下文坛，除非不说话，否则难免不从几面镜子里照见自己。"拔舌地狱"之有无不可知，可以不管，专就文学批评而言，"有则改之，无则加勉"是一种诚恳的态度。

《庄子·养生主》：

> 彼节者有间，而刀刃者无厚；以无厚入有间，恢恢乎其于游刃必有余地矣。是以十九年而刀刃若新发于硎。虽然，每至于族，吾见其难为，怵然为戒，视为止，行为迟。动刀甚微，謋然已解，牛不知其死也，如土委地。提刀而立，为之四顾，为之踌躇满志，善刀而藏之。

有点烂俗，仍旧抄在这里。虽不能至，心向往之。

目 录
C O N T E N T S

第一辑

"向死而生"的理由

——对格非小说《戒指花》的一种解读

世间之事,虽有雅俗之分,然其道不乖。

小时候看奶奶们做鞋子,用的是袼褙。袼褙的做法非常简单,人们把没用的旧布头或旧衣服拆下来的布片,用浆糊糊在门板或窗板上,三层五层不等,晾干后就做成了。一般三两年糊一次,一糊就是五六张,揭下来后硬邦邦的,结实得很。观看凉袼褙的门板、窗板,一块块大大小小的布片拼接在一起,红的、黑的、绿的、蓝的、灰的、花的。那效果,只有长大后看到蒙德里安的画时才知道叫"冷抽象"。蒙氏技巧所以被称为"冷抽象",是因为那些被坚硬地分割的色块和黑色的框子,反映了他对人类生活现实冷峻的思考和感悟。就此而言,《戒指花》前半段的文本构成,与袼褙和蒙德里安作品的视觉效果,有异曲同工之妙。

一

文本构成,是指文本中不同话语类型的组合方式。有的简单,有的复杂。文本构成的形式意味,显示着不同作者对写作行为和现实生活的不同理解,它服务于文本的修辞目的。

《戒指花》的前半段由不同信息文本碎片"冷拼"而成:"96岁耄耋老者奸杀18岁花季少女"的网上新闻报道;情人间充满色情挑逗的短信;网友们放言无忌的贴子;性心理专家和网友的在线交谈;"巩俐自杀身亡"的报纸新闻;作为背景出现的巨型广告牌等等,加上哀伤的歌词,在绵绵不断的细雨中,被主人公丁小曼的采访、潜意识的心理活动"链接"在一起,织成了一张巨网,悬浮在人们头上。这一切构成了所谓人类"信息化生存"的图景。在这里,欲望这块"贱金属"被充分氧化,"肚脐眼下面那道疤"、"我Kao"、"TMD"、"发情的母狗"、被阉的司马迁、"这么潮,这么长"、"伟哥"、"海绵体"、"脑丘体"这些语言碎片,在欲望的汁液中浸泡、发酵,"人民的喉舌"变异成欲望机器。正如"蜘蛛"这一意象给人的感觉一样,信息碎片织就的巨网,既能使人们尽情宣泄,肆无忌惮,沉醉狂欢,适意逍遥,也能使人作茧自缚,堕入深渊,无望挣扎,在耗尽感中走向生命的"热寂"状态。鲍德里亚将这种状态称之为"超现实"(hyperrealism)。他坚持认为,"超现实"就是我们的现实。当代传媒使我们寓身其间,信息传媒成为当今文化调动主体的主要手段,在它的作用下,现实本身就是"超现实"的,整个日常生活的现实都并入到"超现实"的模拟纬度。我们无往而不生活在现实的幻想中。格非通过信息文本碎片的拼接,为我们"剪辑"了这种"超现实"欲望幻象。

欲望,使《戒指花》前半段获得了最原始的叙事驱动力。"96岁耄耋老者奸杀18岁花季少女"无疑是格非设置的耸人听闻的悬念或"圈套",丁小曼费尽周折,为"两万字的新闻稿"作追踪采访,由蜘蛛新闻网、诺亚网、《淮阳晚报》、《星星都市报》,最终拨通业余记者电话,电话接通的竟然是一台电脑:"你好,这里是省农机公司……"峭拔的反讽不仅是一种修辞手段,而且还亮出了作者对现实的基本态度。

反讽达到了对现实比喻性描述的极限。它不仅是一种态度,而且是社会文化发展到一定阶段的语言表征,"那时的语言本身成了反映对象,已经认识到语言不能充分再现客体。反讽语言的前提是从意识到捏造、谎言和伪装的可能性"[①]。在《戒指花》的前半段,信息碎片构成了对现实

[①]　[美]海登·怀特:《后现代历史叙事学》,中国社会科学出版社2003年版,第205页。

和生命的遮蔽。要想祛蔽,拯救堕落的语言,反讽几乎成为格非唯一可以选择的修辞姿态。因为只有在反讽中,我们才有可能重新把握现实和生命的进程。在《戒指花》中,一种现实批判精神和文化反省意识,出现在格非小说叙事之中。

二

在《褐色鸟群》中,那个叫棋的女人曾对格非说:"你的故事始终是一个圆圈,它在展开情节的同时,也意味着重复。只要你高兴,你就可以永远讲下去。"在他的小说面前,读者成了"套中人"。

的确,读格非的小说,就像遇上了"鬼打墙"。民间所谓的"鬼打墙",是指夜行人遇鬼,怎么也走不出鬼们打下的无形的坝墙,走来走去又回到老地方。直到天明鸡叫,鬼魂隐去,行走疲惫的夜行人才有望得救。但格非从未在他的小说中,让读者听到意味着拯救的"鸡鸣"。格非的小说叙事对此非常迷恋。在他以前的小说叙事中,读者见到了一种智力运作。阅读他的小说,读者感到文本的所指在不断滑动,不得不玩命地追踪、拼接,最终被弄得筋疲力尽,在智力的虚脱中,感受阅读的欣悦。"96 岁耄耋老者奸杀 18 岁花季少女"是格非向丁小曼,也是向读者,抛出的又一个"圈套",一个欲望的"圈套",是对欲望和性的一种极限挑战和体验。然而,它却令人丧气地在信息碎片中消散,像烟圈一样,瞬间成型,瞬间灰飞烟灭。

但是,以往在格非的"圈套"中,没给现实留下位置。格非小说的情节往往寓于"圈套"之中,而他的"圈套",要么是传说中的疑团,要么是历史的迷雾,要么就是灰色记忆的错位。格非自信地说过,小说中的"事情","完全依赖于我的叙事规则"。他所以还要讲故事,是因为故事触及到他内心深处极其隐秘的角落,令他不吐不快。

在《褐色鸟群》中,格非的叙事动力来源于那个神秘的女人棋的追问,在她的追问下,他吐出一串串的"烟圈"。而在《戒指花》中,情节则"踏踏实实"地成为了丁小曼的"遭遇"。格非虽然依然故我,定要在叙事中放些手段出来,但自始至终,那个瘦弱的小男孩,唱着哀伤凄美的歌,浮动于信息

碎片堆积的文本之间,让读者听到了来自沉重的现实世界的声音:

> 我不能唱歌给你听,我一唱歌就要流眼泪
>
> 我不能让你看我的脸,你一看我我就要流眼泪
>
> 还是让我给你摘一朵野花吧……那是戒指花呀
>
> 那是洁白漂亮的戒指花
>
> 它是妈妈的眼泪,它是妈妈的心
>
> 它是戒指花

小男孩的歌声,那又黑又亮的眼睛,安静地颠覆着信息与欲望的"圈套"。"世界"的意义在眼泪中被"刷新"着。

苦难与死亡是文学的永恒主题。面对同样的主题,《戒指花》的处理方式,让人们再次看到了格非敏锐的艺术感觉和富于智性的叙事技巧。就整篇作品而言,丁小曼无疑是叙事的主视角,以记者采访营构全篇并没有什么出奇之处。格非的过人之处在于,作品的后半段,小男孩"又黑又亮的眼睛",沉静地审视苦难与死亡,成为了叙事中不可或缺的辅助视角。这一视角,在前半段并未引起人们的注意。当丁小曼问到妈妈时,小男孩充满稚气地回答:"在抽屉里。"当问他这么大的雨为什么不能回家时,他反问道:"你说,什么东西可以悬在空中……"于叙事中制造神秘,是格非的一贯"习气",《戒指花》的不同在于,制造神秘是为了揭示人类现实生存的真实。当娘死爹上吊的真相大白后,格非为我们描写了一个令人震颤的场景:"401 的门开着。丁小曼一眼就看见那个小东西。他正趴在床上吃着梨或苹果,他已经吃得只剩下核了。"这里没有大悲大痛,以童稚经历苦难和死亡,并没有使哀痛掉色,而是使读者惊异地认识到,在所谓的"超现实"、欲望、性迷狂的背后,"401 的门开着"。平常的一句话,它与"401 的门开了"的意指大相径庭。死亡既不是序数,也不是基数。死亡是一个"常数"。它从未关闭,且永远开放。

死是无能和有限的终极象征。如今,当一切关于生命永恒的言说被无情的祛蔽之后,人们几乎失去了任何抵抗死亡恐惧的武器。令人更为沮丧的是,在这个价值相对的时代,人类精心培育细心呵护的绝对价值,

也正在被无情地解构、颠覆和怀疑。正因如此，美国心理学家罗洛·梅指出："在我们的时代，死亡意识受到广泛的压抑，而与此同时性却展开强大攻势——这种攻势表现在我们的幽默，我们的戏剧，我们的经济生活甚至电视广告中。"① 在小说《戒指花》里，我们再次看到了这种奇异的社会文化"镜像"。《戒指花》使我们看到，在深层社会文化心理的背后，隐藏着简单而古老的认知模式，那就是性可以使我们的种族得以延续，可以使我们自身获得不朽。在性的迷狂中，我们可以暂时忘却死亡的恐惧。生殖的象征，成为我们战胜死亡恐惧最现成的方式。哪里有死亡意识的压抑，哪里就有性的偏执。"96 岁耄耋老者奸杀 18 岁花季少女"的极限意义正在于此。

三

格非以往小说给读者另一印象是讲故事很"贼"。这表现在小说文本的微观处理和宏观处理两个方面。在微观方面，凡能用力处，他绝不轻易放过，哪怕是一个字一个词，也一定要做足文章。在《戒指花》中，这一点表现在人物的命名、数字，以及富有象征意味的物品上。那个"引爆"性力，德高望重，已过耳顺之年 96 岁的老爷爷，名叫高德顺；那个欲望的"调酒师"，姓与孔圣人"孔丘"的名发音相同，心怀道德律令的《新闻周刊》主编，名叫邱怀德……然而，在"超现实"的信息化、欲望化生存中，"道德"已经是徒有其名了；小男孩塑料袋中装着 47 块两毛钱，加上他手里的那枚硬币，正好 48 块两毛；小男孩家住 401。死亡的影子在数字符号中时隐时现。还有那枚硬币，格非小说中的硬币肯定"不同凡响"。读到这些细节，让人想起了那句老话："江山易改，禀性难移"。

我们感觉《戒指花》不一样了，究竟不一样在哪里呢？

格非把这种不一样藏起来了。把它藏在一首诗中，藏在小说文本的宏观处理中，藏在宏观处理的形式意味中。那首诗是博尔赫斯的《雨》，收在

---

① ［美］罗洛·梅:《爱与意志》,国际文化出版公司 1987 年版,第 109 页。

他 1960 年的诗集《诗人》中。格非又把《雨》融化在《戒指花》里,凡《戒指花》中描写雨的大号字句,串起来就是《雨》,且顺序不变。原诗抄录如下:

> 突然间黄昏变得明亮
> 因为此刻正有细雨落下。
> 或曾经落下。下雨
> 无疑是在过去发生的一件事。
>
> 谁听见雨落下,谁就回想起
> 那个时候,幸福的命运向她呈现了
> 一朵叫玫瑰的花
> 和它那奇妙,鲜红的色彩。
>
> 这蒙住了窗玻璃的细雨
> 必将在被遗弃的郊外
> 在某个不复存在的庭园里洗亮
> 架上的黑葡萄,潮湿的暮色
> 带给我一个声音,我渴望的声音,
> 我的父亲回来了,他没有死去。

捅破这层"窗户纸",就为我们澄清了《戒指花》文本解读中的一系列问题。

格非偷偷地向描写"超现实"、性、欲望与死亡的小说中"播撒"诗,使我们再次想起了蒙德里安作品的视觉效果。象征现实生活世界的各种明亮的暖色,被压制在象征死亡的标准黑色方框内。世界可以变换,但最终难逃死亡的统治,这就是"冷抽象"的蕴含。《戒指花》文本中不时冒出的大号字句,由两部分组成,博尔赫斯的诗《雨》和作为性与欲望表征的信息碎片,它们共同构成了《戒指花》的"骨骼"。那个故事,只不过是"骨骼"长出的"肉"。《戒指花》文本的宏观处理使我们看到,现实生活世界的"框架",最起码有一半充满了"诗"意的暖色。在《戒指花》的文本世界中,"诗"与"欲"进行着争夺和搏击,它们都想为现实世界和生命"着色"。

是《雨》,为《戒指花》送来了那期待中的呼唤:"是归来的父亲,他并没有死去。"

"诗",昭示着人类超越死亡意识可能的纬度。

是在这里,在文本的宏观处理的形式意味中,我们听到了拯救的"声音"。也是在这里,我们看到了格非与蒙德里安对世界和生命理解的不同。格非在对现实生活进行"冷加工"的同时,却悄悄地进行着"热处理"。一向前卫的格非,这一次落了俗,落入了人们用滥了的那句话:"人,诗意地栖居在大地上。"很俗但很踏实。

丁小曼是作品的主人公,你如果真的去寻找她的生活原型,你就被格非"耍"了。她是格非从《雨》中领出来的女人。《雨》"牵动了她的全部记忆,什么时候、什么地方全都想不起来了"。每当她身心疲惫之时,《雨》便浮现在她的脑际。对格非而言,"记忆就是力量",丁小曼在对《雨》的记忆中"现身"。雨者,欲也。在欲望的世界里,她和"体态丰盈、长相俏丽"的白莉莉一样,只能作为对象和客体存在。被欲望强暴的白莉莉,"嘴巴和下体被塞满了泥土";一度向欲望屈从的丁小曼,"嘴巴"失去了言说真实的权利,"身体"也被欲望所玷污。"幸福的命运向她呈现了一朵叫玫瑰的花,和它那奇妙、鲜红的色彩。可她的玫瑰凋萎了,正在腐烂。她甚至觉得自己的脑子也正在一点点地烂掉。"在《戒指花》中,女人的身体和文本一样,是争夺的战场,是诗美与性欲争夺的战场。但在"雨"的能指中,不仅仅有"欲"的向度,同时它还有滋润生命,给生命注入活力的指向。故事中的丁小曼是在做采访,但她在潜意识中是在寻找,寻找"雨"失掉了的,滋润生命的意义纬度。所以,当她听到小男孩唱的稚拙的歌,"丁小曼的心就像被针突然刺了一下"。是歌声唤起对美好季节的回忆,使她"想起那名字叫做玫瑰的鲜花,还有那姣好艳丽色泽的旖旎。"最终,她在面对生命中的苦难和死亡时,流下"咸咸的泪水",在眼泪中倾听那首诗的召唤,召唤她重归"故里"。

1981年,远在南美的博尔赫斯肯定不知道,若干年后,在中国有个写小说叫格非的人,将用自己的诗支撑一篇叫《戒指花》的小说。但冥冥中,博

尔赫斯还是用一首《哀歌》,发出了遥远的超越时空的预言:

　　　　他流下了几滴眼泪。没人看到

　　　　就连镜子也不知晓。

　　　　无需怀疑,那眼泪

　　　　是在为一切值得痛惜的事情哀悼。

（原载《名作欣赏》2005 年第 9 期）

"后塞壬时代的悲哀"

——评格非小说《隐身衣》

　　"吾所以有大患者,为吾有身。及吾无身,吾有何患?"老子这话大概是普世的,道出了人类的共通体验。人类为了解除身体忧患,世世代代都在经营自己的家园;然而,天灾人祸往往使他们的美好愿望被无情打破。这样,以想象的方式安托自己的"身体",也就成了人类普遍的精神现象。它可以是"乌托邦"、"桃花源"、"大同世界"……要说的是,"身体"感受是个人的,集体忧患终非个体焦虑,这也就能够使我们理解,为什么各民族的神话和传说从来不乏隐身故事。这些故事所叙者无非是隐身衣、隐身草、隐身药水或隐身术,无论神奇抑或愚妄,它们都是个体生命忧患的精神投射。格非小说《隐身衣》虽未直接叙写隐身故事,但他携带着"江南三部曲"对"乌托邦"历史的诗性缅思,以巴洛克式的叙述风格,以看似"卑微"实则贵族化的叙述语调,让读者深深体验到当今时代中国人的忧患与焦虑。格非的过人之处在于:他并未对肮脏而又混乱的现实表达自己的愤怒,而是以"恋物癖"般的痴迷,将与"身"俱来的忧患、畏惧、焦虑,转换升华为一个古典音乐世界,一个发烧友的"乌托邦",引领读者沉浸其中,在沉浸中咀嚼我们内心深处的焦灼、破败和隐痛。

一

说到《隐身衣》，人们自然会想到《春尽江南》。表面看，前者是后者的延续，是格非社会、文化批判的意犹未尽之作。如果说后者是一部"怪现状"，作者透过律师庞家玉和诗人谭端午的眼睛，写尽这个社会所充斥的"蛇虫鼠蚁"、"豺狼虎豹"、"魑魅魍魉"；那么前者更像是一部"老残"故事：以第一人称方式，叙写一个无用、失败的社会"边缘人"，充满焦虑和恐惧的残破生活。可以说，小说《隐身衣》中的诸多头绪在《春尽江南》中均可找到："隐身"意向在家玉的遗言中已然出现；"玉芬—神秘女人"的人物构成方式，在"秀蓉—家玉"身上已初露端倪；诗人谭端午和专门制作胆机的"我"是精神上的"连体"兄弟，都是《春尽江南》中冯延鹤所说的"失败者"，"无用的人"……二者的不同在于：《春尽江南》的主人公秀蓉一旦出离"隐身"状态，更名换姓，变身为在"肮脏"、"纷乱"的世界中搏击的女人家玉，哪怕动用包括身体在内的所有资源，等待她的只能是破灭和死亡。家玉的努力，与其说是"打拼"，是"搏击"，还不如说是挣命，是一种不折不扣的"挣扎"；而在《隐身衣》中，"我"隐忍内敛，甘心躲在阴暗的角落里，过着自得其乐的"隐身人"生活。虽然娇妻"红杏出墙"，最终离"我"而去，弄得自己上无片瓦遮身，下无立锥之地；为找一间房子，朋友怒目相向；为腾一套房子，姐弟使奸用诈……在一个出了问题的世界里，是音乐，是对古典音乐的痴迷，使"我"能够承受身体忧患和精神焦虑，最终得到拯救和解脱。即使丁采臣自杀，让"我"看到了这个社会中比黑社会"更强大、更恐怖的力量"，但"我"依然能够本着"事若求全何所乐"的生活哲学，在丑陋和混乱的世界中找到善良和美好东西，给出自己生存的理由和勇气。

当然，这种人生哲学，《春尽江南》已偶然提及。

发表时间上的前脚后脚，内容与形式上的诸多关联，使两部小说之间的关系因果分明，读者有充分理由相信，《隐身衣》是《春尽江南》的姊妹篇，是"乌托邦"诗史"江南三部曲"的余兴未尽之作，是《春尽江南》对当下社会、文化批判的"外一首"。但是，只要我们将目光稍微放远一点，将阅读视域纳入到格非小说创作的整体进程和文学活动中去，我们就会发现，《隐身衣》的创作可谓"蓄谋已久"，它是作者沉默二十年后，以小说方式所做的一次底气十足的"回答"，是格非完成对中国近现代"乌托邦"神话史诗般巡礼后，与90年代初知识分子态度与情绪的一次了断。

其实《隐身衣》中有一个真正的隐身人物，他是格非的同事、朋友，同时也是他早期小说《褐色鸟群》中的人物，他的名字叫李劼。将自己现实生活中身边人物镶嵌在幻想与现实之间，使之成为小说文本与现实之间的"连通管"，这是格非小说的惯技之一。这样的"连通管"，会使读者在阅读时产生瞬间的恍惚与晕眩，李劼不过是格非使用的最早的一条。这里所以提到李劼，是因为他与《隐身衣》的创作机缘有关。1992年10月，马原曾组织过一次对话，参加者有格非、李劼和吴亮。我们不妨摘录一些李劼的发言：

> 目前，文化正在慢慢消失，像一场噩梦。严格意义上的知识分子，恐龙一样消失。整个文化衰退了。中国已经没有文化，没有知识，没有艺术，没有文学，什么都没有了。所谓文学，我认为到1989年为止，1989年后只有王朔是一种特殊的文学，其他都不是文学。

> 比如说岳飞是谁杀的，我说是皇帝杀的。长年以来，跪在岳飞坟前的是秦桧。中国还有一个逻辑，中国人是讲打，不讲谈判。我对中国人打仗有看法，打是英雄，谈判的全是汉奸叛徒。谈成功了你也是叛徒，打败了不要紧，是英雄。我认为这个逻辑是义和团逻辑，也是非常厉害的。

> 按欧洲的文明来说，人有两种历史，一种是文明的历史，文化进化意义上的历史，包括科学、技术、理性、政治；还有一种是"生存"的历史，即便是《红楼梦》以后，有一些精彩的戏剧，像《桃花扇》，它里面用妓女杀死文人，用妓女的爱国，突出文人的变节。这是一个有趣的现象。①

读过上面文字你会觉得似曾相识，重读《隐身衣》你便会恍然大悟，李劼的确是一个"隐身人"：那内容，那语气，那80年代特有的激进情绪，甚至那不

---

① 马原：《中国作家梦》，华东师范大学出版社2007年版，第31—33页。

容置疑的反问腔调,都被格非以近乎"谑拟"的方式隐没在教授和他朋友的对话里,让人读起来觉得更加"扯淡",更加"危言耸听"、"杞人忧天"。弄清了《隐身衣》创作的现实机缘,可以帮助我们明确小说主题与历史和现实之间潜在的"对话"关系。

值得注意的是,作为参与者,格非在那次对话中始终一言未发。沉默并非无话可说,格非那时别有所想,他需要时间,他希望摆脱或者超越那股弥漫于知识界的愤激心态和败落情绪。整整二十年之后,格非终于有话要说:"一年过去了,五年过去了,二十年过去了,太阳还好端端地在天上挂着呢! 中国还是好好的,什么事都没有发生。"如果小说真的像爱伦·坡所说的那样,"整篇故事应该是为了最后一句话而创作"[①],那么,讲完故事的"我"往上提提裤腰,用自己都感觉陌生的语调,面对教授们说出胸中积蓄已久的一句话:"如果你不是特别爱吹毛求疵,凡事都要去刨根问底的话,如果你能学会睁一只眼闭一只眼,改掉怨天尤人的老毛病,你会突然发现,其实生活还是他妈的挺美好的。不是吗?"

格非小说洋味儿很足,颇具"巴洛克"风调,他喜欢在叙述中到处安插"零碎儿",看似无关紧要,实则承载着许多隐秘信息。读他的小说,你不好轻易放过这些细微的地方。就拿教授"不是吗?"那句口头语来说,好像来自李劼的那句反问,其实它另有渊源。"不是吗?"是博尔赫斯标志性的口头语,甚至可以视为博尔赫斯的话语标识。不知有意无意,"我"对那句口头语深感"厌恶",叙述中不仅屡加调侃,小说最后一句还进行了肆意的"谑仿"。这也许意味着:格非已然挣脱了某种"影响的焦虑",从"先锋"状态"破茧而出"。新世纪以来的创作实绩,特别是"江南三部曲"所呈现的"勇猛精进"的写作状态,让我们有理由相信,格非走出了对技巧的偏执,小说艺术的整体境界日趋阔达。

二

《隐身衣》是一部与音乐有关的小说:叙述者"我"以制作胆机为生,并

---

① [阿]博尔赫斯:《博尔赫斯谈诗论艺》,上海译文出版社 2008 年版,第 54 页。

且痴迷于古典音乐;小说各章均以功放、碟片、唱机、音箱、音乐家、歌曲、乐曲命名,甚至小说的人物关系、情节展开和主题升华都与音乐有着千丝万缕的联系。《春尽江南》和《隐身衣》都曾用到"毒药"这个字眼儿,它在格非那里意味着一种致命的诱惑。就艺术各门类的关系而言,音乐之于小说恰是一剂"毒药"。如何抵御音乐的诱惑,在对音乐生活的叙述中,既要使自己免于陷入小说叙述音乐化的迷思,又能使音乐成为自己小说叙述的基点和人物精神升华的归宿,这是格非不得不考虑和处理的问题。

　　说音乐是小说的"毒药"并非危言耸听,这是由音乐艺术的特点和小说的艺术追求决定的。音乐的特点在于:一方面,"耳朵一听到它,它就消失了;所产生的印象就马上刻在心上了;声音的余韵只在灵魂最深处荡漾,灵魂在它的观念性的主体地位被乐声掌握住,也转入运动的状态"①。另一方面,真正的音乐有如"一面普通镜子置于我们之前,每个直观事件折射在镜中,我们感到它立即扩展成了永恒真理的映像"②。在音乐的聆听中,我们的耳朵"宛如贴上了世界意志的心房"③。向内,能够抵达并且激荡人的灵魂;向外,可以让我们倾听整个世界,在对"直观事件"的折射中触摸到"永恒真理"。这大概是人们所能想象得到的小说艺术的极境了。

　　长期以来,许多小说家都在努力探索,试图将音乐渗透到自己的叙述之中,在"交叉"和"越界"中,搭乘音乐这部便捷的快车,让自己的小说直接抵达人类的灵魂,并折射整个世界。特别是米兰·昆德拉《小说的艺术》一书翻译过来后,他对小说中"复调"效果的申述,对自己小说框架设计中那个如符咒般的"7"的神化,对小说叙述节奏中"中速"、"小快板"、"快板"、"柔板"的精微把握……一时间不知倾倒了多少中国小说家,使他们沉溺于小说叙述的音乐化。他们也许忘记了,音乐的媒介是声音,音乐是"轻"的艺术,是通过否定空间和时间的自我否定来完成自己的。而小说的媒介是"语言",它是小说永远也摆脱不掉的"肉身";小说需要事件、情节和形象,这些都是音乐所无力提供的。我们不能仅仅艳羡于昆德拉小说追求

---

　　① 〔德〕黑格尔:《美学》第三卷上册,商务印书馆 1979 年版,第 333 页。
　　② 〔德〕尼采:《悲剧的诞生——尼采美学文选》,三联书店 1986 年版,第 74 页。
　　③ 〔德〕萨弗兰斯基:《尼采思想传记》,华东师范大学出版社 2007 年版,第 7 页。

"音乐化"所获得的形式感,却忽略了他的一再忠告:"小说的灵魂,它存在的理由,就在于说出只有小说才能说出的东西。"①

在音乐与叙述关系的处理上,格非没有过多追求叙述的音乐化,而是蹊径另辟,采用"对位法"来化解音乐这剂"毒药"。这里所谓"对位法"是指:"音响的技术体系和话语的叙述建构之间","高雅的音乐术语、曲名与现实的庸常称谓之间"的转换,并通过转换,形成小说"玄机和奥义的层叠"。②细读《隐身衣》我们会发现,格非的确在"事件"和"感受"层面,实施着或正或反的"对位"策略,以求获得音乐与叙述的某种契合。除此之外,在情节结构、叙述语调两个方面,格非也在极力释放着音乐所提供的可能。

《隐身衣》篇幅不长,只有六万字,是标准的中篇,可是我们感觉它的容量更像一部长篇,这个"出了问题的世界"的方方面面,在小说中不仅被触及,而且得到了充分展示。作者这里显然在利用"我"的职业身份——胆机制作人,与社会进行广泛接触。这样,作品在情节结构上形成了一种"蜘蛛效应":"我"在生意中所接触的各色人等,自然结成一个网络,几乎牵扯到整个社会。这里不仅有知识分子,还牵扯到商人、律师、军人、黑社会……它为作者所要实施的社会、文化和道德批判,提供了广阔空间。表面看来,这样的操作纯属偶然,与所谓的音乐性无关,但是没有这一与音乐生活紧密相关的"网络",所谓"对位法"根本无法有效实施。

《隐身衣》的叙述语调极为特殊,在"我"的叙述中,你会感受到卑微、高贵、反感和厌恶等诸多意绪的混合;如此刻意经营,在格非以往小说中殊为少见。这样的语调是由"我"的性格、职业、爱好等多重因素决定的:隐忍内敛的性格、微不足道的行业和残破的生活使"我"语带"卑微";在一个"运气是唯一的宗教"的社会里,"我"作为无用者或失败者,言语间难免透出道德上丝丝缕缕的优越感;更为重要的是,在一个充斥着盗版刘德华、张学友、蔡琴、梅艳芳、李宇春的世界里,贝多芬、莫扎特、萨蒂、德彪西……足以使"我"摆脱自惭形秽的心绪,话里话外带出对这个平庸而又恶俗的世界的

---

① [捷]米兰·昆德拉:《小说的艺术》,作家出版社 1993 年版,第 37 页。
② 欧阳江河:《格非〈隐身衣〉里的对位法则》,《新京报》2012 年 5 月 26 日。

鄙视;当"我"无法用音乐关系来理解这个肮脏、丑陋、混乱而又喧嚣的世界时,心里的直接反应自然是"反感"和"厌恶",在叙述和交谈中,也就难免流露出揶揄乃至讥讽的语调了。

三

"没有音乐,生活就是一个谬误。"尼采这句名言,不禁让笔者想起了他的一个故事。1865年2月的一天,尼采误入"欢场",一进屋就被几个丝光闪亮、薄纱蔽体、充满期待神色的身影缠住了。怎么办? 他当时肯定一"晕"。凭着本能,尼采抓到了一根"稻草"——走向一架钢琴,把它当作人群中唯一有灵魂的生物,在上面敲出几个清亮的和声,使自己脱离木然,重获自由。故事很短,但在象喻层面与《隐身衣》却是同构的。格非喜欢尼采那句名言,把它放在自己小说前面;不仅如此,格非在叙述中对音乐和音响极尽描写之能事,那种絮絮叨叨、如数家珍而又亢奋不已的书写状态,大概只有用格非自己所说的"恋物癖"一词来形容最为准确。

当然,这是格非有意为之的修辞策略。

《隐身衣》中与音乐直接相关的文字大体分两类:一是介绍性文字;二是对音乐感受和音响效果的描写;但无论是介绍还是描写,其中所反映出的情感状态都是"痴迷"的。小说给人的印象是,无论是叙述者"我",还是"有血有肉的作者"格非,都是不折不扣的"乐痴子"。

当那些奇妙的音乐从夜色中浮现出来的时候,整个世界突然安静下来,变得异常神秘。就连养在搪瓷缸子中的那两条小金鱼,居然也欢快地跃出水面,摇头甩尾,发出"啵啵"的声音。每当那个时候,你就会产生某种幻觉,误以为自己就处在这个世界最隐秘的核心。

这是"乐痴子"典型的情绪状态——沉浸。

我知道,由于系统配置的限制,这款箱子暂时没有办法发出理想的声音,就像一位美貌少女,刚刚从晨曦中醒来,尚未梳洗打扮。但那已经

> 足够了:我能感受到她那压抑不住的风韵,她的一颦一笑,她那令人销魂
> 蚀骨的魔力。

这是"乐痴子"典型的情感机制——移情。但是我们应该看到,无论"沉
浸"还是"移情",作为格非"恋物"修辞的重要维面,本质上都是一种精神
投射:将现实造成的身体忧患、精神痛苦和心理惶惑,以"移置"方式,转换
到音乐中来,使自己从"压抑"中解脱出来,并在音乐特有的"双重否定"①
中营建一个理想世界。对于我们来说,这样的"投射"并不陌生,它正是中
国传统知识分子精神路径的固有走向,每逢"兼济"抱负受阻,又不愿与卑
污的社会现实进行妥协时,他们都会情有别寄,"手挥五弦","操缦清商",
在音乐世界寻找自由的感觉,在对乐器的颂扬和描写中表达自己道德理想主
义和人格唯美主义的情怀。孔子以下历代士人的音乐生活,足以让我们看到
一部传统知识分子的心灵史。例如嵇康的《琴赋》:

> 惟椅梧之所生兮,诓峻岳之崇冈。披重壤以诞载兮,参辰极而高骧。
> 含天地之醇和兮,吸日月之休光。郁纷纭以独茂兮,飞英蕤于昊苍。夕
> 纳景于虞渊兮,旦晞干于九阳。经千载以待价兮,寂神跱而永康……

嵇康所写不过是制琴用的木头,比照格非写功放、音箱、碟片等的描写,那股
喋喋不休的劲头有过之而无不及。只不过嵇康用的是隐喻,高标自己的唯美
人格;格非多用换喻,透过音乐"器具"折射人的精神,但本质上都是一种
"投射"行为。在这方面,传统士人中最特殊的是陶渊明,他将音乐彻底符号
化、哲学化,使音乐成为自己精神的表征。史载陶渊明"性不解音,而蓄素琴
一张,弦徽不具,每朋酒之会,则抚而和之,曰:'但识琴中趣,何劳弦上音'"。
就是这位"不为五斗米折腰"的陶渊明,归隐田园后写下了《桃花源记》,
为中国人勾画了一个"不知有汉,无论魏晋"的"乌托邦"。千百年后,在传
统文化心理作用下,格非在《隐身衣》中"鬼使神差"地再一次勾画了一个
发烧友"乌托邦":

---

① ［德］黑格尔:《美学》第三卷上册,商务印书馆 1979 年版,第 331 页。

不管怎么说，发烧友的圈子，还算得上是一块纯净之地。按照我不成熟的观点，我把这一切，归因于发烧友群体高出一般人的道德修养，归因于古典音乐所带给人的陶冶作用。事情是明摆着的，在残酷的竞争把人弄得以邻为壑的今天，正是古典音乐这一特殊媒介，将那些志趣相投的人挑选出来，结成一个惺惺相惜、联系紧密的圈子，久而久之，自然形成一个信誉良好的发烧友同盟。你如果愿意把它称之为"共同体"或"乌托邦"，我也不会反对。

从这段文字不难看出：在"我"的心目中，古典音乐仿佛是上帝，他会"挑选"信众，进入"天堂"。虽然"我"所描述的"古典音乐乌托邦"，被白律师斥为"胡说八道"，但通过"莲12"那件交易，"我"还是"不可救药"地相信它的存在；甚至动辄掏枪，端着咖啡跳楼自杀的"黑老大"，在音乐感染下，就是死后还要固执地从"那边"把26万欠款打到"我"的卡上。

"乌托邦"是贯穿"江南三部曲"和《隐身衣》一个关键词。我们不要忘了，"三部曲"第一部《人面桃花》，正是从陆侃携《桃源图》神秘失踪开始的，经由《山河入梦》《春尽江南》，格非有力地颠覆和批判了革命和建设中的"乌托邦"冲动，然而吊诡的是，格非并未走出传统知识分子的精神"定式"，彻底摆脱"桃源"幻影，却以否定传统的方式回归传统，在自己所勾描的肮脏、卑污的道德"荒原"上，重新构筑了一个发烧友"乌托邦"，以"音乐"这一固有方式，成功地接续了中国知识分子道德理想主义的"神话"。在"完形心理"作用下，读者仿佛看到了一个诡异的"圆圈儿"：从《人面桃花》到《隐身衣》，四部作品所呈现出的"以头啮尾"式的格局，以直观而又隐晦的方式，昭示着中国知识分子"鬼打墙"般的精神困境和历史宿命。也就是说，有了《隐身衣》，你才可能还原一部完整的中国人的"乌托邦"心态史，感受到一种神秘而又令人恐怖的轮回，它就像《浮士德》中魔鬼梅菲斯特变成的那条黑狗，转着螺旋形大圈，身后拖着"火焰的漩涡"，向我们一步步走来。

奥德修斯还乡之路充满苦难，路过塞壬岛时必须经受女妖们歌声的考验。女妖歌声嘹亮，过往行人无不在迷醉中走向死亡。她们坐在绿茵间，身边堆满"腐烂的尸体"、"骨骸"和"风干枯萎的人皮"。奥德修斯要想倾听"塞壬的歌声",必须用蜡塞住同伴们的耳朵,让他们将自己绑在"桅杆的支架上"。令人悲哀的是,身处"后塞壬时代",社会表面平和宁静,实则暗流涌动,我们再也不可能像奥德修斯那样,寻找到一根桅杆,一个支架,用来承载我们的身体,支撑我们的精神,让生命得到庇护,心灵有所归依。我们前脚走出了"乌托邦",后脚却踏进"荒原",它是道德的、精神的,同时也是环境意义上的荒原。除非你能像"我"一样,将自己浸泡在古典音乐之中,在另类"乌托邦"中求得安宁。毕竟在它的下面,你看不到"乌托邦"周边常有的"尸体"、"骨骸"和"人皮",听不到张季元、陆秀米、姚佩佩们阴魂的哀戚和悲鸣。然而,"后塞壬时代"我们必须承受的更大的悲哀是:有一个幽灵,"乌托邦"的幽灵,在这块"荒原"上,也在我们内心深处徘徊。

（原载《延安大学学报》2014 年第 4 期,本文共同执笔人:江舟）

在"器具"中领悟生存

——评李锐农具系列小说

李锐不仅写小说,而且善于思考,敢于批判。在他的写作、思考和批判中,始终保持着一种不和流俗的姿态。在一篇文章中,他将被人们奉若神明的海德格尔称为"进攻型的精神撒娇者"[1],并指责海德格尔"二战"期间参与纵容纳粹对整个人类的犯罪,战后拒绝忏悔。不管李锐愿意不愿意,如果我们将海氏的"器具"之"思",与李锐的农具"故事"进行互文解读,虽不能保证一定有意外收获,但肯定很有意思。不过话又说回来了,如果不是真的对海德格尔"略知一二",李锐也不会下此断言。

一

海德格尔是不是一个"精神撒娇者",我们不敢多言,但有一点却是真的,海德格尔挺固执,他愣说凡·高画作《一双鞋》中的那双鞋是农妇穿的,研究者对此百思不得其解。谁穿的并不重要,重要的是这双被视为"器具"的农鞋,用海德格尔的话说,"照亮"了农民生存世界的"真理"。面对凡·高的画作,海德格尔有过一段富于想象的描述:"从鞋具磨损的内部那黑

---

① 李锐:《精神撒娇者的病例分析》,《天涯》1998 年第 1 期。

洞洞的敝口中,凝聚着劳动步履的艰辛。这硬邦邦、沉甸甸的破旧的农鞋里,聚积着那寒风陡峭中迈动在一望无际的永远单调的原野上的步履的坚韧和滞缓。皮质农鞋上沾着湿润而肥沃的泥土。暮色降临,这双鞋在田野小径上踽踽而行。在这鞋具里,回响着大地无声的召唤,显示着大地对成熟的谷物的宁静的馈赠,表征着大地在冬闲的荒芜田野里朦胧的冬眠。这器具浸透着对面包的稳靠性的无怨无艾的焦虑,以及战胜了贫困的无言的喜悦,隐含着分娩阵痛时的哆嗦,死亡临近时的战栗。这器具属于大地,它在农妇的世界里得到保存。"①一进入海德格尔的话语世界,人们都有一种"玄之又玄"的感觉,用李锐的话说:"够我们云里雾里地琢磨一辈子了"。不过,上面这段文字,看懂的人肯定不少。

同样是对农民生存世界的关注,与海德格尔的哲思相比,李锐的农具小说让人感到朴素和踏实,阅读的欣悦代替了理解和沟通的痛苦。然而,就像海德格尔的"器具"之"思"一样,李锐的农具系列小说所涉及的"器具",无论是袴镰、耱、青石碾、连枷、樵斧、锄,还是桔槔和扁担,都凝聚着他对历史的深刻理解、对农民生存状态、对人真实的生存图景的独特领会。

首先,农具是李锐理解历史的重要媒介。他在《〈厚土〉自语》中写道:"他们(农民)手里握着的镰刀,新石器时代就已经有了基本的形状;他们打场用的连枷,春秋时代就已经定型;他们铲土用的方锨,在铁器时代就已经流行;他们播种用的耧是西汉人赵过发明的;他们开耕垄上的情形和汉代画像石上的牛耕图一模一样。"②在李锐看来,农民们世世代代不断地重复着,重复了几十个世纪。在干旱贫瘠的黄土高原上,历史这两个字,就是有人叫高粱红了几千次,谷子黄了几千次。正是在农民使用农具的过程中,在农具磨损和残破的过程中,历史才渐渐得以赋形。在这一点上,李锐与海德格尔不谋而合。在海氏看来,"器具"凝聚着"世界"与"大地"的"争执"——"真理",而"真理之发生以其形形色色的方式是历史性的"。③

其次,"器具"还是海德格尔和李锐理解农民生存的共同方式。前面引

---

① [德]海德格尔:《林中路·艺术作品的起源》,上海译文出版社1997年版,第17页。
② 李锐:《〈厚土〉自语》,《上海文学》1988年第10期。
③ [德]海德格尔:《林中路·艺术作品的起源》,上海译文出版社1997年版,第13页。

述了海德格尔对那双鞋的大段描述,其实,用李锐的一件件农具置换那双鞋,我们可以得到相同甚至更多的对农民生存世界的"领会"和想象。只不过相信"叙述就是一切"的李锐,采取了"讲故事"的方式。如果将二人不同的文本放到一起进行对读,不仅可以帮助我们看清两人在认识上的契合,还可以加深我们对双方的理解。一方面,在海德格尔看来:"器具的器具存在就在其有用性之中。……田间的农妇穿着鞋,只有在这里,鞋才存在。……我们正是在使用器具的过程中实际地遇上了器具的器具因素。"① 同样,李锐的农具系列小说,也是在农具使用的"叙述"中,揭示了当下农民的生存状态。在《袴镰》中,陈有来用割玉茭的镰刀割了村长杜文革的头,农具成为了反抗权力的"武器"。在《残糖》中,"他"在糖地时糖破腿伤,回来后在自家院子里感慨万千,伤心落泪,在痛苦中倾诉自己的孤苦无助,倾诉自己对土地和农具的深厚情感。《樵斧》中的了断本是一个进城打工的农民,工伤后哭告无门,决意"不再活在他们的世道里",用随身携带的本来用于打柴辟薪的樵斧,净身为僧,最终跳崖而死。系列之五《桔槔》中的大满,凭着中学毕业学到的一点杠杆知识,模仿桔槔,发明了令人羡慕的扒车工具,一时兴奋,扒煤的铁耙被挂死在车厢上,被飞驰的列车甩到路基上摔死。另一方面,海德格尔认为,通过对以"作品"形态出现的"器具"的本质直观,使存在者"闪现在我们面前,并因而现身在场,从而成为这种存在者。"② 在李锐农具小说的文本处理上,我们也看到了相近的理解。每个故事前面,作者所引录的《王祯农书》和《中国古代农机具》上的文字和图案,是小说整个文本的有机组成部分。这样的处理,使读者对农具的"器具性"理解成为可能,在"器具性"中,农民的存在状态得到自身显现。这是一种不同于历史感的生存体验,李锐采取了近乎"看图说话"的方式,用"故事"讲述当下农民所面对的心理困境和生存焦虑——是扎根土地困守家园,还是挣脱"束缚",打破人与土地的原始和谐,走进并不属于自己的陌生"世界",在无根的状态下,最终落得要么锒铛入狱、自阉跳崖,要么像有来那样死于乱枪之下。

再有,无论是海德格尔的"器具"之思,还是李锐的农具系列小说,都为

① ［德］海德格尔:《林中路·艺术作品的起源》,上海译文出版社 1997 年版,第 16—17 页。
② 同上书,第 17 页。

我们"指引"了一个"世界"。在海德格尔看来,"用具本质上是一种'为了作……的东西'。有用、有益、合用、方便等等都是'为了作…之用'的方式。这各种各样的方式就组成了用具的整体性。在这种'为了作'的结构中有着从某种东西指向某种东西的指引"①。在"指引"的作用下,作为"用具"使用的对象和结果,"制造好的工件不仅指向它的合用性的何所用、它的成分的何所来;在简单的手工业状态下,它同时和指向了承用者和利用者。……这么看起来,随着工件一起来照面的不仅有上手的存在者,而且也有具有人的存在方式的存在者。操劳活动所制造的东西就是为人而上手的。承用者和消费者生活于其中的那个世界也随着这种存在者来照面,而那个世界同时就是我们的世界"②。这样,海德格尔以他惯用的现象学分析,通过对用具整体性的描述,为我们勾画了整个世界。而这一世界的核心,正是操劳者"上手的"——使用中的"用具"。而对于这个世界,我们并不陌生,它是我们栖于其间本真的生存世界。

表面看来,李锐的小说主要写的是农民,农民的生存状态。但其小说的深层意指始终瞄准了"人",瞄准了"人的过程",瞄准了人类的生存苦难和精神困境。在李锐的小说中,除《传说之死》《旧址》等少量作品外,大多描写的是吕梁山区的农民。但李锐自己始终拒绝将自己的创作简单地定位于"农村题材",他在《无风之树》代后记中表达得非常清楚:"这是一个关于我的故事。这是一个关于中国人的故事。最后,也是最重要的,这是一个关于人的故事。"如果说在他的《厚土》《无风之树》《万里无云》中,"吕梁山区农民"为李锐提供了一种激活或表达自身生存体验的契机和认识真实历史的角度,那么,在他的农具系列小说中,李锐以独特的文本建构,以关涉我们每一个人的"农具"为核心,继续着他对"人的过程"的书写,对人类生存苦难的思考,对人类精神困境的昭示。农具不仅是农民,而且是整个人类生存世界的基底,它凝聚了人类生存最隐秘的信息。正是这样的文本意识

---

① ［德］海德格尔:《存在与时间》(修订译本),生活·读书·新知三联书店 1999 年版,第 80 页。德文 Zeug 翻译成中文为"用具"、"器具"之意,文中依据孙周兴译《林中路》,主要采用"器具"一词,涉及陈嘉映、王庆节合译的《存在与时间》中的引文,为尊重原译,仍用"用具"。

② 同上书,第 83 页。

和对人类存在的深刻领悟,使得农具系列小说在深层意指层面赢得了充分的"寓言性"。

海德格尔通过"器具"思考着一个"世界",李锐通过"农具"叙述着一个"世界"。

二

在《袴镰》中,本来是割玉茭的镰刀却被用来割人头。所以造成"器"非所用,显然是由于农民与土地之间的和谐被权力所玷污和破坏。李锐的短篇小说,对权力向农村的渗透和统治多有揭示和表现。在这里,权力以性的优先权、救济、算工分、分粮食和派活等多种形式表现出来,有时甚至可以公然地"选贼"。面对权力,人们可以逆来顺受,可以搞"黑色幽默",但失去权力的支配后,大家又都感觉到无所适从。《袴镰》中陈有来选择镰刀来"替天行道",反抗村长杜文革,镰刀也就成为了替天行道的"武器"。当然,在"冷兵器时代",这样的反抗可能成为英雄史诗,但在"热兵器时代",只能成为带有悲剧色彩的刑事案件。

从以往的创作看,李锐非常重视情节叙述和场景描写,在情节和场景中把握细节。在他看来,所有的细节都是在历史的浊流中沉淀下来的东西,细节是对具体生命体验的表达,是每时每刻所有活着的生命所依托的东西。在《袴镰》中,李锐却在心理描写中寻找细节,将一个完成复仇使命,杀人后处于生命失重状态的人物心理,通过细节展示出来。李锐以第三人称为叙事角度,将充满细节的外在动作和行为与人物心理活动和内心感受结合起来,使人物的心理状态得到立体展示。

小说开头,袴镰和杜文革一起被放在八仙桌上,这一"动作"制造的悬念上来就抓住了读者。但叙述者并不忙于直接进入人物的内心世界,而是将人物的外在动作、身体感受、心里感觉、内心联想和完全解脱状态下视线的游移综合在一起,获得了富于穿透性的心理描写效果。

他把它们都洗干净了,袴镰和杜文革都在井边洗得干干净净的。他

> 把自己也洗干净了,那件弄脏的上衣扔在井台上了,扔的时候还犹豫了一下,等到弯下腰伸出手的那一刻,忽然明白过来自己真是一个傻瓜,忽然明白过来从现在起,不只这一件上衣穿不穿无所谓了,连眼前这个看了二十六年的花花世界都和自己一点关系也没有了。

这里既不是纯粹的心理描写,也不是纯粹的行为和动作描写;既不是纯粹的"讲述",也不是纯粹的"展示",但却达成了"混成"的修辞效果:一切动作都充分地反映了心理,一切心理都体现为动作和行为的细节。紧接着,通过"穿衣服"的自由联想,叙述者将人物的心理状态落实为具体的身体感受:

> 松了绑的身体轻飘飘的,浑身上下没有一丁点儿分量。也许是刚才的拼打消耗了太多的力气,胳膊和腿都是软酥酥的,像是有半斤老酒烧得浑身上下舒舒服服晕晕忽忽的。

同时,在这样的心理状态下,常年生活于其间,再熟悉不过的外在环境,这时也变得跳荡浮动,陌生而又鲜亮:

> 梯田里的谷子和玉茭被地堰镶嵌出一条一条斑斓的浓黄。头顶上,蓝天,白云,清风从不知道的地方晃动了秋禾辽远地刮过山野。太阳明晃晃的。明明晃晃的太阳照着眼前空无一人的原野,照着空无一人的街巷。到处都是空空荡荡的。直到这个时候他才注意到,原来今天是个大晴天。

梯田、谷子、玉茭;蓝天、白云、太阳;空旷的原野、空荡荡的街巷……每字每句描写的都是有来的日常生活"世界",但在这时候,这些熟识的景物令他觉得陌生,杀人之后彻底的解脱感,生命的失重感,使得他生存的日常环境,以近乎"惊异"的方式呈现出来,这样的景物为杀人后的有来所独有。这里一切描写景物之语,皆为透视有来内心之语。

三

就对人物内心世界的揭示而言,李锐在《残糠》中走的更远。在这里情节被淡化,耱地受伤后,"他"回到自家院子里,在左腿和肩背的疼痛中,"他"进入到"自说自话"的倾诉状态,自由联想成为了营构全篇的主体。这种叙述方式让人马上想起了《追忆似水年华》,想起了普鲁斯特对"小玛德莱娜"的那一段精彩描写。"起先我已掰了一块'小玛德莱娜'放进茶水准备泡软后食用。带着点心渣的那一勺茶碰到我的上颚,顿时使我浑身一震,我注意到我身上发生了非同小可的变化。"在一"碰"之间,流水般的岁月便在叙述者的笔下汩汩而出,为读者打开了一个失去的记忆中的世界。李锐在这里也采用了类似的手法,抓住人物在特定场景下的情绪和感觉,将"他"纯朴理想破灭后所产生的失落感,将"他"对残耱的深厚感情,将"他"对土地的精神依恋,通过自由联想、口语倾诉的方式,自然而然地表露出来。与《追忆似水年华》相比,《残耱》虽为短制,却堪称佳构。

一般而言,在现代小说中,由于叙事者与人物的统一,人们大多选择第一人称"我"作为意识流和内心独白的最佳视角。第三人称"他"由于受叙述视角的限制——叙述者与人物的分离,容易造成在心理描写上的特殊障碍。为克服这种障碍,人们采取了不同的手法。李锐在残耱的故事中,另辟蹊径,在人称和话语方式上大做文章。就像普鲁斯特用"小玛德莱娜"激活了记忆中的世界一样,李锐通过三次不同的痛感描写,展开了"他"的心理世界。"左腿上的伤还在疼,肩背上也疼。"叙述者首先以第三人称倒叙的方式,追述了"他"在耱地时受伤的经过。在这样的叙述中,叙述者与人物的区分清晰可见。如仔细阅读就会发现,在追述中,作者进行了不动声色的人称转换。

> 他就那么坐在大太阳底下,一个人哭。抽一口烟,流一阵眼泪。抽一口烟,流一阵眼泪。然后就骂自己,你狗日的又不是个婆姨家!不就是孙子孙女不在身边么?不就是清明节儿子们没回来么?没有人回来,你和老伴儿不是也把坟上了,也把纸烧了么?没有人回来,你不是也年年把庄稼种了么?你哭啥么你?六十多的人啦,越老越没出息,你狗日的真够个没意思你!……

类似的人称转换小说中多次出现。在中外小说创作中,除极个别情况,很少采用第二人称。李锐将"他"、"你"、"我"混杂使用,取得了独特的阅读效果。这种效果首先表现在叙述者与人物的统一上,或者说叙述者以更为隐秘的方式行使着自己的修辞技巧,叙述本身由"外聚焦"迅速地、不知不觉地转变为"内聚焦",这样就为叙述采用"自说自话"的话语方式提供了可能;其次,在李锐的第二人称叙事中,人物被奇妙地自我对象化,无形之中,人物内心在"你"与"他"的对话中得到了自然呈现。这样,就使巴赫金所强调的"对话性"在人物自身中得到了实现。

如果说作者在"他"的"身体之痛"中追述了受伤的经过,通过人称的转换,一个老农孤独、失落的心理,被自然地表现出来,那么,作者重新回到第三人称,叙述"他"的第二次痛感,则是不折不扣的"内心之痛"。"心里猛一阵钻心的绞疼,从心窝一直连到肩膀上,疼得牵心拽肺,疼得连气都快断了。他赶紧低下头来,闭上眼睛,把烧疼的心躲在短暂的黑暗当中。"随即,作者又将叙述视角转回到第二人称"你",通过一连串的自我倾诉,在人物的内心深处,发出了"人生如梦"、"死在梦里"的感慨和哀叹。手里攥着小树苗,想着自己使过的锨、镢、锄、镰,一股不可遏止的情感喷吐而出。这时,第三人称和第二人称已经不能满足叙述的情感需要,作者毫无顾忌,毅然转入第一人称"我",直接抒发淤塞已久的情感:

> 我就想死在梦里……我真想死在梦里……现在就死,就这么攥着这棵小树苗死。等我死了,也不松手,也不让他们把这棵小树苗从我手里拿开。就让他们把这棵小树苗和我一块放到棺材里,就让他们把我使过的家什,把我使过的锨、镢、锄、镰还有这盘散了架的耱都和我一块埋到土里……

这时,一个孤独无助的老农,满怀着对土地、家园和农具的无限依恋,寻求在自己的梦里死去的"情感之痛",深深打动了读者。由身体到心理,由心理到情感,通过流转自如的人称转换,老农充满痛苦的心理、情感世界,被巧妙地展示出来,一览无余地在呈现读者面前。

对于李锐这种"自说自话"的叙述风格,早有论者提出过批评,认为这种叙述风格"与其说是李锐的一种大胆创造,不如说是李锐在吸收农民口头语言方面还未到火候"①。从模仿的角度看,这样的批评不无道理。但李锐的创作实践和对叙述技巧的积极探索,也使我们看到了问题的另一面:关注农民的生存状态,仅仅局限于物质层面是远远不够的,特别是对当下的农民而言,这种生存状态,更多地表现为一种生存的焦虑和心理困境。面对无形的心理和情感世界,简单地语言模仿未必可靠。通过"器具",通过"器具"的使用,通过"器具"使用中展开的内心世界,去"领悟"他们的生存状态,也许是一种可能的方式。

　　写到这里,看到了李锐发表在《天涯》上的农具系列小说之六《扁担》,读到进京打工的木匠金堂被撞残双腿,用扁担和轮胎托起双腿,双手各握一块卵石,一挪一挪,悲壮地千里还乡,笔者再次想起了李锐反感的海德格尔引用过的诗句:

　　　　依于本源而居者
　　　　终难离弃原位。

也许,这就是最终的领悟。

(原载《名作欣赏》2005 年第 17 期)

---

① 郜元宝:《"自说自话"及其限度》,《文汇报》1995 年 9 月 10 日。

遥远的绝响

重读《广陵散》和《陶渊明写〈挽歌〉》，我想起了两则琴的故事。

一则故事陈翔鹤已写到，不妨掉书袋，把本事抄在这里，这是《世说新语》中最精彩的故事，可作魏晋士人潇散悲凉人生情态的传神写照。

> 嵇中散临刑东市，神气不变。索琴弹之，奏《广陵散》。曲终曰："袁孝尼曾请学此散，吾靳固不与，《广陵散》于今绝矣！"太学生三千人上书，请为师，不许。文王亦寻悔焉。

《世说新语》为志人小说代表，但就故事本身而言未免过于简略，所以人们特重刘孝标的注释，他引录了《文士传》，不仅使这则故事叙事完整，充满细节，而且对嵇康的塑造可谓神完气足：

> 《文士传》曰："吕安罹事，康诣狱以明之。钟会庭论康，曰："今皇道开明，四海风靡，边鄙无危随之民，街巷无异口之议，而康上不臣天子，下不事王侯，轻时傲世，不为物用，无益于今，有败于俗。昔太公诛华士，孔子戮少正卯，以其负才乱群惑众也。今不诛康，无以清洁王道。"于是录康闭狱，临死，而兄弟亲族咸与共别。康颜色不变，问其兄曰："向以琴来不邪？"兄曰："以来。"康取调之，为《太平引》，曲成，叹曰："太平引于

今绝也!"

其实,嵇康所弹到底是《广陵散》还是《太平引》,司马昭是否后悔,已经没有意义。人们更为看重嵇康面对死亡时的人生姿态,它是嵇康自己的选择,这样的死亡是美学化的死亡,这样的生命姿态,充满了悲凉之美。难怪后人执著考索,希望能重聆绝响。就连金庸《笑傲江湖》也要接叙"神话",让向左使挖坟盗墓,找到令人神往的《广陵散》。

另一则故事与陶渊明相关,《陶渊明写〈挽歌〉》中没有写到。据《晋书·隐逸传》记载:

> (陶渊明)性不解音,而蓄素琴一张。弦徽不具,每朋酒之会,则抚而和之,曰:"但识琴中趣,何劳弦上声!"

陈翔鹤写这两篇小说时态度非常严谨,就连小说中人物的服饰都悉心请教当时致力古服饰研究的沈从文,作为一位学者小说家,他肯定知道这则故事,也许由于这里的记载与陶渊明《与子俨等疏》的自道相矛盾[①],所以他并没将这则精彩的故事编排到小说中。我个人觉得,如将这则琴的故事纳入小说,它与陶渊明三首《挽歌诗》相互阐发,相得益彰,定然会使小说增色不少。

不同于嵇康,在魏晋士人中陶渊明是个边缘人物。嵇康人长得漂亮,取了少帝曹奂的女儿,而且还是士林领袖,《世说新语》有关他的记载有31条之多,陶渊明连一条也没有,他的影响主要在后世,特别是《挽歌诗》《自祭文》《形影神》对生死问题富于哲学色彩的思考,让后人充分领略了魏晋士人风流通侻的人生态度。

这一时期关于琴的故事还有很多。琴艺以清静为体,淡雅为用。道、无、玄、妙为琴境极则,后人将琴之精神归结为:清、和、淡、远、静、雅、神、净、逸、简、无、灵、明、宏、深、透、俊、妙……如果细品每一个字,其背后都会映衬出嵇、陶二人的气骨风流。宗白华先生认为魏晋时期的审美精神是音乐的,其实更是琴的。琴中所沉积的寂寞之怀、孤高之性、激愤之情,无不与二人的人

---

① 陶渊明在《与子俨等疏》中称自己"少学琴书,偶爱闲静,开卷有得,便欣然忘食",这与《晋书》称其"性不解音"的记载显然矛盾。

生态度、精神风貌和个体品格相印合。在一个虚假、残酷、冰冷的世界中,他们携琴独行,守护着独立高洁的人格,追问着生命的"大道"。只不过二人的方式不同:一个是以悲凉的生命姿态,一个是以静穆的哲学玄想。

　　小说的读法很多,有人认为没有必要非得将作品置入创作时的文化语境,可以直接进入故事,这样并不影响自己对作品的理解。有些小说也许是这样,特别是一些伟大的经典,其所描写和揭示的生命中永恒的东西,在任何语境之下都会使你为之动容。但陈翔鹤的《陶渊明写〈挽歌〉》和《广陵散》不能这样读,你如果不了解它们的创作背景,不了解它们出版后作者的命运,你的阅读只能是误读,你对作品的领悟就会与一种历史感失之交臂。

　　《陶渊明写〈挽歌〉》和《广陵散》都刊登于《人民文学》,时间是1961年和1962年,不久就遭到了两波严厉的批判。第一波在1965年,有人在《文艺报》发表文章,称《陶渊明写〈挽歌〉》是"反社会主义逆流的产物",作者"把自己摆在了党和人民的对立面"。第二波出现在1966年3、4月间,当时恰逢批判"三家村"和《海瑞罢官》,人民大学一部分师生认为《陶渊明写〈挽歌〉》是反党反社会主义大毒草,他们还乱加"索隐",称《陶渊明写〈挽歌〉》是"恶毒攻击"庐山会议,主持庐山法会的惠远和尚是影射毛主席,"刘遗民"是指刘少奇,"周续之"指周恩来,此外被破棺戮尸的刘牢之将军则是影射被罢官的彭德怀。[1]其实人大一部分师生的"批判"也是一种阅读,一种特定时代的畸形阅读,这样的阅读只能置作者于死地。在其后的"文革"中,陈翔鹤受到冲击和百般侮辱,1969年4月含冤死去。其更大的写作计划也未能完成。

　　当时有人私下问作者,为什么写《陶渊明写〈挽歌〉》?陈翔鹤说:"是想表达对生死问题的一点看法。死和生是同样自然的事。现在有的老人很怕死,没有起码的唯物主义态度。而陶渊明的生死观是很豁达自然的,'死去何所道,托体同山阿'也就是归返自然。因而他当然讨厌佛家对死的煞有介事,更不相信什么西方极乐世界……"[2]在那样的环境里,陈翔鹤或许有自己的难言之隐,我觉得如果将"老人"换成"士人"或"知识分子",也许

---

① 　涂光群:《五十年文坛亲历记》,辽宁教育出版社2005年版,第222页。
② 　同上。

更能反映作者的心声。特别是我们将两篇作品放在一起阅读时，这种感觉更为强烈。其实任何一篇历史小说，其叙述的筋脉都会连通当下，即使是今天流行的戏说类作品，它也要向当下兑现些什么，无论是纸币还是刻意的解构。

在一个禁锢的时代，沉默是常态，想说话的人总是要变换方式。中国人重经验、重历史，每逢当下陷入困境，几乎本能地回头看，打捞可供借鉴的历史经验。文人也往往搜寻可供寄托的对象，于咏叹之间，一抒胸臆。《陶渊明写〈挽歌〉》和《广陵散》被称为当代历史小说的双璧，正是通过重塑嵇康、陶渊明这两个历史人物，陈翔鹤为中国当时知识分子提供了两种不同的人格范式，两种践行政治伦理的行为方式。嵇康不仅外表"风姿特秀"，而且性情孤高简傲，在人格唯美的追求中，践行着君子有所为、不得不为的政治伦理。小说也正是抓住嵇康的这一性格特征，将其自行"诣狱"，明知是深渊也要纵身一跃的承担精神刻画得淋漓尽致。陈翔鹤笔下的陶渊明既有遗世独立的一面，又颇富平民气息，在他身上人们看到了君子有所不为的伦理态度，这里也许没有"刑天舞干戚"式的金刚怒目，但有的是拒绝，拒绝矫情，拒绝媚俗，拒绝人格的卑微。

这是两篇与琴相关的小说，琴可以加深我们对小说中嵇、陶二人的理解。桓谭曾言："琴者禁也，古圣贤玩琴以养心，穷则独善其身，而不失其操，故谓之操；达则兼济天下，无不通畅，故谓之畅。"不难看出，古人对琴道的理解始终与个人的行为和操守相关。这在嵇康身上体现为比德于琴——将自己的道德与精神追求投射到对琴材的描写中。在他看来，"众器之中，琴德最优"。其所作《琴赋》极尽描写之能事，将自己唯美的人格追求在对琴的颂扬中表露无遗。正如其在赋中所慨叹："愔愔琴德，不可测兮，体清心远，邈难极兮。良质美手，遇今世兮；纷纶翕响，冠众艺兮。识音者希，孰能珍兮；能尽雅琴，惟至人兮。"这样的人格范式虽知音难求，极具纯净之美，然一旦面对残酷而充满阴谋的政治斗争，就会在瞬间破碎。当时情景下，嵇康非常清楚，自己的申辩之路是一条不归之路，而要捍卫自己的操守，只能选择死亡。我有时觉得，嵇康临刑东市的那一幕，是他的精心设计，这一设计成就了《广陵散》，使其成为千古绝响。其实后人应该明白，假如真的有一天一次偶然的考古发现使《广陵散》曲谱重见天日，重弹之后人们感受到的只能是索然和失落。《广陵散》的魅力并不在于音乐的美妙,而在于嵇康临刑弹奏的那个事件,它只属于嵇康以萧散神情面对死亡的那个时刻。《陶渊明写〈挽歌〉》并未直接涉及琴,说这篇小说与琴相关是因为陶渊明一生爱琴。以前我们只注意了陶渊明的杯中之酒,而没理会他的案上之琴。陶渊明的田园为后代士人开拓了新的生存空间,然而,没有琴书的田园对于士人而言只能是避难所,而不是可以安托生命的精神家园。其实我们只要稍加翻检,不难发现陶渊明的田园世界始终浮动着琴书的影子:

> 归去来兮,请息交以绝游。世与我而相违,复驾言兮焉求?悦亲戚之情话,乐琴书以消忧。(《归去来兮辞》)

> 衡门之下,有琴有书。
> 载弹载咏,爰得我娱。
> 岂无他好,乐是幽居。
> 朝为灌园,夕偃蓬庐。(《答庞参军》)

> 春秋代谢,有务中园,载耘载籽,乃育乃繁。欣有素牍,和以七弦……(《自祭文》)

小说中作者一再提起《自祭文》和《挽歌诗》,这些诗文充分表达了陶渊明对死亡的思考,特别是《挽歌诗》(三首),陶渊明生作死想,以死者的体验审视生者的情态,读后不尽的凄凉荒寒之感填塞胸间。而古琴最善于表达这样的生命感受。古琴散音悠长旷远,泛音的空灵清澈,变化丰富的按音、滑音、颤音、吟猱音,如泣如诉,凑人心魄。这样的音效使得古琴在文化传统中成为了凄清、幽远、荒寒审美境界的最佳表征。我想,《挽歌诗》如被谱成琴曲,陶渊明“委运自然”、“纵浪大化”的人生境界也许会得到最为适切的艺术表达。

(原载《名作欣赏》2007 年第 23 期)

别样的"身体修辞"

——对严歌苓《金陵十三钗》的修辞解读

读完《金陵十三钗》,我马上想起了《倾城之恋》,想起了那段经典文本:

> 香港的陷落成全了她。但是在这不可理喻的世界里,谁知道什么是因,什么是果?谁知道呢,也许就因为要成全她,一个大都市倾覆了。成千上万的人死去,成千上万的人痛苦着,跟着是惊天动地的大改革……流苏并不觉得她在历史上的地位有什么微妙之点。她只是笑盈盈地站起身来,将蚊烟香盘踢到桌子底下去。

追求现世安稳的张爱玲,以其特有的呢喃细语,在因果无常的乱世中,搜求着无助的个体生命的渡世之舟。就小说本身而言,这两部作品有着诸多相似,如故事背景、叙述切入历史的方式、女性视角等等,但二者的叙述动力和修辞意旨决然不同。同样是民族的苦难和屈辱,张爱玲涉身其间,身经目历,在咿咿呀呀的胡琴声中,"不尽的苍凉"之感油然而生。六七十年后,严歌苓要讲述一个南京大屠杀的故事,并希望自己的故事能够激活民族的集体记忆,那段历史反而要尖锐得多,沉重得多。张爱玲的"身经目历",可以使她的"苍凉"获得真实的基底;严歌苓的困难是,"历史"在她的故事中怎样才能得到还原?民族的苦难如何在当下的叙述中被赋形,并让读者产生切肤之痛?

严歌苓选择了身体。

一

如何呈现历史的问题,始终横在人们面前。在历史研究中,有人将历史做了进一步区分,认为所谓历史其实有两个含义:一是指社会在过去所发生的事情的总名,这个历史是静止的,它和时间没有什么关系,时间对于它并不发生影响;另一含义则是指:"历史家研究人类社会过去发生的事情,把他所研究的成果写出来,以他的研究为根据,把过去的本来的历史描绘出来,把已经过去的东西重新提到人们的眼前,这就是写的历史。"① 不难看出,对于呈现前一种历史,人们本就没抱多大希望,人们把希望寄托在书写的历史上。然而,历史书写极其复杂,意识形态的影响无所不在,写就的历史并不那么令人放心。特别是在 20 世纪 60 年代以后,语言、文字作为工具的可靠性、透明性受到怀疑,面对书写的历史,人们心里更加没底。

小说叙述毕竟不同于历史书写,虚构和想象为其赢得了充分的回旋余地,它们可以在叙述和历史之间搭建一座桥梁——形象。对于"形象"人们理解不同,在具体的小说文本中,形象的选择和塑造与作者的修辞目的紧密相关。严歌苓希望自己的故事能够让这个民族直面"令人不快的历史",使其"由强迫性失忆变为强迫性记忆,记住那些不忍回顾的历史"②。这就要求在故事中民族的苦难不仅要"有血有肉",让人"刻骨铭心",而且必须连通当下。这样,是身体而不是形象,成为了严歌苓最便当的选择:

> 我姨妈书娟是被自己的初潮惊醒的,而不是一九三七年十二月十二日南京城外的炮火声。她沿着昏暗的走廊往厕所跑去,以为那股浓浑的血腥气都来自她十四岁的身体。天还未亮,书娟一手拎着她白棉布睡袍的后摆,一手端着蜡烛,在走廊的石板地上匆匆走过。白色棉布裙摆上的一摊血,五分钟前还在她体内。就在她的宿舍和走廊尽头的厕所中

---

① 冯友兰:《中国哲学史新编》(第一册),人民出版社 1982 年版,第 1—2 页。
② 严歌苓:《失忆与记忆》,《小说月报》(原创版)2005 年第 6 期。

间,蜡烛灭了。她这才真正醒来。突然哑掉的炮声太骇人了。要过很长时间,她才从历史书里知道,她站在冰一样的地面上,手持铁质烛台的清晨有多么重大悲壮。

比较而言,张爱玲善于书写细碎的私人经验,"历史"只是影影绰绰地浮动在其小说的字里行间。在《金陵十三钗》中,严歌苓虽也借重于私人经验,不过她采用的是较婚恋更为直接的身体感受——女性独有的初潮体验。梅洛·庞蒂说:"世界的问题,可以从身体的问题开始。"其实历史也不例外,尤其是一个民族苦难和屈辱的历史,最先诉诸的就是人的肉身。如果说"我姨妈书娟"的身体为作者的叙述提供了一条抵达历史的"通道",一个适切的叙述视点,那么,豆蔻的身体则使民族的屈辱和苦难被直接赋形:

豆蔻的手脚都被绑在椅子的扶手上,人给最大程度地撕开。

这是小说中多次提及的一种身体姿态,它成为了那场野蛮屠杀中女性恐惧的直接根源,成为民族屈辱与困难的象征性姿态。

细读《金陵十三钗》不难发现,文本中堆满了"身体",其中既包括书娟朦朦胧胧中觉醒的身体,也包括窑姐们肮脏的"香香肉";既有红菱"肉滚滚的肚皮",也有玉墨胸脯显出的"两团圆乎乎的轮廓";不仅有"黛玉般"小儿女的痛经,还有妓女豆蔻"下体被撕烂,肋骨被捅断"的创痛……可以说,在这篇小说中身体无所不在,其存在既是物质性的,也是隐喻性的。这种情况在严歌苓以往的小说中非常少见。然而,就作品的整体修辞效果而言,正是在一系列的身体感受中,在身体流淌出的血迹中,历史的脉络渐趋清晰,历史的肌理依稀可见。这样的身体修辞,"使身体成为一个意义的结点,亦即刻录故事的地方,并且,使身体成为一个能指,叙述的情节和含义的一个最主要的动因"[1]。只不过,《金陵十三钗》中的"身体"所刻录的是民族的苦难、耻辱和挣扎。

---

① [美]彼得·布鲁克斯:《身体活——现代叙述中的欲望对象》,新星出版社2005年版,第7页。

二

在《金陵十三钗》中,作者提到了一个叫拉比的人,从阿多那多神父的语气判断,这个人就是拉贝,时任德国西门子公司驻中国代表,南京大屠杀期间出任南京国际安全委员会主席。1997 年,经由华裔女作家张纯如的发掘,他的日记在尘封半个世纪后得以重见天日。《拉贝日记》中文版的出版,成为了世纪末中国轰动一时的文化事件。

《拉贝日记》是一个有良知的德国人对野蛮杀戮的记录,其中最为引人注目的就是对强奸、轮奸的记载,如"十二月中旬日记"中的一段:

39)12 月 17 日有人报告说,在金陵女子文理学院对面田祥(音译)先生家的附近(第二条街),日本士兵犯下了强奸暴行。(王)

40)12 月 17 日,一名年轻姑娘在琅玡路(珞珈路 25 号对面)上被拖到一栋房子里遭强奸。(王)

41)12 月 17 日,一名年轻姑娘在司法部大楼附近遭强奸后被刺伤下身。(王)

42)12 月 17 日,一名 40 岁的妇女在仙府洼(音译)被强行拖走后遭强奸。(王)

43)12 月 17 日,在三元巷附近有两名姑娘遭多名日本士兵强奸。(王)

……

在《拉贝日记》中,特别是在十二月中旬以后的日记中,这样的记载连篇累牍,俯拾即是,强奸和轮奸仿佛成为了胜利者宣告胜利的一种"仪式"。这样的羞辱和伤害,在我们的内心深处被直接置换成愤怒和仇恨,它们成为了现代中国人集体记忆中"南京大屠杀"的核心意象。

对于《拉贝日记》出版所产生的轰动,戴锦华进行了极具女性主义倾向的解读,她认为强暴他地、他人的女人,是古往今来男性征服者用以宣告占领、昭示胜利的必需程序。而且,战争结束后,历史如果有胜利者、成功地征服者来书写,那么类似作为将被有意地遮蔽掉;如果被侵略者反败为胜,那么,它则是审判失败者时必然出示的滔天罪证。"但发人深省的是,这个横亘在我们历史记忆中心的、被强暴、蹂躏的女人,始终只能是有力、有效的见证物,而几乎从来不可能成为见证人;因为'她'在心照不宣的权力与文化的'规定'中,已先在地被书写为一具尸体,一个死者。"①

从以往创作看,严歌苓的创作不能简单地归结为"阴性书写"。我们虽不清楚《金陵十三钗》在多大程度上受到了女权主义理论的影响,但可以肯定的是,她要将女性叙述贯彻始终,将女性身体修辞播撒的文本的每一个角落;并且,她坚决地选择了性别/权力这一链条的最末端——妓女的身体,来刻录、印证这段历史,使那些已被先在地书写为"尸体"或"死者"的见证人,在民族的集体记忆中复活。

应当看到,女性身体不同于一般的身体,它是性别/权力作用的产物。在这种权力的作用下,它总是让人充满了罪恶和肮脏的感觉,尤其是妓女,她们往往成为欲望、罪恶、肮脏的化身,即使在女性叙述视角之下亦复如此。在《金陵十三钗》的开始,"我姨妈书娟"成为了叙述的聚焦者,窑姐们的身体就是在她的视线下"展示"出来的:

> 阿顾捉住了一个披肩散发的窑姐。窑姐突然白眼一翻,往阿顾怀里一倒,瘌痢斑驳的貂皮大衣滑散开来,露出里面精光的身体。阿顾老实人一个,吓得"啊呀"一声嚎起来,以为她就此成了一具艳尸。
>
> ……
>
> 我姨妈书娟惊讶地看着阿顾怎样将那蓬头女人逮住,而那女人怎样就软在了阿顾怀抱里,白光一闪,女人的身子妖形毕露,在两片黑貂皮中像流淌出来的一滩肮脏牛奶。……
>
> 局面已不可收拾。一个窑姐叫另一个窑姐扯起一面丝绒斗篷,对神父们说她昨夜逃的太慌,一路不得方便,只好在此失体统一下。说着她已经消失在斗篷后面。

---

① 戴锦华:《见证与见证人》,《读书》1999 年第 3 期。

妓女玉墨引诱了"我姨妈书娟"的父亲,因此,有着黛玉般情怀的书娟对妓女充满仇恨,对她们的身体充满鄙视和厌恶;然而,在初潮的惊恐中,书娟对自己的身体又何尝不是充满耻辱、淫邪之感:"这肉体将毫不加区分地为一切淫邪提供沃土与温床,任他们植根发芽,结出后果。"她仇视自己的身体:

> 她咬碎细牙,恨着恨着恨起了自己。书娟恨自己是因为自己居然也有楼下妓女的身子、内脏,以及这滚滚而来的肮脏热血。

严歌苓要想让那些沉默的"见证人"重新出场,去见证那段屈辱和苦难,最为直接也是最为适切的方式就是通过女性身体,通过被践踏的身体,通过冲突和战争中女性特有的身体恐惧和惊栗,让"她们"浮出民族历史记忆的海面,重新展布在小说中,展布在读者面前。这时,在民族战争的境况下,无论你是圣洁的少女,还是肮脏的妓女,无不笼罩在身体的恐惧和惊栗中。正如小说中玉笙所言:"全南京的金枝玉叶也好,良家妇女也好,婊子窑姐也好,在日本鬼子那里都一样,都是扒下裤子,两腿一掰,……"玉笙的一番话,才使那些女孩子们知道什么叫恐怖。才真正知道:

> 恐怖不止于强暴本身,而在于强暴者面前,女人们无贵无贱,一律平等。对于强暴者,知耻者和不知耻者全是一样;那最圣洁的和最肮脏的女性私处,都被一视同仁,同样对待。

我们需要进一步思考的是,在民族战争修辞中,在异族强暴者面前,女性身体为什么被"一视同仁"?

要想找到答案,我们必须从隐喻层面来理解《金陵十三钗》中的女性身体。在这里,强奸并不是简单的女人身体被男人侵犯的问题。正如斯皮瓦克(Gayatri Spivak)所指出的,在种族冲突和战争中,女人成为了一个"概念—隐喻"(concept – metaphor),它造就男人社群的团结,既是男人的"领土",又是社群内权力的行使方式。当发生冲突和战争时,双方争相糟蹋和强奸对方的女人,成为征服、凌辱对方(男人)社群的主要象征和关乎社群的具体想象。① 这些性暴力行为所涉及的男性施暴者与女受害者之间的权力关系，并不是单纯的性别政治意义上的，还是民族（种族的、民族国家的）政治意义上的。在隐喻的层面上，这些施暴者，以保护自己国家利益或民族纯洁性的名义，对他国或他民族进行侵犯的时候，伴随着土地掠夺的，必然是对他民族的纯洁性进行干扰或破坏，而通常的手段就是强奸当地的女人以及强迫她们怀孕。这些强奸和轮奸，"公开地展示一个处于强势的民族对一个处于弱势的民族进行侵犯的'到位'，加强他们的耻辱感。迫使妇女怀上异族的孩子就更彻底地从血统的途径毁灭一个民族的自主和纯净性"②。

对于《金陵十三钗》的女性身体修辞，我们只有从隐喻层面上，才能理解它的深刻内涵。才能理解是什么造成了少女与妓女共同的恐惧，是什么使得她们的身体在强暴者面前具有同样的意义。严歌苓凭其女性特有的直觉，从唤醒民族集体记忆的修辞目的出发，揭示出凌辱女性身体行为所具有的深刻内涵，从而使造成一个民族"强迫性失忆"的潜在原因，在身体的修辞中呈现在读者面前。

三

在当下小说的身体修辞中，人们总是从两个方面来把握身体的意义：一方面，揭示出权力如何通过一套完整的"身体技术"，对身体进行有效的"规训"，使身体成为权力的塑造物。在这样的小说叙述中，身体承载了人类生命沉重的压抑感；另一方面，身体则是作为欲望对象出现的。对于前者，由于受福柯的影响，人们在理论层面上已经有了一定程度的认识；而后者则成为当下小说普遍采用的修辞策略。比较而言，严歌苓的《金陵十三钗》在身体修辞上，在对女性身体修辞意蕴的开掘上，显示出了自身独特的思考和艺术追求。

严歌苓意识到，肉体必须拉住灵魂的衣角，才能完成文学性的诗学转

---

① 刘健芝：《恐惧、暴力、家国、女人》，《读书》1999 年第 3 期。
② 陈顺馨：《强暴、战争与民族主义》，《读书》1999 年第 3 期。

换。① 这是因为,身体的肉体性(欲望对象)与身体的伦理性(价值承载者)都真实地生活在我们身体的完整性中,我们不可能将二者生硬地撕裂开。只有在对二者的辩证理解中,人们才能把握文学中身体修辞的方向。在《金陵十三钗》中,作者正是通过对身体的"肉体性"和"伦理性"的巧妙处理,来完成作品的修辞运作的。

在小说开始,作者显然在追求一种圣洁与肮脏的对比效果。教堂楼上的女孩子们看着"不干净"窑姐们翻墙而入,"秦淮河上一整条花船都要在这块净土上登陆了"。教堂里的人们,无论是英格曼、阿多那多,还是阿顾,几乎是出于伦理本能,都严格区分着圣洁与肮脏,试图阻止可能的影响、玷污和亵渎。甚至希望那些"女孩子",不要看见"她们"。窑姐们撒泼耍赖、死皮赖脸,外加神父的良心,使自己得以暂时安身于圣洁之地,随着"她们"的进入,教堂也被划分成两半,教堂楼上与"仓库北角",仿佛成为了世俗伦理价值谱系两端在文本中的隐喻性处所。这里不仅有隔绝、对比,而且有对抗和仇恨。"女孩子"们鄙视"她们","她们"对"女孩子"和圣书又充满了嘲弄和亵渎的快慰。

就整个故事而言,严歌苓在《金陵十三钗》中身体修辞运作,仍旧采用了老套的"杀身成仁"、"舍身取义"的策略,在对身体的"肉体性"否定中,完成对其"伦理性"的肯定。但作者通过细致入微、循序渐进、匠心别具的修辞处理,使作品产生了耐人寻味的修辞效果。这主要表现在两种不同的修辞运作上。

首先是对豆蔻这个人物的处理。豆蔻在出场时是一个下作无耻、泼皮刁蛮的"年少窑姐":

> 慌乱中阿多那多揪住了一个正往门里窜的年少窑姐。一阵稀哩哗啦声响,年少窑姐包袱里倾落出一副麻将牌来。光从那掷地有声的脆润劲,也听出牌是上等质地。一个黑皮粗胖的窑姐喊:"豆蔻,丢一张牌我撕烂你大胯!"叫豆蔻的年少窑姐在阿多那多手里张牙舞爪,尖声尖气地说:"求求老爷,行行好,回头一定好好伺候老爷! 一个钱不收!"豆

---

① 谢有顺:《身体修辞》,花城出版社 2003 年版。

> 蔻还是挣不脱阿多那多,被他往教堂后门拽去。她转向扑到麻将牌上的
> 黑皮窑姐喊:"红菱,光顾你那日姐姐的麻将! ……"

在故事中间,正是这个豆蔻在逃亡中要夜里加餐,在大屠杀的悲伤肃穆中,为找米饭和女孩子们大打出手。然而,作者通过对其身世的叙述,通过对一个新兵和年少窑姐之间质朴、纯真的情感的描述,渐渐使豆蔻赢得了读者的同情,让读者看到了豆蔻内心深处的纯真和善良。她后来所以被强暴、被伤害,正是为了让王浦生听到她弹的琵琶,让王浦生"走"之前,圆一个贫苦而不失烂漫的"甜美梦境"。这样,豆蔻被绑在椅子上的身体姿态,不仅使民族的苦难和屈辱被赋形,而且她自己在某种意义上,也成为了神圣、纯洁爱情的殉难者。

严歌苓的另一种修辞处理体现在"窑姐们"身上。她们进入教堂后,从身体感受到心理、行为都发生了微妙的变化:

> 女孩们已就寝,听到钟声又穿起衣服,跑下楼来。窑姐们也围在仓库门口,仰脸听着钟声。钟声听上去十分悠扬,又十分不祥,她们不知怎样就相互拉起了手。钟声奇特的感召力使她们恍惚觉得自己失去了什么。失去了的不只是南京城的大街小巷,不只是她们从未涉足过的总统府。好像失去的也不只是她们最初的童贞。这份失去不可名状。她们觉得钟声别再响下去吧,一下一下把她们掏空了。

这时,窑姐们在教堂中仍旧寻欢作乐,但她们还是感受到了某种莫名的渗透和冲击。她们失去的、被掏空的只能是她们沉沦其中的"肉体性"的身体。钟声"清洗"了她们的身体,"肉体性"在走向沉默和安静的同时,她们"身体"的伦理性在慢慢的复活、觉醒。这一点不仅表现在豆蔻身上,表现在她们基于耻辱的身体恐惧的生成上,还表现在她们的日常行为上。一贯养尊处优、自感下贱的窑姐们,默默地清洗着几幅旧窗幔,用作伤员的铺盖。在这样的铺垫之后,她们在伙房预备圣诞晚餐就显得自然而然了。在作品的最后,窑姐们的被"换名",她们义无反顾的"杀身成仁"也就不显得那么突兀了。小说写道:

　　　　只有书娟一个走到窗子边上，看见十三个白衣黑裙的少女排成两排，被网在光柱里。排在最后的赵玉墨，她发现大佐走到她身边，本能地一躲，朝大佐娇羞地一笑。像个小姑娘犯了个小错误，却明白这一笑讨到饶了。日本人给她那纯真脸容弄得一晕。她们怎么也不会把她和一个刺客联系到一起。

小说结尾充满仪式色彩，窑姐的"身体"被唱诗班少女的"白衣黑裙"所遮掩，小姑娘的娇羞重又回到秦淮名妓赵玉墨的脸上。十三个女人在完成由"窑姐"向"刺客"的身份转换后，她们也就完成了由肮脏向圣洁、下贱向高贵、肉体向伦理的献祭。小说也在老套的收杀中，给读者留下了意味深长的结局。身体最终拉住灵魂和神明的衣襟，完成了自己的诗学转换。

（原载《当代文坛》2007 年第 5 期）

第二辑

"千疮百孔"话《古炉》

——贾平凹长篇小说《古炉》阅读报告之一

《古炉》的出版肯定是今年文坛的一件大事。所以如此说，一来是因为动静大，各种研讨会、座谈会、访谈之类已有不少；二来是评价高，几乎刚一面世即被推为"伟大的中国小说"①。伟大的作品肯定会成为经典，阅读经典当然要"细嚼慢咽"，笔者和许多读者一样，喜欢贾平凹小说，对这部新作自然倍感珍惜，认真读了三遍，然而读后却颇为失望，要想形容这部作品，"千疮百孔"一词大体可用。

说《古炉》"千疮百孔"，是因为小说中有太多的抵牾、矛盾和"穿帮"。概括起来有三种情况：一是人物丛杂，关系混乱。例如：

①……狗尿苔没说出的理由还有：霸槽是贫下中农，人又长得体面。王善人曾经说过，你见了有些人，莫名其妙地，觉得亲切……（第12页）②

小说中只有一个善人，叫郭伯轩。从作品《后记》可知，善人的原型之一是王凤仪，小说只有一次提到此人（第234页），那时已是1966年夏。小说开

---

① 王春林：《伟大的中国小说》（上），《小说评论》2011年第3期。

② 贾平凹：《古炉》，人民文学出版社2011年版。为方便起见，后文中只标明页码。

始时,狗尿苔对善人那套不感兴趣,也听不懂,根本不可能知道有这位"王善人",显然是作者自己弄混了,上文"王善人"应为"善人"之误。

②这一天,镇派出所的王所长到古炉村检查治安工作,他(麻子黑)和王所长熟,就把王所长叫到家里,然后骑了王所长的自行车去六升的代销店买酒,见人就说王所长来看他了。(第 191 页)

小说前边已经写过,和麻子黑熟识的那个所长姓李(第 79 页),李所长儿子生日,麻子黑曾送了一背笼儿红萝卜,为此李所长给了他一把手电筒(第 87 页)。不想到了后来突然就姓了王。

③……会上并没有具体内容,只是领着大家呼喊口号,一会是打倒刘少奇邓小平,一会是打倒张麻子曹跛子。张麻子就是张德章,而曹跛子是县委书记曹一伟,从来没来过古炉村。(第 302 页)

然而,才过十几页,挨批斗的就被说成是"县刘书记公社张书记"。(第 319 页)

④会后,榔头队很快吸收了牛路、火爁,还有冯有粮和守灯的堂弟八成。(第 346 页)

作者前面明明写过,八成的媳妇是守灯的"本家嫂子"(第 25 页),八成是堂兄,后面竟成了堂弟。

⑤政训班的十八人,再加上支书和红大刀的三个骨干,一共二十一人,集中在窑神庙,由专门人看管。(第 526 页)

这个例子表面看是作者不经意算错了数,其实这里边牵扯着更多的混乱。由于来了外援,在武斗中榔头队获胜,红大刀队十余人被抓,最后扣留了被认作骨干的明堂、马勺、锁子、看星、老顺等五人,其余放还。(第 507 页)由于精神不正常的来回闹了一场,老顺也被放了出来,如此还剩四人(第 521 页),到与政训班合并时却莫名其妙地少了一人,变成了三个。锁子本已被抓,后面叙述开石死时却写道:

> ……红大刀散伙后,开石想让锁子给霸槽低个头,改邪归正加入榔头队,锁子不听,说不是东风压倒西风,就是西风压倒东风,你以为榔头队就永远赢吗,天布灶火磨子就不回来吗?开石说:我念你是兄弟我才劝你,你个不知好歹!等捉住天布灶火磨子了,有你吃的亏!锁子说:你还念兄弟情呀,你是看我的笑话!天布灶火磨子捉不住,我在村里呀,你让霸槽来逮我么,我等着他来逮哩!(第 539 页)

锁子已经关起来了,这时却没事人一样呆在家里,并口口声声让霸槽来逮自己,如此混乱的叙述,让人哭笑不得。

> ⑥狗尿苔和牛铃会合后,他们一直等着公路上河滩上的人都走完了,才往村里来。他们讨论着天布、霸槽、守灯、麻子黑的尸体将埋在哪儿:守灯和麻子黑都是上无老下无少的人,他们肯定是村人随便在中山根挖个坑埋掉就算了。(第 600 页)

前面一页作者才写过,秃子金、天布的妻弟、八成等人拿着席和绳子来收尸。秃子金和霸槽好,他为霸槽收尸,天布的妻弟为天布,八成与守灯是堂兄弟,自然来为守灯收尸下葬,然而只翻过一页,守灯就和麻子黑一起都成了"上无老下无少的人",要被村人随便埋在中山根下。

二是时空错乱。例如:

> ①这次调解曾得到洛镇公社张书记的表扬,张书记还带领着别的地方的村干部来古炉村学习经验。在张书记他们来之前,支书让石匠在村南口凿了个石狮子,石狮子很威风,嘴里还含着一个圆球。(第 32 页)

人民公社出现于 1958 年,如此才能称"洛镇公社张书记",此事显然发生在 1958 年以后。然而,在后边的叙述中,支书声称石狮子是他土改时立下的(第 221 页),婆也告诉狗尿苔,土改那年支书让人凿了石狮子放在了村口。(第 249 页)而在全国范围内,土改早在 1953 年已经完成,前后差了五年。

> ②……支书突然醒悟了什么,问丢过钥匙的得称:你丢了钥匙后来怎么开的门?得称说:我不敢给你说谎,钥匙丢了门开不了,我就从隔壁

有粮家的门框上拿了他家的钥匙开的。冯有粮立即说:得称你狗日的偷了我的钥匙? 得称说:我不是偷,是拿的。(第 75 页)

为水皮怀疑自己割了天布家藤蔓根一事,狗尿苔报复水皮,偷了他家的钥匙丢到莲菜池里,没想到全村钥匙都一模一样,水皮家没了钥匙,便偷了隔壁得称家的,得称偷了隔壁有粮家的。而到了后面作者却写道:"冯有粮是水皮的隔壁,水皮拿了他家钥匙,他又去拿了另一隔壁的钥匙,……"(第 88 页)上文得称亲口承认自己偷了有粮的钥匙,后边却写成了水皮;前边写水皮的隔壁是得称(第 73 页),得称的隔壁是有粮,后边有粮却成了水皮家的隔壁,乱得一塌糊涂。

　　③这边一吵闹,土根是两头劝(满盆与霸槽),劝声反比吵声大,待霸槽头上碰出个包了,又喊叫着渗血了,鸡毛,快寻些鸡毛粘上!狗尿苔在明堂家的院子里就听到了,不管了善人,跑出来看热闹。
　　狗尿苔原来在自留地里摘北瓜……(第 28 页)

下文是一段补叙,补叙后狗尿苔竟然是从护院家院子跑了出来。(第 31 页)
　　三是叙述屡屡"穿帮"。例如:

　　①我(善人)告诉她,对天说你的不是,说你怎么不体贴丈夫,这古炉村里,就数护院一年四季没穿过干净衣裳,那挽起裤子,膝盖上那么厚一层垢甲。她说她让护院洗哩,护院说那里是富垢甲,一洗就不富了。我说,那现在你家富了? 别人家有盐吃哩,你家一个月吃淡饭了。(第 51 页)

这段文字是善人在给护院媳妇说病。然而作者忘了,就在此前不久,善人给护院说过病时小说却写道:"护院在村里算是家境好的,他家的院墙不是废匣钵砌的,清一色的砖,连灶房上的烟囱也不是裂了缝的陶瓷,是青砖。"(第 30 页)没想事隔几日,护院家穷得连盐都吃不起了。

　　②这个下午他(狗尿苔)坐在村西头的药树下看老顺在拾掇着那台旧石磨,石磨早废弃了多年,而且磨的上扇被掀开在地上,老顺拿着凿

子在绽上扇上的槽渠儿。(第72页)

村西头的石磨前文交待得十分清楚:"现在,村西头的石磨的磨扇已经磨成三指厚,上磨扇上压着个大石头,还继续用着。"(第21页)前后记述明显矛盾。

③……霸槽就变了脸吵起来,还拍了桌子。支书从来没人敢对他拍桌子,即便上次,他阻止霸槽在牛圈棚地上挖坑,霸槽也没敢拍桌子。(第242页)

此前霸槽有两次在牛圈棚地上挖坑,一次是"文革"伊始,霸槽派人在牛槽下挖出石碑,此时支书对"文革"尚不明就里,根本没敢露面;再前一次是霸槽在牛槽下挖出太岁,欢喜到支书家告状,支书到公社开会去了,根本就没在家,又何谈"阻止"。

④这把刀是铁的,原是下河湾关帝庙里关帝塑像手里的刀,足有七斤,那年耍社火,下河湾的芯子是三结义,借用的就是这刀,但到古炉村来表演,刀太沉而扮芯子的孩子抓不牢,支书换了个木刀,真刀就一直留下来没还给人家。红大刀成立就是天布有了这把刀而起的名。(第484页)

当初天布、磨子、灶火等给自己的组织起名字叫红大刀,书中明确交代原因有二:一是源自"大刀向鬼子头上砍去!"这句歌词;二是霸槽等人组织的是榔头队,榔头是木头的,大刀就是铁,铁是金,金能克木,大刀可以砍榔头。(第330页)后来武斗中天布顺手从上房抄了一把砍刀,作者又补叙了上面一段砍刀的来历和红大刀队命名原因,不想弄巧成拙,促成"穿帮"。

⑤……这一夜月亮很好,地上掉一苗针都能看见,三个人抱着长长的碾杆推,碾滚子的簸箕就发出咯吱咯吱的响声,吵闹得旁边院子里的老顺也出来。老顺原本要出来训斥的:白天干什么去了偏要在晚上推碾,响声那么大还让人睡觉不?出来见是磨子媳妇和婆在,老顺没了脾气,说:簸箕咋恁响的,来回睡不好就往出跑哩。(第521页)

古炉村东头大碾盘附近发生了很多事情,但唯有这件事不可能发生,因为作者在前面明明写过:"村东头的碾盘上的石磙子早都不见了"(第21页),古炉村通共三个碾盘,东村头的大碾盘,八成家山墙外场上和三岔巷里的小碾盘(第214页),婆、狗尿苔和磨子媳妇所用的正是村东头老顺家旁边的大碾盘,可没有石磙子,不知这碾子咋个推法?

类似叙述"穿帮"《古炉》中还有许多,至于守灯姐夫给守灯的那双时而"短筒"、时而"半高靿"、时而"高靿"的胶皮"魔法鞋"之类,在此就不一一列举了。如果以上疏漏尚可原谅,《古炉》中还有一些错乱和"穿帮"则是不可原谅的。下面两例,给人的感觉作者是在刻意"穿帮"——在文本中埋设"地雷",试探和考验读者、批评者的神经是否敏锐,是否有足够的耐心:

①……天布走过去了,回头又说:你家没白公鸡呀?婆说:哎呀,我家的都是黄的。……(第434页)

狗尿苔回家把这事说给了婆,婆半天没吱声,却问:杏开胖啦还是瘦了?狗尿苔说:黑啦。婆又不说了,就咕咕咕地叫鸡,叫了半天却没有一只鸡跑来,她说:鸡呢,你把那个白公鸡逮了给杏开抱去。……(第473页)

……狗尿苔是在全村鸡猫狗集会的傍晚还是把自家的一只黑鸡给杏开拿去的,但他没有明着给杏开,而且把鸡腿绑了就放在院门槛上。(第479页)

面对这样的文字,读者肯定发懵。这里唯一可能的解释是:婆在糊弄天布,不愿给天布白公鸡。但这又不可能:一则天布要白公鸡是给灶火的,灶火的小舅子在大水中淹死在洛镇,灶火和牛铃要去抬尸归葬,按当地风俗,死在外面的人被抬回时要缚一只白公鸡,这一风俗贾平凹其他作品多次写到。天布、灶火与婆是本家,没有不给的道理;二则前一事为的是死人,而给杏开白公鸡补养身体是为生孩子,两件事在当地人眼里同样重要;三则婆心地良善,平日尚且急人所急,此时更是没有拒绝的理由。如此说来,我们只能将其理解为"穿帮"。然而,这里的"穿帮"又十分"叫劲",狗尿苔家通共四只鸡,每只啥颜色,婆心里当然有数,抱给杏开哪只不行,她偏让狗尿苔抱了只白公鸡;更"叫劲"的是,狗尿苔自作主张,给杏开抱去的偏偏又是一只黑鸡。更有甚者:

②······狗尿苔把鸡抱在了怀里,说:夜凤,夜凤,你咋了吗?

杏开说:你把鸡叫啥,鸡还有姓?

狗尿苔说:我姓夜,它也黑,我就叫它夜凤凰。

杏开说:哟,还是凤凰?烧窑的凤凰! (第479页)

看到这里,读者肯定就懵过去了——连主人公姓氏都能"穿帮"呀?前文写过,村里两大姓,姓朱的和姓夜的,狗尿苔姓朱。(第21页)

这样的"穿帮"真可谓"不分青红皂白"!

阅读中笔者时不时合上书,端详书的装帧,怀疑自己拿的是本盗版。书是网购正版,从混乱和"穿帮"的性质看,亦非一般盗版所能为之,可书中如此之多的抵牾、混乱和"穿帮",实在令人费解,令人难以忍受。我想,"一部伟大的中国小说"再怎么着也不会是这个样子的,除非你让我相信错杂、混乱和"穿帮"是作者有意为之的技巧或手法,否则,就是有百位批评家,千篇文章,万条理由,笔者也不会认同这是一部"伟大的中国小说"。文学创作是生产,文学阅读是消费,这样的观念当今已深入人心。把文学活动视同经济行为,并非低看文学,而是强调文学也应像经济行为一样,必须有一套自己的责任伦理。当发现自己生产的汽车存在重大质量问题时,本田会施行全球召回;贾平凹先生在当今国内文坛的地位和影响,与本田在全球汽车市场上的地位和影响有的一比,文学作品的质量虽不像汽车质量那样事关生死,但它却有关声誉,我们不敢奢望平凹先生对价格不菲的《古炉》实施召回,但如此"千疮百孔"的作品,作者还是应该有个说法才对。

当然,《古炉》存在的问题不止这些,细节失真,毫无节制的仿拟和自我重复之类,笔者在这里不想多谈,倒是《古炉》面世后的诸多评论令人颇为感慨。现今批评界的现实是:像贾平凹这样的"大腕"一有作品出手,评者便蜂拥而上,"寻美"者众,"求疵"者寡;一时之间高言大词满天飞,让人打心眼儿里起腻。其实如此一味"抬轿子",作者也未见得就那么受用。写到这里,笔者不禁想起《古炉》中霸槽和跟后。霸槽平时好扎势,"文革"一来势就更大了,每逢到野外厕屎,跟后就掮个锹跟着,厕前先挖个坑,厕下,把坑又埋上。这段情节小说前后提到三四次,每读及此,不免让人心生异想:作者不会是在写寓言吧?一则时下创作与批评关系的寓言。

2011 年 7 月 13 日于仓山

（原载《文学报·新批评》2011 年 12 月 29 日）

（外一篇）
文学编辑的底线在哪里

　　2013年4月7日，《收获》执行主编程永新发了条微博，誓言"再也不读《文学报》了"。4月10日《收获》编辑部主任叶开便在《新京报》发了一篇文章，大谈文学批评的底线问题。文章说《文学报》"新批评"栏里的文章大多为批评而批评，不按文理出牌，语言是斧砍式的，泼粪式的，是"脱离作家作品的本身巧立名目、杜撰莫须有罪名加以棒杀的文章"，"新批评"里的文章其实很旧，旧到"文革檄文"的程度。叶开先生写小说出身，笔下功夫自然了得，只是锋芒所向，扫到了在下，对于如此"口干舌燥"的批评，只好硬着头皮回应一下。

　　笔者曾在《文学报》"新批评"栏目发过《给贾平凹先生的大礼包——谈〈古炉〉中的错谬》一文，原来题目叫《"千疮百孔"话〈古炉〉》，大概陈歆耕先生觉得有点儿过，就改成了现在这样。说句实话，那篇文章实在谈不上什么批评，只不过干了编辑应该干的活儿，把小说前后对照，校出几十处错乱和"穿帮"。《古炉》如能再版，作者参照修订，也的确算得上是不小的"礼包"。文章中也说过"不敢奢望贾平凹先生对价格不菲的《古炉》实施召回"之类的话，我当时想，五十多块钱买猪肉能买好几斤，要是买到米芯子肉任谁都会找工商的，文坛没有工商所，更没作品召回的先例，贾平凹先生如能解释一二，事情也就过去了。不解释不也过去了吗？不想叶开先生揪住这话不依不饶,说什么将贾平凹"打得浑身烂皮",要指导写作云云,实在抬举在下,实在不知所云。

叶开先生非要谈"底线",我们就不妨说说文学编辑的底线。

笔者干校对的活儿不止《古炉》这一次。去年马原口述长篇小说《牛鬼蛇神》在《收获》发表,责任编辑就是这位叶开先生。笔者实在喜欢马原小说,兴冲冲花四十多块买了一本来读,读着读着觉得似曾相识,就拿马原旧作对照了一番,结果发现,一部长篇鸦默雀动地装配了四部半二十多年前的中篇,明明是"旧作接龙",作者愣说是口述完成。这就好比你到菜市场买猪肉,拎回家才发现,买来的竟是二十年前发了霉的肉干儿。我觉得这样做有点儿不合适,有被糊弄的感觉,就写了篇短文,挂在博客上,不想后来被转到凤凰网的"读药周刊",有幸和叶开先生的推介文章排在一起。记得叶开先生说过:"马原老师的《牛鬼蛇神》才是真正的杰作呀……这样的杰作,十年读到一部就很幸福了。他把一生的精华浓缩在这里。"读过这段文字,心下觉得自己比叶开先生幸运,二十年多年前就已经幸福过了。

我想,文学编辑的本分是发现好的作者,好的作品,推荐给读者。文学阅读就是消费,读者掏钱读书,自然有权要求新鲜货色。编辑的重要就在这里:他一手托两家,让好的作品卖得出去,读者阅读有保障。当然,编辑看走眼也是常有的事,原因不外有二:一是能力低下,不能发现问题;二是明知问题所在,却与作者同流合污,欺负读者赚黑心钱。能力问题好解决,日后总会提高。后一方面比较严重了,因为它涉及到了编辑的人格,编辑的职业操守,也就是我们这里所说的底线。叶开先生是有影响的小说家,是国内数一数二的文学刊物的资深编辑,能力应该不是问题,对马原老师又是那么崇拜,马原写过哪些小说应当是门儿清的。马原玩"旧作接龙",无异于拿陈年旧馅儿做月饼,无异于拿顾客吃剩的凉菜重新拼盘摆上货柜重新发卖。作为责任编辑,叶开先生"揣着明白装糊涂",欺弄读者,混淆视听,良心何在?底线何在?叶开先生不愧是小说家,"他把一生的精华浓缩在这里"那句话说得多妙。那意思是说,我可说过啦,看不出来是你傻,活该!要是看出来,敢抱怨两句,他就会义正词严地说你"泼粪"。那副得意而霸道的嘴脸仿佛在说:"骗你了,怎么着吧?"有人说叶开先生是文坛"牛二",我深不以为然:一来觉得这样说是意气用事；二来是怕辱没了那位敢以命验刀的好汉。如果非要找一个形象的说法，我想还是得到上海马路牙子上的土产里去寻。写到这里，不禁想起赵本山在哪儿说过的一句话："这个世界真荒诞，骗子到处谈底线。"

再说句实在话，当今中国文坛本就不太宽绰，而颐指气使的"把头"、喝五吆六的"喽啰"又时不时呼啸而过，左鹰右犬地出来"欺行霸市"。批评者、读者得慢慢学会忍气吞声，学会顺从，你就是忍不住出来发两句牢骚，也于事无补。所以，对叶开先生的回应只此一回，与没底线的人掰扯底线，我怕朋友们嫌我没出息，不干正事，就此打住最好。

"盛世危言"：一代人的忧与惧

——贾平凹长篇小说《古炉》阅读报告之二

　　贾平凹长篇的出产很有规律，从《浮躁》开始，基本两年左右一部，其中《废都》沉潜较长，用了四年，出版后一时"洛阳纸贵"，出现了到处争说《废都》的奇观。这次《古炉》也用了四年，年近六旬的贾平凹拿出了自己最长的一部作品。《古炉》是写"文革"的，对于贾平凹而言，那段记忆"刻骨铭心"："文革"开始，他十二三岁，上初中时参加过"刺刀见红"造反队，毕业后回家当农民，曾写过"打倒朱德"的标语……那时他肯定体验过"造反"和"批判"所特有的兴奋，然而，也是在"文革"中，父亲被打成"反革命分子"，开除公职，押送回村劳动改造，"封建残渣余孽"或"四类分子"那时所要承受的屈辱与歧视贾平凹也并不陌生。随着年龄增加，贾平凹感受到了那段记忆的纠缠，他要用自己的方式，给个人记忆，同时也是给民族的集体记忆一个交待。

一

　　毋庸讳言，在当下语境中，"文革"尚不能被自由言说，每当切近那段历史，你总会感受到有形或无形、直接或间接的抑制，长此以往，那段历史便渐渐沉入个人和民族集体记忆中"有意遗忘"的暗区。要想激活那段历史记忆，贾平凹的最大困难还不在于题材敏感，而在于自身经历的有限，他清楚地意识到，自己不可能从全方位把握"文革"，他要想以小说的方式穿越"文革"，必须选取一个适切的叙述视角。

近十年来，贾平凹在不断探索着小说的叙述视角：《怀念狼》以作为记者的"我"为视角，在猎人舅舅陪伴下，为了保护狼而追踪、拍摄仅剩的十五只狼，然而事与愿违，最终却荒诞而又悖谬地目击了十五只狼被一一猎杀。在这一过程中，人性与狼性之间相克相生的惊人真相，使得"我"所代表的文明、理性和所谓的环保意识受到无情的嘲弄和颠覆；《病相报告》严格遵循视角一致的成规，采用纯粹第一人称，以"分进合击"方式，多角度还原一段刻骨铭心的爱情。但这样的尝试让贾平凹感受到了"不自在"，很快放弃了此种技巧偏执；《秦腔》的视角以奇取胜，小说中引生看似疯疯癫癫，实则清醒冷静，表面是自慰、自宫的花痴，实则是忠贞执著的精神恋爱者。正是透过引生的眼睛，小说见证了现代观念冲击下古老秦腔无可挽回的衰败命运，见证了乡村世界被拔离土地后所引发的精神病相和生命扭曲。从该作的叙述看，贾平凹未能摆脱人物视角自身的限制，时不时倒叙、补叙，视角转换略显滞重，与其追求的"自在"尚有距离；《高兴》中刘高兴这一视角使贾平凹收获了特殊的叙述语调——超脱悲苦与激愤，以欢愉而又幽默的语调叙说底层故事。考察前几部长篇，不难发现贾平凹在经营叙述视角方面的特点和倾向：多采用内部聚焦的人物视角，且越来越倾向于从现实生活中寻找和发掘性格独异的叙述者，并透过这一人物视角传达自己的道德关怀和伦理立场。

我们知道人物视角有自身局限，受"视角一致"成规的影响，往往不能转换自如。但在贾平凹眼里，"视角转换"并不是小说能否成功的关键①，他深知中西小说思维方式不同，而"视角一致"深受焦点透视观念的影响，为了克化这一成规，贾平凹一方面承续传统，以人物视角为主，辅以全知视角；另一方面，吸收"魔幻元素"，以打破"视角一致"的禁忌。贾平凹坦承

---

① 参见贾平凹：《我心目中的小说——贾平凹自述》，《小说评论》2003年第6期。

马尔克斯、博尔赫斯、略萨等拉美小说家给自己的启示①，但他又深知一味拘泥于技巧借鉴，"启示"终会沦为"泥淖"，自己所追求的"中国气派"更是无从谈起。故此，他在《古炉》中以童话置换"魔幻"，同样收到了解放视角的作用。狗尿苔是贾平凹选取的基本叙述视角。他十二三岁，前无来处，后无落脚，既古灵精怪，又含屈抱辱，人境的逼仄使其幻想无端，在与动植物的交流中，收获了一个美丽的童话世界。狗尿苔身上有贾平凹自己的影子②，在小说中，他不仅是作者记忆的附着点，而且还是传达作者伦理立场的理想中介。更为重要的是，狗尿苔的童话世界，可以让作者在视角选择上突破"人"的限制，使叙述进入"万物有灵"的生命交响状态。童话允许贾平凹"以物观物"，自由选取聚焦者，最终使叙述视角的选择在生命世界中流转无碍、自在圆融。

　　贾平凹强调生活本身就是故事，故事里有它本身的技巧。在叙述视角的选择上，他善于利用人物自身特点，制定具体叙述策略，这在《秦腔》和《高兴》中已有充分体现。同样，在《古炉》中贾平凹利用狗尿苔的年龄和心理特征构筑了一个童话世界，打破了"视角一致"的成规；更进一步，他还利用狗尿苔的性格、身体特点和阶级地位，采取低位、旁观的叙述策略。狗尿苔长得黑，个头矮，肚大腿细，眼突耳乍，又是伪军属，在村里人见人欺。然而，狗尿苔是作者眼中的天使。他充满童心，生性良善，乐于助人，但又聪颖狡黠，还时不时发点儿蔫坏。在村里人人作践他，但又都信任他。他上山下河，穿门过户，没人注意，没人理会，永远在人群的低处，只能作批判与武斗的旁观者。这样的人物作为聚焦者，使叙述本身获得了极大的自由。

　　值得注意的是，狗尿苔并不是一般意义上的儿童少年，他心智成熟，幽默促狭，身怀异秉，颖异通天，携带着过量的成人经验和生命智慧，是一个寄寓着贾平凹道家理想的人物形象。贾平凹曾说是一尊明代童子佛将神明赋予了狗尿苔③，但狗尿苔身上所蕴含的美与丑、善与恶、有用与无用的哲学辩

---

① 贾平凹：《关于语言——在苏州大学"小说家讲坛"上的演讲》，《当代作家评论》2002年第6期。

② 贾平凹、舒晋瑜：《尽力写出中国气派——访作家贾平凹》，《中华读书报》2011年1月19日。

③ 贾平凹：《古炉·后记》，人民文学出版社2011年版。

证,具有鲜明的道家印记。金庸先生一再否认《鹿鼎记》是写"文革"的,但狗尿苔还是让人想到韦小宝——无论是身处于倾轧的朝廷,还是游走于险恶的江湖,都能周旋自如、游刃有余,并成为最终的受益者。只不过韦小宝收获的是娇妻美妾,狗尿苔得到的却是丰厚的"象征资本"——那粗粗的像龙一样的白皮松的树根、善书和善人不朽不灭的"心"。

二

　　贾平凹小说多产且多争议,他的《废都》被斥为反文化、反真实、反现代性的写作,《怀念狼》被视为消极写作的典型文本……他的创作可能存在诸多欠缺和不足,但贾平凹有一点值得尊敬,他的小说始终伴随着强烈的现实焦虑,即便是《废都》这样的作品,你在阅读中都能体会到一种难以排遣的当下隐忧。正因如此,贾平凹的小说技巧无论怎样花样翻新,内容无论如何奇幻诡谲,在整体上始终葆有现实主义本色。《古炉》的创作也不例外。《古炉》要激活"文革"这段历史,书写和反思人性在"革命"中的症候与病相,通过历史和人性去思考民族、国家的命运,而这一切的"结穴"则在作家的当下体验。在小说中贾平凹最感兴趣的问题是:"如果'文革'之火不是从社会最底层点起,那中国社会的最底层却怎样使火一点就燃?"在某种意义上,《古炉》也是一种书写底层的作品,一种历史化的底层写作,他所关注的问题不只是底层生活的贫穷与艰难,底层情绪的愤懑与不平,更重要的是,"文革"使他认识到:"贫穷使人容易凶残,不平等容易使人仇恨"[①],凶残与仇恨是人性中的"恶",而底层之"恶"对社会、文化的毁灭与破坏,使其成为中国历史最为重要的塑形力量,并最终左右整个民族的命运。

　　就政治而言,"文革"已有定论,但思想、文化方面的反思还远未穷尽。我们否认"文革"是革命,但在大批判、造反和武斗中,参与者表现出的情绪和精神症候又颇具革命特征。站在重庆"红卫兵"公墓前,面对"革命"吞噬的年轻生命,你可能想到的更多是理想、浪漫和激情,而不是阴谋和野心。

---

　　① 　贾平凹:《古炉·后记》,人民文学出版社 2011 年版。

"文革"是中国历史的一块阴影,更是让人难于直面的人性"黑洞"。贾平凹是"过来人",对于这一点感怀尤深。在他看来,"文革"原因虽有千种万种,但责任应该是大家的,我们每个人都是有罪的。"日日夜夜的躁动不安、慷慨激昂、赴汤蹈火、生死不顾,这里有着人自以为是的信仰,也有着人的生命类型的不同,这如蜜蜂巢里的工蜂、兵蜂和蜂王。"① 各人性情、气质、禀赋不同,"革命"中所呈现的人性样态自然不同。贾平凹正是透过"生命类型"去勘探人性,甄检善恶,洞彻人性深处的隐微,在造反、批判和武斗中揭示"革命者"的情感症候和精神病相。

在《古炉》中,贾平凹刻画了四类"革命者":第一类凸显了人性的邪恶与丑陋。如麻子黑、黄生生和马部长,他们冷酷、残忍、暴虐,权力的追逐和虚妄的信仰使他们的人性极度扭曲;第二类人物是"革命"的领导者,如霸槽和天布。他们是古炉村"革命"的领导者和传播者,但"革命"使他们欲望喷张,最终堕入恶的深渊;第三类是被"知识"扭曲、遮蔽了良心的人,如水皮和守灯之流。此类人物多为乡村知识分子,但"知识"并未成为改变自身心智和命运的力量,反而使他们失去了农民的淳朴和良善;第四类是"革命"中的"乌合之众",如迷糊、跟后、秃子金、灶火等等,他们是革命的主体和决定力量,在日常状态,他们是被损害者,被侮辱者,他们具有天然的反抗和革命诉求,"革命"中他们是"跟后",是"迷糊",他们既可以"打破万恶的旧世界",也可以"助纣为虐"、"为虎作伥",加之中国乡村复杂而又根深蒂固的家族关系,使得他们既可以被轻易掌控,又可能瞬间失控,成为摧毁一切的非理性力量,

在众多人物中,守灯和霸槽二人值得特别关注。守灯是地主的儿子,村中每有"风吹草动",他便成为理所当然的斗争对象。他有知识、有文化,钻研瓷艺,本可成为忍辱负重的文化传承者,但长期的羞辱和压抑,使其成为品行扭曲、心理阴暗的"怨恨者",最终坠入恶障,为恶所噬。守灯这一形象是否可以填补古今文学人物的空白,不好简单论定,但可以肯定的是,这一人物源于现实,源于贾平凹对"被侮辱和被损害"者人性的独特省察。小说没有

---

① 贾平凹:《我是农民》,吉林人民出版社 1998 年版。

简单地"同情弱者"，从而错过对人性复杂与灰暗的谛视，作者透过这个人物，让读者洞彻人性的幽微，震撼于现实雕镂人性之力的奇诡与苛酷。

与守灯恰成对照，霸槽可谓是天然的"反抗者"，"革命"的领导者，是应时运而生的"蜂王"，他是古炉村最俊朗的男人；个头高，皮肤白，棱角分明，可以轻易俘获女人；他有文化，有头脑，有野心，被善人郭伯轩称为"古炉村里的骐骥"，"州河岸上的鹞鹰"，就连支书也怵他三分；他渴望"运动"，期盼"革命"，谋求在乱世出人头地，特别是神秘的"领袖"体征，给了他强烈的心理暗示，当"文革"来临，他必然一展英雄本色，然而致命的欲望，近于本能的报复心理，加之"革命"激情的致幻效应，很快使其生命进入到谵妄状态。如在改革年代，他可能成为另一个金狗，然而时世弄人，在变乱的"革命"时代，"当代英雄"最终沦为历史的丑角。

三

通过"生命类型"勘察人性，使贾平凹意识到在历史、文化和社会等因素之外，存在着更为深层、更为内在的"革命"动力，它隐匿于人性深处，是人性的"痼疾"。他要告诉你的是："革命"从未走远，因为它隐伏在你生命的幽暗之处。然而，勘察人性之"病"只是贾平凹现实隐忧的一个方面，与此相关，《古炉》以"解剖麻雀"的方式，通过"瓷"与"中国"间的借代，征用巨型隐喻，书写了国家、民族的命运和历史——一种梦魇般的"轮回"。在小说中，贾平凹通过来去无踪的神秘人物（来回）、自然时序的流转（一年一度涤荡世界的大水）、政治权力的轮替（土改得权的支书至武斗夺权的霸槽）等多个方面来感受、叙述中国社会与历史运行的永恒"轮回"。他要告诉你的是："革命"不会走远，它会以各种不同方式卷土重来。无论愿意与否，你都会为"革命洪流"所裹挟——"革命，革革命，革革革命，革革……"① 不管你是"革命"、"反革命"或者"不革命"，最终难逃"杀人"与"被杀"的死局。

---

① 鲁迅：《小杂感》，《鲁迅全集》第三卷，人民文学出版社 1981 年版，第 532 页。

　　贾平凹不是哲学家,他不会像黑格尔那样,以思辨直面人性之恶,冷静地阐释历史发展的"恶动力";他也不是学者,于书斋中探究中国历史于"永恒轮回"中所呈现的"超稳定结构"。他是一个讲故事的人,一个在叙述中感受和思考的人,在《古炉》中他必须思考的是:"在中国,以后还会不会再出现类似'文革'那样的事呢?"①他想透过"文革"思考人性,于人性幽暗处得窥"轮回"的隐秘。然而,结果令人沮丧:一场躁动,一场激情,一场虚假信仰间的攻伐,一场欲望喷张、弃绝人性的武斗,它们都以"革命"的面目出现,而"革命"的结果不过是走了一个"来回"——麻子黑、守灯、马部长、天布、霸槽被枪毙了,在枪声中,霸槽的孩子降生了,那孩子哇哇地哭,"像猫叫春一样悲苦和凄凉"——新的"轮回"开始了。

　　中国人对"革命"并不陌生,《象传》于《易·革》云:"天地革而四时成,汤武革命,顺乎天而应乎人。革之时大矣哉!"我们的先人知道,"革命"是大事,"革命"之"时"尤为重大,它须顺天应人方能获得合法性。然而,中国近代以来"天崩地裂",旧有"道德框架"被打破,国家伦理资源的亏空导致信仰全失、敬畏全无,一时间"革命"频仍,不知有多少罪恶假革命之名而行。也许旁观者清,正如外人所言:"近百年来,中国在思想和行为方面与西方也许有许多相似之处,但自儒教退出中国社会历史舞台后,中国社会中心的道德真空一直未得到填补。"②自 20 世纪 90 年代以来,在所谓"后革命"时代,贫富、贵贱的分差日显,社会矛盾加剧,"怨恨"情绪再度弥漫。如何重构"可以公正地调和彼此的利益冲突"③的道德框架,如何填充社会中心的道德真空,不仅是文化、道德建设的关键,而且也是化解社会矛盾的根本所在。更为重要的是,"绝对价值"场域的长期空置,会使它沦为政治投机的赌场,个人欲望和权力争逐,会在光天化日之下"借尸还魂",使一场场新的"革命"动地而来。

　　20 世纪 90 年代中期,刘小枫曾撰文认为,汉语世界的伦理资源发生了重要变化,拥有社会法权的政党伦理在现代化经济—政治转型过程中逐步衰

---

① 贾平凹:《古炉·后记》,人民文学出版社 2011 年版。
② [美]彼得·汉森:《20 世纪思想史》(上),上海译文出版社 2008 年版,第 78 页。
③ 殷海光:《中国文化的展望》,上海三联书店 2002 年版,第 486 页。

微，精神伦理的社会化面临危机，在当时情境下，精英伦理要么走向纯粹个体化，日益丧失社会化功能，要么向既存大众伦理靠拢，削弱自身所谓"高超"的道德内涵。尤为关键的是，政党伦理衰微之后，汉语世界的国家伦理资源将进一步亏空，尽管佛教等教团型宗教有日益明显参与社会伦理建构的行动，仍不足以平衡民间型大众伦理的伸展力。[①] 就全文而言，刘小枫情之所钟还在精英伦理，希望能固守并维护大学的人文领域；与此同时，他还践行精英知识人的责任伦理，组织策划迻译西典，特别是基督教文化理论典籍。此举效果与影响如何尚不得而知，但对其行为有人提出质疑，认为刘小枫在以基督教归化中国人。[②]

　　落位西陲的贾平凹于文坛向有边缘意识，至于思想界就更是边缘的边缘了。不过贾平凹深信，认知的路径可有不同，对云层之上高远精神境界与价值的追求则可异趋同归。从《古炉》这部作品看，在如何摄取合理伦理资源重构社会"道德框架"问题上贾平凹"情有别寄"，他所认同者恰是近代以来逸出主流文化视野、一直与精英伦理处于结构性紧张之中、并在社会底层潜运默行的民间信仰和大众伦理——善书和善人的宗教与哲学。

四

　　细读之下不难发现，《古炉》由两条伦理脉络支撑：一条是躁动的、欲望的，它以"革命"为徽号，彰显着人性之恶。这是小说的主线，前面提及的诸多"革命"人物都是由这条线牵动的"玩偶"；另一条是沉静的、讲求伦常的，它以善人哲学为标志，昭示着人性之善。这是小说的辅线，善人、蚕婆、葫芦媳妇、三婶等人构成了这一脉络的主体，他们的生活也许庸常，但他们看似平凡的道德意识，却构筑了日常伦理的基底。其中善人是这一伦理脉络的引领者。我们从小说《后记》知道，善人是有原型的，一个偶然的机会，贾平凹接触到了《王凤仪言行录》，他读了数遍，觉得非常好，便将家乡村里的一位

---

　　①　刘小枫：《这一代人的爱和怕》，华夏出版社 2007 年版，第 293—294 页。
　　②　高旭东：《中西文学与哲学宗教——兼评刘小枫以基督教对中国人的归化》，北京大学出版社 2004 年版。

老者和王凤仪捏合成善人这一形象。贾平凹在《后记》中写道："善人是宗教的,哲学的,他又不是宗教家哲学家,他的学识和生存环境只能算是乡间智者,在人性爆发了恶的年代,他注定是要失败的,但他毕竟疗救了一些村人,在进行着他力所能及的恢复、修补,维持着人伦道德,企图着社会的和谐和安稳。"①

对照相关材料可知,那位村里的老者只为善人提供了"躯壳",而善人的身世、言行和思想大多来自王凤仪和他的《言行录》,小说中许多善人说病的例子,亦由《王凤仪言行录》的记载改写而来。王凤仪是近代一位慧能加武训式的人物,说他像六祖慧能,是因为他是个有"奇迹"的人,除讲书说病外,一字不识的他却通过宣讲善书发展出一套人生哲学;说他像武训,是因为他广结善缘,于东三省及河北兴办义学四百余所。善人哲学的特点是以"孝"为核心,讲求"死心化性、万教归一",其内容驳杂浑融,非儒非道非佛,亦儒亦道亦佛;其思想框架被概括为十二字:"性、心、身"(三界),"木、火、土、金、水"(五行),"志、意、心、身"(四大界)……王凤仪人生哲学是实用的,而非系统的,其思想基础源于对"因果报应"和"感应"的信仰,而其思想本质,则深植于中国悠久的善书传统。中国的善书源于晋,兴于宋,盛于明清两代。近世善书以成书于两宋之间的《太上感应篇》为滥觞,其后《阴骘文》《觉世经》《劝善书》《了凡四训》《女训》《功过格》等纷纷应世,宋元以后刊印无数。明清两代善书又以宣讲明太祖《六谕》和清世祖《圣谕》为主②,目的在于维护社会秩序的和谐。清同治年间刊印的《宣讲拾遗》,由乡间读书人采集百姓易于接受的故事传说纂集而成,用以阐释明太祖《六谕》的善书。③ 从传记材料可知,王凤仪所讲善书即出于《宣讲拾遗》,只不过事例随世迁变,有所翻新,思想内容被进一步的系统化了。贾平凹接触到的《言行录》即由王凤仪弟子门人整理汇编而成。

贾平凹在《古炉》中让王善人更名换姓,顶着村里老者的躯壳,讲病、

---

① 贾平凹:《古炉·后记》,人民文学出版社2011年版。
② 明太祖朱元璋《六谕》亦称《圣谕六言》,具体内容为:"孝顺父母,尊敬长上,和睦乡里,教训子孙,各安生理,毋作非为。"清世祖顺治《圣谕六训》为朱元璋《六谕》盗版,只改动了三个字,具体为:"孝敬父母,恭敬长上,和睦乡里,教训子孙,各安生理,勿作非为。"
③ [日]酒井忠夫:《中国善书研究》(下),凤凰出版传媒集团2010年版,第510页。

劝善、度人、化世，又为其增添接骨之技，使其既能救人之"心"，又能治人之"身"。在古炉村，善人郭伯轩是智者，是人性之善的引领者，他讲病的方式和"贤人争罪，愚人争理"的思想，使其更像村人的"忏悔师"，他和象征古老文化传统的白皮松一样，作为传统伦理和高洁道德的象征，高居于山神庙——古炉村的最高处。作为主要人物之一，他与夜霸槽成为小说中善、恶两条伦理脉络的代表，在他们与童心未泯的狗尿苔构成一个道德角力的三角。小说开始，村人都打趣、欺负狗尿苔，只有霸槽关心他，他喜欢霸槽，加之霸槽有文化，长得俊朗，做事有"势"，霸槽成了狗尿苔的"偶像"，狗尿苔则成了霸槽的"屁股帘子"——走到哪儿跟到哪儿。随着故事发展，霸槽——就像他的名字那样——"驴"性渐露，凭自己的魅力以霸道的方式俘获杏开，目睹一切的狗尿苔产生了朦朦胧胧的"嫉妒"；"文革"开始，霸槽抢军帽，夺像章，穿军装，背长枪……狗尿苔一时羡煞，但随着"文革"深入，破四旧，大批判，"榔头队"和"红大刀队"的武斗……心地良善的狗尿苔，在婆的护佑和善人的点化下，在心理上慢慢远离"霸槽哥"，渐渐走到"善人爷"一边，并最终得其衣钵，和葫芦媳妇一起，成为善人仙化后遗存凡世的善种。

在《古炉》中，白皮松被炸掉当了劈柴，连树根也被疯抢；善人神秘地死了，留下了他的善书。正如贾平凹所言，在人性爆发恶的时代，善人的宗教与哲学是注定要失败的。然而，通过贾平凹在小说中对讲病事例的大量改写、摹写，通过善人之口对王凤仪善人宗教与哲学的誊写、宣叙，以及善人故后使其善种得以薪火相传的处理可以看出，贾平凹对善人的宗教和哲学深寄厚望——通过善人思想的影响，在人性深处获取挣脱"轮回"命运的伦理支撑。但是我们应该看到，人性爆发恶的时代，不过是中国社会历史"轮回"式运行的一个环节；人性之恶的爆发，也不只"革命"一种形式。就笔者所知，当下王凤仪的善人宗教和哲学还在以不同形式流布民间，记述其言行的善书在不断刊印，其后人和门人也在不遗余力地宣讲传播。然而，作为大众伦理和民间信仰，善人的思想要想成为重构社会"道德框架"的有效资源，填充"社会中心的道德真空"，必然面对"社会化"的困境：一方面，就善人思想的历史渊源和本质属性看，它是主导政治力量的合谋者——协助后者维护社会的稳定和谐。然而，民间信仰向来缺乏稳定，极易走向"教团化"，发育为新的社会力量。所以,主导政治力量对其总是心存戒备,往往恩威并施,既抚且控,使其在社会上难得伸展;另一方面,善人的宗教和哲学是依靠"奇迹"和"因果报应"来维系的,在小说中,此类描写可以被视为追求奇诡与神秘效果的艺术技巧,也可以理解为对"现代性"文化的重新"施魅"……但是,善人的思想一旦走出小说世界,必然遭遇常识、理性和科学的迎头"阻击"。此外,善人的思想依附于善书传统,而善书的功效往往是通过道德约束的内化和道德行为的自我量化(如各式《功过格》)来实现的。在这一传统影响下,善人思想非但不能走出传统伦理重德轻法的藩篱,反而会阻碍人类行为外在约束机制的发育,使社会、历史的运行难改旧辙。在重构当下社会"道德框架"的进程中,由于"社会化"困境和自身局限的存在,善人的宗教和哲学显然力不从心,难堪大任。

《古炉》和《废都》均是贾平凹的用力之作,可以肯定,《古炉》不会像《废都》那样火,但它还是让人看到了贾平凹一如既往的现实关怀,看到一种基于当下的历史反思意识,一种正视人性幽暗的现实批判精神。当今时代被许多人目为"盛世",那么《古炉》则堪称"盛世危言"。

(原载《成都大学学报》2012 年第 2 期)

刻意的荒诞和绝望也是一种媚俗

——也谈余华的《第七天》

知道余华要出一个新的长篇《第七天》，便在网上预订了一本。拿到后读了一遍，当时的第一反应是：这样的写法肯定会有争议。两个多月过去了，各方批评意见也释放得差不多了，静下心来又认真读了一遍，觉得还是有话要说。

小说与新闻的直接捆绑是《第七天》引起争议最多的地方。典型的说法是"新闻串串烧"。按理，作家在新闻事件刺激下产生创作灵感，或者直接以新闻为素材展开自己的写作并不是新鲜事。在思考这一问题时，评论者都能依据自己的阅读经验举出若干例子，其中不乏优秀甚至伟大的作品，如《包法利夫人》《红与黑》《霍乱时期的爱情》等等。这些作品在对新闻的处理中将美学形式探究与政治、哲学、社会学思考结合起来，将描述现实的平庸文字，转变为一种试图理解人、社会和世界的艺术创作，并在其中表达自己的独特的情感和体验。把这些作品和《第七天》放在一起，人们马上看到了后者存在的不足。归结起来，无外是批评余华在新闻事件的艺术转化上，或者说得具体一点，在"文本转换"上缺乏耐心和能力。

但到这里问题并未结束，如果进一步思考，《第七天》在体式特征和修辞策略上与前面提及的作品有本质不同。作为"新闻串串烧"，《第七天》是一部标准的杂闻小说，"杂集话柄"的晚清谴责小说是其体式的远祖。它们拥有共同的修辞策略:通过对杂闻事件的滤取和篡集,把诸多荒诞、离奇、恐怖、悲惨的事件封闭在一个能指的网络中,从而形成对现实的理解。也就是说,对个别事例隐喻和象征意义的挖掘,并非《第七天》的重心所在,余华把更多的精力投放到了杂闻事件的连缀和衔接上,试图在自己所缝缀的能指网络中呈现某种意义。

明确《第七天》的体式类属和修辞策略,可以使争论中许多问题获得新的理解。例如有论者认为《第七天》结构上投机取巧,用亡灵的游荡和叙述构架小说。其实这不光是投机取巧的事情,它还是由此类小说体式本身决定的。虽然杨飞是在亡灵世界里漫游,而"九死一生"、老残是在现实世界奔走四方,但两者在叙述上的功能并无二致,都是在机械地"串场",把分散的缺乏内在联系的事件勾连起来。这样一来,小说的结构既可无限延长,又可随时带住。

《第七天》存在的问题很多,结构只是其中的一个方面。在我看来,《第七天》存在的最大问题还是在思想方面。这里所谓的思想,是指作者连缀、衔接诸多新闻事件或者说杂闻时所遵循的逻辑,以及这种逻辑所催化的集体幻觉及无意识冲动。在某种意义上,杂闻小说更像是放置在人与现实之间的过滤器、编辑器。连缀、衔接杂闻的逻辑决定着哪些杂闻被隐没,哪些又能穿越而过,成为小说的叙述构件。而这一逻辑在意识形态上受到社会环境的支配,同时也透露出作者的世界观。当今时代,社会被称为信息社会,生存被称为信息化生存,人无往而不生活在杂闻之中,而这些呈现在大众面前的杂闻又存在着太多的空白、罅隙、不言而喻或沉默不语,多义和含混可以使大众自由发挥和联想,从而使公共幻想和集体无意识获得了一个敞开的空间。无疑,杂闻小说特别是知名作者创作的杂闻小说所遵循的连缀、衔接逻辑,对公共幻想和集体无意识表达起着重要的引导和催化作用,因为它暗示着某种认识和理解的方向。

在此前的评论中,人们也注意到了《第七天》体式上"串串烧"的特点,但很少有人进一步思考,究竟是怎样的逻辑行使着"串"的功能。这样一来,《第七天》思想方面的问题也就被评论者轻轻地放了过去。细读之下我们就会发现,阶层决定论是余华《第七天》连缀、衔接杂闻所遵循的基本逻辑。它在小说中表现为：底层意味着真、善、美，上层等同于假、恶、丑。上层是所有麻烦的制造者，底层则是一切苦难的承担者。这一逻辑几乎贯穿了小说所涉及的所有人物和事件，在两个主要人物身上体现得尤为明显：和杨飞在一起的李青，美丽、纯洁、高傲；而她一旦和留美博士走到一起，步入社会上层，很快就被传染上性病而且成为高官情妇自杀而死；在扳道工家庭里，杨飞和养父杨金彪父子情深，两人间充满温爱和理解；在亲生父母的处长家里，骨肉间勾心斗角，所作所为无情而且无耻。在"阶层决定论"的裁剪下，《第七天》引领读者行走在这样的"现实"里："一边是灯红酒绿，一边是断壁残垣。"或者说，《第七天》让读者置身在一个奇怪的剧院里："同一个舞台上，半边正在演出喜剧，半边正在演出悲剧。"（余华语）在这里，社会被一撅两截儿，现实被一撕两半儿。这一逻辑表面简单清晰，实则浅陋而媚俗。

　　不可否认，当今的社会现实需要反省、批判甚至诅咒，小说也的确是一种适恰的展开社会批判的艺术形式。但小说能够展开批判的前提是：小说家必须具有理性精神，对社会要有自己独立的思考，对现实要有深刻的认识，对人性的复杂要有深入的理解。这里我们没有必要过多强调作者的社会责任，但一位优秀的小说家总要对自己的小说艺术负责。其实，《第七天》所奉行的"阶层决定论"我们并不陌生，它不过是六七十年代风行一时的"阶级决定论"的初级版本。这样我们也就能够理解，为什么《第七天》和六七十年代小说一样，使读者在获得简单化的社会认知的同时，却失去了对小说艺术而言十分珍贵的"真实性"，失去了对复杂人性的认识。绝对化、极端化的阶层认知和底层认同，使《第七天》对所谓上层社会和家庭的描写被彻底漫画化，而对杨飞、杨金彪父子关系，对鼠妹、伍超爱情的描写，又极尽煽情之能事。面对这样的描写，读者初时感动，继而则必然是深深的怀疑。细心的读者还会发现，余华对新闻事件并非没有选择，许多比强拆、卖肾、截访等更为极端的事件并未进入他的小说，这倒不是由于时间来不及，或者小说容量有限，而是这些事件构成了对"阶层决定论"的挑战，会使小说的连缀、衔接逻辑露出破绽，产生松动。然而，这些被"阶层决定论"所隐没的事件，也使余华错过了对人性进行深度探求的机会。

　　米兰·昆德拉将媚俗理解为人的一种需要："凝视美化谎言的镜子的需

要,被镜子中自己的影像感动、留下喜悦的眼泪的需要。"其实这句话反过来同样成立。一位小说家如果放弃自己独到的思考和耐心的艺术劳作,只是驱动浅陋的逻辑,利用杂闻的含混与多义,刻意突出现实的荒诞与绝望,一味迎合大众的低位想象,试图以廉价的和解去化解阶层怨恨;那么,他的写作终究还是一种媚俗的写作。只不过他的态度更为暧昧,行为更为诡秘,更容易赢得"无思想"的流行观念和大众媒介的认同。

（原载《文学报·新批评》2013 年 9 月 5 日）

是大神还是小巫？

——读马原长篇小说《牛鬼蛇神》

马原的小说读过不少，但没见过本人，只见过照片。看马原的照片，总是让人想起卢梭，画家卢梭。马原也画画，视"画家"为自己"理想的第二职业"，所以想到卢梭，倒不是因为二人画风多么相近，或马原的画受过卢梭怎样的影响，而是看到马原，不免想起卢梭画中的那个孩子，那眉眼儿，那身板儿，整个一个缩微版马原。最让我感兴趣的是，画中小丑玩偶之于那个健硕的孩子，恰如小说之于马原——它是玩具，但很重要；它需要沉浸，但没有纠缠的痛苦。孩子在游戏中成长，马原在叙述中操练，在"智"的操练中获得精神愉悦。也正因如此，马原小说是很难对付的文本。说马原小说难对付，与所谓"圈套"无关，主要是不好拿捏："轻"了不是，"重"了不是；"深"了不是，"浅"了不是。读马原小说，就像"看孩子"，你要是目不转睛，跟在他屁股后头，能把你累死。你得和他一块玩儿，一块耍，如此才会轻松一点儿，并赢得理解，获得快乐。最起码，"先锋"马原给我印象如此。

后来马原歇了，一歇就是二十年。

《中国作家梦》是马原歇工期间搞的一本很棒的书，是他与110位作家的对话，马原能攒出这样一本书，足见他在文坛的人缘和影响。在与陈村的对话中，二人上来大谈作家如何赚钱。谈钱没什么不好，将一个作家的创作收入视为其影响指数，现时代大家都能接受。谈话中陈村为马原惋惜："你走红的时候没赶上好时候,要赶上外国人或海外那些人向中国买东西的时候就好了。"我想,马原那时心眼儿就已经活动了,复出只是时间问题,他要考虑的是如何重新亮相。果然,沉潜一段时间后,一向低产的马原不到一年的功夫,就拿出了35万字的长篇。近两年80年代成名的一批小说家很活跃,纷纷拿出"大作":莫言的《蛙》、格非的《春尽江南》、张炜的《你在高原》、刘震云的《一句顶一万句》、贾平凹的《古炉》、王安忆的《天香》……马原的《牛鬼蛇神》。没读《牛鬼蛇神》之前,我便心怀成见:没准儿是一部赶集(急)之作:同辈诸人如火如荼,自己也要应个景儿,此所谓"赶集";80年代自己小说"叫好不叫座",趁自己精力尚佳,要抓住"好时候"的尾巴,又可谓"赶急"。

《牛鬼蛇神》先在《收获》分两期刊登,不等下部刊出,我便网购了全本,认真读过两遍,我的成见被坐实了。《牛鬼蛇神》让我看到了一个平庸的马原:大半部作品竟然是旧作接龙,如此写作也太过讨巧了吧!"先锋"马原,轻逸而灵动;写《牛鬼蛇神》的马原,让人看到的则是衰颓与枯竭。

80年代的马原,意味着小说形式的可能性,说他是"小说家的小说家"并不为过。那时马原的小说,有似武宫正树的围棋:天马行空,不拘一格。藤泽秀行评价武宫说:"多年以后,我们的棋可能早被人们忘记了,但武宫的棋肯定会流传下去。"80年代马原小说同样可作如是观。正因如此,马原以颠覆传统、战胜传统的方式,在传统中赢得了自己的一席之地,在文学史中获得了自己的侧身之所。想到这些,手捧近半部"旧作接龙"的《牛鬼蛇神》,实在令人丧气。

《牛鬼蛇神》共4卷:卷○北京;卷一海南岛;卷二拉萨;卷三海南。其中卷○以1985年发表的《零公里处》为主体,稍作改动,由原作中的胡刚牵出了李德胜。少女林琪保留未变,只不过到卷二把她从美国拉回来,让林琪修女以游客身份将布达拉宫、甘丹寺废墟、雍布拉康、桑耶寺、八角街、罗布林卡逐一转过,以叙写拉萨的恢弘与神奇;卷一第三章,马原从1985年发表的《冈底斯的诱惑》中,把喜马拉雅山雪人的故事摘出来,作为情节的一个环节,用楷体字标出,占了万把字的篇幅;卷二拉萨的主体由马原80年代的3个中篇构成,即《拉萨生活的三种时间》《叠纸鹞的三种方法》《喜马拉雅古歌》。这里马原所做的工作有三项：一是把李德胜从海南吊罗山拽到拉萨，让他穿针引线，把三个中篇串起来。当然，要想揉成一体，总要敲敲打打，拆拆补补，用些文字将拼凑的痕迹抹平。二是将《喜马拉雅古歌》由两人故事改成三人，第一人称换成第三人称，将原作中小诺布父子的故事用楷体标出（喜马拉雅山雪人和小诺布父子故事用楷体标出，对其他部分具有掩护作用）。三是卷末新加个尾巴，把李德胜送走。如此看来，买《牛鬼蛇神》倒是有个好处，你可把它当《马原小说选集》读，80年代写西藏的代表作基本在这里。

我不想隐瞒自己对先锋小说的偏爱，但也不想为马原的"旧作接龙"辩护，这样的操作与形式、技巧的探索创新，与所谓的"互文性"和后现代拼贴无关。在某种程度上，它已穿透小说艺术的道德底线。值得注意的是，几位先锋小说中坚，在转型中或多或少都出现了问题。记得当初读获奖小说《戒指花》时，笔者发现格非"暗度陈仓"，将博尔赫斯《雨》一诗拆开，一行行埋设在文本中。出于偏爱，我曾撰文为格非弥缝遮掩，将其行为视作一种技巧。那时我心下清楚，如此"鸦默雀动"地行事，作者已然触动了"红线"。后来又遇到了余华。《兄弟》我们就不说了，和许多读者一样，在读《一个地主的死》时笔者很快发现：小说开头和结尾，原封不动地复制了《活着》中对老地主掉进粪缸情节的描写，使小说形成了"夹板"结构，余华只不过在中间填了点"馅儿"，写了一个地主儿子抗日的故事。殊不知，连那一点"馅儿"也非余华原创。后来翻张岱《琅嬛文集》时发现，那点"馅儿"竟然源出《姚长子墓志》，作者只不过让主、奴互换，长工抗倭改成地主儿子抗日，将祖爷爷扰明的故事，按在了侵华的滴嗒孙儿身上。好在张岱是明人，不然又是打不清的官司。

这次又遇到的是马原的"旧作接龙"。

经常听到报道，有不良奸商将陈年旧馅儿与新馅儿掺和在一起，或干脆直接包在当年月饼里，上炉一烤，加上崭新的包装，便可新鲜上市。前些日子央视"海峡两岸"报道一则台湾新闻：餐馆老板娘将顾客吃剩的凉菜，回收拼装，再次端上餐柜售卖。两相比照，一部长篇明里暗里装配二十多年前的四部半中篇，如此"旧作接龙"，与上面的行径并无二致。即使是自己的作品,说马原的《牛鬼蛇神》穿透了一个作家创作的道德底线,并非危言耸听。小说固然是精神产品,但它也是商品。现今文坛不怕你出来圈钱,但一定要拿出新鲜货色。

最后要说的是,不管怎样,马原都是我喜欢的作家之一。他在《乱弹西藏》一文中曾许诺,要完成一个大部头,专写西藏,专写拉萨。那是一部前所未有的拉萨老城八角街的传奇,规模在百万字以上!他发誓不会让喜欢他的读者落空,不会让他们失望。但愿《牛鬼蛇神》只是马原的准备活动,要是马原许诺的大部头能面世,"旧作接龙"权当活动"筋骨儿"可也。在我眼里,马原应该是,或者应该成长为,一尊像赫拉克勒斯那样高视阔步、睥睨群雄的大神,去完成不可能完成的任务;而不应是,或者沦落为一个自我重复、自鸣得意的小巫。

第三辑

《肥皂》是怎样作成的？

日本学者谷行博曾撰有《〈肥皂〉是怎样作成的？》一文，后经靳丛林翻译发表于 1997 年第 2 期《鲁迅研究月刊》。这是一篇很细腻的解读文章，对《肥皂》的形成有自己独特的认识。但就内容看，该文逻辑略显迂曲，所得结论也有进一步讨论的余地。今以同题为文，希望能从"作"的角度，对《肥皂》这篇小说的形成给出更为直接、更为合理的解释。

一

谷行博是日本战后第三代鲁迅研究者中的代表，精于鲁迅早期文言翻译研究①，《〈肥皂〉是怎样作成的？》一文就很好地显示了他的研究专长。概括起来，谷行博文章的观点和结论主要有三个方面：

第一，《肥皂》与《药》之间存在深切关联，两篇小说在"接受意图"、"解谜意图"、"人物语言的误解"、"戏剧空间"等方面存在类同和影响。

---

① 尾崎文昭将战后日本鲁迅研究者分为三代：第一代主要由三批学生组成，即东京大学学生为主的"鲁迅研究会"、东京都立大学为主的"中国文学会"和京都大学学生，后者没有组织团体和刊物，伊藤虎丸、木山英雄、北冈正子等为第一代研究者的代表；第二代涌现于 20 世纪 70、80 年代，代表人物有山田敬三、片山智行、丸尾常喜、阿部兼也等；第三代是更新的一代，以藤井省三、中井政喜和谷行博为代表。参见尾崎文昭：《战后日本鲁迅研究——尾崎文昭教授访谈录》，《现代中文学刊》2011 年第 3 期。

如从小说技巧层面看,谷行博的考察是精细的,独到的,但是由于过分关注和强调这种类同和影响,作者在细节方面出现了一些不必要的失误。例如谷文写道:"与老栓用荷叶重新包过的'葵绿色'的包和炉灶升起的'奇怪的香味'相呼应,外包装、内装薄纸甚至连肥皂本身也是'葵绿色'的,一打开便发出浓郁的'似橄榄非橄榄的说不出的香味'。"我们知道,《药》原文中老栓用来包裹人血馒头的老荷叶是"碧绿"的;再如,谷文认为:"夏瑜坟上那一圈红白的花,也化作白檀的香气,被添加在《肥皂》的结尾。"《肥皂》结尾的确提到了檀香,但根本没有所谓的"白檀的香气"。当然,这些只是微小的瑕疵,对谷行博的观点不会有太大影响,我们也不能排除中、日文来回翻译中可能产生的偏差。

第二,基于上一观点,谷行博把《肥皂》和《药》之间的文本关系放置在由《晨报副镌》《彷徨》《中国新文学大系·小说二集》和《域外小说集》第一册所构成的文本系统中,认为与《药》受到安特莱夫的《谩》和《默》的影响相关联,《肥皂》受到了《域外小说集》第一册中周作人所翻译的契诃夫的《戚施》(即汝龙译《在庄园里》)的影响,《药》与《肥皂》之间"可以说是双胞胎的关系"。也就是说,《域外小说集》中安特莱夫与契诃夫作品的并置,决定了《中国新文学大系·小说二集》中《药》与《肥皂》的并置。现在的问题是,谷行博如何理解鲁迅在《〈中国新文学大系〉小说二集序》中的这句话:

> 此后虽然脱离了外国作家的影响,技巧稍微圆熟,刻画也稍加深刻,如《肥皂》、《离婚》等,但一面也减少了热情,不为读者们所注意了。

有了对《药》与《肥皂》之间,《肥皂》与《戚施》之间关系的考察,谷行博认为鲁迅所谓"脱离了外国作家的影响"是值得重新考虑的。《肥皂》的内在脱离过程有两层。一是如何从以安特莱夫为范本的《药》的脱离,另一方面是如何从《肥皂》的范本《戚施》的脱离。出色地完成了这双重脱离过程的方法,即《肥皂》就是对《药》的模仿。所谓脱离,是以应该脱离为前提的行为;而所谓模仿,则是以某一个作品为前提,模仿其作品的特征;那是让人感到讽刺滑稽的重作的作品。《肥皂》的脱离过程正是以这双重脱离过程为前提,所以,以先行作品为存在模仿的必需条件,便在《肥皂》中得以实现。"谷行博这里的行文有些缠杂,按他的理解,鲁迅所谓的"脱离"已经发生了意义的翻转,"脱离"实际上是一种深度模仿,是一种脱化。如果谷行博的考察真实可靠,能够发现甚至鲁迅自己都未曾意识到的对应关系,看到"脱离"背后的"模仿",这样的研究应该是非常有价值的。但这里必须指明,谷行博对《肥皂》与《戚施》关系的考察太过牵强,太过迂远 ①,而如此曲曲折折的论述,目的则是在明知《戚施》为英文重译的情况下,经过一系列"可能"的推论,找到濑沼夏叶译《契珂夫杰作集》和长谷川天溪《两文豪介绍》对周氏兄弟可能的影响,从而推向这样的结论。

第三,"我们有必要将《肥皂》放在《晨报副镌》、《彷徨》、《中国新文学大系·小说二集》等关联文章中,进而置于日本近代文学史和各国所受契珂夫的影响中来考察,使之获得新的理解。关于《肥皂》评价的定论,我以为这是先决条件。"

关于第三点后文还会论及,这里要说的是,任何一篇小说周边都会缠绕着一个复杂的互文系统,在不同的方向和层面上,我们或多或少、或强或弱都能找到一些互文关系。就创作实际而言,一位优秀的小说家肯定要尽力避免技巧与细节的雷同,而研究者一旦沉迷于毫无本质关联的"蛛丝马迹"的寻找,势必影响他对决定性互文关系的认识,从而产生一种所谓的"感知谬误"。现在问题的关键是,在具体技巧和细节之外,从"作"的角度看,我们是否能够找到对《肥皂》而言更为直接的关联和对应关系呢？

二

以往对《肥皂》的解读往往沿着两个方向展开:一是小说所展示的讽刺艺术;一是从象征、隐喻和心理分析角度出发,揭示小说中人(四铭)的行

---

① 仔细阅读谷行博文章,对照《肥皂》和周作人翻译的《戚施》的原文,谷行博所列举的二者之间的对应性关系都很难站得住脚。由于纠偏、纠错并非本文重心,篇幅所限,这里不再一一列举辨析。至于《戚施》结尾两姐妹嘲骂父亲罗舍毗支,谷行博解释为:"与长女之'声'相应和的少女之'声'。这里可以感受到周作人和长兄鲁迅共同推进文学运动的气息。"这样的感受实在匪夷所思。对照汝龙译《在庄园里》可知,周作人只不过忠实地翻译了原文而已。

为、心理,物(肥皂)的深层意蕴。而在阅读过程中引起我注意的则是《肥皂》中人物的命名。一般而言,鲁迅小说人物的命名可分两类:一类是有讲究的,如阿 Q、孔乙己、高尔础、夏瑜之类。这些人物姓名的意思,或者作品中已经随文提破,或者鲁迅在别处做过专门解释,或者读者只要稍作联想便能了然于胸。另一类则没有什么讲究,作者创作时本就无所用心,如吕纬甫、魏连殳、祥林嫂、涓生、子君等等。当然,在后者中我们不能排除一种情况的存在,那就是鲁迅在命名时渗透了某种意思,只不过意思比较隐晦,鲁迅又未做专门解释,读者也就无从领会了。就《肥皂》而言,小说中重要的人名命名有四个:学程、何道统、卜薇园和四铭。《肥皂》是讽刺复古派和假道学的,显然"学程"指向的是二程,何道统指向理学道统,结合《采薇》,读者大概也能理解所谓"薇园"指的是以"翁"互称、以隐士自居的道学先生。这里的难题是,小说主人公"四铭"的命名究竟来自何处? 究竟有何意指? 我以为,这是解读《肥皂》的关键所在。

依照学程、何道统、卜薇园三人命名所指示的方向,结合小说的思想内容,我认为"四铭"这个名字来自理学经典文献《西铭》。我们知道,儒家道统有自己的思想、人物谱系,而这个谱系的建立孟子、韩愈、朱熹三人起到了关键作用。朱熹门人黄榦对这一道统谱系的描述最为简要:"窃闻道之正统,待人而后传,自周以来,任传道之责,得统之正者,不过数人,而能使斯道章章较著者,一二人而止耳。由孔子而后,曾子、子思继其微,至孟子而始著。由孟子而后,周、程、张子继其绝,至先生而始著。"[①] 这里的"张子"指的就是声言"为天地立心,为生民立道,为往圣继绝学,为万世开太平"的张载。在宋代理学家中,张载的地位不如程朱,但影响却非常大。《西铭》《东铭》就出自张载《正蒙·乾称》的开始和结束部分。据黄宗羲《宋元学案》载:"先生(张载)尝铭其书室之两牖,东曰《砭愚》,西曰《订顽》。伊川曰:'是起争端,不若曰《东铭》、《西铭》'。"程颐对《西铭》极为推崇,称其"极纯无杂,秦汉以来学者所未到。意极完备,乃仁之体也。"以

---

① 黄榦:《勉斋集》卷三十六《朝奉大夫华文阁待制赠宝谟阁直学士通议大夫谥文朱先生行状》,《文渊阁四库全书》本。

《西铭》立心，"便可达天德"①。后来朱熹作有《西铭论》，陈亮作有《西铭说》，清代大思想家王夫之也曾作《张子正蒙注》，对"二铭"部分有过精湛注解。对于《西铭》《东铭》这两篇简短的儒家道统的经典文献，鲁迅肯定非常熟悉。②

　　如果只因其他人物的命名与道学相关，而"四铭"又与"西铭"音近形似，我们便推定鲁迅在人物命名上以前者暗射后者，那还只是一种猜测。③这一推定更为重要的理由是：《肥皂》与《西铭》之间思想意旨上的关联。在道学传统中，《西铭》所以被推重，主要因为它以简要的语言，标举了儒家"天人合一"、"民胞物与"、"存顺没宁"的精神境界，而《肥皂》与《西铭》之间的直接咬合点正在第二方面：

> 　　民吾同胞，物吾与也。大君者，吾父母宗子，其大臣，宗子之家相也。尊高年，所以长其长；慈孤弱，所以幼其幼。圣其合德，贤其秀也。凡天下疲癃残疾，惸独鳏寡，皆吾兄弟之颠连而无告者也。于时保之，予之翼也。乐且不忧，纯乎孝者也。违曰悖德，害仁曰贼。济恶者不才，其践形唯肖者也。④

明确了这层关系，我们就会抵达小说文本深处，对《肥皂》中的一些细节有更明确的把握。例如，小说后面写四铭有些悲伤，"似乎也像孝女一样，成了'无告之民'，孤苦伶仃了"。"无告之民"在上面这段文字中就有了落脚。在儒家文献中，有三部经典说到了"无告"，除《鲁迅全集》相关注释中提

---

① 黄宗羲：《横渠学案上》，《宋元学案》第一册，中华书局1986年版，第665页。

② 在《怀旧》《祝福》等作品中，鲁迅对与张载有关的典故和言论曾有直接引用，他对朱熹、吕祖谦选录周敦颐、二程和张载四人言论的理学入门书籍《近思录》非常熟悉，而张载的《西铭》《东铭》就被选录在该书卷二"为学"篇中。此外，鲁迅与理学传统之间的关系，郜元宝先生曾有专文论述。参见《为天地立心——鲁迅著作所见"心"字通诠》，《鲁迅六讲》，上海三联书店2000年版。

③ 这样的猜测很容易受到质疑，例如鲁迅就曾说过："人名也一样，古今文坛消息家，往往以为有些小说的根本是在报私仇，所以一定要穿凿书上的谁，就是实际上的谁。……还有排行，因为我是长男，下有两个兄弟，为豫防谣言家的毒舌起见，我的作品中的坏脚色，是没有一个不是老大，或老四，老五的。"就此而言，"四铭"实在是鲁迅再正常不过的一个人物命名。参见《答〈戏〉周刊编者信》，《鲁迅全集》第六卷，人民文学出版社2005年版，第149页。

④ 张载：《张载集》，中华书局1978年版，第66页。

到的《礼记·王制》外,还有《孟子·梁惠王下》和《西铭》。其中《礼记·王制》最早,《梁惠王下》是对前者所提到的"鳏、寡、独、孤"的具体解释,《西铭》则延续了前两者的仁爱精神,将所关爱的对象扩展为"疲癃残疾,惸独鳏寡"。如果考虑到《肥皂》与《西铭》之间的关系及小说中提到的孝女和瞎眼睛的祖母,小说中的"无告之民"更直接的来源应该是《西铭》中的这段话。同时,这样的关联还使我们认识到,小说中没有正面描写的孝女和她瞎眼睛的祖母,实由"疲癃残疾"一语脱化而出,作为功能性、事件性叙事符号,以便凸显四铭之流假道学"悖德"、"害仁"的言行心理。

　　如仅从文字表面看,我们也能领略《肥皂》的讽刺艺术,也能感受到鲁迅通过四铭言行、心理反差所营造的反讽效果,但这样的反讽只是一种表面的反讽,一种露骨的反讽。我们只有明确了《肥皂》与《西铭》的内在关联,才能真正领悟到鲁迅匠心独具的文本策略,领略到小说立意和构思——也就是在"作"的方面的巧妙运思。在四铭猥琐、卑污、肮脏的言行和心理与《西铭》所标举的"民我同胞,物吾与也"的仁爱大同境界之间,存在着强烈的道德和精神反差,而这样的反差将《肥皂》的修辞由局部引向了整体,由微观引向宏观,由表层引向了深层,加之作者在小说中刻意实施的客观化叙述,使《肥皂》呈现出巨大的修辞张力①。只有在这里,在这种张力体验中,我们才能领会鲁迅的修辞智慧,真正欣赏到《肥皂》所独具的修辞之美。这样,我们也就能够明白,鲁迅为什么说《肥皂》脱离了外国作家的影响,"技巧稍微圆熟,刻画也稍加深刻……但一面也减少了热情,不为读者们所注意了"。其实,这句话还表达着鲁迅隐隐的担忧,担心自己讽刺和批判的热情为技巧所掩,读者对自己婉曲的反讽不能心领神会。而这恰是反讽修辞的两难:在"技巧圆熟"与意义彰显之间,作者很难达到一种理想的平衡。反讽效果的达成是需要读者参与的,而鲁迅对此实在没有把握,这样的修辞又

------

　　①　这里的修辞是指"作为修辞的小说",亦称"广义修辞"或"宏观修辞",它不同于"小说之中的修辞",即"狭义修辞",后者是指小说中公开的可辨认的手法或辞格。而小说的广义修辞被视为作者与读者之间完整的交流活动。参见韦恩·布斯:《小说修辞学》,广西人民出版社1987年版,第428页。

不好随文提破，否则便如"走了气的啤酒"，没有味道了。李长之、竹内好否定《肥皂》的原因，大概也在这里。①

需要补充的是，如果说从思想内容方面《肥皂》与《西铭》之间有着内在的关联，那么，从"作"的角度看，《肥皂》在立意、构思和宏观修辞上，恰恰受到了《东铭》的启发：

> 戏言出于思也，戏动作于谋也。发乎声，见乎四支，谓非己心，不明也。欲人无己疑，不能也。②

对照《肥皂》原文我们就能明白，鲁迅正是通过"咯支咯支"的"戏言"，买肥皂、作"孝女行"等表面郑重其事、实则荒诞不经的"戏动"，来实施反讽修辞的。因此，我们可以说《东铭》中的这段文字，隐藏着鲁迅创作《肥皂》时的"文心"之秘。

综合以上的分析和解读，我们可以得出这样的结论：《肥皂》是鲁迅针对当时社会上涌动的复古潮流，秉承《水浒传》《金瓶梅》《红楼梦》中就已存在的中国古典小说人物命名的传统，参照儒家道统的经典文献《西铭》《东铭》，并加以艺术的想象和虚构创作而成的。《肥皂》是鲁迅讽刺批判复古派道学先生卑污、肮脏言行和心理的"订顽"、"砭愚"之作。而"愚蠢"和"顽劣"恰是四铭行为、心理的两个侧面，小说中"恶毒妇"等巧妙的情节穿插，也是围绕着这两个侧面展开的。③

---

① 李长之认为《肥皂》的毛病在于"故意陈列复古派的罪过，条款固然不差，却不能活泼起来"，而竹内好则把《肥皂》看成"愚蠢之作"。不知竹内好的个人"好恶"是否也受到了李长之的影响，但他们否定《肥皂》最主要的原因还是在于未能真正打透作品，否则肯定会有不一样的评价。参见李长之：《鲁迅批判》，《李长之文集》第二卷，河北教育出版社2006年版，第63页；竹内好：《鲁迅》，《近代的超克》，生活·读书·新知三联书店2005年版，第77页。
② 张载：《张载集》，中华书局1978年版，第320页。
③ 在这里我有一个猜想：《肥皂》中"恶毒妇"一节，很有可能是在什么书里或者周氏兄弟及周边诸人之间传说过的一个现成的"段子"，经鲁迅"夺胎换骨"后安插在了小说里，只不过它的源头后人实在无从查考了。过于现成、过于刻露的段子感，很有可能是李长之、竹内好等人否定《肥皂》的原因之一。不过，这样的段子能够安插进故事的连接点，还是在四铭行为、心理中"愚"的一面。

三

　　回到谷行博的文章,他认为"我们有必要将《肥皂》放在《晨报副镌》、《彷徨》、《中国新文学大系·小说二集》等关联文章中",这应该是没有问题的。例如他在文章中将《晨报副镌》与《彷徨》中《肥皂》的文本进行对刊,从结集删改中分析鲁迅追求叙述的客观化的意图,就非常令人信服。但是,他对鲁迅所言"脱离了外国作家的影响"的解释,给人感觉实在尖深过头,而他所谓"双重脱离的过程",即使忽略论证逻辑方面的牵强和单薄,也让人觉得难以理解。更为重要的是,谷行博经过迂曲的论证,在一连串的"可能性"推论中,强调日本契诃夫翻译对周氏兄弟的影响,进而认为"《肥皂》评价的定论"、"使之获得新的解释"的先决条件是将其"置入日本近代文学史",这样的论断实在令人难以苟同。

　　在这里,郑家建有一个观点值得注意。在他看来,许多日本学者认为鲁迅思想的起点是在日本留学时期形成的,这一论断的依据主要是鲁迅在日本时期写成的五篇论文,而这五篇文章实为鲁迅少作,许多地方拼凑他人观点,其中存在不少前后矛盾之处。"日本学者提出这样的观点,隐蔽着一个别有用心的学术立场,他们据此可以认为,中国乃至世界近代最杰出的思想家鲁迅是在日本文化中哺育出来的,是在日本文化的土壤上成长起来的。"[①] 谷行博文章中也提到了五篇文章之一的《破恶声论》,但他论述的重点,主要在于突出周氏兄弟日本时期的文言翻译对鲁迅小说创作的决定性影响,虽然路径不同,但最终结论与其他日本学者并无二致。当然,我们没有必要刻意强调学术研究的民族立场,只是谷行博等日本学者的研究,在学理上很容易推向一种非常荒谬的结论:鲁迅思想和小说艺术的日本时期完成论。

　　不容否认,日本学者在鲁迅研究方面的确有很高的水准,他们文本研读的精细;他们以鲁迅研究为中介,对日本不同时代思想和现实的反思;他们在鲁迅研究中所凸显出来了的亚洲意识和世界意识,都值得中国鲁迅研究界学

---

① 郑家建:《论鲁迅的六种形象》,《藏在纸背的眺望》,海峡文艺出版社 2013 年版,第 19 页。

习和借鉴。在对《肥皂》的解读过程中，竹内好《鲁迅》中的一段文字就给了我很大启发：

> 背德者其实是道德者。道德者其实是背德者。它们是对立的，不能以同一名目一概而论……当非革命者口喊革命时，革命者却沉默了。沉默是批判的态度。因此，革命的普及，同时也是革命的堕落，恰如大乘佛教的承认居士，"不知道是佛教的弘通，还是佛教的败坏"（《在钟楼上》）一样。只有相信"永远革命"的人，只有"永远的革命者"，才能不把革命的普及看作革命的成功，而看作革命的堕落，加以破却。①

这段文字是竹内好在谈到广州时期鲁迅的两篇演讲时写下的，我以为他很好地抓到了理解鲁迅的一个关键，这不仅可以帮助我们理解鲁迅与嵇康、与魏晋风度、与"革命"之间的关系，它还提醒我们关注在"文化批判"和"文明批评"中鲁迅与传统之间的联系方式。这种联系的方式不是直接的、表面的，而是深层的、内在的，它是以否定的方式呈现的，是一种"打断骨头连着筋"式的联系。在《肥皂》中，他对复古派假道学的批判，他在精神世界里与理学传统的内在关联，也应作如是观。把握这种联系是解读鲁迅任何一篇作品使其获得评价的定论和新的理解的不容置疑的先决条件。"为天地立心，为生民立道，为往圣继绝学，为万世开太平。"我以为，这四句话，彰显着中国知识分子一种自觉而沉重的责任担当，它是张载放置在中国知识分子面前的一把镜子。说实在的，近代以来，没有几个人能在这把镜子里显影。如果有，鲁迅的身影肯定是最为清晰的一个。

（原载《细读》2015 年春之卷）

---

① 竹内好：《鲁迅》，《近代的超克》，生活·读书·新知三联书店 2005 年版，第 141—142 页。

小说修辞现代转型中的苏曼殊

在中国小说历史中,"说话"艺术影响深远,特别是宋元话本中形成的"说话人的虚拟修辞策略"①,深深吸引着后世小说家,他们不断借用这套固定形式,模拟说话的"在场"效果。这在宋元后的话本、拟话本和章回体小说中表现得尤为突出。然而,清末民初情况发生了很大变化,在翻译小说的影响下,小说家们纷纷突破章回体小说的文本构成方式,摆脱"说话人的虚拟修辞策略",寻求新的文本构成方式和修辞方式。当然,这种变化和突破往往从局部开始,如《绘芳录》(1878)、《海上花列传》(1892)、《新中国未来记》(1902)和《官场现形记》(1903)等小说,虽有回目,但已经没有了传统章回小说的套语和"下场诗"。1905年,无名氏的《苦社会》和碧荷馆主人的《黄金世界》甚至连"话说"、"且说"等说话人的标志性话语都消失了。这说明,"随着中西文化交流和受众审美习惯的变化,章回体小说的一些固定套式已使作家感到累赘,并逐渐被抛弃"②。小说家们逐渐意识

---

① 说话人虚拟修辞策略是中国古典白话小说的主要特征。宋元话本一经刊刻这一特征就已形成,并被后世小说家不断模仿。由于说话人虚拟修辞策略中始终隐含着对说书"现场情境"(situational context)的虚拟、模仿,这样就使中国古典白话小说形成了特殊的修辞效果和修辞传统。就实际情况而言,清末民初的章回体小说,无论是由白话、浅近文言或文言写成,都在不同程度上受到了这一修辞方式和传统的影响。参见王德威:《想像中国的方法——历史·小说·叙事》,北京三联书店1988年版,第80页。

② 郭延礼:《西方文化与近代小说的变革》,《阴山学刊》1999年第4期。

到,他们与读者之间的契约已经被修订。

值得注意的是,最终捅破章回体这层"窗户纸"的是从事翻译的小说作家。苏曼殊的长篇《断鸿零雁记》(1911)和林纾的长篇《剑腥录》(1913)均已取消回目直接分章,章回体的"套语"也被完全放弃。一般认为中国的"章回小说"体裁形式,是由林纾打破的,但从相关材料看,苏曼殊的《断鸿零雁记》要早于林纾的《剑腥录》。①

一

苏曼殊自作小说六篇,篇幅都比较短,以浅近文言写成,俗称"六记"。即《断鸿零雁记》(1911)、《天涯红泪记》(1914)、《焚剑记》(1914)、《绛纱记》(1915)、《碎簪记》(1916)、《非梦记》(1916)。苏曼殊的诗歌一般评价较高,而他的小说则毁誉参半。钱玄同称苏曼殊思想高洁,"所为小说,描写人生真处,足为新文学之始基乎"②。过渡期小说家很少获此殊荣。陈独秀也曾高度评价《绛纱记》、《碎簪记》追求"个人意志之自由"的时代意义,肯定两部小说揭示了"个人意志之自由"深受社会恶习迫压的痛切之情。而胡适则相反,对苏曼殊的小说持激烈的否定态度,称《绛纱记》所记,"全是兽性的肉欲,其中又拉几段绝无关系的材料,以凑篇幅,盖受近人几块钱一千字之恶俗之影响着也。《焚剑记》直是一篇胡说"③。郁达夫对苏氏小说也评价不高,认为《碎簪记》"抄袭《茶花女》太抄得不高明"④,而《断鸿零雁记》"有许多地方,太不自然,太不写实,做作得太过"⑤。

对苏曼殊小说的评价所以众说纷纭,主要是由苏氏小说在内容、形式和精神气质方面"新旧杂陈"的性质决定的。往往由于研究者穿透苏氏小说

---

① 《断鸿零雁记》一般认为发表于1912年,中国书店1985年版《苏曼殊全集》也标明为1912年,但据胡寄尘《记断鸿零雁》披露,小说1911年(民国元年)随撰随刊于"南洋群岛某日报上"。后因该报停刊,重刊于陈士英在上海办的《太平洋日报》上,时为1912年。柳无忌《苏曼殊年表》从后者。

② 钱玄同致陈独秀信,《新青年》第三卷第一号,1917年3月。

③ 胡适:《论小说及白话韵文》(答钱玄同书),《新青年》第四卷第一号,1918年1月15日。

④ 郁达夫:《杂评曼殊的作品》,《苏曼殊全集》第五卷,中国书店1985年版,第118页。

⑤ 同上书,第120页。

的角度不同,所得结论也不尽相同。面对这样一位小说家,我们要思考的是,在中国小说修辞现代转型中,苏曼殊小说具有怎样的"中介"意义? 在修辞方式上,他对整个五四时期的小说创作产生了怎样的影响?

如果考察苏曼殊六篇小说的文本构成①,我们就会发现,苏氏小说文本的外部构成,已经完全不同于以往章回体小说。《断鸿零雁记》近四万字,不仅回目全无,甚至连章回体小说从话本那里继承来的"套语"也完全消失了。《天涯红泪记》未完,只有两章,体式与《断鸿零雁记》相同。其他几篇为短篇,除叙述语言为浅近文言外,其他各方面非常接近现代短篇小说。表面看来,这些变化好像无足轻重,以前许多作家虽仍用章回体,但只是徒具其表,小说在文本的内部构成上,也已经在很多方面突破和超越了传统章回小说的"时空体"②形式。但我们应当看到,这种表面形式的最后退场,意味着中国小说的修辞能指已经摆脱了原有修辞能指的存在方式,获得了一种崭新的面貌和形式。苏曼殊在这方面的首创之功,是不能被埋没的。如果这最后的"一层皮"不被扒去,自宋元以来就已形成的"说话人虚拟修辞情境",仍将如影随形,不断纠缠、干扰甚至阻碍中国现代小说修辞方式的变革。

尤为可贵的是,苏曼殊在他的小说中,以一种近乎笨拙的方式,寻找着与读者之间新的交流方式。如果我们将小说修辞理解为"同读者进行交流的艺术,也就是史诗或小说的作者在自觉或不自觉地把读者引入他的虚构世界时使用的修辞手段"③的话,那么,苏曼殊显然属于在这个方面进行有益探索却又被后人所嘲笑和"诟病"的先行者。我们可以《断鸿零雁记》为例,看苏曼殊是如何探索重构作者与读者之间的修辞交流方式的。

《断鸿零雁记》凡二十七章,故事并不复杂。小说写宗三郎旧家为江户望族,在日本出生后不久生父去世。为能"离绝岛民根性","长进为人中

---

① 苏曼殊的小说完整的只有五篇,其中《天涯红泪记》1914 年 5 月在日本东京出版的《民国杂志》第一年第一号上发表,登至第二章末完而终止。

② [俄]巴赫金认为,在人类发展的某一历史阶段,人们往往是学会把握当时所能认识到的时间和空间的某些方面,各种体裁形成了相应的方法。文学中已经艺术地把握了的时间关系和空间关系相互间的重要联系,被巴赫金称之为"时空体"。在具体的小说叙述中,往往由于讲述与展示之间的关系不同,小说的"时空体"形式也不尽相同。参见巴赫金:《小说理论》,河北教育出版社 1998年版,第 274 页。

③ 韦恩·布斯:《小说修辞学·序言》,广西人民出版社 1987 年版,第 1 页。

龙"，其母抱儿随义父来中国。三年后母返日，义父亦亡，义母不容三郎。雪梅父亲原将雪梅许配三郎，见三郎义父家运式微，亦爽前约。三郎很小就不得不至常秀寺作"驱乌沙弥"。化缘巧遇幼时乳媪母子，准备鬻花筹款，东渡省亲。其间巧逢雪梅，雪梅赠金，遂其心愿。后三郎日本寻亲，恰姨母有女静子，与三郎情投意合，互生爱意。母、姨亦极力玉成其事。然三郎身世"有难言之恫"，碍于母姨情意，静子深情，无以明言，只得舍母东还，途中将静子所赠信物掷于海中。返回中国后，挂单杭州灵隐寺。一日偶闻雪梅已死，与僧友法忍步行千里寻吊，然而，于村间丛冢之内遍寻，终未得见，徒叹奈何。

　　传统章回体小说作者与读者之间的交流，主要依靠"看官"、"且说"等套语模拟"说话"情境来维持。这样的交流是直接的、外在于"故事"的，其交流往往奠基于平民的日常伦理。苏曼殊在《断鸿零雁记》中却设计了一个无名的"读者"，使其与叙述者始终保持着有效的沟通和交流。如小说第五章写道：

　　　　明日天气阴沉，较诸昨日尤甚。迨余晨起，觉方寸中仓皇无主，以须臾即赴名姝之约耳。读吾书者，至此必将议我身陷情网，为清净法流障碍。然余是日正心思念我为沙门，处于浊世，当如莲华不为泥污，复有何患？宁省后此吾躬有如许惨戚，以告吾读者。

　　　　……

　　　　雪梅者，余未婚妻也。然则余胡可忍心捨之，独向空山而去；读者殆以余不近情者；实则余之所以出此者，正欲存余雪梅耳。须知余雪梅者，古德幽光，奇女子也。今请语余读者：雪梅之父，亦为余父执，在余义父未逝之先，已将雪梅许我。后此见余义父家运式微，余生母复无消息，乃生悔心，欲爽前诺。雪梅故高抗绝伦者，奚肯甘心负约？故其生父继母，都不见恤；以为女子者，实货物耳，吾顾可则其礼金高者鬻之。况此特权操诸父母，又乌容彼纤小致一辞者？……

这样的段落小说中还有很多，叙述者不断提请读者"思之"、"试思"，让读者设身处地体验叙述者的无奈和苦衷。这样的修辞交流方式不仅具有典型的过渡性，而且富有独特性，让我们觉得到既熟悉又陌生。熟悉是因为苏氏的"读者"总是让人联想到话本小说和章回小说中的"看官",虽然不能说这里的"读者"脱胎于"看官",但从作者的叙事习惯看,二者之间显然有着某种血缘关系,这主要表现在两个方面:一是二者在小说文本中的存在形式相同。无论是传统的"看官",还是苏曼殊的"读者",都需要叙事者跳出"故事"叙述之外,与读者就"故事"的某一情节或场景进行议论或交流;二是这种交流都渗透着作者明确的修辞目的——通过真挚的情感交流,对读者实施有效的情感控制。就小说叙述本身而言,这样的修辞交流往往会打断故事情节发展的流畅,而情节的完整流畅对话本小说和章回小说而言又是非常重要的。在中国传统小说文化中,为了情节的流畅,作者可以牺牲场景的描写,减少人物对话,放弃大段的对人物心理的刻画和描述,或将心理转化为可见的动作和表情,而唯独不能放弃的是"说话人"所持的具有公共权威的伦理立场和道德观念,并且,为此不惜打断叙述的时间流程。在阻断叙述的流畅和完整这一点上,苏曼殊的"读者"与传统的"看官"并无二致。

但是,如果仔细阅读,就会发现二者之间已经有了很大差别。这首先表现在,传统的"看官"、"诸位"与苏氏的"读者"所诉诸的修辞情境已经发生了微妙的变化。在"看官"、"诸位"等话语符号中,始终残存着"说话人"虚拟的"说/听"交流模式的因素。在这种模式所隐含的权力关系中,叙述者始终是主导性的、支配性的,小说的"读者"则完全失去了能动性,只是作为一个"倾听者"存在于小说修辞交流之中。而在苏曼殊对"读者"的呼请中,我们看到了不同的情形。《断鸿零雁记》所诉诸的更多是"写/读"的交流模式,这种模式已经摆脱了模拟"说话人虚拟修辞"所依赖的"在场"效果,这样小说的修辞空间得到了有效地拓展,修辞交流本身也充满了弹性。

其次,二者之间的修辞姿态不同。前面已经说过,"说/听"模式的权力关系是不平等的,这在某种程度上削弱了小说修辞交流的效果。这一模式决定了叙述者的修辞姿态,只能以"独语"的形式存在;而在《断鸿零雁记》中,叙述者与读者之间的权力关系则趋于平等,从而使修辞交流本身获得了"对话"的基础。这时的"读者"已经不同于"看官"、"诸位"——一种被动的、被抽空的语言符号,而是能够有所思,有所想,能够对叙述者的境遇、情感给予理解和同情的"叙述者的读者",它不是出于一般的"读者",而是作者心目中进行情感交流的对象。

最后,也是最为重要的一点,二者之间修辞交流的内容已经有了本质不同。在话本小说或章回小说的修辞交流中,"说话人"往往以其超越的修辞姿态,扮演成平民日常伦理的代言人,公共道德的护卫者,从而形成起"不容置疑"修辞威势。叙述者以"公理"为依托,在"说话"这一敞开的虚拟空间中,谈论和评价故事中的事件、人物。而在《断鸿零雁记》中,叙述者与读者之间则在一个较为封闭的阅读空间里,进行私人情感的交流。无论是叙述者自叹年幼的孤苦无助,将赴玉人之约时的彷徨无主,以及由身世的"难言之恫"所带来的内心矛盾和"惨戚"之情,还是生而多艰,人生哀苦的慨叹,都是在与"读者"、"读吾书者"之间进行的个体情感的沟通,在向另外一个人,倾诉自己的"弥天幽恨"。

二

苏曼殊是个怪才,是文学和艺术上的"多面手"。郁达夫曾对他的诸多才艺有过一个综合评价,"拢统讲起来,他的译诗,比他自作的诗好,他的诗比他的画好,他的画比他的小说好"①。确如郁达夫所言,无论是艺术成就,还是对当时和后世的影响而言,苏曼殊的诗歌成就都要强于小说。苏氏以诗名世,按理说在小说中一逞诗才,原是情理之中的事。但细读他的六部小说,完整的诗仅存三首,都在《断鸿零雁记》中,其中一篇为拜伦的《大海》(《赞大海》),一篇是第二十一章的《捐官竹枝词》,从内容、格调看,非苏氏手笔。再有就是第二十六章,余偶闻雪梅已死,与法忍千里步行寻吊,途中夜宿荒寺,寺中碑上所刻"淡归和尚贻吴梅村之诗",也非苏氏作品。

这里值得注意的是《大海》。鲁迅谈到苏译拜伦诗歌时曾说过:"苏曼殊先生也译过几首,那时他还没有做诗'寄弹筝人',因此与Byron也还有缘。译文古奥得很,也许曾经章太炎先生润色的罢,所以真像古诗,可是流传的并

① 郁达夫:《杂评曼殊的作品》,《苏曼殊全集》第五卷,中国书店1985年版,第115页。

不广。"① 话语间可以看出,鲁迅对苏曼殊凄艳哀婉的情诗有些微词,但不容否认,在当时和五四时期真正产生影响的,恰恰是前者。苏曼殊的诗充满古典气息,意象清新优美,清越拔俗,在一个"古典"完结的时代,在诗词中创辟出了感伤、凄绝的审美境界。加之受拜伦、雪莱的影响,诗中所抒之情,缠绵悱恻,哀伤忧郁,真挚感人。特别是他不僧不俗、亦僧亦俗的特殊身份,以及内心深处情与欲的矛盾状态,使他的诗在情感表达上升华出凄幽哀婉的悲剧之美。这样,苏曼殊诗中所表达的孤独无助、感怀忧伤,不期然的切合了五四落潮后青年中普遍存在的孤独彷徨、无所依归的心灵状态。可以说,这种心理和情感状态,并不是属于苏曼殊个人的,它是那一历史时期知识分子"现代感"的重要组成部分,只不过苏曼殊敏感的天性,较早地触及了这样一种现代感伤,并通过他的诗和小说,传达给后来者。

我们应当认识到,文学现代性的发生,说到底取决于人的现代性体验的发生。有研究者将当时知识分子的现代性体验归结为四种类型:一是以王韬《韬园文录外编》《漫游随录》为代表的"惊羡体验";二是以黄遵宪诗为代表的"感愤体验";三是以刘鹗《老残游记》为代表的"回瞥体验";四是以苏曼殊《断鸿零雁记》为代表的"断鸿体验",此种体验"表现出一种对过去、现代和未来的悲怆与幽恨之情,体现为上述三种体验类型在清末民初绝望境遇中的具体的融汇形态"②。这无疑肯定了苏曼殊的"断鸿体验"在当时的典型性和普遍性,也就是说苏曼殊的"断鸿体验"成为了"现代性体验"在文学中的重要表征。这种现代性体验对苏氏小说的修辞方式产生了巨大影响。

在苏曼殊的小说中,他的人生体验并不像传统章回小说那样以诗歌的形式加以表达,或者像《老残游记》那样,只是在某一特殊场景之下,将古典诗情熔铸到小说叙事之中。苏曼殊更多是以作诗的方式在"做"小说,这也就是为什么郁达夫批评他的小说"做作"、不够写实的直接原因。如果说在以前的小说中,诗词的存在有时不免流于点缀,或者作者想通过诗歌这一中国传统文学中的"贵族",来显示自己的才情,那么,在苏曼殊的小说中,作

---

① 鲁迅:《杂忆》,《莽原》周刊第九期,1925 年 6 月 19 日。
② 王一川:《晚清与文学现代性》,《江苏社会科学》2003 年第 5 期。

者以情统文,挥之不去的诗性体验弥贯全篇,这就对苏曼殊小说文本的内部构成产生了直接的影响。在以往的小说中,叙述动力往往来源于故事中"事件"本身的发展进程,叙述者通过调动"讲述"和"展示"手法,将故事呈现在文本之中。但是在苏曼殊的小说中我们看到了不同的情形,小说的叙述动力更多地是来源于叙述者的情感变化,正是在叙述者的情感变化和体验中,在叙事者的内心活动中,故事获得了更为内在的驱动。

　　苏曼殊的诗性修辞在作品中有着多方面的表现,其对苏氏小说文本内部构成的影响,主要体现在两个方面:首先,这种诗性修辞体现在对自然环境和故事背景的诗性描写中。苏曼殊的小说都由文言写成,这为作者在小说中运用古典诗词手法描写景物,提供了方便的"工具",使得"诗"与小说本身"天衣无缝"地"连缀"在一起。同时,这也决定了苏氏小说中的景物描写简短精切,有"画龙点睛"之妙。如:

> 　　百越有金瓯山者,滨海之南,巍然矗立。每值天朗无云,山麓葱翠间,红瓦鳞鳞,隐约可辨,盖海云古刹在焉。相传宋亡之际,陆秀夫既抱幼帝殉国崖山,有遗老遁迹于斯,祝发为僧,昼夜向天呼号,冀招大行皇帝之灵。故至今日,遥望山岭,云气葱郁;或时闻潮水悲嘶,尤使人欷歔凭吊,不堪回首。今吾述刹中宝盖金幢,俱为古物。池流清净,松柏蔚然。住僧数十,威仪齐肃,器钵无声。岁岁经冬传戒,顾入山求戒者寥寥,以是山羊肠峻险,登之殊艰故也。
>
> 　　一日凌晨,钟声徐发,余倚刹角危楼,看天际沙鸥明灭。是时已入冬令,海风逼人于千里之外。……

从上面这段文字可看到,作者的景物描写可谓"挥墨如金"。它主要以四言为主,或在四言的基础上略加变化,对某一具体景物的描述,往往只需八个字便能得其神韵。这些充满古典气息的词句,"混迹"于一般的叙述语言,给人"如盐入水"之感。这样,在文本的内部构成上,"展示"性描写所占空间有限,"讲述"与"展示"之间充满和谐之美。如果不考虑语体因素,苏曼殊小说中时空关系的处理,可以说达到了很高的水准,它让读者领略到了诗性修辞的独特韵致。再如下面一段:

　　　　一时雁影横空,蝉声四彻。余垂首环行于姨氏庭苑鱼塘堤畔,盈眸
　　廓落,沧漭冷然。……则此地白云红树,不无恋恋于怀。忽有风声过余
　　耳,瑟瑟作响。余乃仰空,但见宿叶脱柯,萧萧下堕,心始莘然知清秋亦
　　垂尽矣。遂不觉中怀惘惘,一若重愁在抱。(第十二章)

这段描写出现在小说第十二章,三郎随母亲拜访"姨氏",旋即重病,姨氏之
女静子对"余"悉心照料,百般关爱,方得无恙。这是在"姨氏"家附近桥
边的一个场景。大病初愈,行将返家,母亲言语之间已存"异样",且静子
在"余"眼中,不啻"仙人",其神态"翩若惊鸿","密发虚鬒",丰姿明媚。
远有"古德幽光"之雪梅,近有风姿绰约之静子,加之隐约间的不容违逆的
母命姨爱以及自己身世的"难言之恫"。一时之间,"余"愁如潮涌,百转千
回。在这样的心绪之下,原本无情的自然景物,无不为"余"心间写照。在
这里,读者再次见到了作者"以情统文"的修辞运作。在自然景物中灌注诗
人的情感本是中国传统诗词惯用手法,作者将它渗透到自己的小说中,使得
小说的字里行间充溢着古典诗词的诗性之美。

　　其次,在中国古代文学中,诗词是主导。无论是文言小说还是白话小说
文本中都存在大量诗词,在古典诗词抒情传统影响下,使得中国古典小说的
修辞方式和效果形成了非常独特的民族特色。这无疑与五四时期大量"抒
情小说"出现有直接关系。正如王瑶先生所言:

　　　　鲁迅小说对中国"抒情诗"传统的自觉继承,开辟了中国现代小
　　说与古典文学取得联系、从而获得民族特色的一条重要途径。在鲁迅之
　　后,出现了一大批抒情体小说的作者,如郁达夫、废名、艾芜、沈从文、萧
　　红、孙犁等人,他们的作品虽然有着不同的思想倾向,艺术上也各有特
　　点,但在对中国诗歌传统的继承这个方面,又显示出了共同特色。①

王瑶先生非常准确地把捉到了古典诗歌抒情传统给现代小说带来的影
响——使现代小说获得民族特色,这也就是前面我们所强调的,小说修辞与
叙述中的情感驱动问题。但有一点是明确的,古典文学与中国现代文学的联

---

　　① 王瑶:《中国现代文学与古典文学的历史联系》,《北京大学学报》1985 年第 5 期。

系肯定不是单向度的。王瑶先生强调了鲁迅在这一联系中的影响和作用,但是如果我们从小说所反映的精神气质看,郁达夫、郭沫若、王以仁、倪贻德、陶晶孙等人,形成了一个不小的精神气质相近的"族群",他们与中国古典文学,特别是古典诗词抒情传统的联系中介,显然是苏曼殊,而不是鲁迅。

谈到苏曼殊的文学史地位和影响,郁达夫有过中肯的评价和准确的把握,他说:"我所说的他在文学史上可以不朽的成绩,是指他的浪漫气质,继承拜伦那一个时代的浪漫气质而言,并非是指他的那一首诗,或那一篇小说。"① 也就是说,真正使苏曼殊与郁达夫、郭沫若、王以仁等浪漫派小说家联系起来的,并非他的某一部作品,而是他充满古典气息的诗性存在本身,它不是一种外在的、表达在具体诗词作品中的诗词情调,而是内化为一种充满诗性的人生体验和人格魅力,虽然有时不免脆弱、病态,但他深深触动了五四后浪漫青年的内心世界。一旦它再次以小说的形式表达出来,诗词之"形"已失,而诗词之"魂"犹在。也正是在这一过程中,在多个方向上,中国小说不仅完成了文本外部构成的现代性转换,而且在情感力量的作用下,小说文本的内部构成获得了新的生机和时空形态。

三

我们这里以王以仁的小说创作为例,来看苏曼殊与郁达夫、郭沫若、王以仁、倪贻德、陶晶孙等人之间的精神联系,以此考察小说文本形态转化的轨迹。王以仁本为文学研究会成员,郑伯奇在编选《中国新文学大系·小说三集》时将他归入创造社一系,郑伯奇所看重的显然是他们之间精神气质的相似性。这一点也可以从郁达夫怀念王以仁的文章中看出,郁达夫写道:"据他自己说,他对于我的文章,颇有嗜痂之癖。"②

1924 年,王以仁 24 岁,在《小说月报》(第十五卷第十一号)发表了小说《神游病者》。小说写了一个非常敏感的青年,孤身一人在上海教书,生活穷困潦倒,性格孤僻内向,精神上带有明显的自闭倾向。这样的生活境

---

① 郁达夫:《杂评曼殊的作品》,《苏曼殊全集》第五卷,中国书店 1985 年版,第 115 页。
② 郁达夫:《打听诗人的消息》,《王以仁选集》,浙江文艺出版社 1984 年版,第 307 页。

遇和性格特点,使他既自恋又自卑。他渴望得到女性的眷顾,但又在自卑和自恋中禁锢自己,饱受精神与肉体的煎熬。他暗恋对面绣楼上对镜梳妆的女子,但是没有表达的勇气,一天那女子穿了和他一样的白灰衣服,他就自认为她是故意引诱他,表示"她已经爱了他了"。没有女性的爱,身体得不到满足,"他"只能以苏曼殊的《燕子龛残稿》来慰藉自己的精神了。作品结尾写道:

> 他走到了一座小小的板桥之上,仰眼看着天空。他看见明月在一层层的红光之中,向它作惨淡的微笑;他又看见满天布着的灿烂的繁星,一颗颗垂着红色的长尾,走近他的身旁。他把袋中的《燕子龛残稿》取出,一页一页的撕下来丢在水面;口中慢声吟着黄仲则的"独立市桥人不识,一星如月看多时"两句诗。接着又说道:"哦!诗人!薄命的诗人!神经质的诗人!"又低头看着水面的月影说:"哦!李白,我所敬爱的诗人李白哟!你可在这里捉月么?我也要随着你来了。"他说到这里,觉得那河底的月亮,比空中的月亮格外清洁,格外明晰。他朦朦胧胧爬上了桥畔的木栏杆上,伸手向水中的月儿招手。扑通一声,便跌进那又污又臭的水中去了。

这篇小说虽用第三人称,但叙事的主观抒情性很强,情调感伤,"他"敏感忧郁的精神气质,反映出 20 世纪 20 年代初浪漫小说的典型情调。这里引起我们注意的是苏曼殊的《燕子龛残稿》,它在小说中不能简单的理解为事件中存在的一个物品,而是应当被视为那一时代精神苦闷、内心痛苦却又充满浪漫想象的青年人的情感和精神符号与标志。《燕子龛诗稿》虽可以慰藉他的精神和灵魂,但不能改变他穷苦的生活境遇,最终他只能在一种精神的迷幻中,在对生命诗性的召唤中死去。黄仲则、苏曼殊、郁达夫、王以仁,他们仿佛是精神上的"连体婴儿",以诗性承受生命的痛苦,用诗性来表达对生命的体验。甚至他们的精神痛苦升华为文学意象,都表现出了惊人的相似,苏曼殊的"断鸿零雁",郁达夫的"零余者",王以仁的"孤雁"(1926 年他自己编定的小说集的名字,其中一部短篇亦名《孤雁》)。不同的是,苏曼殊脱掉"西装"尚有"袈裟",能够在荒山野寺中,找到自己精神的避难所;郁达夫以"颓废"的方式来减缓和消解自己的精神之痛;而王以仁却真的跟随他的主人公,以同样的方式,结束了自己的生命。(1926 年夏秋间,因为失恋,王以仁只身出走,从此消失。据其好友许杰推测,他在由海门开往上海的船上蹈海而死。①)

陈平原先生在谈到中国文学的"诗骚"传统与五四小说叙事模式的转变时认为:"引'诗骚'入小说在中国文学中由来已久。这种倾向五四以前主要表现在说书人的穿插诗词、骚人墨客的题壁或才子佳人的赠答;而五四作家则把诗词化在故事的自然叙述中,通过小说的整体氛围而不是孤立的引证诗词来体现其抒情特色。"② 陈平原先生的这一概括,非常准确地把握了小说文本转换的历史进程。但是有两点必须加以进一步的说明:

首先,在五四小说的抒情特征与"说书人的穿插诗词、骚人墨客的题壁或才子佳人的赠答"之间有一个渐进的历史过程,小说文本外部构成中的有形的诗词,并非一蹴而就地转化为小说的抒情特色,中间经由刘鹗、林纾、苏曼殊等人长时间的过渡,直到五四时期,郭沫若、郁达夫、王以仁等都在这条转化的轨迹上,以不同的形式,承担着自己的使命。就整体形式而言,古典诗词在小说中的转化,有一个由整首诗到个别诗句再到个别诗词意象最终消弭于无形的过程。这一过程在以上诸人的小说中都有明确的痕迹可循。这一进程与中国古典诗词境界不断被"现代性"语境销蚀的进程相一致。中国近、现代小说家,已经无力或者说根本不可能对中国传统诗词所表现的美学境界进行整体的继承,他们只能以某些诗人的个别诗句中凝聚的古典诗性,以近乎"断章取义"的方式,提取自己所需要的精神意象,来体验和抚慰文化转型期自己敏感的灵魂和精神所承受的"断裂"之"痛"。王以仁小说中"他"把袋中的《燕子龛残稿》取出,一页一页的撕下来丢在水面,这一"动作"可以理解为五四小说家们的一个整体性的"姿态",如果我们以"一页一页的撕下"的方式,来比附前面提到的那个文本转换的过程,肯定没有道理,但却出奇地形象。

其次,还要注意近、现代通俗小说这条线索。文学的发展不可能是单向的,其对历史的继承也是如此。表现在小说文本构成的现代转型上,"鸳蝴

---

① 参见许杰:《王以仁小传》,《王以仁选集》,浙江文艺出版社 1984 年版,第 305 页。
② 陈平原:《中国小说叙事模式的转变》,上海人民出版社 1988 年版,第 241 页。

派"小说走着一条相反的路。他们拒绝古典诗词由外向内的文本转化,并在一段时间内赢得了大量读者。苏曼殊被视为"鸳鸯蝴蝶派"鼻祖,但在这一点上,后来的"鸳蝴派"言情小说的作者,如徐枕亚、李定夷、吴双热等人,不像苏曼殊,他们更多继承了《花月痕》的传统,他们不练"内功",只练"外功",一首两首已经不过瘾,动辄十首八首,一篇小说成了香词艳句的"大串烧",一旦古典诗词的审美精神和传统,在"现代性"社会文化语境之中消散,他们作品本身的命运也就被注定了。所以,周作人在评价苏曼殊小说时说出了这样的话:"曼殊在这派("鸳鸯蝴蝶派")里可以当得起大师的名号,却如孔教里的孔仲尼,给他的徒弟们带累了,容易被埋没了他的本色。"[①] 虽然周作人对苏曼殊小说的本色是什么语焉不详,但在苏曼殊小说的文本构成上,古典诗词精神的内化及其诗性修辞策略的运用,肯定是其小说"本色"的重要内容。

(原载《广东社会科学》2008 年第 1 期)

---

① 周作人:《答芸深先生》,《苏曼殊全集》第五卷,中国书店 1985 年版,第 128 页。

林语堂与中国现代传记文学①

    1914 年 9 月 23 日,胡适在其日记中提到了"传记文学",并对中西传记的体例和各自优缺点进行了比较。② 这是对中国现代传记文学的最早命名。胡适虽首倡"传记文学",但并未阐明其本质属性问题,即传记写作究竟属于史学范畴还是属于文学范畴? 而对此问题的不同理解,则构成了 20 世纪中国传记文学理论建设和历史发展的核心线索。

一

    在后来的传记写作和理论思考中,胡适对此进行过有益的探索和尝试。如他的《四十自述》,开始就采用了小说笔法叙写父母婚事。特别是对父亲

---

    ① 需要说明的是,林语堂传记代表作《苏东坡传》和《武则天传》皆以英文写成,它们当时的影响也主要在英语世界。本文所以将林语堂的传记写作纳入到中国现代传记文学发展中加以考察,主要出于两方面考虑:一是两部作品从材料准备、酝酿构思到实际撰写都是在双重文化背景下完成的。《苏东坡传》1945 年动笔,1947 年在美出版,但它的材料在 36 年赴美之前就有充分准备。更为重要的是,林语堂与胡适、郁达夫等人关系密切,对他们 20、30 年代有关传记文学的理论主张和作品多有了解;二是 20 世纪 70 年代末,两部作品被译成汉语在台湾出版,80 年代中后期,大陆有多家出版机构印售,虽然时间较晚,但影响还是有的。所以,林语堂的两部传记作品既是三四十年代中国传记文学发展的结果,同时也构成了中国现代传记文学发展的一个环节。
    ② 胡适:《传记文学》,《胡适古典文学研究论集》(下册),上海古籍出版社 1988 年版,第 1316 页。

"三先生"的描写充满了文学性的虚构和想象。这在以前传记写作中非常少见。再如《晋书》,后人经常否定它的史学价值,而胡适从"传记文学"角度则特加推许,肯定《晋书》"蒐集了许多小说——没有经过史官严格审别的材料,成为小说传记,给中国传记文学开了一个新的体裁"①。不难看出,胡适虽注重历史,长于考据,但在他的理解中,文学性思维和手法是传记文学写作重要的构成因素。

在胡适之前,梁启超对此就有过思考。从《中国历史研究法》《新史学》《东籍月旦》等论著看,在梁启超的史学整体构想中,"传记体仍不失为历史中很重要的部分"②,并且强调:"万不可用主观的情感夹杂其中,将客观事实任意加减轻重。"③ 不过,梁启超已经意识到,传记写作不可避免地要带有文学性成分。他在论述"人的专史"时写道:"凡真能创造历史的人,就要仔细研究他,替他作详尽的传。而且不但要留心他的大事,即小事亦当注意。大事看环境,社会,习俗,时代;小事看性格,家世,地方,嗜好,平常的言语行动,乃至小端末节,概不放松。"④ 就传记写作实际看,"大事"相对容易处理,反而是"小事"中的"性格"、"嗜好"、"平常的言语行动"和所谓的"小端末节"不易把握,只有得到想象和虚构的帮助,"小事"才能被处理妥当。而恰恰是这些"小事"对传主个性的塑造至为重要。在《作文教学法》中梁启超表达得更为清楚,他曾说:《水浒传》写一百零八个强盗,要想写得个个面目不同,虽然不算十分成功,但总有十来个各各表出他的个性。这部书所以成为不朽之作就在此。懂得这种道理,对于传记文作法便有入手处了。"⑤

20世纪二三十年代,郁达夫从理论和创作两个方面对传记文学进行了卓有成效的探索,坚实地推进了传记文学的成长。他曾在《人间世》《宇宙风》发表9篇连续自传,引起很大反响。此外他还创作有《卢梭传》《施笃

---

① 胡适:《传记文学》,《胡适古典文学研究论集》(下册),上海古籍出版社1988年版,第1320—1321页。

② 梁启超:《中国历史研究法》,东方出版社1996年版,第184页。

③ 梁启超:《作文教学法》,《饮冰室合集·专集》第九卷,中华书局1989年版,第17页。

④ 梁启超:《中国历史研究法》,同上书,第184页。

⑤ 梁启超:《作文教学法》,《饮冰室合集·专集》第九卷,中华书局1989年版,第17页。

姆》等大量传记文学作品。更为重要的是,郁达夫深入地思考了传记文学的本质属性问题,强调传记文学是"一种艺术的作品,要点并不在事实的详尽记载,如科学之类;也不在事人以好例恶例,而成为道德的教条"①。所以,传记写作要"以飘逸的笔致,清新的文体,旁敲侧击"来把一个人的一生,极有趣味地叙写出来。② 郁达夫对传记文学本质属性的思考不仅观点鲜明,而且能从创作实践出发,系统阐述传记文学写作的一般原则。他在《什么是传记文学?》中写道:

> 新的传记,是在记述一个活泼泼的人的一生,记述他的思想与言行,记述他与时代的关系。他的美点,自然应当写出,但他的缺点与特点,因为要记述一个活泼泼而且完整的人,尤其不可不书。所以若要写新的有文学价值的传记,我们应当将她外面的起伏事实与内心的变革过程同时书写出来,长处短处,公生活与私生活,一颦一笑,一死一生,择其要者,尽量来写,才可以见得真,说得象。③

梁启超、胡适认识到中国缺乏传记文学,尤其缺乏能够摆脱旧有史传传统和思维方式的新传记,所以他们借鉴西方,倡导新的传记文学。但从他们的理论表达看,可以看到明、清小说评点派的影子,从小说叙述与史传叙述关系的角度来理解传记文学本质属性问题,因而他们的理论表达不够彻底,尚显犹豫。这反映在创作上,往往是"给史家做材料"的动机,最终压倒了"给文学开生路"的意识。胡氏《四十自述》的写作即其显例。比较而言,郁达夫的理论论述和实际创作更为彻底,不仅旗帜鲜明地肯定传记文学的本质属性是文学的、艺术的,而且能贯彻到自己的写作中。但应当看到,正是上述诸人的连续努力,中国现代传记文学才最终走过了自己的探索期,迎来比较成熟的发展时期,如20世纪40年代出现了像《张居正大传》(1943)、《朱

---

① 　郁达夫:《什么是传记文学?》,《郁达夫全集》第十一卷,浙江大学出版社2007年版,第206页。

② 　郁达夫:《传记文学》,《郁达夫全集》第十一卷,浙江大学出版社2007年版,第112页。

③ 　郁达夫:《什么是传记文学?》,《郁达夫全集》第十一卷,浙江大学出版社2007年版,第205页。

元璋传》（1949）等经典传记文学作品。

　　纵观20世纪前五十年中国现代传记文学发展的历史,我们会发现这样一种现象:在理论观念上,人们对传记文学本质属性的认识逐渐从历史范畴向文学范畴转移,但就实际创作而言,往往是自传的"转移"比较成功,对文学性和艺术性的追求体现得比较充分,如郭沫若的系列自传、郁达夫的自传作品、沈从文的《从文自传》等。而他传作品则相对较弱,总是在不知不觉之间重回考订、组织材料的老路,大量文献引用无形间使作品叙述变得支离破碎。即使是被视为经典的《张居正大传》和《朱元璋传》,也存在同样问题。例如朱东润先生的《张居正大传》,一直为人们所推崇,但这种推崇更多是从"详尽占有材料"的史学角度出发的。这部传记对文学手法也多有探索,如叙述中情感的倾注、行文中对话的设置等。朱先生认识到"对话是传记文学的精神,有了对话,读者便会感觉书中的人物——如在目前"①,然而在《张居正大传》中作者所自诩的仍旧是"没有一句凭空想象的话"②。

　　如何在尊重历史真实的基础上,运用更为丰富的文学手法,提高他传的艺术水准,使传记文学不仅具有史学价值,而且能够使读者获得更高的审美感受和愉悦,成为了中国现代传记文学亟待解决的问题。林语堂先生的《苏东坡传》（1947）、《武则天传》（1957）在这方面显示了自己的独特价值。

二

　　与梁启超、胡适、郁达夫、朱东润等人相比,林语堂所作传记并不很多,除《林语堂自传》《从异教徒到基督徒》《八十自叙》等自传作品外,完整的他传只有《苏东坡传》《武则天传》两部。然而,就是在这两部作品中,林语堂对如何还原历史人物进行了多样的探索和试验。他的实践让人们看到了一种不同于以往整理、考索材料并在叙述中进行历史还原的路子。林语堂能够在充分掌握材料的基础上,运用多种文学手法,对历史人物进行诗

---

①　朱东润:《张居正大传·序》,百花文艺出版社2000年版,第11页。

②　同上书,第12页。

性还原,从而获得历史真实与审美真实的统一。我们没有直接材料证明林语堂是否受到了歌德《诗与真》的影响,但从其作品看,林语堂对传记文学的理解与歌德十分接近:运用"诗"的笔调和文学性表现手法来追求历史之"真"。

其实西方史学理论对历史叙述中文学性因素存在的必然性和合理性有过深入探讨。与林语堂同时代的英国史学理论家柯林伍德认为:"作为想象的作品,历史学家的作品与小说家的作品并没有不同。"[1] 他反对"剪刀加浆糊的历史学"[2],此种史学作品往往排比过去的现成史料,再缀以几句史家本人的诠释。这类作品的叙述缺乏"建构性想象"能力,缺乏"重演"历史的能力,"历史学家必须在他自己的心灵中重演过去"[3],才能使自己的研究对象获得真正的还原。"两脚踏中西文化"的林语堂有足够的思想资源可资借鉴,他曾在《武则天传》原序中有过与柯林武德相近的表述:"事实虽然是历史上的,而传记作者则必须叙述上有所选择,有所强调,同时凭藉头脑的想象力而重新创造,重新说明那活生生的往事。"[4] 而林语堂最为得意的《苏东坡传》,正是他与苏东坡的精神邂逅,跨越古今的心灵沟通。

林语堂传记写作的诗性还原策略首先体现在对待"材料"的态度上。三、四十年代传记写作都非常注重材料,这方面朱东润先生堪称代表。他认识到传统传记写作存在"谀墓"陋习,所以强调"中国所需要的传记文学,看来只是一种有来历、有证据、不计繁琐、不事颂扬的作品"[5]。只有这样,作品才能如"磐石"般坚固可靠。林语堂两部作品同样在材料上下了很大功夫。《苏东坡传》作者酝酿已久,赴美时身边携带许多有关苏东坡的和苏东坡所著的珍本古籍。卷后不仅附录了传主简略年谱,而且参考书籍资料十分完备,所列苏东坡诗文的初版本、清刻本和现代刻本多达一百二十余种。对于《武则天传》的材料工作林语堂也颇为自信,自言"书中人物,事件,对白,没有不是全根据唐史写的","书中事实完全以《旧唐书》与《新唐书》为依

---

① 柯林伍德:《历史的观念》,商务印书馆1997年版,第342页。
② 同上书,第358页。
③ 同上书,第389页。
④ 林语堂:《〈武则天传〉序》,《林语堂书话》,浙江人民出版社1998年版,第212页。
⑤ 朱东润:《张居正大传·序》,百花文艺出版社2000年版。

据"。① 从其对新、旧两部唐书利用价值的比较看,林氏所言绝非自美之辞。

　　然而,在对待所涉材料的态度和处理方式上,林语堂与梁启超、胡适、朱东润又不尽相同。以《苏东坡传》为例,一方面,林语堂不仅要占有材料,而且还运用多种方式激活材料。方式之一:改变以往传记对资料只作单向度的时间把握,将传记叙述在时间中出现的事件、人物,给予充分的空间展开。《苏东坡传》的参考资料收录了大量地理文献,如《元丰九域志》《太平寰宇记》《东京梦华录》《梦梁录》《武林旧事》《西湖游览志馀》等,如此事件发生、人物生活的环境、背景既得到了历史的还原,又使自己的想象获得了坚实的保障。传主所游历和生活过的三峡、汴梁、杭州、西湖等就不再只是语言符号,而是能让读者身临其境的地域空间。方式之二:打破以往传记叙述的线性常规,出入古今,游走东西,使原始材料不断与异质文化语境拼接在一起,原始材料的能指不仅被激活,还获得了灵动、活脱的叙述效果。如元丰三年,苏东坡幽居黄州,致信秦观:"初到黄,廪入既绝,人口不少,私甚忧之。但痛自节省,日用不得百五十(等于美金一角五分)。每月朔便取四千五百钱,断为三十块,挂屋梁上。平旦用画叉挑取一块,即藏去。钱乃以大竹筒别贮,用不尽以待宾客。"② 这个例子简单却典型。北宋一百五十钱如何换算为美金一角五分? 作者是否考虑到物价因素? 读后使人觉得这里如有三分换算,倒有十二分幽默。需要指出的是,此种方式苏传使用较多,显然是受接受环境的影响。方式之三:不拘常轨,正视中国诗文传统和传主的精神特征,以诗文作品为资料,不仅使传记叙述获得了"以诗证史"的效果,而且使传主生命的本真状态跃然纸上。以传主的作品为传记材料,传记理论对此一般持否定态度,正如韦勒克所言:"尽管艺术作品和作家的生平之间有密切关系,但决不意味着艺术作品仅仅是作家生活的摹本。传记式的文学研究法忘记了,一部文学作品不仅是经验的表现,而且总是一系列这类作品中最新的一部。无论是一出戏剧、一部小说,或是一首诗,其决定因素不是别的,而是文学的

---

① 林语堂:《〈武则天传〉序》,《林语堂书话》,浙江人民出版社1998年版,第212页。
② 林语堂:《苏东坡传》,《林语堂名著全集》第十一卷,东北师范大学出版社1997年版,第208页。

传统和惯例。"① 与这里的论述不同,在中国士人传统中,诗文恰恰和生活紧紧拥抱在一起,苏东坡更是如此,山川游历,生活起居,一忧一叹,每有所感便形诸诗文。对于这样的传主,干瘪的史料只能获其形,不甚可靠的诗文反能得其神。苏传大量的诗文引用,使传主自由通达、潇散风流的精神气息弥贯全篇;方式之四:对相关史料和历史人物的想象性激活。如宋神宗熙宁四年,苏轼携妻儿赴杭州,书中写道:

> 就在凤凰山下,夹于西湖于钱塘江中间,自北而南的,正是杭州城,城外环以高墙,城内有河道,河道上架以桥梁相通。苏夫人清晨起身,打开窗户,看见下面西湖平静的水面,山巅、别墅、飘浮的白云,都映入水中,不觉心旷神怡。还离中午甚早,湖面上早已游艇处处。夜晚,由他们的住宅,可以听见吹箫歌唱之声。城内有些街道比别处显得更为明亮,因为有夜市数所,直到清晨两三点钟实行收市。尤其对女人看来,总有些令人着迷的货品,如美味食物、绸缎、刺绣、扇子。孩子们则会看到各式各样的糖果、玩具、走马灯等东西。……②

这段文字完全依托于宋人吴自牧的《梦粱录》,然全从苏夫人眼中出之,如此处理,避免了"剪刀加浆糊"式的叙述,贤淑温婉的苏夫人亦活化而出。

另一方面,对所涉材料的取舍,林语堂也有自己的思考。梁启超、胡适、朱东润等人本着"据事实录"的精神,对野史笔记、遗闻轶事多采取拒绝态度,即使偶有运用,亦详加辩证。对此朱东润先生颇多感慨:"在私生活方面的描写,可以是文字生动,同时更可以使读者对传主发生一种亲切感想,因此更能了解传主的人格。但是关于居正的私生活,我们所知的太少了;明代人笔记里面,也许有一些记载,我们为慎重起见,不敢轻易采用,这一个遗憾,几乎无法弥补。"不难看出,朱先生对传记中野史笔记、遗闻轶事的作用非常清楚,但权衡利弊,最终还是选择了放弃。林语堂不同,行文中对这些资料既辩明又利用,不仅苏轼的各种非正史材料被大量使用,王安石、司马光、秦观、张

---

①　[美]勒内·沃勒克、奥斯丁·沃伦:《文学理论》,江苏教育出版社 2005 年版,第 79 页。

②　林语堂:《苏东坡传》,《林语堂名著全集》第十一卷,东北师范大学出版社 1997 年版,第 142 页。

方平等人的此类材料,只要有利刻画人物,也被林语堂充分利用。《苏东坡传》叙述中穿插的大量故事,不仅没让读者迷失于"街谈巷语"、"道听途说",反而让读者认识到,这些材料所凝聚的"公共想象"和审美期待,恰是苏东坡生命传奇的重要组成部分。

<h1 style="text-align:center">三</h1>

　　叙述问题是传记文学写作的难题之一,同时也是《苏东坡传》《武则天传》两部作品诗性还原策略所必须解决的问题。从前面论述可知,三四十年代传记作家多借鉴小说叙述,所以一再强调借鉴小说,显然想从中获取更多人物塑造手法和叙述技巧,使传主的形象更为生动,传记的叙述更为顺畅。林语堂对传记叙述问题所持态度要通达得多,开放得多,他并不想把传记仅仅当作小说写[1],拘泥于小说,反而会影响其诗性还原策略的开放性和丰富性。

　　谈到传记文学的叙述问题,我们不得不重新审视《武则天传》在这方面的特殊价值。林语堂的两部他传作品,常被人提及的是《苏东坡传》,它不仅是作者本人最为得意的作品,也是20世纪中国传记文学的经典之一,历来评价颇高。比较而言,前者的影响则要小得多。然而,在叙述策略的制定和选择上,前者却充分显示了林语堂的创造性。《武则天传》副题为《唐邠王回忆录》,以回忆录的方式写传记,为作品赢得了真实的修辞效果,对此林语堂有充分的自觉,他在原作序言中写道:"至于叙述的口吻,我决定用武后的孙子邠王守礼的看法为观点,借以产生直接的真实感。"[2] 这部作品表面看是武则天的个人传记,实际上是一个典型的家族故事,是李、武两家的仇恨故事。邠王守礼与叔父太子旦及其子女被武后幽禁在皇宫里,是一个服从忍受的被迫害的角色。他曾亲眼看见两个弟兄被打死,两个姊母被谋杀,还有武后其他儿媳妇被折磨而死。他看到了这出大戏剧的收场与武家的败亡。这样一个叙述角度的选择,收获的不仅是"真实",而且还使传记叙述聚焦的

---

① 　林语堂:《〈武则天传〉序》,《林语堂书话》,浙江人民出版社1998年版,第212页。

② 　同上。

方式发生了根本变革。

历史叙述和旧有传记文学的叙述,往往紧扣史料,采用"无聚焦"或"零度聚焦"方式,以保障叙述本身的客观性。这种客观性为所谓的"据事实录"、"秉笔直书"提供了形式的合法性,但随着人们对叙述行为所隐含的意识形态因素的认识,这种叙述方式越来越受到怀疑。林语堂一再强调,《武则天传》"完全以《旧唐书》与《新唐书》为依据"①,但他并没有像原有传记那样,为了广征博引,不惜打破叙述的流畅,而是在叙述中采用"外部聚焦"与"内部聚焦"相结合的方式②,将史书中的武周故事转化为邠王守礼的"耳闻目染"和人生经历。这种"叙述口吻"虽未贯彻始终,叙述中不时出现越界现象,但就中国现代传记文学乃至世界传记文学的发展而言,林语堂的创辟之功都是应该肯定的。

大胆使用散文笔法是林氏传记叙述智慧的另一体现。传记叙述借鉴小说,在三四十年代传记写作中比较普遍,其原因在于传记与小说在文体属性和叙述的时间模式上极为相近,一个人的一生不管你怎样叙述,在整体上总要以故事形态呈现于文本。而散文则不然,传记中散文段落的出现,往往会打断叙述的时间流程,容易造成叙述者不经意间的介入,从而破坏传记叙述所追求的客观效果。所以,人们对传记中散文笔法的使用慎之又慎。然而,细读之下我们会发现,《苏东坡》在叙述中穿插了许多散文段落,由于翻译的原因,我们很难对这些文字作审美的分析,从而领略林氏散文闲适幽默之外的别种风貌,但字里行间所透露出的从容笔调,还是让读者依稀感受到了林氏散文简静、自然的一面。我甚至觉得,要想读林语堂游记和写景的上乘之作,只有《苏东坡传》才能满足读者。当然,我们不能否认,这些段落中有些是传主诗文的直接改写,有时考虑到美国读者的接受,甚至不得不进行改写。但可以肯定的是,林语堂对三峡、杭州、黄州、惠州等地景观的描写,对苏东坡居所周边环境的描写,都是依据相关史料和地理文献,凭借适度的虚构和想象写成的。更为重要的是,这些文字使《苏东坡传》的叙述获得了独特

---

① 林语堂:《〈武则天传〉序》,《林语堂书话》,浙江人民出版社 1998 年版,第 212 页。
② [法]热拉尔·热奈特:《叙事话语·新叙事话语》,中国社会科学出版社 1990 年版,第 129—130 页。

的节奏,不同于前人传记中大量材料引录使叙述变得滞重、破碎,这些散文段落所带来的时间缓冲,在叙述视点(叙述者、传主)转换的作用下,让读者感受到了灵动、跳荡的节奏之美。

再有,林语堂传记叙述的智慧还反映在对话运用上。从叙事学角度看,对话的叙事时间与故事时间基本同一,对话能让读者直接领略叙述的在场效果,所以,在各类叙事作品中,对话是维持修辞真实最重要的手段和技巧。朱东润先生的《张居正大传》1943年出版,书中对话的运用被认为是朱先生特有的艺术手法,"是现代中国传记文学的一大创新"①。朱先生的对话使用非常慎重,对话场面多依据《张文忠公全集》《明史》《明史纪事本末》《明纪》《明史稿》《明会典》等史籍的记载写成,并担保"没有一句凭空想象的话。"比较而言,《苏东坡传》后出,在保持严谨态度的基础上,将叙述中对话的使用向前推进了一大步。

由于对传记文学理解的差异和材料选择的标准不同,《苏东坡传》中对话所据材料的范围更大,种类更多。除苏轼文集和正史外,林语堂还汲取了遗闻、轶事、笔记、话本甚至笑话中可资利用的材料。这一点前文已经论及。需要强调的是,材料选择范围的扩大,种类的增多,并不意味着"凭空想象"或"现代稗贩的幽默"②,这是由诗性还原的整体策略决定的,是由传主身上所凝聚的审美期待决定的。试想,一部仅依正史写就的苏东坡传,将会怎样的枯瘪乏味。更何况,特定意识形态影响下的"秉笔直书"所遮蔽的,正是传记文学所追寻的,往往是在非正史材料中,传主精神、品格的诸多方面得到了照亮和敞开。

陈寅恪先生曾经说过,研究古人的学说、思想,应具"了解之同情",才能"无隔阂肤廓之论"③ 我想,这些话对于一个优秀的传记作家尤为重要。在林语堂心目中,"苏东坡是个禀性难改的乐天派,是悲天悯人的道德家,是黎民百姓的好朋友,是散文家,是新派画家,是伟大的书法家,是酿酒的实验

---

① 傅璇琮:《理性的思索和情感的倾注——读朱东润先生史传文学随想》,《文学遗产》1997年第5期。

② 朱东润:《张居正大传·序》,百花文艺出版社2000年版,第13页。

③ 陈寅恪:《冯友兰中国哲学史上册审查报告》,《金明馆丛稿二编》,三联书店2001年版,第279页。

者,是工程师,是假道学的反对派,是瑜伽术的修炼者,是佛教徒,是士大夫,是皇帝的秘书,是饮酒成癖者,是心肠慈悲的法官,是政治上的坚持己见者,是月下的漫步者,是诗人,是人生诙谐爱开玩笑的人"①。但我们影影绰绰地感到,其中浮动着林语堂自己的影子。正是因为有"了解",有"同情",有一种诗性存在之间的心领神会,有一种自由精神之间的周旋徘徊,才最终成就了《苏东坡传》这样的传记文学的经典。

（原载《华文文学》2008 年第 4 期）

---

① 林语堂:《苏东坡传·原序》,《林语堂名著全集》第十一卷,东北师范大学出版社 1997 年版,第 142 页。

汪曾祺小说"衰年变法"考论

　　在以往汪曾祺小说研究中，"衰年变法"问题基本处于被搁置状态。人们虽然注意到汪曾祺诗文中多次提到"衰年变法"，但对其试图"变法"的心理动因，对"变法"后汪曾祺小说各方面发生的变化，并未进行深入系统研究。这一问题的长期搁置，使许多研究者怀疑汪曾祺是否真的实施了"衰年变法"，甚至怀疑汪曾祺20世纪90年代是否已然放弃小说创作①。更为重要的是，"衰年变法"是汪曾祺小说创作中的一次关键转折，相关研究的长期缺失，使得我们很难把握汪曾祺小说思想、艺术方面发展变化的内在理路。以往研究要么将80、90年代作一体化处理，将90年代视作80年代的余响，完全忽略汪曾祺90年代小说的独特价值和意义；要么将二者分割开来，只强调表面差异，无视两个时期小说在思想、艺术上的内在关联。但无论怎样处理，最终结果往往殊途同归：80年代被凸显，90年代被遮蔽。如此一来，在文学史视野中，汪曾祺也就成了"寻根小说"的先导，一位接续古代士大夫传统、讲述民国故事的小说家。一位"乐观"的、追求"和谐"的小说家。

---

　　①　郜元宝：《汪曾祺论》，《文艺争鸣》2009年第8期。

然而,这样的文学史形象是片面的,是长期误读的产物①,是研究者回避 "衰年变法" 问题的必然结果。汪曾祺曾经说过:"我活了一辈子,我是条整鱼(还是活的),不要把我切成头、尾、中段。"② 要想使汪曾祺摆脱 "被肢解" 的命运,我们必须从正面打开 "衰年变法" 这个 "纽结",使其文学史形象得到完整呈现。

一

　　汪曾祺最早提及 "衰年变法" 是在 1983 年,他在《我是一个中国人》最后写道:"我的作品和我的某些意见,大概不怎么招人喜欢。姥姥不疼,舅舅不爱。也许我有一天会像齐白石似的 '衰年变法',但目前还没有这意思。我仍将沿着这条路走下去。有点孤独,也不赖。"③ 齐白石早先师法 "八大",画风冷逸绝俗,移居北京后,他发现这种风格不受欢迎,没有市场,在陈衡恪启发下,改学吴昌硕式 "大写意",并自创 "红花黑叶" 一派。由于画风符合大众心理,很快打开了市场。不难看出,齐白石 "衰年变法" 本身含有两层意思:一是迎合;一是创新。从文章意绪看,汪曾祺这里提及 "衰年变法",取 "迎合" 的意思更多些。

　　1989 年 1 月,《三月风》发表了汪曾祺的随笔《韭菜花》,并附有漫画像一幅(作者丁聪),汪曾祺自题绝句一首,后两句为:"衰年变法谈何易,唱罢莲花又一春。"④ 诗为题画,不太引人注意。从诗的意思看,汪氏 "变法" 已经悄然展开,而展开的契机则是参加 "国际写作计划"。1987 年 9 月,汪

---

　　①　1986 年 12 月,汪曾祺在《〈汪曾祺自选集〉自序》中写道:"但是总的来说,我是一个乐观主义者。对于生活,我的朴素的信念是:人类是有希望的,中国是会好起来的。我自觉地想要对读者产生一点影响的,也正是这点朴素的信念。我的作品不是悲剧。我的作品缺乏崇高的、悲壮的美。我所追求的不是深刻,而是和谐。这是一个作家的气质决定的,不能勉强。" 这段自我定位和评价成为了后来一系列当代文学史评价汪曾祺小说思想和艺术的主要依据。我们不好断然认定这是一种 "新批评" 所谓的 "意图谬误",但它对文学史书写的影响则十分明显。可以肯定,汪曾祺这里的自我定位和评价,不可能涵盖他 "衰年变法" 后的小说创作。

　　②　汪曾祺:《捡石子儿(代序)》,《汪曾祺全集》(五),北京师范大学出版社 1998 年版,第 251 页。

　　③　汪曾祺:《我是一个中国人》,《北京师范学院学报》1983 年第 3 期。

　　④　1994 年 12 月,汪曾祺作《题丁聪画我》一诗,后面附录此诗。参见《汪曾祺全集》(八),北京师范大学出版社 1998 年版,第 43 页。

曾祺与古华一起赴美,参加由聂华苓夫妇主持的为期三个月的"国际写作计划",行前汪曾祺已有所准备,特意带上了一个《聊斋》选本,期间改写了《瑞云》《黄英》《蛐蛐》《石清虚》等四篇作品,回国后又改写了八篇,总名为《聊斋新义》。这些作品及后来改写的神话、民间故事和笔记小说,显示了汪曾祺对"现代主义"中国化道路的积极探索,是其实施"衰年变法"的最初努力。1990 年汪曾祺 70 岁,他在《七十抒怀》一文中表示:"我不愿当什么'离休干部',活着,就还得做一点事。我希望再出一本散文集,一本短篇小说集,把《聊斋新义》写完,如有可能,把酝酿已久的长篇历史小说《汉武帝》写出来。这样,就差不多了。"① 文章表面平易低调,内里"变法"雄心却昭然若揭。1991 年,汪曾祺明确表示,"衰年变法"的思路已然清晰:"我要回过头来,在作品里溶入更多的现代主义。"② 此后,汪曾祺小说在主题和思想方面回归存在主义,作品的哲理性、悲剧性和荒诞性不断增强,对"人"的追问成为了他 90 年代小说的核心内容。

汪曾祺于古稀之年决意"变法",与其一贯求新求异的艺术追求和艺术个性紧密相关。早在 40 年代,青年汪曾祺就清醒意识到,一个小说家必须"找到自己的方法",在浩如烟海的文学作品和短篇小说中,"为他自己的篇什觅一个位置"③。50 年代,他仍旧坚持"凡是别人那样写过的,我就决不再那样写!"④ 受这种"求异"意识影响,汪曾祺很早就形成了自己非常独特的小说观,他宁可自己的小说像诗、像散文、像戏,什么也不像也行,"可是不愿它太像个小说,那只有注定它的死灭"⑤。在某种意义上,汪曾祺 40 年代和 80 年代初的小说,正是这种个性和追求的产物。一般而言,一个作家风格的形

---

① 《七十抒怀》,《现代作家》1990 年第 5 期。1981 年 6 月 7 日,汪曾祺在致朱德熙的信中首次提及《汉武帝》,最初计划写成"中篇历史小说"。参见《致朱德熙》,《汪曾祺全集》(八),第 170 页。1983 年,人民文学出版社向汪曾祺约写长篇小说,汪曾祺开始酝酿长篇《汉武帝》。参见陆建华:《私信中的汪曾祺》,上海文艺出版社 2011 年版,第 75、80、97 页。后来由于不清楚汉朝人的生活细节,最终放弃了这部酝酿了十多年的长篇小说。参见汪曾祺:《猴年说命》,《解放日报》1992 年 2 月 13 日。

② 汪曾祺:《却老》,《汪曾祺全集》(五),北京师范大学出版社 1998 年版,第 183 页。

③ 汪曾祺:《短篇小说的本质》,《益世报》"文学周刊"第四十三期,1947 年。

④ 汪曾祺:《谈风格》,《文学月刊》1984 年第 6 期。

⑤ 汪曾祺:《短篇小说的本质》,《益世报》"文学周刊"第四十三期,1947 年。

成要经过模仿、摆脱、自成一家三个阶段，及至 80 年代末 90 年代初，汪曾祺小说艺术上的追随者、模仿者已不在少数，自成一家已不是问题，他要想在艺术上寻求新的突破，就必须摆脱自己。如此，"衰年变法"已势属必然。

　　汪曾祺决意"衰年变法"，评论起到了极大的促动作用。汪曾祺非常在乎别人对自己的评价，经常阅读相关评论。80 年代，他对一些评论持肯定意见：认同凌宇对自己小说语言特点的分析 ①；对评论者称自己是"一位风俗画家"表示首肯 ②；有评论指出他小说的语言受到了民歌和戏曲的影响，汪曾祺认为"有几分道理" ③。对于批评意见，汪曾祺此时尚能委婉地加以回应：不同意自己小说"无主题"的看法，表示在这个问题上"自己是心中有数的" ④；对有人说他的小说只有美感作用，没有教育作用，汪曾祺表示"一半同意，一半不同意" ⑤，并进行了耐心解释。但随着批评力度的加大，汪曾祺感受到了压力，他在许多场合、利用各种机会进行反驳。及至 90 年代，汪曾祺对评论界仿佛已经失去耐心，认为当时的评论缺乏个性，没有热情，"不太善于知人" ⑥；甚至在《七十抒怀》中明言："我觉得评论家所写的评论实在有点让人受不了"、"最让人受不了的，是他们总是那样自信" ⑦，对批评的反感可谓"溢于言表"。在同年另一篇文章中，汪曾祺不无讽刺地说："我有时看评论家写我的文章，很佩服：我原来是这样的，哪些哪些地方连我自己也没想到过"；文章最后重重写道："通过评论，理解作家，是有限的。" ⑧ 如此一句三顿，其对评论的态度可想而知。当然，"反批评"只是汪曾祺反驳的一种方式，更有力的方式则是通过自己的创作进行回击。可以说，"衰年变法"是汪氏回击批评的重要步骤。

---

①　汪曾祺：《揉面——谈语言》，《花溪》1982 年第 3 期。

②　汪曾祺：《〈大淖记事〉是怎样写出来的》，《读书》1982 年第 8 期。

③　汪曾祺：《我是怎样和戏曲结缘的》，《新剧本》1985 年第 4 期。

④　汪曾祺：《道是无情却有情》，《汪曾祺全集》（三），北京师范大学出版社 1998 年版，第 280 页。此外，《我是一个中国人》《小说的思想和语言》等文章也有类似回应，只不过语气越来越强硬，并在后一篇文章中坚称"我的小说不是无主题的，我没有写过无主题小说"。参见《写作》1991 年第 4 期。

⑤　汪曾祺：《美学感情的需要和社会效果》，《文谭》1983 年第 1 期。

⑥　汪曾祺：《何时一樽酒，重与细论文》，《文学自由谈》1991 年第 3 期。

⑦　汪曾祺：《七十抒怀》，《现代作家》1990 年第 5 期。

⑧　汪曾祺：《人之相知也难也》，《读书》1992 年第 2 期。

　　"文章千古事,得失寸心知",在汪曾祺看来,"得失,首先是社会的得失",一个作家要对读者负责,要有社会责任感,"总得有益于世道人心"①。汪曾祺心目中存在两类读者:一类是自己小说"合适的读者",他们也是小说家,与作者并排而坐,没有"能不能"的差异,只有"为不为"区别②。这类读者是作者的"知音",作者的一切"手段",他们均能欣然会意,了然于胸。此一读者意识,反映了汪曾祺小说"唯美"的一面,"为艺术而艺术"的一面;另一类是普通读者,是"没有文学修养的普通农民"③,是"知识青年"、"青年工人"、"公社干部"④。此一读者意识,反映其小说注重现实和社会责任的一面。在汪曾祺的创作中,上述两种读者意识形成了一种特殊的张力,不仅影响着他对小说艺术的理解,艺术风格的追求,叙事修辞策略的制定,而且左右了"衰年变法"的走向。汪曾祺"变法"中大量"文革"题材小说的出现,正是其使命感和社会责任意识的反应,是其要承担"文革"责任的具体体现。⑤

　　此外,汪曾祺决意"衰年变法",与其对"风格"和"时尚"间关系的思考不无关系。汪曾祺深知,艺术需要时尚,需要人们的欣赏和接受,但是"一个作家的风格总得走在时尚前面一点"、"追随时尚的作家,就会为时尚所抛弃"⑥。80年代初,汪曾祺已有危机意识,这不仅因为批评声音日渐增加,更主要的是,在当时文坛,汪曾祺非常得意的"意识流"已不稀罕。汪曾祺自认为是较早的"有意识的动用意识流方法写作的中国作家之一"⑦,他40年代创作的《复仇》《待车》《小学校的钟声》,80年代创作的《岁寒三友》《大淖记事》《钓人的孩子》《昙花、鹤和鬼火》等作品,均运用了意识流手法。但到了70年代末80年代初,国内对意识流已有全面引介,汪曾祺对

---

①　汪曾祺:《要有益于世道人心》,《人民文学》1982年第5期。

②　汪曾祺:《短篇小说的本质》,《益世报》"文学周刊"第四十三期,1947年。

③　汪曾祺:《揉面——谈语言》,《花溪》1982年第3期。

④　汪曾祺:《要有益于世道人心》,《人民文学》1982年第5期。汪曾祺80年代文章多次提到此类读者,如《美学感情的需要和社会效果》《自序》等。

⑤　汪曾祺:《责任要由我们担起》,《文艺报》1986年9月27日。

⑥　汪曾祺:《小说笔谈》,《天津文艺》1982年第1期。

⑦　汪曾祺:《却顾所来路,苍苍横翠微》,《小说月报》1994年第3期。

意识流的局部运用,较之王蒙抛出的"集束手榴弹"①,较之宗璞、谌容、张承志、张辛欣、莫言、李陀等新人对意识流的全面探索,在纯度和规模上已无特色和优势可言。汪曾祺要想走在"时尚"前面,就必须另辟蹊径。经过一段时间酝酿后,他把目光投向了"魔幻现实主义"。

"魔幻现实主义"在80年代被视为"风暴",大有"席卷天下"之势,这条路上已是人满为患。经验告诉汪曾祺,跟风没有前途,他必须找到自己切入"魔幻"的方式。于是,在别人顶礼于《百年孤独》之时,汪曾祺却利用"国际写作计划"的机会,悄然翻开了《聊斋志异》。别人由"拉美"到中国,进行横向移植;汪曾祺却追溯传统,寻找"魔幻"小说在中国的古老基因。在汪曾祺看来,"中国是一个魔幻小说的大国"②,从六朝志怪到《聊斋志异》,乃至《夜雨秋登录》,"魔幻"故事浩如烟海,"都值得重新处理,从哲学高度,从审美视角"③。他要通过自己的"改写",给中国当代创作开辟一个天地④。

汪曾祺"以故为新",在传统中寻绎"现代主义"的头绪,是由其艺术观和文化观决定的。汪曾祺在创作上坚持回到现实主义,回到民族传统,"这种现实主义是容纳了各种流派的现实主义;这种民族传统是外来文化的精华兼收并蓄的民族传统"⑤。这也就决定了,他接受西方"现代主义",是以民族文化和文学传统为本位的,力求态度开放,而又不失根本。在对"现代主义"的接受中,如果一味硬性移植,不能找到传统的根脉,那样的艺术是虚假的,不能长久的。这样的认识,既来自于汪曾祺青年时代模仿西方现代主义所得经验和教训的总结,也缘于他对西方现代艺术的观察和反思。在汪曾祺看来,法国现代艺术是"假"的,他们一味模仿非洲艺术的变形、扭曲、夸大、压扁、拉长,而没有认识到这些手法与非洲人"认识世界的方式"之间的

---

① 　1979年至1982年,王蒙连续抛出《布礼》《夜的眼》《风筝飘带》《蝴蝶》《春之声》《海的梦》等六篇作品,并将它们称为"集束手榴弹"。这组作品当时反响巨大,引发了关于意识流文学东方化的讨论。

② 　汪曾祺:《捡石子儿(代序)》,《汪曾祺全集》(五),北京师范大学出版社1998年版,第250页。

③ 　汪曾祺:《〈聊斋新义〉后记》,《人民文学》1988年第3期。

④ 　汪曾祺:《美国家书》,《汪曾祺全集》(八),北京师范大学出版社1998年版,第108页。

⑤ 　汪曾祺:《回到现实主义,回到民族传统》,《新疆文学》1983年第2期。

内在联系。汪曾祺由此认识到,自己探求"现代主义",必须扎根于中国文化传统,否则,"不可能搞出'真'现代派"①。汪曾祺以上思考是有针对性的。80 年代末 90 年代初,"新写实"、"新状态"、"后现代"在文坛纷纷亮相,对这种"花样翻新"、"使人眼花缭乱"的情况,汪曾祺始终持保留态度②。可以说,汪曾祺的思考,既有对当时文坛状况的批判性审视,又有对自己"变法"取径方向的考量。汪曾祺改写《聊斋》故事,目的在于使其获得"现代意识",在具体操作上力求"小改而大动":"即尽量保持传统作品的情节,在关键的地方加以变动,注入现代意识。"③ 这里的"现代意识"并非虚指,在汪曾祺看来,《石清虚》和《黄英》所体现的"石能择主,花即是人"的魔幻意识,"原本就是相当现代的"④。就本质而言,这样的"现代意识"是从哲学高度和审美视角,对中国文学传统中"现代主义"艺术质素的再升发,再认识。

　　从《聊斋新义》改写的实际情况看,汪曾祺所追求的"现代主义"、"现代意识"是以"魔幻现实主义"为主调的多种现代派艺术手法的综合运用。除《〈聊斋新义〉后记》所指明的"魔幻"元素外,读者不难发现"荒诞派"、"表现主义"甚至卡夫卡的影子。在改写中,汪曾祺一方面从故事本身出发,依据故事自身特点,合理征用各色"现代主义"艺术手法;另一方面又力求使自己的改写与"民族传统"和读者的阅读习惯保持适度的张力。汪曾祺的改写是有选择的,他以能否提供"现代主义"质素,能否寄寓自己的哲理性思考为标准,对《聊斋》故事进行重新遴选。《蛐蛐》改自《促织》,从现代审美角度看,故事本身不仅极富"魔幻"色彩,而且还是一篇中国版本的《变形记》。值得注意的是,《蛐蛐》删除了原作中成名妻子问卜一节,这段文字原本巫术气息浓郁,按理应予保留。但汪曾祺意识到,巫术长期被人视为迷信,它会在无形中阻隔读者对小说"现代主义"诉求的认识,减弱作品对黑子一家在官僚、杂役拶逼下精神和心灵痛苦的表现。同样,《人变

---

①　汪曾祺:《认识到的和没有认识的自己》,《北京文学》1989 年第 1 期。

②　汪曾祺:《〈矮纸集〉题记》,《汪曾祺全集》(六),北京师范大学出版社 1998 年版,第 196 页。

③　汪曾祺:《〈聊斋新义〉后记》,《人民文学》1988 年第 3 期。

④　同上。

老虎》写向杲为兄报仇,原作中行乞道士感恩回报,施展法术帮助向杲变虎复仇。汪曾祺将这一情节改写为向杲在仇恨的呐喊中直接变为老虎。这样,人物寻仇的主观意志成为了"变形"的决定力量,"魔幻"色彩虽有减损,"表现主义"诉诸人物精神、情绪与意志的特点却凸显而出。此外,《聊斋新义》中发表于 90 年代初的《明白官》《牛飞》,及 90 年代改写的《公冶长》《樟柳神》等作品,还流露出了浓重的"荒诞"气息,后文结合"变法"中存在主义思想回归问题进行论述。

汪曾祺对《聊斋新义》寄予了很高希望,但这种改写式创作没能达到预期效果。他在"现代主义"中国化方面的努力,并未引起人们的充分注意。原因主要有两个方面:一是读者对《聊斋》"花狐鬼魅"故事的接受心理已然定型,汪氏"小改大动"的苦心,往往因阅读惯性而被忽视;二是改写《聊斋》、神话、笔记和民间故事等,易受原作局限。虽然瞄着当时文坛流行的各色"现代主义"的欠缺和局限,但汪曾祺的改写在找到"传统"的同时,却无意间淡化了"现实"。"现代主义"一旦失去心理和情绪方面的现实依托,再好的"魔幻"、"变形"故事,也只能徒具其形。

二

《聊斋新义》起手于 1987 年,最后三篇作品《明白官》《牛飞》《虎二题》发表于 1991 年。以"魔幻"为主调改写《聊斋志异》只是汪曾祺"衰年变法"的一个方面,而在小说思想和主题上回归存在主义,书写政治、历史、生活和个体生命中的"荒诞",探索人生的可能性,则是"变法"的主线。这一主线在《聊斋新义》中已有显露,并贯彻"衰年变法"始终。

中国对存在主义的译介始于 20 世纪 40 年代。汪曾祺早年小说就已受到存在主义的影响,流露出"厌恶"、"自欺"等情绪和体验①。据他 80 年代回忆,"当时在联大比较时髦的是 A·纪德,后来是萨特"②,自己也曾赶

---

① 参见解志熙:《汪曾祺早期小说片论》,《中国现代文学研究丛刊》1990 年第 3 期。
② 汪曾祺:《自报家门》,《作家》1988 年第 7 期。

时髦,"读过一两本关于存在主义的书,思想上受了影响"①。这里有两点需要说明:其一,在 80 年代"萨特热"、"存在主义热"的背景下,汪曾祺不愿多谈、深谈存在主义对于自己以往创作的影响;其二,就当时译介条件和阅读习惯看,汪曾祺对存在主义不会有系统了解,但凭其敏感和睿智,少许思想碰撞,就会对他的创作产生深远影响。及至 90 年代,国内对存在主义已有系统翻译,汪曾祺对存在主义的理解更为深入,对它的复杂性和丰富性有了更多认识。这时的汪曾祺,对"法国存在主义者加缪"的观点已能随手称引②;也读到了卡夫卡小说世界中所寄寓的精神痛苦③;"荒谬"也日渐成为其评论他人作品的关键词汇④。如果无视以上思想伏线,汪曾祺"变法"时期的小说是难以进入的,给人的印象只能是简陋、破碎、混乱,是不折不扣的"胡闹",这一时期的汪曾祺已然"江郎才尽"。

汪曾祺是才子作家,创作具有两栖性,戏曲与小说、散文一样,取得了很高的成就。在汪曾祺看来,"戏要夸张,要强调;小说要含蓄,要淡远"⑤;"戏剧是强化的艺术,小说是入微的艺术"⑥;写戏可以"大篇大论,讲一点哲理,甚至可以说格言"⑦,而写小说时则要"逢人只说三分话,未可全抛一片心"⑧。汪曾祺的两栖世界虽分属不同艺术门类,但内在思想是相通的,取道戏曲艺术,也许能够找到进入他小说世界的方便门径。

汪曾祺 80 年代改编了三出旧戏,即《一匹布》《一捧雪》《大劈棺》,同样通过"小改大动",他试图发掘传统戏曲中的荒诞意识。《一匹布》是一出"极其特别的、带荒诞性的'玩笑剧'"⑨,汪曾祺在改编中只是加入了"抬头朱洪武,低头沈万三"之类细节言辞,突出了原剧中的反讽效果和荒诞体验。

---

① 汪曾祺:《美学感情的需要和社会效果》,《文谭》1983 年第 1 期。
② 汪曾祺:《小说的思想和语言》,《写作》1991 年第 4 期。
③ 汪曾祺:《我的创作生涯》,《汪曾祺全集》(六),北京师范大学出版社 1998 年版,第 493 页。
④ 参见汪曾祺对曹乃谦、野莽、恽敬新等人的评论。《〈到黑夜我想你没办法〉读后》,《北京文学》1988 年第 6 期;《野人的执着》,《小说林》1992 年第 5 期;《随笔写生活》,《文汇读书周报》1992 年 2 月 22 日。
⑤ 汪曾祺:《两栖杂谈》,《飞天》1982 年第 1 期。
⑥ 汪曾祺:《中国戏曲和小说的血缘关系》,《人民文学》1989 年第 8 期。
⑦ 汪曾祺:《揉面——谈语言》,《花溪》1982 年第 3 期。
⑧ 汪曾祺:《小说技巧长谈》,《芙蓉》1983 年第 4 期。
⑨ 汪曾祺:《中国戏曲和小说的血缘关系》,《人民文学》1989 年第 8 期。

《一捧雪》最重要的改编是加入了一场唱工戏(《五杯酒》),从而颠覆了原剧中莫成忠义之仆的形象,揭示了他的"自欺"心理。《一捧雪》中的莫成,更像是萨特笔下甘愿受奴役的厄勒克特拉(《苍蝇》)、加尔森(《隔离审讯》)、丽瑟(《恭顺的妓女》)、凯恩(《凯恩》)一类人物:放弃选择,完全充当一个"为他人的存在",充当别人让自己充当的角色,按别人的要求安排自己的命运,使自己的生命呈现出悲哀而又荒谬的状态。通过这一人物,汪曾祺要对充满奴性的伦理观念进行反思,去追问"人的价值"[①]。

《大劈棺》1989 年发表于《人民文学》,是汪曾祺戏曲改编的收山之作。该剧原为传统名剧,故事出自话本小说《庄子休鼓盆成大道》。汪曾祺的改编中有两处最为引人瞩目:一是剧终让庄周劝止田氏自杀;二是为第一场和尾声写的一段唱词:

> 宇宙洪荒,开天辟地。
> 或为圣贤,或为蝼蚁。
> 赋气成型,偶然而已。
> 谁也没有什么了不起。
> 你是谁,谁是你,
> 人应该认识自己。[②]

《一匹布》《一捧雪》的改编,间接传达出存在主义对汪曾祺的影响,而《大劈棺》的改编可谓"开口便见喉咙"。这段唱词和庄周劝阻田氏自杀的行为,直接触及了一系列存在主义思想主题:"被抛"、"偶然"、"荒诞"、"选择"、对"人"的追问,等等。我们只要抓住以上思想线索,便能找到理解汪曾祺"变法"时期小说的"钥匙"。

20 世纪 80、90 年代之交,汪曾祺的思想是矛盾的,纠结的。他要回答的核心问题是:世界、历史、生活、人在本质上究竟是不是荒谬的? 他一再表

---

① 汪曾祺:《一捧雪·前言》,《新剧本》1986 年 5 期。
② 汪曾祺:《大劈棺》,《人民文学》1989 年第 8 期。第一场中没有"谁也没有什么了不起"一句。

示:"我没有荒谬感、失落感、孤独感"①;"我不认为生活本身是荒谬的"②;自己"写不出卡夫卡《变形记》那样痛苦的作品"③。然而,自己的人生遭际,自己所钟爱的传统戏曲,却又明明告诉自己:"世界是颠倒的,生活是荒谬的。"④ 自己的小说有时也不得不得出自己不愿看到的结论:"历史,有时是荒谬的。"⑤ 在存在主义思想视域中,"偶然"是绝对的,内在于人的。在海德格尔那里它被领悟为"烦"(或"操心");在萨特的小说中被体验为"恶心";在加缪的思想中则被表述为"荒诞"。"荒诞"和人紧紧纠缠在一起,"在随便哪条街上,都会直扑随便哪个人的脸上"⑥。"变法"时期的汪曾祺,要对"人"发出最后的追问,也必须正视"荒诞"问题。一方面,在现实生活中,他"随遇而安",将自己的人生遭际视作一出出"荒诞戏剧"⑦;另一方面,作为从事戏曲和小说艺术的"创作家"——加缪眼中"最荒诞的人物"⑧,汪曾祺凌空抓住自己笔下人物,将他们掷入"偶然",驱向道德边缘,逼入伦理"死角",让他们对"你是谁,谁是你"的问题给出自己的回答。

汪曾祺小说在思想上向存在主义回归,在其改写作品中已有体现。《牛飞》《樟柳神》《公冶长》三部作品虽出处不同,但有一点是相同的:人们希望通过努力,获得掌握"命运"的能力,摆脱"命运"带来的困境,但他们无不受到"偶然"的捉弄,最终事与愿违,徒增烦恼。读这些作品,总是难免让人想起《墙》中的帕勃罗。帕勃罗被敌人俘虏后死心已定,准备戏耍敌人,告诉他们自己的战友格里斯藏在公墓,他知道格里斯躲在表兄弟家里。不想格里斯怕连累别人,改变主意藏到公墓,最后被赶来抓他的敌人开枪打死。帕勃罗为此被释放了,得知经过后,他连眼泪都笑出来了。萨特要告诉读者的是:哪怕一心向死,人也不可能战胜"偶然"。汪曾祺的改写让人看到的不

① 汪曾祺:《认识到的和没有认识的自己》,《北京文学》1989 年第 1 期。
② 汪曾祺:《捡石子儿(代序)》,《汪曾祺全集》(五),北京师范大学出版社 1998 年版,第 251 页。
③ 汪曾祺:《我的创作生涯》,《汪曾祺全集》(六),北京师范大学出版社 1998 年版,第 494 页。
④ 汪曾祺:《京剧杞言——简论荒诞喜剧〈歌代啸〉》,《汪曾祺全集》(六),北京师范大学出版社 1998 年版,第 392 页。
⑤ 汪曾祺:《历史》,《汪曾祺全集》(二),北京师范大学出版社 1998 年版,第 541 页。
⑥ [法]加缪:《西西弗神话》,《加缪全集》(散文卷 I),上海译文出版社 2010 年版,第 83 页。
⑦ 汪曾祺:《随遇而安》,《收获》1991 年第 2 期。
⑧ [法]加缪:《西西弗神话》,《加缪全集》(散文卷 I),上海译文出版社 2010 年版,第 83 页。

是笑出的眼泪,而是彭二挣的茫然(《牛飞》);县官的无奈(《樟柳神》);公冶长的悲愤(《公冶长》)。他要告诉读者的是:宿命观在中国虽然"久远而牢固",但它不仅仅是迷信,它所反映的正是中国人不敢正视"偶然"的民族心理。① 而"偶然"恰是"荒诞"的同义词。②

当然,汪曾祺对"荒诞"的揭示并未局限于改写,他从两个方面将自己对"荒诞"的思索推向深入:一是将"荒诞"推向现实;二是对"荒诞"谋求哲理化的表达。对于前者,后文会从人与他人、人与物、人与世界三层关系渐次展开,这里要说的是后一方面。汪曾祺同意加缪的看法,认为任何小说都是"形象化了的哲学"③,加缪也的确认为"伟大的小说家是哲学小说家"④。然而,汪曾祺90年代在创作中追求哲理化倾向,却被我们忽视了,《牛飞》《公冶长》《生前友好》《丑脸》《死了》《不朽》《熟人》等作品都能体现他在这方面的努力。这些小说或淡化背景;或夸张变形;或将人物符号化;或对日常瞬间进行定格,汪曾祺都在试图对"人"的真实存在进行哲学化的表达。这些作品形式枯简,内容深刻、复杂,荒诞戏谑的叙述语调透露出作者冷峻的哲学感悟。

《公冶长》《生前友好》《不朽》《熟人》所关注的是人与他人的关系,汪曾祺虽未得出"地狱,就是他人"⑤那样绝对的论断,但他却将人间的"地狱性"⑥加以展开,让读者看到人与人之间的冷漠和隔绝。《熟人》是微型小说,由熟人间问长问短、问寒问暖、问父母问孩子的套话堆垛而成。及至文末,笔锋一转:"你是谁?我不认识你!"如此,"熟人"也就成了反语;《不朽》以"文革"为背景,写梳头桌师傅赵福山一天上班,剧团突然开会讨论他。汪曾祺也像卡夫卡一样,将人物符号化,让唱青衣的A、唱武生的B、做杂务C、唱三路老生D评说赵福山的为人、艺术造诣、艺术思想和美学思想,

① 汪曾祺:《故人往事》,《新创作》1987年第2、3期。
② [法]萨特:《存在与虚无》(修订译本),生活·读书·新知三联书店2009年版,第2页。
③ 汪曾祺:《小说的思想和语言》,《写作》1991年第4期。
④ [法]加缪:《西西弗神话》,《加缪全集》(散文卷Ⅰ),上海译文出版社2010年版,第143页。
⑤ [法]萨特:《隔离审讯》,《萨特文集》第五卷,人民文学出版社2005年版,第147页。
⑥ [法]萨特:《萨特谈"萨特戏剧"》,《萨特文集》第六卷,人民文学出版社2005年版,第540页。

一路下来,愈评愈奇,最后会议以追悼会方式结束。平日地位低下的赵福生在"学习"、"致敬"、"永垂不朽"、"三鞠躬"面前,手拿花圈,不知如何是好。小说表面看是写"文革"闹剧,实际上汪曾祺要说的是:不只死人,就是活人在"他人"的评判面前,同样束手无策。

除人与他人的关系外,汪曾祺"变法"时期小说对人与物、人与世界关系的理解,也反映出了存在主义的影响。在存在主义视域中,"物"作为"自在的存在"是偶然的,人被抛入"世界"之中也是偶然的。也就是说,在人与物和人与世界两种关系中,人的存在无不显示出"偶然性",或者说"荒诞性"。"荒诞"是人在世界之中的"根基"①。在《捡烂纸的老头》《要账》《百蝶图》《非往事·无缘无故的恨》等作品中,人被物或一种情绪所攫取,自身的价值和尊严被彻底抽空,成为完全异化的存在。《捡烂纸的老头》中那个老头平日破衣烂衫,省吃俭用,死后他的破席子底下却发现了八千多块钱,捆得整整齐齐;《要账》中北京张老头八十六了,身体好,耳不聋,可有时犯糊涂,臆想中天津李老头欠他五十块钱,跑到天津要账未果,他想不通前因后果,回来整天想这件事。张老头再活十年没问题,可他会想这件事想十年。张老头活着,可活着的意义被那莫名其妙的五十块钱褫夺了。要说的是,80年代在《故人往事·收字纸的老人》中汪曾祺也曾写过一位收字纸的老人。老人每隔十天半月便到各家收集字纸,背到文昌阁化纸炉烧掉。虽然孤身一人,各家念他的好,不时给些小钱,年节送些吃食,日子过得平静安稳。老人活到九十七岁,无疾而终。两相比照,由和谐到荒诞,由自然到异化,汪曾祺思想上的变化于此可见一斑。当然,汪曾祺不会让自己笔下的人物像《恶心》中的罗冈丹那样,随便遇到一张纸片,"恶心"之感便涌上心头②。他在90年代还是写出了《子孙万代》这样的作品,和80年代的《石清虚》一样:精神上人与物融,情感上亲和无间。只不过《子孙万代》最终人、物两离,感伤之情满纸淋漓。

---

① 萨特关于人"在世界之中"的思想来源于海德格尔。海氏认为此在是被抛入世界的,所以"此在在其存在的根基处是操心"。参见海德格尔:《存在与时间》(修订译本),生活·读书·新知三联书店1999年版,第318页。

② [法]萨特:《恶心》,《萨特文集》第一卷,人民文学出版社2005年版,第14页。

　　汪曾祺对人与世界关系的理解有一个变化的过程。在 80 年代小说中，特别是在高邮故事的叙述中，人与世界契合无间，其中充满诗意、和谐、欢乐和人间温爱，殊少流露"荒诞"气息；及至"变法"时期，《薛大娘》《仁慧》《卖眼镜的宝应人》《水蛇腰》等作品虽然还在续写高邮故事，但这个"世界"已经裂出缝隙，不仅闯进了黄开榜（《黄开榜一家》）、关老爷（《关老爷》）之类卑鄙、丑陋、下流的人物，就是这个"世界"内里，也出现了莱生小爷（《莱生小爷》）、大德生王老板父子（《辜家豆腐店的女儿》）、小陈三的妈（《百蝶图》）之类的人物，让人看到愚顽、扭曲和恶毒。正是在自己刻意经营的充满"和谐"和"内在欢乐"的"世界"里，汪曾祺硬生生楔入了《小孃孃》那样令人难以消化的乱伦故事，让人看到生活"和谐"背后的破碎，生命"欢乐"背后的狰狞。这个"世界"已然摇摇欲坠。

　　其实，汪曾祺"变法"时期小说中还存在着另外一个世界，一个由剧团人物——一群能够充分体现"荒诞命运"的人[①]——组成的世界。80 年代初，就曾有人建议他写写剧团演员，汪曾祺表示自己想写，但一直没写，自己还要等一等，因为在他们身上还没有找到"美的心灵"、"人的心的珠玉"、"心的黄金"[②]。汪曾祺这里所言与事实不尽相符，此前发表的《晚饭后的故事》和此后不久发表的《云致秋行状》中的主人公都是剧团人物，两篇小说所写的正是"美的心灵"，人性中的善良。但实施"变法"后，汪曾祺已无意寻找"美的心灵"，他打开这个世界，去写这群"当代野人"，这群"可有可无的人"，这群让他"恶心"的人。汪曾祺不仅要告诉人们："'文化大革命'是我们民族的扭曲的文化心理的一次大暴露。盲从、自私、残忍、野蛮……"[③]更重要的是，他要逼视人性中的邪恶、丑陋和荒诞，揭示这个"世界"的本相：生命在"他人之死"面前被固化（《生前好友》）；人面对他人评判时的束手无策（《不朽》）；"他人，就是地狱"不只是一个哲学命题，更是一个残酷的现实故事（《当代野人系列之三·大尾巴猫》）……这是一个令人畏惧的"世界"。"变法"时期剧团人物小说的大量创作，是汪曾祺晚年存

---

①　［法］加缪：《西西弗神话》，《加缪全集》（散文卷Ⅰ），上海译文出版社 2010 年版，第 128 页。
②　汪曾祺：《道是无情却有情》，《汪曾祺全集》（三），北京师范大学出版社 1998 年版，第 280 页。
③　汪曾祺：《当代野人系列三篇·题记》，《小说》1997 年第 1 期。

在主义思想回归的重要表现,是他以小说方式经营的另一个"世界",是其书写"荒诞"人生体验的一个重要维度。

三

萨特等无神论存在主义拒绝外在于人的立法者,"上帝不存在"是他们思考的起点,"如果上帝不存在,也就没有人能够提供价值或者命令,使我们的行为合法化","没有任何道德准则能指点你应该怎样做"①。也就是说,人只能在也不得不在自己的选择和行动中"模铸"自己,面向未来随时随刻"发明"自己。如此,存在主义也就成了"一种使人生成为可能的学说"②。而这也正是存在主义对汪曾祺影响最大的一个方面。如果说面对荒诞海德格尔选择了"超越",萨特选择了"行动"、"介入",加缪强调"反抗"、"自由"和"激情"的话,以文学的方式探求人生的可能,则体现着汪曾祺的激情、超越和反抗。这一点在"变法"时期小说中表现为对日常道德、日常伦理的违逆、冒犯和冲撞,《迟开的玫瑰或胡闹》《鹿井丹泉》《薛大娘》《窥浴》《小嬢嬢》等作品对此均有充分体现。

对于日常道德和日常伦理的违逆、冒犯和冲撞意识在《聊斋新义》中已有流露。《捕快张三》发表于1989年,由《聊斋志异·佟客》"异史氏曰"中的一个小故事改写而成。这篇小说与前面提到的戏曲歌舞剧《大劈棺》几乎同时完成,小说中张三最后摔杯猛醒,劝阻偷人的老婆自杀,与《大劈棺》结尾有异曲同工之妙,两篇作品的主旨均不在于批判旧道德,而是要表现人通过自己的选择,以违逆的方式超越日常道德伦理,并在超越中完成"人"的自我塑造。

及至90年代,违逆已经发展为一种冒犯和冲撞:家庭和美的邱韵龙60岁闹婚外恋,死乞白赖离婚另娶,表示"宁可精精致致的过几个月,也不愿窝窝囊囊地过几年"。对于邱韵龙的移情别恋,作者非但不加谴责,反而对他说的话激赏有加,大呼"精彩"、"漂亮"(《迟开的玫瑰或胡闹》);薛大娘"倒

---

① 〔法〕萨特:《存在主义是一种人道主义》,上海译文出版社2012年版,第17页。
② 同上书,第2页。

贴"保全堂管事吕先生,作者肯定薛大娘是一个"彻底解放的,自由的人"
(《薛大娘》);吹黑管的岑明高傲、寂寞,偷窥女浴室被发现后挨了一顿打。
步态端庄、很有风度的虞芳不仅劝止了打人,还主动"献身"岑明,以近乎
"母爱"的方式满足岑明对性和美的渴望(《窥浴》)。作者不仅以优美的
抒情笔调叙写两人情爱,而且无情地揭露了打人者内心潜藏的自卑和恶俗。

　　越到后来,这种冒犯和冲撞越激烈,越尖锐,甚至发展到令人惊悚、令人
战栗的地步。《小孃孃》创作于1996年,写来蜇园谢家姑侄乱伦。乱伦是中
外文学常见母题之一,其中被视为经典者亦不在少数。仅就中国当代小说而
言,陈忠实的《白鹿原》、张炜的《古船》、余华的《在细雨中呼喊》、苏童的
《米》、京夫的《八里情仇》等均涉及到乱伦母题。但以上作品或者"不辨
血亲";或者只写了"扒灰盗嫂"之类不伦行径,搅动的仅是伦理禁忌的表
层,使读者面对乱伦所产生的不适感得到了不同程度的纾解。《小孃孃》的
尖锐在于,作者毫不遮掩,让二人"明知故犯",将"血缘婚"、"近亲交配"
直陈于读者面前,书写他们做爱时的快乐和痛苦。由于作者在叙述中表达了
自己的同情和理解,该作一经发表,即被斥为"流于邪僻","宣扬乱伦"①。
其实,我们只有把《小孃孃》置入此类小说的整体,综合考察汪曾祺"变法"
时期的思想,才可能认识它的价值和意义。

　　"存在先于本质"是萨特存在主义思想的首要原则,它强调"首先有人,
人碰上自己,在世界上涌现出来——然后才给自己下定义","如果人在存
在主义者眼中是不能下定义的,那是因为在一开头人是什么都说不上的"。
所以,"人性是没有的,因为没有上帝提供一个人的概念","人除了自己认
为的那样以外,什么都不是"②。受这种观念影响,汪曾祺渐渐形成了一种辩
证的人性观,这种人性观在其不同时期的作品中或多或少都有流露,只不过
晚年汪曾祺更少顾忌,在《小孃孃》等作品中表现得更为直接,形成了对日
常伦理道德的冒犯和冲撞。这里所谓"辩证的人性观",是指在小说创作中
拒绝日常道德和伦理成规,以辩证态度对待真假,善恶,美丑,从人的个体境

---

① 1996年,《小孃孃》发表于后很快有人投书《作品与争鸣》"读者来信"栏,指斥该作"流
于邪僻",是一篇"宣扬乱伦的小说"。参见《作品与争鸣》1997年第4期。

② 〔法〕萨特:《存在主义是一种人道主义》,上海译文出版社2012年版,第7页。

遇和内心出发,在他们的选择和行为中寻找奠基人性的辉光。《鹿井丹泉》发表于 1995 年,改编自"秦邮八景"之一的民间传说,小说以抒情笔调叙写人兽畸恋,作者所重者在纯净无滓的情感,而非畸形欢爱的狎邪趣味;比较之下,揭破事情的屠户倒是一派下流嘴脸,其污言秽语更是被汪曾祺视为"高邮人之奇耻"。汪曾祺笔下人性和兽性(动物性)的辩证于此清晰可见。同为"秦邮八景"中的民间故事,"露筋晓月"却被汪曾祺看作对故乡的侮辱。故事写姑嫂二人赶路,天黑在草里过夜,夜里蚊子多叮人疼,小姑子受不了,到附近小庙投宿,而嫂子坚决不去,最后让蚊子咬死,身上的肉都被吃净,露出筋来。在汪曾祺看来,这个故事"比'饿死事小,失节事大'还要灭绝人性"①。

比较而言,《小娘娘》的思想内涵更为复杂,更能反映作者从辩证人性观出发,对姑侄乱伦的独特理解和思考。这一点尤其显示在小说的情节设置上。首先,谢家姑侄乱伦之事外间渐有传闻,二人在好心人提醒下远走天涯,他们生活于其中的日常的社会伦理和道德被"悬置"起来。这样就使不伦之恋在很大程度上成为了个人事件,他们的负罪感更多地来源于自己的内心世界,他们也必须承受自己的动物性冲动所带来的"惩罚"(谢淑媛难产血崩而死)。其次,除谢氏姑侄外,小说还写了东大街灯笼店姊妹二人与弟弟之间的乱伦。姐弟三人是"疯子",谢淑媛每逢祭祖路过东大街总是绕着走,她觉得"格应",因为三个疯子的行为照见了她自己内心深处的"疯"相②。作者这里表面在客观叙述,实则暗含批判。谢氏姑侄的行为固然出于自己的选择,但他们穿越了人性的基本底线,他们身上所具有的一切美好的品质和德行,最终都会在动物性的冲动中,在对人性的僭越中毁弃殆尽。他们的悲剧是伦理的,更是人性的,是人类存在自身的。这样的悲剧不仅笼罩着人类个体,而且贯穿于人类成长的历史,人性自我奠基的历史。在某种意义上,《窥浴》《鹿井丹泉》《小娘娘》等作品是晚年汪曾祺秉持辩证人性观探求人生可能的重要步骤,是其对"人"进行执著追问的极限体验的书写。这些人物游走在人性的边际,他们的选择、行为和命运所呈现的既是人性的创伤面,

---

① 汪曾祺:《露筋晓月》,《散文天地》1994 年第 3 期。
② 参见高恒文:《也谈汪曾祺的〈小娘娘〉》,《文学自由谈》1997 年第 4 期。

又是人性的生长点;他们被视为人类的"异数",但却承载着奠基人性的所有痛苦。

　　汪曾祺反复强调自己是一个"中国式的抒情的人道主义者"①,自己的创作是"人道其里,抒情其华"②。对于自己的人道主义,汪曾祺只有简单的外部界定,并无内容方面的直接陈述。从思想和创作的实际看,汪曾祺的人道主义并非一种既有学说,而是以辩证人性观为基础,以思索人生可能为核心内容,以对"人"的追问——"你是谁,谁是你,人应该认识自己"——为落脚点的艺术实践。也就是说,汪曾祺的创作承续着一种古老的哲学探求:"认识你自己"(德尔菲神谕)。这一点在其"变法"时期小说中体现得尤为明显,许多作品都是对这一古老告诫的回应,而"记住你将死去意味着认识你自己"③。这样,对死亡的思考和叙述,也就成了汪曾祺"变法"时期小说的核心内容之一。汪曾祺这一时期小说近半数作品以死亡为核心或涉及死亡,关注死亡不仅是一种晚年心理现象,更是汪曾祺晚年存在主义思想回归的心理契机,是其对"人"进行最后的追问的必然要求。因为只有死亡才能带来"人"的完整性,"只有死亡才能给'我'盖棺定论"④。

　　死亡在汪曾祺这一时期小说中首先表现为一种修辞学。表面看,人物死亡是一种自然结局,小说不过如实书写,但其中却隐含着作者基于人性思考的伦理判断。作者肯定者多身健寿长,就是死也是一笔带过,看不出任何痛苦;作者否定者,要么生不如死,要么死相难看。捡烂纸的老头惜钱如命,死后落得破席遮身(《捡字纸的老头》);洪思迈好打官腔,说"字儿话",自己阳痿,老婆偷人,虽然升了官,但却得了小脑萎缩,连"我是谁"都辨不清(《尴尬》);"文革"中身先士卒的庹世荣,自觉形象高大,可死后整个人都"抽抽了"(《可有可无的人》);以整人为消遣的耿四喜死了,追悼会上露出了两只"像某种兽物的蹄子的脚"(《当代野人系列三篇·三列马》)。这些作品中的死亡是作者针对具体人物给出的"判词":一种以汪曾祺自己的人

————————

①　汪曾祺:《我是一个中国人》,《北京师范学院学报》1983 年第 3 期。

②　汪曾祺:《我为什么写作》,《新民晚报》1989 年 4 月 11 日。

③　[德]云格尔:《死论》,生活·读书·新知上海三联书店 1995 年版,第 42 页。

④　[法]萨特:《存在主义是一种人道主义》,上海译文出版社 2012 年版,第 155 页。

道思想为标准的道德判定。

汪曾祺"衰年变法"时期小说中的死亡还呈现出一个诗性的层面,一种哀挽的抒情气氛。在汪曾祺的小说美学中,"气氛即人物"[1],他很少直接描写人物的性格、心理和活动,而是刻意经营"气氛",并让"人物"溶入其中,浸透于字里行间。汪曾祺"变法"时期的小说依然保持着这种美学风格,只不过和谐、欢乐渐去渐远,留恋、哀挽流溢笔端。管又萍善画"喜神",以替死者造像为生,自己一朝病重,在自己的画像上添上两笔,画笔一撂,咽气了。一门技艺被带走了(《喜神》);王老死了,全城再没有第二个卖熟藕的了(《熟藕》);杨渔隐死了,一代名士风流烟消云散(《名士与狐仙》);吕虎臣死了,虽留下遗著,可人们再难听到那种"最叫人感动、最富人情味的最艺术的语言"了(《礼俗大全》)……技艺,吃食,礼俗,语言,人的死亡使一个"世界"消失了,一种文化衰微了,一种平淡静逸的生命样式被带走了。

汪曾祺"变法"时期小说中还存在着一种死亡的哲学。汪曾祺始终认为,小说里最重要的是思想,"任何小说都是形象化了的哲学"[2]。这种思想或哲学源于"自己的思索,自己独特的感悟"[3]。就作品实际看,汪曾祺小说中的死亡哲学,既有存在主义影响的印记,又有晚景心态和濒死体验的形象表达。在汪曾祺看来,不仅人"赋气成型"是偶然的,就是一朝"气消形散"也是偶然的,不可控制的,同样充满"荒诞"。《露水》是汪曾祺晚期小说的代表作之一,写两个"苦人"同在小轮船卖唱,二人渐渐相知,互相帮衬,一来二去做成露水夫妻。在男的调教下,女的在运河的轮船上红了起来,得钱比男的还多。故事写下去,本可以成为标准的汪氏 80 年代小说:磨难中有温情,苦涩中透出欢乐。即使像十一子那样被打死,一碗尿碱汤便可还阳续命。生命如此"皮实",总是能承载希望。然而,男人"肠绞痧"一夜暴亡,使所有希望化为乌有。此外,《迟开的玫瑰或胡闹》《死了》《名士和狐仙》《礼俗大全》等作品,都不同程度揭示"死亡"的"偶然"与"荒诞"。

不仅如此,汪曾祺还看到了"死亡"特有的悖谬:死亡是偶然的、可能

---

① 汪曾祺:《〈汪曾祺短篇小说选〉自序》,《汪曾祺全集》(三),北京师范大学出版社 1998 年版,第 166 页。

② 汪曾祺:《小说的思想和语言》,《写作》1991 年第 4 期。

③ 汪曾祺:《文集自序》,《汪曾祺全集》(六),北京师范大学出版社 1998 年版,第 50 页。

的,但又是必然的、确知的,是不可逾越的。《丑脸》写了四个人,四张丑脸:"驴脸"、"瓢把子脸"、"磨刀砖脸"、"鞋拔子脸"。但"人总要死的,不论长了一张什么脸"。更为关键的是,"死亡"让汪曾祺看到了人性的懦弱:许多人缺乏正视"死亡"的勇气,往往采取逃避态度,让自己向日常沉沦,在日常烦忙中遗忘自己的"死亡"。《生前友好》写一剧团电工。此人有两个特点:爱吃辣,爱参加追悼会。追悼会上他总是认真听悼词,庄重地向遗体告别,但从不落泪。"辣"让他感觉到自己,而别人的"死"则是自己必须参与的日常事件。这样的生命是被遮蔽的,被固化的,是迷失的,迷失于日常"烦忙"。汪曾祺这里已经意识到,"他人之死"不过是"死亡"经验的一部分,那只是医学的"死",生理生命的终结。自己要对"人"进行追问,体验"人"的完整性,必须亲自领受"死亡",哪怕是以虚构和想象的方式。1996年创作的《死了》正是这样一部作品。该作情节突兀,人物怪异,更像是一篇"仿梦小说"。对于"死亡","我"的第一感觉是"真逗":"死亡"突如其来,让一切都变得模糊不清,"我"的心愿,动机,行为……无不呈现出荒谬可笑。"死亡"本身并不可怕,可怕的地方在于,"死亡"会使生命变得模糊不清,面目全非。"死亡"带来"完整","完整"得又是那样不可收拾。

有论者认为,汪曾祺晚期小说的标志是1992年底创作完成的《鲍团长》,"他的创作史上的一个新的高峰期由此开始"①。其实细读"变法"时期小说不难发现,1990年10月创作完成的《迟开的玫瑰或胡闹》才是汪曾祺小说创作重新起航的锚定之地。读者不难看出,邱韵龙不过是个"影儿",小说中作者生作死想,进行自我定位,寻思自己艺术上"移情别恋"后的种种,琢磨着身后世人的评价:自己"衰年变法"的苦心,在别人眼里也许只是"老人的胡闹";文学史上自己艺术生命的"悼词"肯定会充满争议;自己小说中的微言大概更是难索解人。在"迟开的玫瑰"和"胡闹"之间,汪曾祺玩味着生命的尴尬与荒诞。

（原载《文学评论》2013年第6期）

---

① 摩罗、杨帆:《论汪曾祺九十年代的美学发展及其意义》,《文艺理论研究》1999年第1期。

汪曾祺小说与中国古代文章学传统

　　汪曾祺一向重视小说语言,反复强调,写小说就是写语言。正是在思考小说语言问题的基础上,汪曾祺提出要建立中国自己的"文体学"、"文章学",以使中国的文学创作和评论提高到一个更新的水平。[①] 要说的是,文体学与文章学研究的对象和角度不尽相同:前者注重体式辨析,后者强调实践指导。前者是后者的基础,后者则是前者在写作实践层面的具体展开和运用。就汪曾祺而言,无论是相关传统对其创作和批评的影响,还是他对传统的阐释生发,大多体现和集中在小说语言辞采、声律节奏、行文技巧和篇章结构等方面,显示出了更为浓重的文章学色彩。中国是文章大国,文章之学在传统政治和文化中的地位举足轻重,从魏晋到明清,相关论述和论著浩如烟海,形成了自己悠久而深厚的传统。将汪曾祺小说放入这一相对陌生的视域,不仅能使其小说艺术的独特性得到更好的呈现,而且还能使其创作中存在的问题,得到更为切近、更为合理的理解。正如汪曾祺所言:"中国的当代文学含蕴着传统的文化,这才成为当代的中国文学。"[②] 作为传统文化的重要内容,文章学传统与汪曾祺散文创作之间的关系,已引起研究者的注意,但在小说方面,迄今未见系统讨论。

---

　　① 汪曾祺:《中国文学的语言问题》,《文艺报》1988 年 1 月 16 日。
　　② 汪曾祺:《传统文化对中国当代文学创作的影响》,《汪曾祺全集》(六),北京师范大学出版社 1998 年版,第 362 页。

一

汪曾祺创作面目多样,是一位很难归类的小说家。他曾经被冠以各种各样的称谓:"前卫"、"乡土"、"寻根"、"京味";然而自己究竟属于什么作家,连汪曾祺也觉得十分糊涂。① 说他是"现代派"("前卫"、"新潮"),可他的"现代派"多是局部的,"夹带"式的②,偶尔吸取的③;说他是"乡土"小说家,可他的小说更接近于市井,他也不太同意"乡土文学"的提法④;说他是寻根派,他的小说与韩少功等寻根小说家在志趣上大有出入;说他是"京派最后一个作家"⑤,他在认可的同时又表示"'京派'是个含混不清的概念","实无共同特点",强调自己的"生活感觉"和"语言感觉"与沈从文不大一样⑥。至于"笔记体小说"作家、"风俗画作家"之类,更难笼括他的创作。值得注意的是,以上各种称谓背后,人们大多能找到某种影响关系:阿左林、吴尔芙之于"现代派"、"意识流";鲁迅、废名、沈从文之于"乡土"、"京派"等等。然而,"绘事后素",汪曾祺接受上述影响之前的文学、艺术教育,也许更值得重视。

从汪曾祺所受教育看,有三点值得特别注意:首先,他受到了比较系统的古文教育,以归有光为中心,上溯苏轼、欧阳修、韩愈、刘勰、司马迁;下迄桐城派,几乎可以函括一条完整的古代文章学的历史。⑦ 其次,汪曾祺所受教育是一种综合性的人文教育,除古文的诵读和写作外,还包括书法、绘画和戏曲艺术的濡染熏陶。⑧ 再有,这些教育不仅培养了他的"生活感觉"和"语言

---

① 汪曾祺:《人之相知之难也——为〈撕碎,撕碎,撕碎了是拼接〉而写》,《读书》1991年第2期。
② 汪曾祺:《自报家门》,《作家》1988年第7期。
③ 汪曾祺:《我是一个中国人——散步随想》,《北京师范学院学报》1983年第3期。
④ 汪曾祺:《〈汪曾祺自选集〉自序》,《汪曾祺全集》(四),北京师范大学出版社1998年版,第94页。
⑤ 严家炎:《中国现代小说流派史》(修订本),长江文艺出版社2009年版,第221页。
⑥ 汪曾祺:《复解志熙函》,参见解志熙《考文叙事录》,中华书局2009年版,第285页。
⑦ 参见《两栖杂述》《一辈古人·张仲陶》《马铃薯》《寻根》《我的小学》《我的初中》《谈风格》等文章。
⑧ 参见《我是怎样和艺术结缘的》《自得其乐》《自报家门》《文章杂事》《我的创作生涯》等文章。

感觉"，而且还塑造了他感觉世界、表达世界的方式。如洪堡特所言，如果我们用语言来教化，那么我们以此意指某种更高级和更内在的东西，"即一种由知识以及整个精神和道德所追求的情感而来、并和谐地贯彻到感觉和个性之中的情操"①。也就是说，这样的教育（教化），既培养了汪曾祺的语言感觉、思维方式、审美的判断力和趣味，又塑造了他的个体性格、思想情怀和精神气质。成长经历不同，所受文学教育不同，"生活感觉"、"语言感觉"自然不同。沈从文与汪曾祺之间不断被夸大的师生关系，势必使后者产生所谓的"焦虑"，在私人通信中流露自己在师承问题上的真实想法，也是可以理解的。就本质而言，汪曾祺更像是一颗桐城派的"种子"，深植于市井民间，在传统绘画、书法和戏曲艺术的滋养下，经历"欧风美雨"的吹打浇灌，最终在文体跨界中完成自己的美学转换，成长为具有独特文体风格的现代小说家。

　　汪曾祺小说与古代文章学传统的关系，可以概括为"三点一线"：刘勰揭其源头，韩愈统其关键，刘大櫆总其纲目；一条贯穿性的线索，则是"文气"这一文章学的重要范畴。汪曾祺早年小说曾偶尔提到过韩愈的"文气说"②。20 世纪 80 年代初期，他从桐城派文论入手，对传统"文气"论进行过系统梳理，并在 1986 年对韩愈的"文气说"进行了新的阐释。③ 1987 年，汪曾祺参加"国际写作计划"，在耶鲁和哈佛的演讲中，对自己的"文气"观进行了完整的阐说。在汪曾祺看来，"文气"是中国文论特有的概念，从《文心雕龙》到"桐城派"都非常重视，其中韩愈"讲得最好，最具体"。后人把韩愈的"文气说"概括为"气盛言宜"。汪曾祺认为韩愈提出了三个重要的观点。其一，这里"气盛"是指作者情绪饱满，思想充实。韩愈首先提出了作者的精神状态和语言的关系问题。其二，韩愈提出语言的标准是"宜"，即合适，准确。具体而言是指"言之短长"与"声之高下"。其三，韩愈的"文气说"突出了汉语有"四声"的特点。而"声之高下"不但造成一种"音乐美"，而且直接影响到意义的表达和生成。汪曾祺认为，和诗歌

---

　　① 转引自伽达默尔：《真理与方法——哲学诠释学的基本特征》（上），上海译文出版社 1999 年版，第 12 页。

　　② 参见汪曾祺：《绿猫》，《文艺春秋》第五卷第二期，1947 年。

　　③ 汪曾祺：《关于小说的语言（札记）》，《文艺研究》1986 年第 4 期。

一样,散文、小说写作也要注意语调,"语调的构成,与'四声'是很有关系的"①。

　　在中国传统哲学中,"气"是一个复杂的概念,向来就有自然之气与生理、生命之气的区分,它既可以是宇宙本体,也可以是精神现象。除"气"的多义外,汪曾祺对"气"的论说还有自己的特点:一是理解的整体性、多元性。在汪曾祺的理解中,除语言、文学的向度外,还渗透着他对书法"行气",画论"气韵",及长期戏曲编剧排演实践所积累下来的艺术体验。后者实在是一种字斟句酌、往复推敲的运气行文的操演磨练。二是结合自己的思考和艺术体验,对相关概念进行了引申,增添了新的内涵。汪曾祺理解韩愈"文气说"的中介是桐城派文论,具体说是刘大櫆的《论文偶记》,赴美前他曾对《偶记》做过重点札记。结合刘大櫆的观点,他对韩愈"文气说"进行了两个方面的引申:一方面,注重神气、音节、字句的有机统一,强调这里的"字句"不只是意义的问题,更关涉到"字句"的"声音"。②从这里,汪曾祺为现代汉语小说接续了一条几乎丢失了的审美传统;另一方面,在早先的认识中,汪曾祺只突出了"言宜"一词"言之短长"和"声之高下"一面,而在演讲中,他将"宜"进一步引申为"准确"。这一引申融汇着沈从文和他自己对小说语言标准的认识。"沈先生对我们说过语言的唯一标准是准确(契诃夫也说过类似的意思)。所谓'准确'就是要去找,去选择,去比较。"③这里的"准确"非常明确地是指文字含义的恰切。而在演讲中,汪曾祺将"言之长短"和"声之高下"与含义恰切统一了起来。这是汪曾祺小说语言标准中最为精微的地方。要说的是,这里所谓"去找,去选择,去比较",实际上就是古代文章学非常注重的炼字析句的传统。

　　从传统文章学角度看,汪曾祺强调的炼字析句,实际上是对"炼字"、"声律"、"熔裁"的综合考量。炼字既要求准确,又要"避诡异"、"省联

---

　　①　汪曾祺:《中国文学的语言问题——在耶鲁和哈佛的演讲》,《文艺报》1988年1月16日。

　　②　汪曾祺:《关于小说的语言(札记)》,《文艺研究》1986年第4期。

　　③　汪曾祺:《沈从文和他的〈边城〉》,《芙蓉》1981年第2期。"准确"是汪曾祺一生坚持的语言标准。他在《小说笔谈》《小说创作随谈》《文学语言杂谈》《小说的思想和语言》等文章中反复强调过这一标准。

边"、"权重出"、"调单复"①;声律讲究"异声相从"、"同声相应"②,要"前有浮声,后有切响",在声之高下,言之长短的不断调整中,找到行文的"内在节奏";熔裁则指"规范本体"、"裁剪浮词"。前者使文章"纲领昭畅";后者使文章"芜秽不生"③。汪曾祺小说语言的精约、简练之美亦于此生焉。而以上所有一切的基础,则是对语言、文字的敏锐感觉。这种敏感既源于他所受的文学教育,又得益于他随时随地的学习④,对古诗词和鲁迅、沈从文等人作品用字的反复揣摩。例如他对《眉间尺》(《铸剑》)影印手稿修改痕迹的分析,就可以看到汪曾祺锤炼字句的细微感觉。作品原文为:"他跨下床,借着月光走向门背后,摸到钻火家伙,点上松明,向水瓮里一照。"手稿显示,"走向"原作"走到";"摸到"原为"摸着"。汪曾祺认为鲁迅的修改比原来好,"特别是'摸到'比'摸着'好得多"⑤。所以如此,是因为两处修改,不仅避免了"借着"与"摸着"之间的"重出"相犯,而且"摸到"是动作结果,"摸着"除表示动作结果外还可表示动作状态,一旦阅读出现语义偏差,便会影响语感,使原文几个动作的连续性受到影响,使语言的流畅感受到破坏。此外,《高老夫子》中的"酱"字,《祝福》中的"剩"字,沈从文《箱子岩》中的"灌"字,《鸭窠围的夜》中的"镶"字,都是汪曾祺经常举以示人的锤炼字句的佳例。小说创作中的字锤句炼,还使汪曾祺养成了一种考据趣味,他对"淖"、"栈"、"㳇"、"小山"、"步障"、"呼雷豹"等字词的考订,不仅反应出他语言功夫的深严细密,甚至还能让读者想到桐城派的"考据"趣味,隐约感受到文学创作中失之已久的"沉潜乎训诂"的小学传统。现代以来,这一传统只在暗藏曲折的鲁迅小说中尚能偶露峥嵘。

汪曾祺曾经说过,沈从文的语言是朴实的,"朴实而有情致";是流畅的,"流畅而清晰"。"这种朴实,来自于雕琢;这种流畅,来自于推敲。"⑥正如林斤澜所言,汪曾祺谈别人,其实说的还是他自己。

---

① 范文澜:《文心雕龙注》(下),人民文学出版社 1958 年版,第 624 页。
② 同上书,第 552 页。
③ 同上书,第 543 页。
④ 汪曾祺:《揉面——谈语言》,《花溪》1982 年第 3 期。
⑤ 汪曾祺:《关于小说的语言(札记)》,《文艺研究》1986 年第 4 期。
⑥ 汪曾祺:《沈从文和他的〈边城〉》,《芙蓉》1981 年第 2 期。

二

中国古代文章学传统对汪曾祺小说的影响是整体的，全面的。"炼字析句"只是最初的一个层面，用刘大櫆的话说，是"文之最粗处"。"积字成句，积句成章，积章成篇。合而读之，音节见矣。"①更进一步的影响则体现在声调节奏和结构层面。虽然"炼字析句"已含有音节的成分在内，但就节奏的整体性和内在性而言，声调节奏与结构问题有单独论述的必要，它们都是"文气"充盈于文本的不同形式的体现。汪曾祺非常重视语言声调（音节）的价值，他认为，"句之短长"与"声之高下"，形成了语言同时也是整个作品的"内在的节奏"，而这种节奏体现、渗透在作品由字句到篇章的每一个环节之中。然而，在对桐城派和韩愈的评价上，特别是在对"文气说"、"桐城义法"和文章"声音美"的认识上，汪曾祺与"五四"作家存在着很大的差异。

就文学史发展的实际看，桐城派经由曾国藩中兴，已有很大变化，到严复、林纾一代，已显示出与新文学接近的趋势，后来参加新文学运动的胡适、陈独秀、周氏兄弟等，都受过他们很大的影响。但"革命"不能没有对象，不能没有对手。当时统领文坛的桐城派自然首当其冲，被钱玄同骂作"谬种"；桐城三祖、明代前后七子外加归有光，更是被陈独秀斥为"十八妖魔"。然而，斥骂与口号只能收一时之效，后来真正对桐城派和韩愈进行彻底清算的还是周作人。周作人认为，桐城派的好处是文章较明代前后七子的"假古董"为通顺，但桐城古文内容上道学化，形式上死抱"义法"，讲究"神理气味，格律声色"，一味追求文章的声调节奏，最终使桐城派日益成为与八股文最相近的文章统系。周作人把这一积习的源头追到了以韩愈为代表的唐宋八大家身上，认为"韩退之诸人固然不曾考过八股时文，不过如作文偏重音调气势，则其音乐的趋向必然与八股接近，至少在后世所流传模仿的就是这一类"。他还举钱振锽《摘星说诗》中的例子进一步加以说明：

---

① 刘大櫆：《论文偶记》，人民文学出版社1959年版，第6页。

　　"同年王鹿鸣颇娴曲学。偶叩以律,鹿鸣曰,君不作八股乎,亦有律也。"此可知八股通于音乐。《古文苑》录韩退之《送董邵南游河北序》,首句曰"燕赵古称多慷慨悲歌之士",选者注云:

　　"故老相传,姚姬传先生每颂此句,必数易其气而使成声,足见古人经营之苦矣。"此可知古文之通于音乐,即后人总以读八股法读之,虽然韩退之是否摇头摆腿而做的尚不可知。总之,这用听旧戏法去鉴赏或写作文章的老毛病不能断根去掉,对于八股宗的古文之迷恋不会改变,就是真正好古文的好处也不会了解的。①

　　周作人是敏感的,他认识到古文与音乐的相通,认定此种习气的养成是和中国旧戏有关系的事。还认识到八股和古文重声调节奏,与汉字形状特别有关。汉字不仅有平仄,而且有偏旁,可以找合适的字两两互对。②

　　值得注意的是,面对同样的传统,汪曾祺也认识到了汉字的特殊性。自幼的熏习濡染,长期的编剧排演,汪曾祺更能体会到汉字文学语言与戏文在声调节奏方面的微妙关联。但是,他对以韩愈和桐城派为代表的古文传统,与以周作人为代表的五四一代新文化论者,有着不同甚至截然相反的判断和理解。在汪曾祺看来,"桐城义法"是有道理的③,桐城派讲究"文章应该怎么起,怎么落,怎么断,怎么连,怎么顿等等这样一些东西","文章的内在节奏感就很强"④。桐城派将"声音"视为文学语言的精髓,是中国文论的一个很独特的见解。⑤ 比较而言,周作人所论夹杂着文化批判,而汪曾祺则是从创作出发,强调"桐城义法"与"文气说"的内在关联,掘发桐城文论的合理性。这样的对照比较,使我们看到了汪曾祺与五四新文学之间关系的微妙性,看到他在小说创作上对文章学传统的跨界式的继承和发展,其小说创作在思想、技术谱系上的独异特征。

　　更为重要的是,对书法和戏剧艺术的谙熟,对汉字形义结构的深刻领会,

　　①　周作人:《厂甸之二》,《苦茶随笔》,河北教育出版社 2002 年版,第 30 页。
　　②　周作人:《中国新文学的源流》,华东师范大学出版社 1995 年版,第 36 页。
　　③　汪曾祺:《两栖杂述》,《飞天》1982 年第 1 期。
　　④　汪曾祺:《小说创作随谈》,《芙蓉》1983 年第 4 期。
　　⑤　汪曾祺:《关于小说的语言(札记)》,《文艺研究》1986 年第 4 期。

使汪曾祺在继承文气论和桐城文论的基础上,在文学、艺术领域首先提出了"汉字思维"的问题。汪曾祺认为中国字不是拼音文字,"中国的有文化的人,与其说是用汉语思维,不如说是用汉字思维"①。在以往对艺术思维的认识中,人们更多谈论内容和形式,很少涉及"质料"因素。"汉字思维"是对以汉字为质料的文学、艺术创作思维特点的总结:首先,文学语言是书面语言,视觉语言,不是听觉语言。汉字多同音字,不宜朗读;其次,汉字是象形文字,有颜色、形象和声音。所以,小说语言虽为视觉语言,但又不能不追求语言的声音美;再次,汉字形体规整,声有平仄。语用上讲对仗,多四字句。行文稳当,颇富对称之美。有了这样的认识,汪曾祺在小说中极力发掘汉字形音义所独具的美学潜能:参照鲁迅《高老夫子》中的桑树标牌,《皮凤三楦房子》《王四海的黄昏》也框画出高大头、王四海的招牌和名片,在汉字的视觉效果中,体验"婉而多讽"的修辞魅力;《螺蛳姑娘》几乎全文四字句,《仓老鼠和老鹰借粮》则以儿歌童谣方式写小说。这样的"拟故事"书写,其实是对汉字叙述"声音美"的可能性进行试验和探索;在许多作品中,汪曾祺还时以对语行文,让读者感受汉字均衡对称的美感效果。较之90年代的语言学家申小龙、画家石虎等人,汪曾祺对"汉字思维"的论述可能不够系统,只是自己感性经验的总结,但这并不影响他对汉字思维形象性、整体性、模糊性和并置性的认识、感受和运用。如《钓人的孩子》:

> 米市,菜市,肉市。柴驮子,炭驮子。马粪。粗细瓷碗,砂锅铁锅,烧饵块。金钱火腿,牛干巴。炒菜的油烟,炸辣子的呛人味。红黄蓝白黑,酸甜苦辣咸。

这段文字用名词堆叠而成,颜色、形象、声音、气味,看似松散,实则韵致自存。名词的并置,为阅读留下了自由想象的空间,其审美效果有似书之留白,画之留空,乐之无声。就像人们常说的那样,初写小说的人好用形容词,成熟的小说家喜用动词,而真正优秀的小说家是用名词写作的。名词可以构筑一个结实的"世界"。

---

① 汪曾祺:《中国戏曲和小说的血缘关系》,《人民文学》1989年第8期。

由于受韩愈和桐城派的影响,汪曾祺对小说结构也有着与众不同的认识。在他看来,"'文气'是思想的直接的形式",是比"结构"更为内在、更为精微的概念,它和思想内容有机联系在一起,是比许多西方现代美学的概念还要现代的概念。① 因此,他想用"节奏"代替"结构"。而这里的"节奏"是指小说叙述的"内在节奏",是"文气"在形式层面的自然显现。② 就本质而言,汪曾祺所说的"结构"是与"音节"、"声调格律"一体两面的概念:气激发声,为"音节",为"声调格律";气聚成形,则为"结构"。这样,我们就能够理解:为什么汪曾祺说自己小说的结构受到了庄子的影响③;为什么他认为苏轼所说的"但常行于所当行,止于所不可不止"是在说"结构";为什么林斤澜讲了一辈子"结构",而他却认为是结构的特点是"随便"④。当然,这是一种和"字句"、"音节"、"声调格律"一样,需要"苦心经营"的随便。⑤ 就本质而言,"随便"是个体生命在文字、文本间的禀气而行,自由回荡,是审美创造中自由的"肉身",是人的自由意志向文体形式方面的转换和生成。所以,掌握了"文气","比讲结构更容易形成风格"。⑥

三

20世纪40年代,汪曾祺受吴尔芙、阿左林、纪德、萨特、乔伊斯等欧美作家影响,形成了自己初步的小说观。在他看来,"一个短篇小说是一种思索的方式,一种情感形态,是人类智慧的一种模样"⑦。其实这已涉及了个体生命精神和意志的主要方面。在他那里,小说业已成为生命的一种图式。后来,他在认识和创作方面还有许多变化,如40年代、80年代的意识流,60年代的应景,80年代的和谐与欢乐,90年代走向荒诞、悲凉等等,但以小说

---

① 汪曾祺:《两栖杂述》,《飞天》1982年第1期。
② 汪曾祺:《小说笔谈》,《天津文艺》1982年第2期。
③ 汪曾祺:《回到现实主义,回到民族传统》,《新疆文学》1983年第2期。
④ 汪曾祺:《小说笔谈》,《天津文艺》1982年第2期。
⑤ 汪曾祺:《林斤澜的矮凳桥》,《文艺报》1987年1月9日。
⑥ 汪曾祺:《小说创作随谈》,《芙蓉》1983年第4期。
⑦ 汪曾祺:《短篇小说的本质》,《益世报》"文学周刊"第四十三期,1947年5月31日。

探索生命的艺术追求则是一以贯之的。在这背后,中国古代文章学传统所起的作用,始终未能引起以往研究的注意。例如,汪曾祺是最早接触并使用意识流手法的中国小说家之一, 40年代的《复仇》《小学校的钟声》《等车》《醒来》, 80年代的《岁寒三友》《大淖记事》《钓人的孩子》《昙花、鹤和鬼火》,都运用了意识流手法。在以往研究中,汪曾祺的意识流,总是被理解为受吴尔芙、阿左林等人"影响"的结果,但影响终究是外源性的,只能提供一种可能性。汪曾祺能够接受意识流的内在原因,则是传统"文气论"对文思和行文如"气"似"水"的感性认知。"血脉流通"、"气韵生动"、"行云流水",是存在于中国文章学传统内部的古老基因,西方意识流只不过是一种外来"刺激";前者的作用是"定向",后者的作用是"激活"。只有前者,而不是后者,最终决定着《大淖记事》等作品所呈现的"东方意识流"的美学形态。

就古代文章学传统对汪曾祺的影响而言,为接受"意识流"定向犹是其小者,尚属形式、技巧范畴,更进一步的作用则体现在小说人物、思想、文体和整体审美风格方面。汪曾祺创作一向注重他异性,坚持"凡事别人那样写过的,我就绝不再那样写!"①强调"我们的小说宁可像诗,像散文,像戏,什么也不像也行,可是就是不能太像个小说,那只有注定它的死灭"②。古文方面的童子功外加对"文气说"的认同,"散文化"几乎成为他小说创作寻求独特性的必然选择。在他看来:

　　所谓散文,即不是直接写人物的部分。不直接写人物的性格、心理、活动。有时只是一点气氛。但我以为气氛即人物。一篇小说要在字里行间都浸透着人物。作品的风格,就是人物的性格。③

这样,汪曾祺对小说人物的认识,也被纳入到了"文气"的范畴。后来,他进一步补充道:

---

① 汪曾祺:《谈风格》,《文学月报》1984年第6期。
② 汪曾祺:《短篇小说的本质》,《益世报》"文学周刊"第四十三期, 1947年5月31日。
③ 汪曾祺:《〈汪曾祺短篇小说选〉自序》,《汪曾祺全集》(三),北京师范大学出版社1998年版,第166页。

　　　　我曾经有一句没有讲清楚的话,我认为"气氛即人物",讲明白一
　　点,即是全篇每一个地方都应浸透人物的色彩。①

"气氛即人物"的观念对汪曾祺小说创作产生了深刻影响。40 年代的《戴
车匠》《僧与庙》《鸡鸭名家》等作品,都是在气氛的营造中完成人物的塑
造。80 年代的《异秉》《受戒》《岁寒三友》《大淖记事》等优秀之作,也在
延续着相似的修辞路线。以《岁寒三友》为例,小说写当地放焰火的风俗,
看似没有一笔写人物,但笔笔又都在着意写人,写焰火的制作者陶虎臣。汪
曾祺认为,读者如能感受到看焰火的热闹和欢乐,就会感受到陶虎臣这个人。
"人在其中,却无觅处。"② 再如《大淖记事》。表面看,整篇作品比例失调,前
三节写环境,记风土人情,直到第四节才出现人物。这里人物的生活、风俗、
是非标准、伦理观念,和街里穿长衫念过"子曰"的人是不同的。"只有在
这样的环境里,才有可能出现这样的人和事。"③ 也就是说,只有把"风俗"、
"环境"置放在"气氛"营造之中,它们在汪曾祺小说中的修辞功能,才会得
到准确的理解和把握。

　　从创作的实际情况看,"气氛即人物"在汪曾祺那里首先意味着小说
"情节"功能的淡化,真正的生活有"气氛",而少"情节",而现代小说写
的只是平常的"人"④;其次,小说不应有过强的戏剧性。汪曾祺认为,小说
和戏剧不同,"戏要夸张,要强调,小说要含蓄,要淡远⑤";"戏剧是强化的艺
术,小说是入微的艺术"⑥。而"强调"和"强化"的主要手段是"冲突"。
明确了二者的畛域,汪曾祺小说往往将"冲突"搁置起来,很少在"冲突"
中展开人性分析,而是让"人物"在"平常的人事"中自行显现;第三,汪曾
祺一再强调"要贴到人物来写"⑦,其小说"作者"、"叙述者"、"人物"一
体化倾向非常明显。这样,作者、叙述者、人物的个性气质,行文的字句、音

　　①　汪曾祺:《小说创作随谈》,《芙蓉》1983 年第 4 期。
　　②　汪曾祺:《谈谈风俗画》,《钟山》1984 年第 3 期。
　　③　汪曾祺:《〈大淖记事〉是怎样写出来的》,《读书》1982 年第 8 期。
　　④　汪曾祺:《说短》,《光明日报》1982 年 7 月 1 日。
　　⑤　汪曾祺:《两栖杂述》,《飞天》1982 年第 1 期。
　　⑥　汪曾祺:《中国戏曲和小说的血缘关系》,《人民文学》1989 年第 8 期。
　　⑦　汪曾祺:《沈从文和他的〈边城〉》,《芙蓉》1981 年第 2 期。

节、韵律节奏、文体风格,和作品中的"气氛"之间,便产生了一种内在的有机统一。气化流行,变动不居:内为"气质";外为字句、音节、韵律节奏、文体风格,浸透于"字里行间",则为"气氛"。原属叙事学、文体学、文本发生学的诸多概念和范畴,都被汪曾祺整合到了"文气"之中。刘大櫆论文说:"音节者,神气之迹也。字句者,音节之矩也。神气不可见,于音节见之;音节无可准,以字句准之。"① 如此循环往复,一以贯之的是"气"字;汪曾祺推以阐说自己的小说观念,他要强调的,也还是这个"气"字。在这种一体化的小说观中,"人物"既是一个环节,又意味着作品的全部。这里所显现的,实际上是一种"气本论"的小说观,一种源发于生理、生命之气的生命诗学。

汪曾祺将自己的思想总结为"中国式的抒情的人道主义",并表示自己对人道主义的理解,不是基于"人道主义"问题的论证,更无力参与哲学上的论辩,"我的人道主义不带任何理论色彩,很朴素,就是对人的关心,对人的尊重和欣赏。"② 然而,任何思想都是有迹可求的,在以往研究中,人们在汪曾祺的小说中,感受到了吴尔芙、阿左林、契诃夫等人作品所具有的人道情怀,认识到以萨特为代表的存在主义人道主义的思想印记,更能看到对沈从文小说尊崇"人性"、执著于道德探求的继承和发扬。但是,我们只有将这一问题放置在中国古代文章学传统之中,其人道主义思想形成的深远和隐微之处,才能得到真切的呈现。汪曾祺的人道主义是"抒情的",而归有光对其抒情方式的形成有着深远影响。归有光的文章有感慨,有性情,平易自然。通过归有光"以清淡的文笔写平常的人事"的抒情风格,经由欧阳修,最后在司马迁那里,汪曾祺找到了中国文学的一种抒情传统,感受到了这个传统背后流淌着的人道主义情怀。汪曾祺的人道主义是"中国式的",其中接续着儒家思想的重现世、讲人情的生活态度。汪曾祺谙熟桐城古文,而桐城派讲究义理、考据、词章。这里的"义理"是指"宋学",即姚鼐所谓"学行继程朱之后"的程朱理学。面对儒家思想统系中的理学,汪曾祺不只看到了朱子讲学语言的亲切、自然、活泼③,更为程颢等人诗句中所反映的人生态度所感动。

① 刘大櫆:《论文偶记》,人民文学出版社1959年版,第6页。
② 汪曾祺:《我是一个中国人——散步随想》,《北京师范学院学报》1983年第3期。
③ 汪曾祺:《揉面——谈语言》,《花溪》1982年第3期。

"万物静观皆自得,四时佳兴与人同";"顿觉眼前生意满,须知世上苦人多"。这样的"蔼然仁者"之言,与"先天下之忧而忧,后天下之乐而乐"一样,闪动着儒家人道思想的光辉。

再者,与重"文气"相颉颃,中国古代文章学自《文心雕龙》至桐城派文论,都非常重视"养气"功夫。对汪曾祺而言,"养气"不只是读书,不只是书法、绘画、烹饪与小说、散文创作之间相互涵养,它更体现为对《文心雕龙》"养气"观的熟练掌握和深刻领悟①,对"临文主敬"的艺术伦理和艺术情感的把持和掌控。这一点对汪曾祺人道主义思想产生了两方面影响:一方面,汪曾祺强调作者要有"仁者之心",要"爱人物",但这种爱不是"热爱",而是"温爱",是"蔼然仁者"之爱。其中不难发现"气摄而不纵"②的理性态度;另一方面,养气可以使汪曾祺突破个性气质的局限,在个性中涵摄更多的社会性③,使自己的人道思想获得不断向外拓展的力量,也使自己的创作获得了更为深广的动力。这一方面,不仅体现在他对小说创作社会责任意识的不断强调上④,而且他还将这种意识贯彻于小说创作,在80年代后期和90年代,创作出一批社会性较强、充满荒诞与悲凉气息的作品。

汪曾祺自认是"文体家"⑤,他在小说文体创新方面也的确取得了很高的艺术成就,他对古代文章学资源的跨界吸纳,无疑起到了巨大的作用。但是我们应当看到,任何传统的影响所产生的后果都是复杂的,在获得启悟的同时,往往也会带来束缚和局限。在汪曾祺小说创作中有一桩公案:酝酿了十多年的长篇小说《汉武帝》⑥,最终因何未能付诸笔端? 汪曾祺自己的解释是"不清楚汉朝人的生活细节",后来许多人都曾撰文,申说自己的看法,

---

① 参见汪曾祺小说《绿猫》,《文艺春秋》第五卷第二期,1947年。

② 章学诚著、叶瑛校注:《文史通义校注》(上),中华书局1985年版,第279页。

③ 徐复观:《中国文学中气的问题》,《中国文学精神》,上海世纪出版集团2006年版,第142—143页。

④ 参见《揉面——谈语言》《要有益于世道人心》《美学情感的需要和社会责任》《自序》等文章。

⑤ 汪曾祺:《认识到和没有认识的自己》,《北京文学》1989年第1期。

⑥ 早在1981年,汪曾祺在给朱德熙的信中提到,"也许会写一个中篇历史小说《汉武帝》的初稿"。1983年,人民文学出版社向汪曾祺约写长篇小说,汪曾祺开始酝酿长篇《汉武帝》。后来由于不清楚汉朝人的生活细节,最终不得不放弃了这部酝酿了十多年的长篇小说。参见汪曾祺《致朱德熙》《猴年说命》等文章。

如归因于"小说观念"、"身不由己"、"精力不济"等等。在我看来,有两点是决定性的:一是气质;一是思维。自己的气质不宜长篇,汪曾祺在多篇文章中都曾提到过,篇幅所限,不再具引。要说的是,在小说创作的思维方式上,汪曾祺深受古文教育、文章学传统和书画创作的影响,养成了推敲字句,斟酌音节,苦心经营节奏和气氛的习惯。例如他在文章中经常写到这样的创作情形:"我的习惯是,打好腹稿。我写京剧剧本,一段唱词,二十来句,我是想得每一句都能背下来,才落笔的。写小说,要把全篇大体想好。怎样开头,怎样结尾,都想好。在写每一段之间,我是想得几乎能背下来,才写的(写的时候自然又有些变化)。写出后,如果不满意,我就把原稿扔在一边,重新写过。我不习惯在原稿上涂改。在原稿上涂改,我觉得很别扭,思路纷杂,文气不贯。"① 这样一种"打好腹稿"的思维习惯和方式,写文章可以,作画可以,写短篇也可以。可这种方法一旦施之于长篇,在人物配置,情节穿插,复杂主题的呈现,大的结构的安排设计等方面,就难免捉襟见肘了。这也许是古代文章学传统给这位"文体家"所带来的不可避免的遗憾。

不过话说回来,没有《汉武帝》,汪曾祺还是汪曾祺。

(原载《天津社会科学》2015 年第 4 期)

---

① 　汪曾祺:《揉面——谈语言》,《花溪》1982 年第 3 期。

讲述"中国故事"的方法

——贾平凹新世纪小说话语构型的语义学分析

如何讲述"中国故事"是一个充满意识形态纽结的大问题,每位小说家都会自觉不自觉地勘测与这一问题的"切线",从而明确自己讲述"中国故事"的路径和方法,在对能与不能、为与不为的思考中,寻找自身创作的伦理落位,为作品意义的生成提供一个稳定的价值支撑。而所有这些思考,都会转化为左右小说话语构型的内在力量,影响小说在语言、结构和文体方面的呈现方式,并最终决定一个小说家创作的整体风格。展开对贾平凹小说话语构型的语义学分析主要基于两方面考虑:一方面,贾平凹对讲述"中国故事"、传达"中国经验"有长期、系统的思考,并不断修订文学观念,坚持将相关思考贯彻于小说创作,探索小说话语构型的独特方式。作为有重要影响的小说家,他的思考和探索无疑具有重要的启示意义;另一方面,贾平凹小说每每饱受争议,话语构型的语义学分析,可以帮助厘清不同话语层理间的语义内涵,澄清贾平凹隐含在混沌叙述背后的本来面目,摆脱各种误读,揭示其创作的意识形态"秘结"[1]。贾平凹小说坚实细密,面对具有坚实内容的东西,最容易做的是判断,"比较困难的是对它进行理解"[2],而小说话语构型

---

[1] "秘结"是贾平凹多次谈到的一种创作现象,指作家创作某一具体作品时的个人秘密或作品的实际所指。

[2] [德]黑格尔:《精神现象学》(上卷),商务印书馆1987年版,第3页。

的语义学分析是达成理解的重要方式和途径。在贾平凹的文学想象中,自己的小说应当像《山海经》中提到的"混沌"那样,能够体现中国哲学和艺术的根本精神①,然而"混沌"没有五官,一旦七窍凿成,"混沌"也就死了。话语构型的语义学分析难免对整个话语群落进行剥离、剖析,为获得更为合理的理解,出具一份"尸检报告",也许是必不可免的代价。

一

福斯特有过一个奇妙的想法,把不同时代的英语小说家放在一个像不列颠博物馆阅览室那样的圆屋子里同时写作,以便能够对他们进行共时考察。②循着福斯特的想法,屋子能建得足够大,古今小说家"济济一堂",我们虽然很难断定贾平凹究竟有怎样一个位置,但有一点可以肯定:贾平凹是他们当中最重复的一个。他的小说不只局部重复,而且整体重复;既存在于一部小说之中,又跨越于各部作品之间,几乎涉及小说文本的各个环节。这种重复以前创作就有显现,但程度较弱,及至新世纪,从《怀念狼》到《老生》,随着文学观念的变化,重复日益成为贾平凹小说最基本的、甚至是有意识的文本策略,并形成一种综合性的文本症候。美国文论家希利斯·米勒认为:"在对文学与历史、伦理和政治关系进行研究时,如果不去力图理解表现上看来是抽象或形式化的重复主题,那么这种研究便会毫无效果。"③据此而言,正视重复是真正理解贾平凹小说的关键,任何回避,都可能意味着我们在研究或批评上的自我妥协。

贾平凹小说的重复首先表现在字词和句式方面。例如《古炉》对"跌"字的使用:

1. 差不多人家的院门都关了,有几户还开着,跌出一片光亮……

2. 太阳早已从公房瓦槽上跌下来,檐下的台阶一半黑一半白……

---

①　贾平凹:《对当今散文的一些看法——在北京大学的演讲》,《美文》2002 年第 7 期。

②　卢伯克、福斯特、缪尔:《小说美学经典三种》,商务印书馆 1990 年版,第 206 页。

③　[美]希利斯·米勒:《作为重复的翻译——〈小说与重复〉中文译本序言》,《小说与重复——七部英国小说》,天津人民出版社 2008 年版,第 3 页。

3. 太阳从牛铃家的屋脊上走下来,跌坐在了天布家院门口的照壁下⋯⋯

4. 把上屋门一推,屋里的灯光跌出一片白⋯⋯

5. 屋里一片漆黑,窗口外的月光在炕上跌出一个白色方块。

按理,汉语写光有很多动词可供驱遣,追求生动对贾平凹也不是什么问题,但在《古炉》中,凡是写到日光、月光或灯光,作者都在刻意甚至可以说固执地使用"跌"字。再如《古炉》中这样句式的运用:

1. 霸槽就把蜘蛛的一条长腿拔下来,又把另一条长腿也拔下来,蜘蛛在发出咝咝的响声。

2. 还是在很多年前,水皮家的母猪下崽,下了一个,又下了一个,一下子下出了七个,他们都在那里看。

3. 霸槽一大早就在镇河塔前的公路上摔酒瓶子,砰地摔下一个,砰地又摔下一个。

4. 霸槽掰一块豆腐吃了,再掰一块豆腐吃,豆腐的香味立即让树上的鸟,地上的蚂蚁,还有鸡,狗,猪都闻见了,他们在空中飞着,地上跟着。

5. 针扎了他的手,他把线扯了,又把裤管的破口往开撕,撕了一片,又撕了一片,裤管成了絮絮。

这一句式源于鲁迅《秋夜》开头那句话:"在我的后园,可以看见墙外有两株树,一株是枣树,还有一株也是枣树。"不算其他作品,仅《古炉》这一句式就被重复仿拟使用了将近 40 次。当然,这种情况并非偶然,贾平凹还经常将托尔斯泰、废名、沈从文等人的经典字词或句式加以仿拟后重复运用。这样的重复,显然不能理解为写作中的"出格行为"或者"大手笔的艺术特权"。这种近乎偏执的重复需要更合理的解释。

其次,贾平凹小说的重复还体现在细节层面。

贾平凹小说以坚实细密见称,他的叙述被称为"生活流","细节的洪流"①。说到生活,说到细节,人们总是想到《金瓶梅》《红楼梦》,但贾平凹小

---

① 　南帆:《找不到历史——〈秦腔〉阅读札记》,《当代作家评论》2006 年第 4 期。

说生活和细节描写与二者有着绝大的不同,其中充满了重复性的"硬块"。这些细节重复不仅存在于不同作品之间,有时甚至同一细节在同一部作品中也被反复使用。篇幅所限,仅取《怀念狼》中的五段文字,作为类型范例:

1. 十天后,傅山终于再次穿起了猎装,背着那杆用狼血涂抹过的猎枪,当然还有富贵,出了门。他的行李非常简单,口袋里只有钱和一张留着未婚女人经血护身纸符,再就是捆成了一卷的那张狼皮。

2. 罗圈腿便又拿了梳子给了她,抱一捆柴再进屋去了,女人就梳她的乱发,不住地唾了唾沫往头上抹。

3. 一个说,"我给她明说了,和婊子上床快活么,人家会叫床,和你在一搭,我是奸尸哩么。老婆说,叫床,叫床谁不会? 可我们干起来了,她双手拍打着床沿叫:床呀,床呀! 气得我一脚把她蹬开了。"

4. 柏架是做香火的原料,镇上许多人家都从事这种生意,他或许看到了我的什么,便吹嘘他命里是该革命成功了做大官的,因为他的××上长着一颗痣的,我说那我也就可以做更大的官了,我有三颗痣,他不相信,就过来看……

5. 烂头正擤鼻涕,笑嘻嘻地跑过来,拍打着舅舅身上的土,但我清楚地看见他把擤过鼻涕的手在舅舅的背上擦了擦。

《怀念狼》发表于2000年,处于贾平凹文学观念调整的开启阶段,具有转折意义。贾平凹以前小说也存在细节重复,但重复频率较低。新世纪后重复数量明显增加,频率不断增高。第一个例子在许多小说中都有出现,新作《老生》也在使用。这类重复还包括:运尸还乡挂只白公鸡;撞上晦气向天唾唾沫;占卜捉筷子;用柳条打通说;用柏朵子燎治漆毒;南瓜瓤子治枪伤;喝黄鼠狼血治肾病……从表面看,这些细节源于特定的风土、民俗或民间禁忌。一位作家长期关注特定地域,描写固定空间里的生活,自然容易形成此类重复。但值得注意的是,贾平凹小说中的风俗与禁忌,一半源于他的观察和记忆,一半则是他以"可以有"的方式创造和虚构的。① 这种有意为之的重复,显

---

① 贾平凹、韩鲁华:《关于小说创作的答问》,《当代作家评论》1993年第1期。

然是作者的一种文本策略。第二个例子也在多篇作品中被反复使用过。此类重复还包括:小孩屙完屎,让狗舔擦屁股;囫囵吞下土豆,噎得两眼睁得大大;把梳落的头发挽个卷,塞进墙缝留着卖钱;妇女们逮着自家鸡就抠屁眼,摸有蛋没蛋……这类重复一般源于生活,写实性较强,反映了贾平凹细致入微的观察能力和出色的细节定型能力。第三个例子属比较特殊的一种,大多改写自民间笑话、段子或者相声。此类细节重复率相对较低,上面的例子只在《怀念狼》和《倒流河》用过两次,但会有新的笑话或段子不断加入进来,并被重复利用。贾平凹小说幽默、诙谐,有一种特殊的"轻",这类重复反映出贾平凹与民间诙谐文化的紧密联系。第四个例子多用在得意、好强、有野心的人物身上,如《倒流河》中的立本、《古炉》中的霸槽,《病相报告》中的算命先生,也都长了那么一颗痣。此类重复数量极大,难以尽数。它们多与性器官和屎尿等"物质—肉体因素"① 紧密相关,并构成了贾平凹小说话语构型最具特色,也颇富争议的一面。第五种类型写农民的自私、狡黠、阴损和残忍。此类重复还包括:屎屙在家外面,宁可砸烂也不留给别人拾捡;偷割仇家树木、葫芦、牵牛花藤蔓;防人偷柿子,树干涂上屎;暗地给对头家祖坟钉桃木橛子;与人争夺食物,先唾上唾沫占下;系上裤脚偷粮食;无缘无故将麻雀、螳螂、蜘蛛、蚂蚁等小动物肢解撕碎……这一类型体现着贾平凹对农民独特的了解和观察。

　　细节重复不止以上五类,更多的难以归类,充斥在贾平凹小说文本的角角落落。

　　再有,贾平凹小说的重复在事件和文本构成方面也有充分体现。在事件方面,《怀念狼》等四部长篇都写了激烈的冲突或械斗;《古炉》等三部长篇写到了大规模的集体瘙痒或疫病;《怀念狼》等四部长篇都写到了挖掘太岁、雕像或石碑等事件;《秦腔》等三部长篇写到大洪水。小的事件重复为数众多,不胜枚举。贾平凹小说叙述一直追求混沌效果,为掌控、调节叙述节奏,在文本构成上经常插入异质性文本。这一文本策略在《白夜》和《高老庄》就有尝试,新世纪小说还在使用。如《病相报告》中胡方留在四幅画背后的文字,《秦腔》中的秦腔曲谱,《带灯》中的短信,《老生》中的《山海经》文

① ［俄］巴赫金:《拉伯雷的创作与中世纪和文艺复兴时期的民间文化》,河北教育出版社2009年版,第21页。

本,等等。虽然穿插方式和修辞目的各异,但作为文本构成的方式,则明显属于重复。

最后,贾平凹小说的重复还反映在人物配置和背景设置方面。这一层面的重复比较宽泛,相对于字词、句式和细节,给人的感受不那么强烈。在人物配置方面,重复更多体现为人物塑造的类型化、系列化。如异人:红岩寺老道(《怀念狼》)、中星爹(《秦腔》)、善人《古炉》、唱师(《老生》);稀女子:白雪(《秦腔》)、杏开(《古炉》)、带灯(《带灯》);乡村长者或老支书:夏天义(秦腔)、支书爷(《古炉》)、老皮(《老生》);半痴半癫人物:引生(《秦腔》)、来回(《古炉》)、木铃(《带灯》)。作为文学形象,狗尿苔(《古炉》)和墓生(《老生》)令人印象深刻,但他们与石头(《高老庄》)显然属于同一族裔,都是有预感特异功能的半大小子。人物配置的重复与小说背景设置紧密相关。贾平凹小说的背景是"双核"的,商州和西安被他视为自己的"根据地"①。新世纪以来,背景的重心转向前者,除《病相报告》和《高兴》外,其他五部作品均以"棣花—商州"为背景原型。《病相报告》地涉多方,鄂豫陕三省交界之地是重心之一,人物言行心理也颇多陕南特色。《高兴》写农民在城市悲苦的底层生活,实则是《秦腔》向城市的延伸部分。这样,贾平凹小说中的人物在几部作品间往往相互串通,有时姓名都是相近或相同的。

把贾平凹新世纪小说摞起来,我们面前仿佛呈现出一个无形的、由各式重复贯穿的话语构架。它是整体的、多维的、动态的,富于弹性,充满张力。细读小说文本,贾平凹的书写一旦触及具体情境,就会被某种力量所左右,进入一种自动状态:重复性的字词、句式、细节、事件,就像"插件"或"模块"一样,顺势而出,跃然纸上。在他的小说中,问题可以变,生活可以变,情节、时代和主题都可以改变,但不变的恰恰是由各式重复交织混编而成的隐形框架。贾平凹常说"厚云积岸,大水走泥",其小说叙述中的细节也足够汹涌,但总有一些"硬块"积存下来,成为小说话语框架的构件,在其他小说文本中反复出现。掌握这一隐形构架,是认识贾平凹创作由局部意象经营转向整体意象经营的关键,是理解其文学观念转变的基础。②这一构架的作用,

---

① 贾平凹:《〈高老庄〉后记》,安徽文艺出版社 2010 年版,第 317 页。
② 贾平凹:《〈怀念狼〉后记》,安徽文艺出版社 2010 年版,第 198 页。

在新作《老生》中也可以得到充分验证:小说由四个故事组成,写了秦岭—商州的百年历史。整部作品以唱师和匡三两个人物一明一暗贯穿衔接,又以9段《山海经》文本及师生教学问答作硬性切割。前三个故事,作者依然故我,继续使用各种重复,仅第一个故事在细节和事件方面对以往小说的重复就不少于18处。有了这些重复,贾平凹的风格和味道得到了保持和延续。及至第四个故事,各式重复几近消失,故事写得很实,"周老虎事件"和"非典"也被改写后收罗进来。如此处理,贾氏小说的原有味道被弱化了。

二

　　一般而言,重复被视为小说创作的大病,甚至是绝症,因为它意味着作者生活经验的匮乏,想象力的衰退,原创力的枯竭。仅从局部看,重复是消极的、习惯性的,给人的感觉只能是虚假和苍白。但是,我们如能从话语构型角度出发,对贾平凹的重复进行整体把握,可能会避免无谓的误读,获得更为合理的解释;那些重复性细节和事件,作为话语构型生成的构件,才能呈现出新的语义内涵。例如,在《古炉》《带灯》《老生》中,霸槽、带灯、玉镯都做过同一件事情:要把黑狗或杂毛狗洗成白狗。从局部看,这一行为是无厘头的,充其量不过是贾氏诙谐的重复使用,但作为话语构件,将三个不同人物的行为叠加起来:霸槽不是"平地卧"的,他要改变自己在村里的地位和境遇;带灯初来乍到,对改变樱镇社会状况信心满满;土改中丈夫被枪毙,自己被骗奸,地主婆玉镯落得半疯不癫,改变命运的意愿甚至无从表达。叠加后不难看出,"把黑狗洗成白狗"实际上是人物的下意识行为,背后隐藏的是改变命运、境况和现状的强烈意志。又如:

　　　　1. 杀进商州城,一人领一个女学生。(《浮躁》)

　　　　2. 一举打下榆林城,一人领一个女学生。(《艺术家韩起祥》)

　　　　3. 打出秦岭进省城,一人领个女学生。(《老生》)

以上三句是典型的细节重复,如果单独看,你会对朴素的"革命"意愿报之一笑;叠加起来,你不能不惊讶民间低位想象的洞见和正面历史叙述的不见。

韩起祥因一句唱词被逐出革命队伍,表面原因是政治觉悟不高,真实原因是他不懂"革命"规矩,一时兴起,把心里话给唱出来了。

更为重要的是,只有在这一隐形的话语构架之内,通过重复所产生的语义连接和衍生,个别构件的意义才能得到完整呈现。《古炉》中的霸槽,"文革"中得意一时,每逢到野外屙屎,跟后就搝了锨跟上,挖个坑,屙下,再埋上。当重复把造反派小头目和政治领袖连接到一起时,差异中的相似,很容易让人产生一种远距离的历史醒悟。再如《老生》中的这段描写:

> (王)财东问:谁?匡三说:我。财东问:干啥呢?匡三说:屙哩。财东说:屙了我拾。匡三却提了裤子,抱了石头把屙下的屎砸溅了。

这段文字介于细节和事件之间,原型可能另有出处,但非常经典,写尽了农民的自私和狭隘。贾平凹新世纪七部长篇都用过这一局部事件。而《高兴》中黄八砸碎酒瓶,《古炉》中麻子黑打碎守灯家米面缸之类的行为,也都遵循着同样的行为逻辑。由这一逻辑衍生出去,小如一坨屎,大至整个"天下",都会在这一逻辑中损毁殆尽。崇祯的"最后疯狂"和张献忠的残暴滥杀,只不过是这一逻辑两个不同版本的故事。贾平凹写农民也是在写国人,这样的逻辑在国人行为中一日不去,整个民族就难以走出一次次始于瓦砾、终于瓦砾的苦难轮回。这一重复背后实际上隐含着贾平凹小说一种特殊形态的忧患意识,一种很难为人辨识的批判性。就此而言,贾平凹与鲁迅之间存在着极为深刻的精神关联。鲁迅所以在杂文中抓住张献忠不放,实际上看到的也正是"一坨屎"逻辑的鬼影。当这个匡三有朝一日真的当上大军区司令员,坐拥西北,成为"真正的西北王",家族裙带遍植社会权力各个阶层的时候,贾平凹的忧患也就可想而知了,因为极权主义和封建主义的幽灵,都是在那"一坨屎"里滋生出来的①。

在由各式重复交织混编而成的整体构架中,个体构件的质量和活力决定着文本处理的成败。作为个体构件,贾平凹小说中的重复大多取自现实生活,被直接或改造后推广使用。虽然不是每一个都经过精心打造,但许多构

---

① 参见多米尼克·拉波特:《屎的历史》,商务印书馆 2006 年版,第 68 页。

件的设计、锻造和使用,都体现出极为出色的意象、符号捕捉能力。他在小说中写狷女子上街、赶集、购物,吸引很多目光,回来后抖落一地眼珠子。这一细节的处理,吸收了中西文学关于侧面描写的元素,也有一定的魔幻色彩,成为贾平凹小说众多重复中极为精到的一笔。贾平凹小说经常采用分身叙述,这应该属于技巧重复一类。当小说中人物对另一空间、另一地点中的人有强烈的接近和了解的意愿时,他们就会变成或驱使苍蝇、蜘蛛、老鼠之类,借小动物视角叙述那个人所在之处发生的事情。《病相报告》《秦腔》《古炉》都运用过这一技巧。从写实角度看,分身叙述破坏了视角统一,但从整体意象化角度理解,这一屡被重复的技巧显然吸纳了传统神魔小说和魔幻现实主义元素。贾平凹说自己在现实中不是"大闹天宫的孙悟空"①,但在文本世界里,孙猴子的分身法却让他跨越空间阻隔,享受叙述上的大自在。此外,贾平凹小说中的许多构件,如老支书与贫协主席之类人物生前作对,死后坟墓相邻还要吵嘴;土匪或游击队被杀后割下脑袋,把尘根放在嘴里;两只动物相斗僵持而死;大树被砍伐满地流血;用碗扣出圆圈作对联……单独看都很写实,实际上在不断重复中已被彻底意象化、符号化。在不同的文本语境中,这些意象和符号都有着深刻而又丰富的语义内涵。

在贾平凹新世纪小说的各类重复中,以细节和事件重复为最多,在细节和事件重复中又以关乎性和屎尿的数量为最大。有论者认为,《古炉》中的粪便意象是多义的,不仅"中止了明亮而诗意的抒情风格",而且与"吃"相映成趣、循环往复,暗喻了某种人生的辩证法,"造就了小说的形而上学意味"②。这一论述非常深刻。但需要指出的是,性器官和屎尿作为"物质—肉体下部形象",在贾平凹小说中往往是被重复使用的,除前文已提到的外,相关重复还包括:吃炒面便秘用竹棍或钥匙抠;厕所尿尿冲蛆壳子,或比试谁尿得高低远近,或者在地上尿出自己的名字或意愿;自我阉割,那物在地上还一蹦一蹦的;蔑视某女人,就是脱光摆在那儿,拾个瓦片把 × 盖上,看都不看,等等。其实,贾平凹在小说中播散"物质—肉体元素",首先是要呼唤真纯、质朴的自然人性,祛除人性的异化和矫伪给人类带来的病相。正像他所说的

---

① 　贾平凹:《责任与风度》,《东吴学术》2014 年第 1 期。
② 　南帆:《剩余的细节》,《中国当代作家评论》2011 年第 5 期。

那样:"谁也知道那漂亮的衣服里有皱的肚皮,肚皮里有嚼烂的食物和食物沦变的粪尿,不说破就是文明,说穿就是粗野;小孩无顾忌,街头上可以当众掀了裤裆,无知者无畏,有畏就是有知吗?"① 说到底,人类的文明史,就是性的压抑史,粪便的驱逐史。在现实世界,自然人性见光死;在文本世界,则可纵情狂欢。这样,我们也就能够理解:为什么在《秦腔》《古炉》《带灯》等小说中,日常生活屎尿熏天,大雨时节屎尿横流,家族械斗、对上访者的拷问,必然伴随着充满戏剧性的"屎尿大战"和"肉身下部"展览。当然,其中也必然充斥着重复性的话语构件。更为重要的是,"物质—肉体下部形象"为贾平凹提供了一条隐秘的修辞通道:通过那物上的一颗痣,颠覆了一切历史和现实中的权力相术学迷思。在反反复复的使用中,使一切神圣和崇高的事物都从下部得到重新理解,在上、下的翻转和混淆中,实施肆意的"脱冕"和解构。在这里,肉身带着坏笑,"打了个侧手翻"②。此外,"割下脑袋,把尘根放在嘴里",作为符号化话语构件的使用,也给人留下了深刻印象:通过嘴和尘根两个能指的奇怪连接,上与下、食与色被混拼在一起。如此,对"造反"和"革命"惩罚,却揭示着"造反"和"革命"最原始的动机和目的。

对于小说中的重复,希利斯·米勒在20世纪80年代就有过系统研究。他认为:"任何一部小说都是重复现象的复合组织,都是重复中的重复,或者是与其他重复形成链形联系的重复的复合组织。在各种情况下,都有这样一些重复,它们组成了作品的内在结构,同时这些重复还决定了作品与外部因素多样化的关系。"③ 其实,只要把希利斯·米勒的思路稍加拓展,在一个作家全部作品或一定时期之内作品的整体中,都能找到相似的"复合组织"。他的论述,有助于我们对贾平凹小说隐形话语构架的理解和认识。但是,就研究对象而言,《吉姆爷》《呼啸山庄》等七部英国小说,在重复的规模、种类和方式上,与贾平凹的小说不可同日而语,重复性质也有很大差异。希利斯·米勒的理论,很难溶解贾平凹小说中那些漂浮的"硬块"。在我看来,只

---

① 贾平凹:《看人》,《商州初录》,安徽文艺出版社2013年版,第22页。
② [俄]巴赫金:《拉伯雷的创作与中世纪和文艺复兴时期的民间文化》,河北教育出版社2009年版,第426页。
③ [美]希利斯·米勒:《小说与重复——七部英国小说》,天津人民出版社2008年版,第3页。

有把贾平凹新世纪小说中的重复现象,纳入到对其文学观念和思维方式的考察中,在他对中国传统哲学和艺术的吸纳和继承中,才能获得真正的理解,并找到重复产生的根本原因。

贾平凹在不同场合、不同文章里反复强调的"大"字:大境界、大自在、大精神、大技巧、大忧患、大悲悯、大风度……因为能"大",所以他的小说不仅关注国家、民族、社会和人伦,而且还关注"存在的境遇、死亡和神秘体验、自然和生态状况、人性的细微变化等命题"[①]。"大"在贾平凹小说文本中的美学形态则具体体现为"混沌"。虽然贾平凹对"大"的领悟始于《周易》,但他对"混沌"之美的领会则大成于《老子》。在现实世界《老子》哲学对贾平凹有怎样的影响,不是我们必须思考的问题。但在艺术世界里,《老子》哲学则是理解作者宇宙观和人生观的基础。"混沌"恰恰是作者宇宙观和人生观向小说文本世界的美学生成。

贾平凹小说"混沌"美学的生成有一个渐变的过程:20世纪80年代,他对"混沌"的追求还是朦胧的,只是企图使自己的作品"更多混茫"、"更多蕴藉"[②],"真真实实写出现实生活,混混沌沌端出来"[③];90年代,贾平凹的认识渐趋清晰,认为好的作品,"囫囵囵是一脉山,山不需要雕琢"[④],他要在现实的基础上"建立自己的一个符号体系,一个意象的世界"[⑤],而文学观的改变使他在创作上放弃"扎眼的结构"、"华丽的技巧",在整体上张扬自己的意象,力求写出生活"无序而来,苍茫而去,汤汤水水又黏黏糊糊"的原生态[⑥];及至新世纪之初,贾平凹已不再看重局部印象,而是直接将情节处理成意象,"如此越写得实,越生活化,越是虚,越具有意象",而"以实写虚,体无证有",正是他的兴趣所在[⑦],但是很快,贾平凹再次表示要改变文学观念,向鲁迅看齐,进一步加强责任意识,"如果在分析人性中弥漫中国传统中天

---

① 谢有顺:《贾平凹小说的叙事伦理》,《西安建筑科技大学学报》2009年第4期。
② 贾平凹:《浮躁·序言之二》,安徽文艺出版社2010年版,第1页。
③ 贾平凹:《妊娠·序》,安徽文艺出版社2010年版,第2页。
④ 贾平凹:《废都·后记》,安徽文艺出版社2010年版,第429页。
⑤ 贾平凹、韩鲁华:《关于小说创作的答问》,《当代作家评论》1993年第1期。
⑥ 贾平凹:《〈高老庄〉后记》,安徽文艺出版社2010年版,第318页。
⑦ 贾平凹:《〈怀念狼〉后记》,安徽文艺出版社2010年版,第198页。

人合一的浑然之气,意象氤氲,那正是我新的兴趣所在"①。贾平凹新世纪小说向鲁迅靠拢的一面,后文结合启蒙话语问题会作进一步阐述。这里值得注意的是,贾平凹小说所追求的注重整体的"混沌"美学,符合"整体先于细节"②的审美思维规律,但强烈的整体意识对小说的细节和局部事件的处理产生了两个方面的影响:一是在一些作品中出现大量硬伤,有时甚至主人公姓氏都被搞错③;二是让细节和局部事件从"真实不真实"问题中解脱出来,只要遭遇相近情境,就使自己的书写进入自动状态:以符号化、定式化细节和局部事件代替现实性、仿真性细节和局部事件,从而造成大量重复的产生。这是贾平凹新世纪小说重复产生的美学根源。

再有,在《老子》哲学中,"混沌"、"道"、"大"同物异名,具有"逝"、"远"、"反"三种本质属性。贾平凹追求叙述的"混沌"化,他的小说也带有这三个方面的特点。"逝"在贾平凹小说中表现为与时俱进、与世迁变,关注时代精神和社会现实的递嬗演进;"远"则指致广大,致久远。在小说中具体表现为对人生在世诸多方面的整体观照,间接体现为责任意识,关心国运民瘼的忧患和悲悯。当然,自己的小说能"逝"、能"远",也必然渗透着、反映着作者强烈的艺术自信:"好作品50年后见分晓。"④但真正能使贾平凹小说出人"一头地"的,则在知"反"。这里的"反",不仅指贾平凹小说具有人类返归自然本源的诗意维度,而且指他的小说所呈现出的对"同样事物永恒轮回"的巨大忧患,毕竟"天地不仁,以万物为刍狗"。这一点在贾平凹小说中既表现在时序设置、人物命名、情节设置和对历史的认识方面,又表现在对械斗、洪水、"捉鬼撵鬼"等诸多循环性、重复性事件的描写中。"反"是一种大重复,渗透于小说之中,体现着作者对时代、社会和历史发展的大忧惧。这一点不仅可以造成事件、人物、背景的重复,而且这种重复已经由局部的技巧、手法,上升为一种整体的、本体论的认知和感受。这是贾平凹新世纪小说重复产生的形而上根源。

---

① 贾平凹:《病相报告·后记》,安徽文艺出版社2010年版,第184页。
② [美]怀特海:《思维方式》,商务印书馆2004年版,第56页。
③ 郭洪雷:《给贾平凹先生的"大礼包"》,《文学报》2011年12月29日。
④ 贾平凹:《好作品50年后见分晓》,《新闻晨报》2002年4月24日。

　　除上述内在根源外,传统戏曲对贾平凹新世纪小说重复现象的产生也有很大影响。贾平凹日常喜欢传统艺术,认为自己作品中的东方美学思想"很大程度上得力于中国的文人画、民乐、书法和中国戏曲"①。如就话语构型和重复而言,这种影响主要体现在他对传统戏曲程式化和剧本"构成法"的吸收和借鉴上。程式来源于生活,是传统戏曲反映和表现生活的形式,具有夸张性、规范性和灵活性。各种程式经过历代艺人的不断探索和反复锤炼,使中国传统戏曲慢慢发展出一套相对稳定性的符号性、象征性表意体系。焦菊隐认为,"在戏曲程式的宝库中,有着极为丰富的程式单元。我们可以采用其中某些适于表现某一特定剧本内容的单元,交错拼联,构成这一特定剧本的形式。同是那些单元,但一经作者的取舍,它们就能表现出不同的内容、不同的思想、不同的人物"②。这里所说的"交错拼联"是指传统戏曲的"构成法",用来处理相应的各种题材。"程式是有形的,构成法是无形的。构成法支配着程式,它本身也具有一定的无形的程式。这是使人物外在行为和思想感情,都能具体形象化的一种艺术程式。这也是中国戏剧学派的一种独特的艺术程式"③。从前面对贾平凹新世纪小说话语构型的分析可以看出,贾平凹的小说思维有着浓重的程式化色彩,他从生活中直接或间接遴选并精心打造的重复性的话语构件,有似于"程式单元";而那个在不同情境下左右其书写进入自动状态的隐形话语框架,更像是传统戏曲剧本的"构成法"。较之前面两种根源,传统戏曲的影响是外源性的,但却更直接、更重要。如果现实主义真的是无边的,我们必须把"现实主义"作为小说创作的绝对视域,那么,贾平凹新世纪小说的创作,更像是一种程式化的现实主义。

三

　　明确了贾平凹新世纪小说重复产生的内外根源,我们必然会作这样的思考:那个由各式重复加以贯穿的隐形话语框架从何而来? 进而,这一框架内

---

①　贾平凹:《答〈文学家〉编辑部问》,《动物安详》,安徽文艺出版社 2013 年版,第 219 页。

②　焦菊隐:《焦菊隐戏剧论文集》,上海文艺出版社 1979 年版,第 252 页。

③　同上书,第 264－265 页。

部又充斥着怎样的话语群落,并使"混沌"叙述获得了怎样的推进动力?

众所周知,贾平凹小说创作与乡土文学有着千丝万缕的联系,他的绝大多数作品都是写乡村的,读他的《浮躁》,很多人都会想到《边城》。贾平凹说《浮躁》仅写了一条河上的故事,"商州应该是有这么一条河的"①。在文学的世界里,这条河的源头连接着沈从文笔下的那条清溪,不仅韩文举、小水两人身上映照着老船夫和翠翠的影子,就连"小兽物"这个沈从文形容少女的专利用词,也被贾平凹毫不犹豫用在了小水身上。然而,《浮躁》之后不久,贾平凹即表示要摆脱这种"似乎严格的写实方法"对自己的束缚②。为此甚至不惜失却一部分最初的读者。此后,贾平凹走上了不断追求"混沌"叙述的道路。但是,自称农民的贾平凹,在精神上离不开土地,他的经验和记忆与故土紧紧缠绕在一起。"故乡思维"是他必然的选择。说到"故乡思维",人们必然会想到黄永玉,是他明确提出了这一概念。由黄永玉追溯而上,汪曾祺、沈从文、废名、鲁迅等,都在自己的故乡作出了大文章,故乡是他们抒发情感、伸展文思的独特空间,其中充满了文化和精神的"暗码"。新时期以后,这种古老的文学思维,在福克纳"邮票"的助推下,继续发挥着自己的影响,莫言、张炜、阎连科等一大批小说家,都在用创作浇灌着自己的"血地",构建出一个个属于自己的文学王国:高密东北乡生发出莫言的飞腾的想象;胶东半岛承载着张炜的大地深情;耙耧山区诉说着阎连科充满苦难和谵妄的故事……然而与以上诸人不尽相同,在贾平凹新世纪小说中,故乡却被坩埚化了,成为他煅炼、思考、展示、演绎各式各样问题的"器皿"。

有论者曾问贾平凹:"你思考乡土中国问题,是作为思考中国问题的一个窗口,但乡土中国遇到的问题和整个中国遇到的问题不相等,关注乡土的人会克服重重障碍走进你构造的相对封闭的世界,另外一群人是否会被你这种语言或多或少排斥在外呢?"③贾平凹当时并未直接回答这一问题。其实,在贾平凹的认识里,"中国是传统农业国家,农耕文明历史以来影响着这个

---

① 贾平凹:《浮躁·序言之一》,安徽文艺出版社 2010 年版,第 1 页。
② 贾平凹:《浮躁·序言之二》,安徽文艺出版社 2010 年版,第 1 页。
③ 贾平凹、郜元宝:《关于〈秦腔〉和乡土文学的对谈》,《上海文学》2005 年第 7 期。

民族的政治、经济、军事、文化,以及人的思维和生活方式"①,所以,在小说世界里,"棣花—商州—中国"是一个由隐喻相勾连的整体。同时,这也是贾平凹携带着环境问题、情感价值问题、信仰问题、道德问题、体制问题、政治问题……不断返回故乡并将故乡"坩埚化"的认识基础。新世纪之初,贾平凹希望自己能像鲁迅那样,在"混沌"叙述中展开人性分析,但"人性"不能抽象演绎,它需要"问题",需要"问题"背后的冲突和矛盾,因为只有在冲突和矛盾中"人性"才能得到深刻、完整的揭示。要说的是,贾平凹所思考的"问题",有些在其故乡本身就有显现,更多的则是当今中国社会各方面问题的转移和折射。所有这些"问题",只有在他熟悉的、充满经验和记忆的世界里,才能得到充分展开。山是那山,水是那水,人也还是那些人,时代可以变,"问题"可以变,故事中的人名、地名也都可以不断变换,但不变的是留存在记忆深处的生命扎根之地。贾平凹深知,故乡才是自己小说艺术之"真理"得以升腾的地方。这样我们也就能够理解,为什么一幅碗扣的对联,可以从《浮躁》贴到《老生》;一坨厕下的烂屎,可以从《怀念狼》中的烂头沿用到《老生》中的匡三。因为,那个由重复贯穿的话语构架,支撑着虚构的文本世界;而被"坩埚化"的故乡,则连通着整个中国的社会现实。在某种意义上,那个话语框架是"坩埚化"故乡的文本对应物。

　　从创作历史看,贾平凹是一个问题意识、责任意识、当下意识、忧患意识都很强的小说家。新时期以来,甚至新时期以前的一些小说中,都渗透着他对社会问题的观察和思考,只不过这些作品往往通过人物情绪、心理、欲望和精神的折射来反映"问题"。在后来的创作中,贾平凹一直追求"混沌"叙述,而"混沌"中裹挟的"问题"却常常为人们所忽视。及至新世纪之初,当贾平凹把在"混沌"中分析人性作为自己新的兴趣所在时,"问题"也就慢慢浮出了文本表面:《怀念狼》写生态环境问题;《病相报告》写情感价值问题;《秦腔》写农业萧条、劳力外流、土地流失、干群关系恶化等基层社会问题,为此还参考了《当代中国乡村治理和选举观察研究丛书》中的材料和数据;《高兴》写底层问题;《带灯》写上访,"问题"更是大面积地、直接地裸

————————
　　①　贾平凹:《转型期社会与文学写作——在北京师范大学的演讲》,《美文》2014 年第 1 期。

露在文本表层。当然,这些问题都是那个女读者提供材料后,放在故乡,经过提炼,艺术地展示出来的。事实上,《带灯》这部作品,与其说是"生活流",还不如说是"问题流"更准确。这里特别值得一提的是《古炉》。从表面看,该作是写"文革"、写历史的,但从创作背景看,从霸槽这个人物的塑造看,从《后记》隐隐约约、遮遮掩掩的暗示看,作者的一只脚,其实已经踩在了"你懂得"的边线上。把《古炉》看成政治问题小说可能有点板滞,不那么艺术,但却可以直指贾平凹的文心所向。

从以上追溯不难看出,贾平凹小说中始终流淌着"问题小说"话语的暗河。

说到"问题小说",人们自然会想到五四,想到赵树理。在贾平凹所受影响的谱系里,没有赵树理的位置,但相近的成长背景,相似的兴趣爱好,相同的责任意识,使贾平凹小说中的"问题小说"话语自然地接榫在赵树理那里。然而时代不同,"问题"呈现方式不同,二人对"问题"的感受、思考和叙述也会产生极大差别。在赵树理看来,"问题小说"应当在做群众工作的过程中寻找主题,"遇到了非解决不可而又不是轻易能解决的问题,往往就变成了所要写的主题",这样"容易产生指导现实的意义"[1];并且,"一部作品或一篇作品,只能反映一定的社会问题,不可能把社会问题都反映出来","文艺作品不是百科全书,不能把什么问题都包括进去。要分清主次,抓主要的东西,省略次要的东西"[2]。当今时代,"问题"呈现的途径和方式多样,"问题"数量和复杂程度,绝非简单"分清主次"就能解决清楚。贾平凹明确意识到,解放以来所形成的农村题材的写法,已不适合当前的情况,"我在写的过程中一直是矛盾、痛苦的,不知道该怎么办,是歌颂,还是批判? 是光明,还是阴暗? 以前的观念没有办法再套用,我并不觉得我能站得更高来俯视生活,解释生活,我完全没有这个能力了"[3]。这不禁让人想起了詹明信

　　① 赵树理:《也算经验》,《赵树理全集》第三卷,大众文艺出版社 2006 年版,第 350 页。
　　② 赵树理:《当前创作中的几个问题》,《赵树理全集》第四卷,大众文艺出版社 2006 年版,第 302 页。
　　③ 贾平凹、郜元宝:《关于〈秦腔〉和乡土文学的对谈》,《上海文学》2005 年第 7 期。

的那句话："政治的困境导致美学的困境和表达的危机"①。为摆脱"危机"，"换一种写法"也就成了贾平凹的必然选择：携带诸多社会问题，不断返回悬挂着自己经验和记忆的"故乡"。在浑然、浩荡、元气淋漓的叙述中，以"问题小说"话语为经，以"乡土小说"话语为纬②，并在二者的张力中，以漂浮着重复性话语构件的细节洪流裹挟"问题"之流，在记录农村一步步走向消亡的同时，也在记录着时代、社会、民族、国家的演进过程。虽然对具体问题的解决无能为力，但"问题"背后的矛盾和冲突，足以供贾平凹充分展开对复杂人性的分析，并从"政治的、宣传的、批判黑暗的、落后的、凶残的、丑恶的东西中发现品鉴出真正属于文学的东西"③。

贾平凹新世纪小说追求"混沌"叙述，在其隐形话语框架内部必然存在着一个复杂的话语群落。除主导性的"问题小说"和"乡土小说"话语外，这个群落内部还有许多话语缠绕盘结在一起。贾平凹常说"大水走泥"，"大水"固然可以"走泥"，但有时也难免"泥沙俱下"——在整体话语框架的叠加和连接作用下，显示出各话语间的冲突和矛盾。而这也正是贾平凹思想内在矛盾和冲突的反映，并折射出贾平凹创作上政治困境、伦理困境与美学困境之间的微妙关联。

在长篇小说叙述中插入异质性文本是贾平凹小说文本构成的惯技，以前在《白夜》《高老庄》等作品中就有尝试，新世纪后更是经常使用。这种技巧一般可分为两种情况：一是硬插入，如《病相报告》《带灯》《老生》等，它们的共同特点是：插入文本裸露于文本表层，具有结构和语义两个方面的功能。二是软插入，如《秦腔》和《古炉》，它们的特点是：插入文本经作者处理后与故事叙述融为一体，只有语义功能，殊少结构功能。我们要说的是《古炉》对善书的处理和使用。贾平凹在《古炉》中说："先是我们村里的一

---

① 詹明信：《处于跨国资本主义时代中的第三世界文学》，《晚期资本主义的文化逻辑》，生活·读书·新知三联书店 1997 年版，第 539 页。

② 在贾平凹的理解中，中国文学史历来有两种流派或两种作家的作品。时地不同，他对它们的称谓也不尽相同。例如："政治倾向性强烈的"与"艺术性强烈的"；"主流文学"与"闲适文学"；或从性质上将二者比喻为"阳与阴"、"火与水"等等。在他对自己小说的美学期许中，对两者应兼容并收、并行不悖，否则是无以称"大"的。本文以"问题小说"话语和"乡土小说"话语描述贾平凹小说话语框架内的两条主导脉络，主要是考虑他新世纪小说创作的实际状况。

③ 贾平凹：《让世界读懂当代中国》，《人民日报》2014 年 8 月 31 日。

个老者,后来我在一个寺庙里看到了桌子上摆放了许多佛教方面的书,这些书是信男信女编印的,非正式出版,可以免费,谁喜欢谁可以拿走,我就拿走了一本《王凤仪言行录》。王凤仪是清同治人,书中介绍了他的一生和他一生给人说病的事迹。我读了数遍,觉得非常好,就让他同村中的老者合二为一做了善人。善人是宗教的,哲学的,他又不是宗教家和哲学家,他的学识和生存环境只能算是乡间智者,在人性爆发了恶的年代,他注定要失败的,但他毕竟疗救了一些村人,在进行着他力所能及的恢复、修补、维持着人伦道德,企图着社会的和谐和安稳。"① 要说的是,小说中善人郭伯轩实由三个人捏合而成:村中老者提供了现实躯壳,王凤仪提供了一套人生哲学,贾平凹经常提到的高僧澄昭提供了一颗人心舍利。其中《王凤仪言行录》由王弟子后人整理汇编而成,核心思想出自《宣讲拾遗》,信仰"因果报应"和善恶"感应",只不过事例随时代发展有所更新,思想内容被进一步地系统化了。而《宣讲拾遗》由乡间文人采集百姓易于接受的故事和传说编纂而成,用以解释宣讲清世祖《圣谕》和明太祖《六谕》②,目的在于维护基层社会秩序的和谐稳定。《古炉》中善人说病的情节有些在《王凤仪言行录》和《宣讲拾遗》中尚能找到事例原型。而这两本书中的思想,深植于中国悠久的善书传统,在宋元时期,所谓善书纷纷应世,包括《阴骘文》《觉世经》《劝善书》《了凡四训》《女诫》《功过格》,等等。当时刊印无数,广布社会各个阶层,它们的共同特点是:道德约束的内化和道德检省的自我量化。这些善书的共同祖范大家并不陌生,就是《子夜》中吴老太爷逃到上海滩怀里抱着的《太上感应篇》。

　　《古炉》写"文革",实际上贾平凹在当今现实中感受到了某种情绪的复苏,他要思考的是:"文革"之火不是从中国社会的底层点起的,那中国社会底层为什么会一点就燃? 等等。应当说,贾平凹在这方面的思考是相当深入的,由此他想到了恢复、修补人伦道德的问题。然而令人失望,《古炉》却

---

　　① 贾平凹:《古炉》后记,人民文学出版社 2011 年版,第 605 页。

　　② 明太祖朱元璋《六谕》亦称《圣谕六言》,具体内容为:"孝顺父母,尊敬长上,和睦乡里,教训子孙,各安生理,毋作非为。"清世祖顺治《圣谕六训》为朱元璋《六谕》的盗版,只改动了三个字,具体为:"孝敬父母,恭敬长上,和睦乡里,教训子孙,各安生理,勿作非为。"参见酒井忠夫:《中国善书研究》(下),江苏人民出版社 2010 年版,第 510 页。

以简单插入的方式,轻易地搬出了一套乡愿式的善人哲学。且不说善人哲学怎样宣扬绝对顺从和奴性,仅就重构社会道德框架的艰巨性而言,试图以庙里随便碰到的一本善书中的伦理话语,来填补整个社会伦理资源的巨大亏空,实在有点太过轻易。其实我们还应记得,在吴家四小姐房间靠窗的桌子上,那部《太上感应篇》早已被雨打风吹去了。

但是,我们不能据此判定,贾平凹新世纪小说创作是消极的、保守的、反现代性的,这样会错过对其创作复杂性和多样性的认识。如从小说话语构型的整体出发,在其小说隐形话语框架内部,还存在着与善书伦理话语完全不同甚至相反的话语。

善人哲学、善书伦理话语在小说中是以文本插入的方式出现的,虽然经过处理,但给人的印象直接而显豁。相对而言,贾平凹新世纪小说中启蒙话语的存在则显得比较分散,比较隐蔽,容易被忽略。其实,只要抓住贾平凹自觉继承和发扬鲁迅的批判精神和启蒙意识这一关键,其小说中启蒙话语的存在便能昭然若揭。贾平凹很早就读过鲁迅,《秋夜》开头两句话,曾令他"眼里噙满了泪水"[①]。他在《病相报告·后记》写道:"我的好处是静默玄想,只觉得我得改变文学观了。鲁迅好,好在有《阿Q正传》,是分析了人性的弱点,当代的先锋派作家受到尊重,是他们的努力有着重大的意义。《阿Q正传》却是完全的中国味道。二十多年前就读《阿Q正传》,到了现在才有了理解,我是多么的蠢笨,如果在分析人性中弥漫中国传统中天人合一的浑然之气,意象氤氲,那正是我新的兴趣所在。"[②] 文学观念的转变,前文提到的反反复复的句式仿拟,以及对鲁迅式意象,如病人吃蒸馍蘸人脑浆(《古炉》《艺术家韩起祥》《老生》)、吃婴儿(《带灯》)的仿拟和使用,都反映着贾平凹小说中鲁迅影响的痕迹。

贾平凹新世纪小说启蒙话语的存在最集中的体现还是在人物塑造方面。《病相报告》是一部颇具先锋性的小说,但复杂的文本操作使贾平凹感到很不自在,没等《病相报告》写完,他就急不可耐地先写了一篇很贾平凹、也很鲁迅的中篇小说《阿吉》。说《阿吉》"很贾平凹",是因为该作充满各式

---

① 贾平凹:《自传——在乡间的 19 年》,《作家》1985 年第 10 期。
② 贾平凹:《病相报告》后记,安徽文艺出版社 2010 年版,第 183—184 页。

重复;说它"很鲁迅",是因为阿吉是阿Q精神上的近亲,是作者在新的历史背景下对阿Q的重写,是在人性分析基础上,对鲁迅国民性批判精神的自觉继承。阿吉与阿Q的不同在于,阿吉从城里学会了说段子,好编排人。阿Q想"革命",但没资格,只好在梦里"革命";阿吉想"革命",但没机会,大骂"文化大革命",恨它怎么就不再来啦。一句骂一副墨镜,透过阿吉这个人物,阿Q和《古炉》中的霸槽被自然地连接到了一起。实际上,贾平凹在《古炉》中给了阿Q参加"革命"的资格和机会,让他顶着"霸槽"的名字,在"文革"中委实威风了一把。① 这样,贾平凹在小说里也就坐实了鲁迅自己的看法,中国倘不革命,阿Q便不做革命党,只要革命,就会做的。"我的阿Q的运命,也只能如此,人格也恐怕并不是两个。"②

再如带灯这个人物,在以往解读中,人们看到了带灯身上的"理想主义精神内涵",看到了"人道主义悲悯情怀"。在我看来,要想真正理解带灯这一人物形象,必须把她和疯子木铃联系起来:带灯在明处,贯穿小说始终;木铃虽在暗处,却也是草蛇灰线,伏脉千里。"带灯"微暗如萤,"木铃"闷钝无声。她们无法照亮、唤醒被囚禁于权力和苦难之中的人们,也无法引导他们走出内心的蒙昧、愚顽和残忍。最终,一场残暴的冲突之后,带灯和木铃走到一起,游走在深夜的街巷"捉鬼撵鬼"。这里,人们不难想到鲁迅"铁屋子"的寓言,不难想到"知识"和"启蒙"在中国遭遇的困厄和悲剧命运。说带灯这一人物是"启蒙话语"的产物,不只因为"带灯"与"启蒙"(Enlightment)存在语义关联,更重要的是要理解带灯驱撵捉拿的到底是怎样的一种"鬼"? 这个"鬼"贾平凹看到了,它就是《老生》第四个故事中老余和唱师谈论的"闹世事"的活鬼;鲁迅也看到了,阿Q也许就是阿"鬼"③。鬼者,归也。它不仅可以归去,也可以归来。我们再次见到了那个"大重复":一切都是旧鬼上身,一切都是旧鬼重来。在这个意义上,贾平

---

① 在一次与笔者的私下谈话中,陈晓明先生提出霸槽是对阿Q的续写。文中论述,受到这一观点很大启发。

② 鲁迅:《〈阿Q正传〉的成因》,《鲁迅全集》第三卷,人民文学出版社2005年版,第397页。

③ 参见丸尾常喜:《"人"与"鬼"的纠缠——鲁迅小说论析》,人民文学出版社2006年版,第91页。

凹小说是不折不扣的"民族寓言"①。"重复"在他那里已然成为一种诗学，一种思想的构筑。20 世纪 50 年代初，侯外庐先生曾有过一个观点，认为阿 Q 的 Q 是 Question 的简称，直到 70 年代末，他还在坚持这一观点。不想 60 多年后，在贾平凹的小说里，"鬼"与"问题"奇妙地纠结在了一起。正所谓："太平之世，人鬼相分；今日之世，人鬼相杂"。不仅如此，马克思也看到了那个"鬼"："一切已死的先辈们的传统，像梦魇一样纠缠着活人的头脑。当人们好像只是忙于改造自己和周围的事物并创造前所未有的事物时"，他们却战战兢兢地请出了"亡灵"②。就此而言，贾平凹小说又是超越"民族寓言"的，因为他的写作揭示了共同的"人类意识"，抵达了自己所企慕的"阳光层面"③。

　　讲述"中国故事"，传达"中国经验"，"让世界读懂当代中国"，是贾平凹自身创作追求的最新表达④；新世纪以来的小说创作，是他对这一追求的具体践行。贾平凹的创作启示我们：讲述"中国故事"没有固定的方法，任何所谓"方法"的呈现，都意味着一条独行孤往的艺术探索之路的不断延伸。这样的道路无法复制，难以模仿。一位优秀的小说家，必须具有高远的精神境界，高度责任意识和文化自信。在他的艺术视界里，"中国故事"、"中国经验"不是"人类意识"加以通约的对象，它们本身就是共同的"人类意识"的一种绝对表达。翻上民族文化的云层，"中国故事"、"中国经验"也是照亮人类生命、人类存在的一盏灯火。

（原载《文学评论》2015 年第 1 期）

---

　　① 詹明信：《处于跨国资本主义时代中的第三世界文学》，《晚期资本主义的文化逻辑》，生活·读书·新知三联书店 1997 年版，第 523 页。

　　② 马克思：《路易·波拿巴的雾月十八日》，《马克思恩格斯选集》第一卷，人民出版社 1972 年版，第 603 页。

　　③ 贾平凹：《对当今散文的一些看法——在北京大学的演讲》，《美文》2002 年第 7 期。

　　④ 贾平凹：《让世界读懂当代中国》，《人民日报》2014 年 8 月 31 日。

新世纪中国先锋小说备忘录

——读何锐主编《守望先锋:世界的罅隙》

寓批评于编选,是中国文学批评的固有传统,是中国文学批评学的"正式祖范"①。编选者通过作品遴选,既可穷源溯流,又可推求利病,其中的鉴别去取,无不显示出各人的见识和眼光。这在在是一种无言的批评,一种选择中渗透理想和标准的批评。可以说,自《诗经》以下,历代文学作品的编选辑录,都不同程度地遵循着这一传统。读何锐先生主编的"新世纪文学突围丛书",让我们再次见证了这一批评传统的力量。何先生主《山花》笔政多年,他居于边缘,却置身高处,对当下文坛格局,对新世纪文学特别是纯文学的发展有着清醒的认识:由于缺乏经典意识、先锋意识和都市意识,新世纪文学虽延续着当代文学的发展过程,但并未取得实质性突破;而纯文学的生存空间受到前所未有的挤压,终极价值迷失,媚俗成为时尚,创新精神的匮乏使文学再度陷入困境。②针对此种状况,何先生先在《山花》开设"回应经典"、"先锋之旅"、"都市书写"、"聚焦70后"四个栏目,后又编选"突围丛书",将新世纪以来有代表性的作品分"回应经典"、"守望先锋"、"感觉城市"、"把脉70后"四个板块集束推出,试图为新世纪文学突破瓶颈铺

---

① 方孝岳:《中国文学批评 中国散文概论》,生活·读书·新知三联书店2007年版,第19页。

② 何锐:《努力探寻文学突围的路径——序〈新世纪文学突围丛书〉》,江苏文艺出版社2010年版,第1页。

下一块坚实的"踏板"。

"突围丛书"已出三辑,其中"守望先锋"板块先后推出了29位作者,50篇小说。系统阅读之后你会发现,何锐先生的编选并非要"点将封神",而是本着"守先待后"的精神,为新世纪先锋小说留下了详实而又颇具代表性的文本"档案"。与前两辑不同,《世界的罅隙》每篇小说后面还附有作者关于小说先锋观的文字。这样,借重何锐先生的眼光,参照他所编选的代表性文本及作者的自我言说,我们有理由为新世纪先锋小说的突围留下一份备忘录。当然,其中也渗透着笔者对先锋小说浅陋的理解和认识。

一

从阵容看,新世纪先锋小说具有一支"三结合"的创作队伍:既有上世纪80年代成名的宿将,又有90年代崛起文坛的中坚,更有新世纪初露锋芒的新锐。《世界的罅隙》中残雪、格非和孙甘露三位,始终保持着写作的先锋姿态,堪称宿将中的代表。

残雪的文本很难进入,即使在80年代,残雪也是先锋小说家中一个异数。读她的小说,你仿佛遭遇了一位拥有黑暗灵魂的女巫,在黑夜中引领你"趋光而行",你在感受空无世界特有的惊悚和恐怖的同时,还能目睹黑暗灵魂舞者的魅影。《陨石山》保持着残雪的一贯风格,作者在叙述中一身二形,理性而凡俗的姐姐,在环形山之旅中见证奇迹,见证妹妹"狂暴"的爱情、生活和工作——不可理喻而又充满灵性,凝聚了人的所有冲动、欲望和激情,而那恰是以艺术为生命的一种精神样态,虽然小说并未提及"艺术"二字。残雪强调个性与创作状态和作品的一致性,深知自己精神上的分裂倾向,在小说中将自己身上的理性与非理性,凡俗与灵性,分摊在姊妹二人身上,就像鲁迅的《在酒楼上》,以戏剧化方式,将自己精神和灵魂深处的痛苦和纠结,通过人物对话呈现在读者面前。只不过鲁迅让人物一吐为快,在倾诉中一扫内心阴霾;而残雪则通过务虚叙述,以反原型方式,向读者呈现了一个"块茎"般的世界:简单,浑朴,神秘。环形山是荒芜了的伊甸园,是以艺术为核儿的"块茎",外观穷困、简陋,内里却涌动着生命的所有欲望和激情。情形之狂暴,普通人根本无法承受。

残雪对卡夫卡心仪已久,像卡夫卡的《饥饿艺术家》《约瑟芬和耗子民族》一样,她也写出了《天堂里的对话》《突围表演》《思想汇报》一类作品,这些小说可以看作创作谈,残雪在以小说的方式言说自己的创作。[①]《陨石山》是此类作品的新收获。

对待先锋小说,残雪态度执拗,格非则相对灵活。在保持先锋姿态的同时,他的小说让读者看到了许多新的变化。格非以往小说注重智性,克制情感;而新世纪以来,以《戒指花》《不过是垃圾》等作品为标志,他的小说摆脱技巧偏执,变得更接地气,更关注现实,情感介入不断增强。这种变化与其克服阅读"偏食症"有很大关系。20 世纪 80 年代,格非接触较多的是现代派作品,90 年代以后,他扩大阅读视野,重新研究中国古典小说,研究西方现代主义、浪漫主义、甚至古典主义的小说,一直到中世纪以前的史诗。[②] 如此多方师法,使其小说的视野不断开阔,格局日渐宏大,整体境界较 20 世纪80、90 年代已有不小提高。这一点在"江南三部曲"的写作中表现得尤为突出。

《隐身衣》与《春尽江南》前后脚发表,二者在内容和形式方面有着诸多关联。我们有理由相信,《隐身衣》是《春尽江南》的姊妹篇,是格非"乌托邦"诗史"江南三部曲"的余兴未尽之作,延续着《春尽江南》对当下社会、文化的批判,对一个卑污世界的道德醒思。然而,作为独立作品,《隐身衣》在叙述语调、文体和思想内容方面又表现出了自己独特的品格。

孙甘露小说一向低产,新世纪以来的作品更是屈指可数,《身旁的某个地方》是不多出产中分量最重的一篇。在这篇小说中,孙甘露故技重施,以碎片拼贴方式结构全篇。80 年代拼贴碎片意味着"先锋",意味着跳跃、间歇的非理性思维的直观表达,被认为可以将语言从一种逻辑状态下解放出来。[③] 在很大程度上,它满足了人们"断裂"、"延异"、"祛主体"等后现代

---

① 沙水(邓晓芒):《代跋:残雪与卡夫卡》,参见残雪《灵魂的城堡》,华东师范大学出版社 2008 年版,第 485 页。

② 格非:《何谓先锋小说》,《青年文学》2006 年第 21 期。

③ 刘恪:《先锋小说技巧讲堂》(增订本),百花文艺出版社 2012 年版,第 178 页。

话语的想象。经由90年代,碎片拼贴已渐成套路,成为许多先锋文本的基本策略。就效果而言,《身旁的某个地方》中的碎片拼贴基本达到了目的:找到与社会变化相应的知觉结构。① 这种知觉结构在小说中主要表现在两个方面:一是时间在空间的挤轧下破碎不堪,除读者不得不接受的文本时间外,叙述时间在碎片的闪动中无法获得基本的秩序感;二是通过模糊人称、不断转换视角,叙述主体在文本中难以赋形成像,最终沦为飘忽记忆的连接符号。比照80年代,孙甘露小说的语言依旧简洁精致,但那种令人珍视的诗情和飞动的想象在慢慢流散。

值得一提的是,从小说题目及作品的整体意蕴看,《在身旁的某一处》明显带有拉康、齐泽克一路哲学的思想印记。只要身有所感,机杼自出,以文学方式探究哲学,对于孙甘露的小说而言未必不是一条进路。

二

在许多人看来,"先锋小说"已是历史概念,已成缅怀对象。80年代先锋小说家,除残雪、孙甘露等少数留守者外,大多挂"冠"而去。要么声言"小说已死",关张歇业;要么调整方向,走向新写实、新历史;要么退守边缘,深入底层,深入民间,为自己寻找新的写作动力。然而,在商品化、全球化、大众及后现代文化的冲击下,"先锋精神"并未如人们想象的那样根断脉绝,而是因应新的社会、历史、文化语境,在一批后来者的写作中蜕变重生。《世界的罅隙》中刘恪、刁斗、墨白、吕新四位在90年代就已引起人们关注,新世纪后创作更加成熟。他们将先锋写作常态化,追求技巧圆熟完备,吸纳传统叙述资源,在技巧和形式方面不断推进的同时,还能正视思想匮乏的痼疾,试图为先锋小说输入新的精神质素。

"先锋是一种病,疾病!"② 如果没有长期"摸爬滚打",没有对"先锋"的独特领会,没有自我折磨、自我对立、自我颠覆的艺术勇气,大概刘恪也不会出此极端之言。在先锋小说阵营中,刘恪的技术储备最为充足,自上世纪

---

① 孙甘露:《学习写作》,参见何锐主编《守望先锋:世界的罅隙》,江苏文艺出版社2011年版,第141页。

② 刘恪:《致先锋书》,同上书,第113页。

80年代末以来,他一路精进不止,不仅推出了"长江楚风"、"诗意现代主义"等系列作品,而且技术不断翻新:碎片、拼贴、意识流、迷宫、跨文体……满目琳琅,令人应接不暇。进入新世纪后,刘恪一面在碎片拼接中书写自己的城市想象;一面以"鱼"写"欲",将老家华容县碑基镇辟为先锋实验场,让自己对人类欲望的书写,踏入故乡历史记忆的深处。《墙上的鱼耳朵》是这类作品的代表之一。

小说叙述了鱼店老板娘水月香死亡一案。水月香臂如莲藕,齿似贝壳,脸上一派娇俏妩媚,几乎是镇上所有男人的情欲对象。一个溽热的黑夜,丈夫外出赌钱,月香神秘地死于自家阁楼中间的竹躺椅上。夜色中曾有四个男人在躺椅周边出没,其中三人先后与之交欢。由于无法确定死于谁手,水月香的死亡也就成了陈年积案。就结构而言,小说文本由两部分组成:前面七节写水月香的神秘死亡,是主体部分;后面两节为附文,通过"法庭调查"、"案件分析"和叙述者对叙述行为的反思,来补充和拆解故事主体。有人将刘恪创造的这种结构模式称为"正附文叙事体":正文部分重新恢复了传统故事的完整性和感染性,而附文部分又加以补充和拆解,"从而使叙述回荡着一种整体与碎片、正史与野史、可靠与质疑、真实与想象等要素之间的张力"[1]。这一模式在《民族志》《鱼眼中的手势》等作品中也有运用。

此外,《墙上的鱼耳朵》正文部分的结构值得特别注意。这里人物和情节的设置具有古乐府《江南》特有的简洁和隽永。"一莲四鱼"作为一种隐形结构,使故事的叙述在动与不动之间,获得了极强的空间感;在清新灵动的美感与濡湿粘滑的欲望之间,"鱼戏"这一文化符码的意绪层叠,相反相成地在故事中次第展开。刘恪宣言先锋是"背叛传统","挑战传统",不想"传统"却悄无声息地潜入了刘恪小说的深层结构。

刘恪的碑基镇实有其地,而刁斗的张集则是杜撰的,是一个应该有的地方。《蟑螂》是又一则关于张集的寓言故事。刁斗认为,一篇好的小说应该是好看的小说,而好看的小说则能够"给我们的内心带来不安"[2]。《蟑螂》正是一篇以寓言方式书写内心不安的小说。

---

① 王一川:《历史症候的人类学诊治——刘恪短篇小说阅读札记》,《山花》2003年第5期。
② 张钧:《面对心灵的小说游戏者——刁斗访谈录》,《作家》2000年第6期。

张集是座小城,民风古朴醇厚,三十年前的一个夜晚,蟑螂大军铺天盖地而来,潮水般席卷了每一个家庭,几乎一瞬间占领了整座小城。面对满地的尸骸和粪便,城里人开始时恐慌惊恐万状,无所适从,慢慢地他们适应了,习惯了,日久天长,蟑螂已经成了张集的半个主人,张集人也满身赭色的鳞斑,面目表情、举手投足无不与蟑螂如出一辙。后来观赏蟑螂大军甚至被张集人开发为旅游项目。

小说中父亲是位先知,是一位具有理性精神和牺牲精神的探索者,他不仅预言了蟑螂来袭,而且还"以身试蟑",研究除蟑方法。张集人开始对他的预言不屑一顾,蟑螂来袭后,父亲也曾成为"蟑螂研讨会"上的特邀代表,但张集人的健忘和麻木使他很快受到冷淡。当他拿出除蟑报告,张集人一度将他传的神乎其神,可不久却被斥为一场骗局。在无著名的传言中,父亲成了蟑螂入侵的罪魁祸首,企图利用蟑螂统治张集。在张集人的误解、排挤和迫害中,父亲最终忧愤而死。三十年后,"我"带着母亲的嘱托和父亲遗留的除蟑报告重新回到张集,然而令人绝望的是,在张集人蟑已然一体,"我"只能无奈离开,将除蟑报告撕碎在张集之外的天地里。张集已不需要父亲的方法了。

当然,寓言的所指永远在别处,它的自足性又决定了它的多义性。刁斗笔下的张集可以是乡村,是城镇,也可以是沈阳,是整个中国。《蟑螂》不仅隐喻着当今中国的物质现实,还让读者看到了当下社会的人性现实和精神现实。如果不嫌整脚,我更愿意将《蟑螂》看成是新一代知识分子对五四时期和80年代启蒙知识分子的吊挽。比照父辈的探索、牺牲精神,当下知识分子忍受、顺从要么离开的生存和精神困境,更令人悲哀,使人绝望。刁斗有一张游戏者的面具,背后却深藏着一颗充满悲剧意识和形上冲动的心灵,他不想让自己的先锋写作徒有其表,他要使先锋的精神内核不断得到丰赡,在对流俗的拒绝和反抗中,实现先锋写作的个人突围,在漫无边际的自我放逐中,眺望、守护中国知识分子丢弃已久的精神传统。

刘恪的碑基镇是现实存在的,刁斗的张集是杜撰的,墨白则双管齐下,为自己营造了两个魂牵梦绕的地方:现实的颍河镇,虚构的锦;墨白让二者在小说中套叠在一起,共同承载自己的记忆与梦境。1995年墨白曾发表小说《重访锦城》,十年后又发表了《某种自杀的方法》。情节、人物虽不尽相同,但主题、情境和欲望对象的一致,使我们有理由相信,后者是前者的升级版,只不过《某种自杀的方法》写得更为简练、抽象,故事氛围更加虚幻、飘忽。就主题而言,两篇作品都涉及爱情、仇恨和死亡,《重访锦城》中爱情输给仇恨,仇恨败于死亡;《某种自杀的方法》中前面对情节枝杈作务虚处理,结尾以"梦中梦"的方式超越死亡,最终抵达人类内心深处,让读者重睹久违的浪漫爱情和理想主义的生命态度。

访问梦境是先锋小说家的惯技,只不过偶尔为之者多,一往情深者少。墨白是中国先锋小说家中最具孤往精神的梦境探访者。墨白画画出身,达利、夏加尔、布努埃尔等超现实主义艺术家肯定对他有不小影响。我更为看重的是,作为小说家,墨白对幻想、梦境和记忆的独特思考和深刻理解。对他而言,梦境是"最真切的精神载体"[1],孤独的梦境之旅,可以让他找到灵感,体验自由,在幻想、梦境和记忆的绞合中深深切入现实,在社会现实的深处,在人类精神的高处,去抚慰人类存在的创痛。墨白梦境书写的精义应该在这里。

20世纪80、90年代之交,汪曾祺在"现代派"中国化方面曾进行过有益探索,在众人顶礼于《百年孤独》之时,他悄悄翻开了《聊斋志异》;别人由"拉美"到中国,进行"横向移植",汪曾祺却追溯传统,寻找"魔幻"小说在中国的古老基因。在汪曾祺看来,"中国是一个魔幻小说的大国"[2],从六朝志怪到《聊斋志异》,"魔幻"故事浩如烟海,值得我们"从哲学高度,从审美视角"进行重新处理[3]。从1987年至1992年,汪曾祺先后改写了13篇聊斋故事,结集为《聊斋新义》。但令人遗憾的是,汪曾祺的改写太过老实,他的"小改大动"未能突破读者阅读惯性,《新义》依旧被看成是白话版的"花狐鬼魅"故事。如从效果看,汪曾祺的改写并不成功,但他的改写为先锋小说寻找本土根脉指示了方向。后来的先锋小说家中,吕新在这个方向上走得很远。

---

① 墨白:《梦境、幻想与记忆》,《山花》2005年第5期。

② 汪曾祺:《捡石子儿(代序)》,《汪曾祺全集》(五),北京师范大学出版社1998年版。

③ 汪曾祺:《〈聊斋新义〉后记》,《人民文学》1988年第3期。

作为先锋小说家,吕新在两个方面非常引人关注:一是先锋写作的常态化;二是先锋写作的本土化。这里所谓本土化又包括两方面内容:一是扎根于三晋大地;二是浸润于传统文学。而《聊斋志异》正是吕新先锋写作连接传统文学的结穴所在。据吕新回忆,自己少年时代对中外经典没有兴趣,看到爷爷手里拿的竖排版《聊斋》就感到发愁①,但这并不影响他对《聊斋》的借鉴。小说《石灰窑》的底子是《凤阳士人》"三人同梦"的故事,汪曾祺曾将其改写为《同梦》。也许这个故事"魔幻"气息十足,汪曾祺以翻译为改写,基本未作改动。吕新的《石灰窑》则"大改大动",里外翻新,在变换语言、人物、情节、背景的同时,还插入了帮厨女人小沙奉养兄弟男鬼的故事,加之作者不动声色的叙述,使《石灰窑》成为了一篇鬼气淋漓、惊悚瘆人的短篇佳作。

当然,鬼魅、惊悚绝不是目的,吕新更不想让自己的《石灰窑》《米黄色的朱红》一类作品加入惊悚小说的行列。重要的是,在一个透明、赤裸、同一化、一体化的世界里,在一个没有任何秘密可言的世界里,植根于大地和个人成长记忆的鬼故事背后,弥漫着挥之不去的怀旧之情,小说以惊悚激活人们的认知,唤醒人对于存在的遗忘,最终影响个体生命的当下情态。

吕新、汪曾祺、蒲松龄,先锋抵达了文学传统的深处。

三

陈希我、宁肯、李浩三人步入文坛时间不一,但进入新世纪后都引起了极大的关注。

如果我们把对先锋的理解仅仅定位在形式、技巧方面,陈希我算不得一位标准的先锋小说作家。就来路看,陈希我的支援背景主要由陀思妥耶夫斯基和日本作家构成的,如川端康成、三岛由纪夫、谷崎润一郎等人,所以他对多数先锋小说家奉若神明的马尔克斯、博尔赫斯、卡尔维诺等人并不感兴趣;就进路看,先锋小说家的兴奋点主要在文体、形式、技巧一面,而陈希我则把

---

① 林舟:《靠小说来呈现——对吕新的书面访谈》,《花城》2001 年第 6 期。

所有的赌注压在了感觉上，压在黑暗上。

在某种意义上，陈希我与残雪有相近的地方，都是能与黑暗周旋的人，"黑暗灵魂的舞蹈"、"黑暗中的舞者"之类称谓二人可以通用，只不过给人感觉残雪的"黑暗"裹在头上，陈希我的"黑暗"则别在腰里。的确，陈希我的小说与腰有关，与身体有关；或者说白了，与性有关，无论是常态的还是变态的。但此"性"非彼性，"性"是陈希我对心理、人性、文化、社会进行化约的"魔法器"——呈现给你的是性，折射的却是整个世界。如果你出于好奇，非要进入陈希我的小说世界，他会再三提醒你："准备好了吗？"因为他知道，一读之下你会崩溃，崩溃得无法收拾。《暗示》也是这样一篇作品。

小说中"我"是一个失败者，没车、没房、没工作，心中的怨恨和不平，使得我对那些得意者、幸运者充满嫉妒和敌意。在一个如"大彩场"般的世界里，"我"总是带有说不清的道德优越感。然而，同学会上一句戏言却使"我"深陷抢劫的妄想。表面看，"我"的抢劫冲动，完全是整个社会和周边所有人暗示的结果。那句真真假假的戏言揭示了这个世界的卑污和黑暗，这样的暗示完全可以使一个好人变坏，变成罪犯。由金钱驱动的暗示可谓无孔不入，它会渗透在人们行为和心理的每个角落，甚至女人做爱时穿过腋下紧紧扳住"我"的双臂。但是，一向尖锐、"阴狠"的陈希我，绝不会把自己的作品停留在对社会的谴责和批判上，绝不会仅仅塑造一个愤怒的叙述者便简单了事，他要让人们看到卑微者同样阴暗的内心世界："他们骂，是因为他们自己不能得到。人们骂偷，骂抢，骂贪赃枉法，骂腐败，是因为他们不能偷、抢，不能贪赃枉法，不能腐败。大家在恨，大家在想，大家都在模仿！"这样的道德世界不仅卑污，而且充满怨恨。

在一切中看到黑暗，而对一切黑暗又不能宽宥，不能忍受。在这个意义上，陈希我是一个理想主义者。

说到宁肯，人们自然会想到《天·藏》。《天·藏》是部大书，是先锋小说难得的长篇佳作。"突围丛书"没有编选长篇作品，如有编选或者存目，《天·藏》肯定是何锐先生重点考虑的作品之一。虽然在具体操作方面还存在"拐棍儿"现象，但它绝对是先锋写作在思想、精神方面积极拓进的标志。能写出如此一部形式新颖、思想视野开阔的大书，显然与作者对小说的可能性的理解和想象有关。《我在海边等一本书》正是一篇关于小说可能性的小说,一篇关于小说由可能性向不可能性突进的小说,一篇关于"不存在的书"的小说。

在一次中意作家的对话会中,"我"认识了三位意大利作家奥卡约娃、埃多拉和洛伦佐。直到在中国的这次对话中,埃多拉和洛伦佐才知道两人原本是仇人。洛伦佐的爷爷是墨索里尼手下的旅长,埃多拉的爷爷是抵抗组织的旅长,前者杀了后者。二人会上虽然表示和解,但埃多拉眼中的仇恨令"我"非常不安。其间,奥卡约娃许诺送我一本书,那是一本神奇的书,她将新书一页页撕下,扔进大海,希望全世界的读者都读到她的书。其后,"我"在朋友海边的房子里写作,边写作边等待奥卡约娃的新书。在"我"的想象中,奥卡约娃的新书是透明的,不会被水溶解,上面有一层薄薄的覆膜,那书页漂流的情景,就像海鸥贴着海浪飞翔,迟早会漂流到我身边。终于有一天梦幻般的海上邮差送来了那本新书,不久书的封面也漂流而至,书的名字叫《埃多拉之死》。看到这样的书名,"我"深感失望,还一页都没读,就知道那不是我要等的书。因为对正义和人们阅读期待的有意违背和逆转,不仅不能满足人们的想象,反而会扼杀或阻碍一部新书或小说可能性的展开。

其实仔细阅读我们就会发现,那本"不可能的书",作者对新书或小说可能性想象的答案就在那里,就在"我"的身边。它就是大海:浩森,广博,既涵盖万有,又晶莹澄澈。小说可能与不可能的界限在这里消失了。小说最后,朋友已死,"我"不得不换个地方写作,但那还是一种海滨写作。

李浩对《天·藏》推崇备至,认为那是一部"创造之书,智慧之书"[①]。他自己的《等待莫根斯坦因的遗产》同样充满智慧,小说写得很德国,也很中国,是一篇翻译气息极浓的"皮里阳秋"之作。当然,这只是李浩追求的一种效果,一种有意为之的文本策略。

在阅读过程中,你会深深疑惑自己读的是篇翻译小说,这样,李浩向翻译文体致敬的目的也就达到了;读完后你会马上想到《等待戈多》,如此,李浩也就把你领上路了:这是一篇和希望/绝望有关的作品。紧接着你会问:小

---

① 李浩:《创造之书,智慧之书》,《小说评论》2011年第1期。

说的洋味儿怎么形成的？李浩告诉你，这篇小说和《告密者札记》中的人物均来自君特·格拉斯的《铁皮鼓》《比目鱼》；小说的主题、故事、人物、环境都是仿拟的，人名、地名、鸟名、树名全都是译名。作者如此费尽周折，你马上会问："小说思想方面的灵感来自何处？"李浩会告诉你："它来自海纳·米勒的《没有战役的战争：在两种专制体制下的生活》，当然，我另有想法。"最后你肯定会问：这样一篇拟翻译作品与中国有什么关系吗？反映了中国怎样的现实？写这样的一篇小说目的何在？这时李浩会狡黠地反问你："能不能不回答这个让人为难的问题？"如果你非要坚持，他也只能说："一个作家，保持良心、洞察力和批判性是必要的，但这无法保证他成为好作家，写出好文本，'道德正确'和'政治正确'都无法保证一个作家的生成。作家应当尽可能减少姿态而把注意力更多地放在文本之中。他还必须把艺术当成艺术。"①

《等待莫根斯坦因的遗产》有两点给我留下深刻印象：其一，对于那笔意味着希望的"驮在蜗牛背上的遗产"，我们也许只能等下去，无奈但又别无选择，其实这样的希望与绝望只有一纸之隔。有时我们不得不承认：希望不过是绝望的一种形态而已；其二，拟翻译文体表达了中国作家在百年西方文学影响后某种"反殖民"意识的生成，不管最终结果如何，这种"反攻倒算"，既表达了作者对"中国立场"可能带来的"民族短视"的警惕，又体现着中国作家参与世界与人类文化、精神建设的努力和雄心。这是中国作家的责任，也是新世纪中国先锋小说的一个方向。当然，前提条件是，我们的文学并不是东方主义的凑趣者，我们的作家能够在智慧比拼的意义上，与卡夫卡、博尔赫斯、马尔克斯、米兰·昆德拉、卡尔维诺们"称兄道弟"。

四

和前文提到的诸位先锋小说家相比，黄孝阳、七格、王威廉、姬中宪、弋舟五人算得上是先锋小说的"青年军"。年轻一群错过了中国先锋小说的好时候，却赶上了一个对于文学而言更为宽广的时代，商品、市场、消费、大众、网

①　张鸿：《从侧面的镜子里往外看——李浩访谈》，《广州文艺》2010年第7期。

络、游戏、后现代等等，深深影响着人们理解文学、想象文学的方式，与先锋宿将相比，新锐们在心智结构方面发生了巨大变化。阅读他们作品的一个深刻印象是：我们的批评还没缓过神儿来的时候，他们已然绝尘而去了。

在未来的先锋小说历史中，2012 年也许是一个重要的年份。这一年出版了两本对先锋小说而言非常重要的作品：一是马原的《牛鬼蛇神》；二是黄孝阳的《旅人书》。前者的自我重复、"旧作接龙"（小说主体由四部半二十多年前的旧作连缀而成）宣告着先锋小说一具大神的倒掉；后者在兑现自己"量子文学观"的同时，也让读者看到了先锋新锐的大作品。前者使"伪先锋"、"先锋的死亡"等问题重又凸显在我们面前，后者则为先锋的成长、蜕变提供了更多的话题。事有凑巧，在 2012 年的一次长篇小说大奖赛的评奖中，黄孝阳为《牛鬼蛇神》撰写了初审评语，评语在表达敬意的同时，还对《牛鬼蛇神》进行了一番"量子化"阐释，认为该作是一部"让小说成为艺术"的作品。[1] 在量子文学视域中，一切解读均是误读[2]，也许"误读"恰恰构成了先锋传承的一个环节。这里，我们更为感兴趣的问题是："量子文学观"给黄孝阳自己的写作带来了怎样的影响？

就整体而言，"量子文学观"是一种颇具后现代特征的文学观，由现代物理学、佛学及带有现代派和先锋性质的小说理论搅拌拼接而成。广义相对论、量子物理学、"波粒二象性"、强力、弱力、"量子跃迁"、熵、负熵、"一沙一世界，一花一菩提"、"一念三千界"……这样一种概念混成，马上让人想到"既／又"式后现代逻辑。[3] 有了以上大致了解，我们也就能够清楚，《守望先锋》二辑中《诸城记》（出自《旅人书》第一部分）的结构方式，不只是受到了卡尔维诺《看不见的城市》的启发，它背后还有着更为复杂的思想和思维背景。同样，《世界的罅隙》中的《十一个小故事》，出自《旅人书》的第二部分"62 个小故事"，具体是哪些故事以怎样的顺序重新编排在一起，对黄孝阳来说并不重要，它们不过是一些"粒子"，它们的出现由概率决定，能够"呈现"在读者面前，只能是一种缘分。也就是说，在量子文学世界中，

---

①　黄孝阳：《文学有什么用？》（下篇），《社会科学论坛》2012 年第 6 期。

②　黄孝阳：《我对天空的感觉——量子文学》，《社会科学论坛》2008 年第 9 期。

③　琳达·哈琴：《后现代主义史学：历史·理论·小说》，南京大学出版社 2009 年版，第 68 页。

在不断变换的时空中,结构的力量被弱化了,或者说得绝对一点,消失了。在我看来,黄孝阳的"量子文学观",最起码为"碎片"、"拼贴"等后现代小说技巧提供了更有硬度的理论支持。在纷乱的"碎片"和"拼贴"中,最终凸显的是那个"始终如一"的"我"。这里看似留下了现代主义的"尾巴",但现代主义是可以被"既/又"所收编的。

再有,"量子文学观"对传统文学观的冲击也不容小觑。80年代先锋小说给传统小说的冲击可以表达为:小说艺术的重心从"写什么"向"怎么写"的转移。而"量子文学观"则要釜底抽薪,从"写什么"的"什么"动手,用现代物理学彻底颠覆以经典物理学为基础的现实主义文学观。在黄孝阳看来,一旦"现实"被科学理论的发展问题化,现实主义文学观的倾覆大概只是时间问题。如此,以"量子文学观"武装自己的写作,先锋小说已然抢得理论先机。

最后要说的是,"量子文学"灵动、飘忽的时、空观,给黄孝阳小说带来的一种特殊的空灵之美。一沙、一花、一念,刹那闪过的世相,在他那里都会化为一个个小故事。在一连串可以延及无限并关涉着粒子与波的微观世界的小故事里,现实、想象、虚构的界限消失了。"小故事"的呈现和跃动已经成为文学本身的奇观。

新世纪先锋新锐的另一代表是七格。

七格是个"鬼才",他自由地游走于文学与哲学的交叉地带,以文学—哲学"互粉"的方式推进自己的写作。这里所谓"互粉"有两层意思:一是指在他的小说中,文学与哲学互为"粉丝",在文学语境中他的小说会很哲学,在哲学语境中又很文学。文学与哲学在他的小说中能够找到巨大的互释空间;二是指文学与哲学交互"授粉",使其小说最终结晶为诡异奇崛的文本。当我们还在为当下小说缺乏思想和哲学而发愁的时候,七格却拿出了充斥着哲学和思想的文本。

不同于《真理与意义》,《德国精神》讲述了一个"反面的世界",在"反面的世界"中,诉说着"德国精神"的当下命运。这是一种"反恐精英"版的精神漫游,一种神话总动员式的想象与虚构的游戏。在戏拟的《浮士德》第二部所描绘的情境中,在"英雄救美"的老套情节模式中,在当下精神、文化语境的比衬下,重理性轻感性的"德国精神",倡扬精神、钟情抽象、苦心经营体系的"德国精神",沦为一场烟火表演,一场充斥着欲望的嘉年华会。歌德亢奋的想象可以使浮士德与海伦结婚生子,哪怕把自己的灵魂出卖给魔鬼,也要实现自己的愿望;而七格却"背面敷彩",在拥塞着"具象实物"的想象狂欢中,读者看到了整个人类的悲剧:提拉米苏将被无数次斩首,人类在叹息声中却永远无法走上"叹息桥"。

七格在新世纪先锋小说中有自己独特的站位,他的写作是一种"不能无一,不能有二"的先锋写作,当下批评在许多方面尚不具备与其周旋的能力。但是,七格为新世纪先锋小说提供的只是一种属于他自己的方式,而不是一种方向。七格认为我们的想象体是分阶的:"一阶关于已知现实世界,二阶关于未知现实世界,三阶想象关于已知可能世界,《德国精神》是属于三阶的,它是各类具象实物的合成体,手头还没有完成的哲学小说《稳定压倒一切》是属于四阶的,它是大量抽象概念的合成体。"[①] 如果没有搞错的话,《守望先锋》一辑中的《真理与意义》应该就是这里所说的哲学小说《稳定压倒一切》。实在而言,这篇"按图索骥"之作,并未能满足我对第四阶想象体的想象。七格的小说是小众的、拒绝"笨伯"的小说,但其贵族化写作姿态背后流淌却是颇为纯正的文学性基因:飞腾的想象,非凡的虚构能力,在哲学、思想丛林中的信马由缰、自由驰骋等等。如从更高标准看,七格小说中的"想象体"尚带有浓重的寄生性,小说中的任督二脉——文学与哲学——尚未完全打通,其写作与"圆融无碍"的艺术境界还有一段距离。但是,他的偏执,他睥睨一切的文学雄心,还是让读者充满了期待。也许在他今后的写作中,也许在他所影响的"小众"中,文学性的种子能够发育出超群绝伦的大作品。在我心目中,那样的作品"见山是山,见水是水"。

在先锋新锐中,王威廉、弋舟、姬中宪三位的写作也是各具特色。

王威廉的《非法入住》是篇寓言小说,人物间相互吐痰这一核心意象,取自卡夫卡寓言小说《一份为某科学院写的报告》。《非法入住》的可贵在于:作者能够"夺胎换骨",透过卡夫卡一笔带过的细节,来书写当下中国人

---

① 七格:《小说的阐释》,参见何锐主编《守望先锋:世界的罅隙》,江苏文艺出版社 2011 年版,第 359 页。

的生存与精神困境。

姬中宪《试听室》的灵感来自雷尼·马格利特的画作《听音室》。小说开始不仅将"我"描写成那颗硕大无比的绿苹果,而且在叙述中将"我"紧紧拘限在房间之内。斗室一间,足以令"我"捕捉到生命的所有秘密。那些秘密播撒在"我"所能感受到的每件寻常事物之中:飞翔的鸽子,窗前的花草,童年的回忆,失眠的痛苦,倏忽而过的街景,缠绵的情爱……小说中叙述主体自我对象化:"你"在外间辛苦劳顿,而"我"则困守斗室,静观"你"归来后的一举一动……整篇小说宁静恍惚,如梦似幻,幽闭孤独的气息弥贯全篇。超现实主义画作为作者推开了一扇感受世界、捕捉生命秘密的窗子。

弋舟《赋格》的特色体现在两个方面:一是小说将吸毒和情爱结合起来,在对日常的反动和冒犯中寻找先锋小说存在的基本价值[①];二是在结构方面,以保罗·策兰的《死亡赋格》为依托。文本中不时回荡的死亡旋律,使小说获得了一种沉郁的叙述节奏。值得注意的是,将以往经典作为自己小说内容或形式的依托,是现代小说常用的文本策略之一。在中国新世纪先锋小说中,格非的《戒指花》、黄孝阳的《旅人书》、弋舟的《赋格》在这方面也都进行了有益尝试。这样的文本策略虽可产生多重效果,但作者在文本中必须给出足够的暗示或直接说明,否则容易产生严重误解。《戒指花》就存在这样的问题。格非在写作中将博尔赫斯的《雨》一诗拆开,按原诗顺序埋设在自己的小说中,而小说本身又没有任何暗示和说明,在有意的文本策略和抄袭之间,读者很难作出有效区分。

《世界的罅隙》只收录了十五篇小说,十五位作者也绝非新世纪先锋小说阵容的全部,但通过逐篇解读,新世纪先锋小说写作的集体症候以及需要我们关注的问题也慢慢浮现出来:先锋写作如何保持对于文学的雄心?如何以更为从容的态度对待先锋与传统的关系?如何重建自己的精神谱系?在保持形式与文体创新的同时,如何提高先锋写作的思想能力?后现代文化为先锋写作提供了怎样的契机等等,都是新世纪先锋小说成长中不能忽视的问题。

---

① 弋舟:《对日常的反动与冒犯》,参见何锐主编《守望先锋:世界的罅隙》,江苏文艺出版社2011年版,第266页。

　　记得王干曾按足球"442"阵型,列出了八九十年代先锋派的主力阵容[1],而何锐先生主编的"突围丛书"中《守望先锋》(共三辑)系列已网罗了 29 位作者,按王干的方式,新世纪先锋小说可以轻松排出两套阵容。当然,先锋的成长绝不仅仅是作者的事情,在他们的周边有很多人在默默付出。如果真要给新世纪先锋小说排定一个主力阵容,场上各个位置的人选也许会存在一些争议,但领队的位置留给何锐先生应该不会有太大分歧。我想,这样一位先锋写作生存空间的拓展者,先锋精神的守望者,在新世纪先锋小说未来的成长史中也是不应该被忘记的。

(原载《山花》2013 年第 3 期)

---

① 王干:《最后的先锋文学——评苏童的长篇小说〈河岸〉》,《扬子江评论》2009 年第 3 期。

"蓦然"的诗学

——读陈希我小说集《我疼》

 去年陈希我出了长篇小说《移民》，年底找几个同事和他进行了一场小范围的座谈和对话。当时虽有些想法，可一时忙于串词，没捞着几句正经话说。现今他又出了小说集《我疼》，借这个机会，我想谈谈自己的阅读印象，说说对陈希我小说的理解。作为同事和朋友，我们之间的"距离"可能有点近，这也许会影响到自己的判断和评价。不过话说回来，近有近的好处，有些问题可能会看得更清楚一点。既然是同事，是朋友，也就没什么不可以说的。

 如果"语言是思想的直接现实"这句话能够成立，可以接受；那么，由语言进入一个人的作品就会十分便捷，它能让我们直接抓住作者最为内在、最为本真的思想和思维的情状。在我看来，陈希我的小说中"蓦然"一词极为特殊，它是陈希我小说思维的一个习惯动作，是其小说思想方面的独特标识，具有非同一般的认识价值。最早注意"蓦然"一词是在长篇《抓痒》里，直到现在我也坚持认为，《抓痒》是最具陈希我气质的一部小说。在这个长篇中，"蓦然"一词频繁出现，前后不少于40次。"蓦然"是突然，是反观，是一种瞬间醒悟，是对我们日常经验、日常情感、日常道德伦理和日常价值观念的问题化。"蓦然"，是裸露在陈希我小说语言中的一块坚硬的石头，包裹着陈希我对人的日常存在偏执乃至疯狂的迫压和追问。在后来的小说中，这块石头风化了，降解了，但没有消失，它蜕变为一种偏执而极端的精神气质，流荡在陈希我所关注的日常生活的每个角落,让你愈发没处躲没处藏了。读《我疼》,每篇小说里我们都能撞见那个"永远问题化"的鬼影,只要你有足够的勇气阅读,你就要随时准备应付魔鬼的到访,承受疯狗般的驳诘。

陈希我被称为"中国的太宰治",他也的确受过川端康成、三岛由纪夫、谷崎润一郎和太宰治等人的影响,他小说中"我"和叙述者身上,或多或少都混有"私小说"的某些元素。然而,这里有个绝大的不同:陈希我固然激进、尖锐,小说写得很顶,甚至达到某种临界状态,但每逢此时,"蓦然"所带来的瞬间醒悟,总会阻止他跨越艺术与生活、行为的边界。所以,对陈希我而言,日本小说的影响终究是外源性的,在他的尖锐和偏执的背后,我们更应看重中国知识分子固有的"疾虚妄"的精神传统。

陈希我说:"确认了疼痛,存在感才会产生。"但是,这里有一个不可模糊的区别:在别人那里,"存在感"在"是"中得到确认;在陈希我那里,"存在感"必须经受"不就是"的侵剥和蚀腐,最终露出人类日常存在的本相。"不就是"是陈希我小说人物常常挂在嘴边的口头语,在他本人文章中也时露峥嵘。它是陈希我小说话语中的"硫酸",将人的日常生存的价值幻觉烧蚀殆尽,人的精神和灵魂世界中的阿片样物质,经由"不就是"的还原,纷纷剥落飘散。所以,在陈希我的小说中,人的存在感受永远是沉酗的、撕裂的,生命基于幻觉的合理性被打碎后,变得痛苦,不堪。当然,这一进程的另一面是,人的精神和灵魂赢得了"祛腐生新"后特有的新鲜感、透彻感,从而使生命被照亮,进入到一种澄明状态。如果文学非要承担"疗救"功能,我倒觉得陈希我的救治方式更像是"蛆虫疗法":极端,丑陋,恶心,腻歪,令人不忍闻看。但你也不能不承认,它有自己非常的治疗效果。正如尼采所言:"人和树是一样的,它越是想长到高处和光明处,它的根就越是力求扎入土里,扎到幽暗的深处——深入到恶里去。"这种为向上而向下、为光明而黑暗、为趋善而逐恶的巨大的内在张力,也许就是陈希我所说的"天堂与地狱之间的拉扯"吧。明乎此,我们也就能够理解,在何种意义上,陈希我是一个"理想主义者"。

谈论陈希我,性是不可回避的话题。但令人惋惜的是,以往人们对陈希我性爱书写的非常态性更感兴趣,对它的折射功能和认识功能却殊少论及。

而在我看来,恰恰是后者,才是陈希我小说性爱话语的精义之所在。在陈希我小说中,性不只关涉着人的身体、情感和欲望,而且还折射着人的精神和灵魂。更为重要的是,在陈希我小说里我们能够看到一套修辞的技术,他透过性爱书写,将权力在人的身体中重新编码,用以折射他对个人、时代、社会乃至整个文明精神和灵魂事实的判断和认识。也就是说,性和身体在陈希我小说中呈现为一种理性,一种寓杂多于单一的思想换算的符号。当我们一般性地谈论精神和灵魂而感到没有着落的时候,陈希我的小说却要告诉你:你的精神、你的灵魂就在那里。精神也许就是你身体的工具,灵魂只不过是表示着你的身体的某个词语。身体是精神和灵魂背后的强大主宰,你的身体逻辑决定着行为逻辑,和你最高智慧里的理性比较,你的身体理性也许有着更为清晰、更为丰富的语义内涵。《上邪》中叶赛宁二度自杀,不是因为没有爱,而是他承受不了,或者说拒绝接受"爱"的背后所呈现的"黏滑"、"臭海蛎味"的身体事实。而这也正是理解陈希我小说"虐恋"书写的关键所在:幻觉在强大的身体理性面前破灭了,外力的介入,暴力的参与,也就成为了人类性爱的必然选择。它们只不过是在以"痛苦"为方式,激活久已沉睡的激情,试图达成身体认知的"跳跃",以近乎绝望的方式,在身体中勘探一种全新的美学激情和生命伦理。虽然每每以失败告终,但这种身体搏击,却是人类精神痛苦最为张狂的语言,人类心灵挣扎最为触目惊心的仪式。

单就作品结集看,《我疼》收录的是陈希我 2005 年以后的作品,较之《冒犯书》,内容上有延续,也有差异。其中最大的变化是在异质文化对照下对自身文化心理的审视和反思方面。就此而言,"我疼"也绝不是一种个体的尖叫,它还包括异质文化碰撞所形成的文化洞见的文学表达。希我早先有较长时间的日本生活经历,日本文化成为了他进行相关思考的重要参照,这在他的长篇《大势》和《移民》中都有体现。在这方面,《我疼》中的《风吕》也给我留下了深刻印象。小说叙述双线并行,将中、日文化分别设置在不尽相同的弱势情境之中,考察两者各自不同的道德感受和伦理本能,作者并未简单肯定或者否定其中任何一方,而是带着自己的困惑,让它们在故事叙述中两相对照,自行显现。但在新的历史情境中,"伦理的自然化,道义的事功化"这种现成答案,不可能化解作者的惶惑和不安。在我看来,小说结尾,"世界公民"在美国出生,这一补叙与其说是作者的期许,毋宁说是一种无可奈何的敷衍,它遮掩着作者文化上的失位之窘,离弃之痛。

作为同事和朋友,我对希我小说充满期待。陈希我的小说是观念小说,我期待希我小说中的"观念"能够固化、深化,形成自己的系统,进而成长为一种成熟的思想性的写作,有朝一日,能让"陈希我"三个字成为思想陈述的话语标识。希我的写作带有先锋性,在思想、观念方面经常给人带来强烈的冲击和震撼。我期待他在思想与形式的结合方式上进行新的探索,使自己的小说于文体方面有新的突破,新的创获。陈希我敢于直视人性中的黑暗、丑恶和阴翳,而这类作家,如鲁迅、三岛由纪夫、谷崎润一郎等,往往另有一副笔墨,用以书写人性的淳朴、真挚和善良。我期待希我的小说也能贡献于纯粹之美的创造,能让读者在阅读中收获惊喜,让人们在攀登自我的路途上,找到一两块儿尚可下脚的地方。期待也许意味着不满足,然而,不论满足与否,只要阅读陈希我小说,你就会被一种强劲的伦理洞见所攫取:人,应该心明眼亮地走在黑暗中。

关于先锋小说的对话与访谈

郭洪雷：最近读了你几本小说，知道你也会下围棋，论年龄，你喜欢上围棋也应当是在"擂台赛"时代吧？

黄孝阳：九零年在学校念书时迷上围棋，通宵达旦地下。正是"中日擂台赛"如日中天的时候。那时候不知道聂马两者的，是要被排除在雄性生物这个种群外。这种对智性的崇拜与当下年轻人对郭敬明的追捧形成一个很强烈的反差。1997 年，这项比赛改成仍然是 NEC 冠名赞助的三番棋，不再是"打擂"这种更富有话题性与观赏性的形式，逐步退出公众视野。

郭洪雷：其实老一点儿的棋迷都会有一种感觉，时下 90 后一代下出的棋，与聂马等 20 世纪 80 年代棋手有很大不同，好像人们对棋的理解和认识有了很大变化。那时讲棋形、讲美学，现在棋盘上充满暴力，一切决定于计算；那时输赢一目半目的棋很常见，现在挺过中盘收官的棋明显减少。我觉得先锋小说仿佛也有一个类似的变化。现在读你和七格等先锋新锐的作品，感觉在心智结构上与马原一代先锋小说家存在非常明显的差异。按理人类的心智结构短时间内不会有大的变化，30 年时间说长不长，说短不短，但这种变化给我留下了很深印象。不知你是否产生过类似感觉？你觉得产生差异的原因有哪些？

黄孝阳：我们这一代随着互联网成长起来。如果没有互联网，我们很可能就是另一个马原、格非。这并非是说他们不好，而是不够。对于文学这个星空而言,已有的星辰总是不够。互联网,以及它背后的现代性浪潮从根本上塑造着青年一代的心灵,它有种种的好,亦有许多的弊。不管大家对利弊有什么样的争论,这已经是一个不可逆的过程。又或者说,80年代的作家多半是启蒙者的形象,一个居高临下的精英姿态,是等级社会的产物。随着技术进步推动的转型,社会结构日趋扁平,启蒙转而为"一个人与世界的互相生成",是个体在全球背景下的自我觉醒与自我进化。权威的声音在于指引,而非服从。若说作家还有什么特权的话,是他比普通人更能清晰地意识到边界所在。边界的确定需要技术含量,德性,以及更多的智性。

您说,"按理人类的心智结构短时间内不会有大的变化"。这个理是什么呢? 人要有常情、常识、常理,也要警惕其陷阱。一个成语,朝三暮四,大家都知道其最初的本意,那些猴子太笨;但在今天,早给的那颗栗子是能产生利息等财产性收入的。事实上这两百年来,整个人类知识的产量,已经远远超过之前三千年的累积总和。而随着互联网对知识传播的加速、生产方式的重组等,今天的三十年就其知识生产的效率而言,极可能超过大清三百年。第二,从古至今,一直有两种人,一个是生活在经验与秩序里,随心所欲而不逾矩;另外一小撮渴望改变,往往头破血流。他们的出现是小概率,但决定人类进程的总是他们创造的那些小概率事件。

郭洪雷:的确,马原、格非一代先锋小说家起步时BP机还未出现,而你们这批人以先锋姿态出现于文坛时, BP机早已无影无踪了。"大哥大"在90年代是"腰里横",现在谁要是腰里别个"大哥大",人们会怀疑他是文物贩子或精神有毛病。网络技术、现代传媒大大改变了人们的感受时空的方式,也会改变人类对自己想象和理解的方式。但我对你说到的"启蒙"问题另有想法,找机会我们再聊。这里我感兴趣的是,这种心智结构的变化在你自己的写作中也有体现,从2004年的《时代三部曲》到去年《旅人书》,读者会发现一个明显的蜕变的轨迹。

黄孝阳:我喜欢蜕变这个词,犹如蝉蜕去壳,这是一个有着异乎寻常的痛感与美感的奇异过程。对我而言,每一部长篇小说,相对于前一部,至少在结构、主题上要有变化,甚至于语言。比如《旅人书》是一种诗化的当代汉语;

而《乱世》(又名《民国》)是文白糅杂。至于写作技艺,作者总是渴望能一部比一部写得更好,但起伏不可避免。山峰尚有重峦叠嶂,何况肉身皮囊。不管我的写作过程是不是一条阳线,我都不喜欢在平面上滑动。滑动有惯性,是会上瘾的。要改变。我说"我是我的敌人",这话是什么意思?人需要自我否定,因为他不是上帝。人极易沉溺于把他装起来的那个现实,因为安全感的匮乏。唯有与现实保持紧张的关系,才可能不断进化。这不是唆使小说家不与人为善,动辄与人瞪鼻子上脸。小说就是脑子里的暴风骤雨。不要满足于人名、地名与叙事手法的改变。一个小说文本是不是好,一是呈现;二是追问。它呈现了哪些可能性,若有必要,是不是可以用十倍的篇幅阐释它,不仅是评论与解析(如《微暗之火》),还有对叙事过程所拥有的种种维度的呈现。至于追问,就不要满足于"人性"这种不动脑筋的说法。如果把世界比喻成河流,人类的已知顶多不过是其中的一个小水滴。而当代一个中国写作者的经验大概也就是这个小水滴中的几纳米吧。我相信是这样。

郭洪雷:你这里所说的"呈现"、"追问"对于先锋写作而言非常重要。有很多人,包括许多先锋小说作者都把对先锋小说的理解指向写作技艺层面,形式技巧层面,很少有人能在追问的能力方面反思自己的写作。你的一些理论文章在这方面做了非常深入的思考,给我留下了极为深刻的印象。我有一个极端而又粗浅的看法:形式技巧问题对中国小说家而言不是问题,只要假以时日,我们强大的"山寨"能力足以使任何舶来的先进的、新鲜的、独创的技巧、手法落满灰尘。中国先锋作家往往是独创性技巧、手法的消费者,而不是生产者;中国是这些技巧与方法的旅游目的地而不是出发地。当然,这里原因很复杂,但归根结底与我们思想和思维能力的低下有直接关系。而思想和思维能力的低下往往表现为回避呈现的可能性问题,拒绝或者说没有能力对"人"与"世界"的基本问题进行追问。看到一些先锋小说家得意地拍着自己装满零碎儿的"百宝囊"的样子,真是让人起急。你所提倡的"量子文学"及你的小说对佛学的借鉴使我看到了你在提高思想、思维能力方面的努力,让我看到了新世纪先锋小说发展的一种可能的方向。《人间世》《乱世》特别是《旅人书》的结构、语言和文体风格都渗透着你的思考和追求。不管最终结果如何,最起码《旅人书》让读者耳目一新。这也是我关注你的写作,推重《旅人书》最直接的原因。你对"量子文学"的兑现,让我看到了形式技巧之上的东西。

黄孝阳:谢谢您的鼓励。人都喜欢听好话,我也不会例外,但要自省。对于一个写作者而言,哪怕他的文章已然不朽,他也是小的、卑微的、极其有限的。"不朽"是别人给出的,是外来之物,不是一个生命内部的秩序,不会成为勇气与智慧的源泉。

前些日子王安忆在《文学》杂志创刊座谈会上谈写作与批评的关系时说:"如今文学批评使我恐惧。"为什么会恐惧?这是一个很复杂的问题。一般说来,人之所以恐惧,是因为害怕失去,失去生命、爱、对上帝的信仰、某种权力。这是人的自我保护的本能,属于人之常情,可以理解。但一个写作者也要敢于挑战常情,像堂吉诃德挑战风车那样,滑稽、愚蠢、笨拙、可笑,在这一时刻,他被一切障碍粉碎;在下一刻,他又能粉碎一切障碍。其实,所有的批评,都可视为自己文本的某种延伸,再激烈的苛责与再匪夷所思的误读也是"自己某个对立面"的呈现(把文本看成光,它照在不同物体上,便有了各种形状的影子)。

我很赞同您说的"消费者与生产者"。前不久,有人批评我的小说设计感太强。我想说的是什么呢? 第一,是设计之美。这人眼所望处,无一不是设计,建筑、桥梁、音乐、书本。就是那山水,也是因为我的注视有了喜怒哀乐。"小说是现实分娩之物,是一个自然而然的过程",这曾经是对的,现在是不够的。因为"未经思考的人生不值得去经历",许多作家在文本中所描摹的现实在很大程度上是一个伪现实。而"自然而然"更多是一种想象的美学。一些编辑说你的文章要写得自然一点。这里的"自然"多半是传统的代名词。是规训的隐喻。理解了这点,我们才能理解相应的奖励与惩应。自然是人的敌人,一直是这样。我们崇拜自然,是因为我们不再是自然之子。人之文明,是对自然的逃离。古典社会一去不复返。我坐在空调屋内所感受到的清凉,从整体上说是需要更多的耗能(熵增)作代价,如果自然有感知,它会痛苦。我喜欢"盖亚意识"这个提法。如果把盖亚视作父亲,现代性就是人类的弑父行为,为了成为父亲。第二,我的设计完全在他的经验之外。这不是他的错，也不是我的。今天在微博上看到一个人在感慨，说自己读刘慈欣的《三体》，读了四次，读不下来，幸好坚持下来了，没有错过它。这样的话，我也在一些读者那里听到过。坦率说，我追求难度。小说的难度在哪儿？在于你的每一次言说，都推开了一扇门，门后有把你吓一跳的狮子与雪山；在于你说尽了世间词语，却发现自己什么也没有说，而你又不得不说。难度不仅仅是一个技术问题，它还是一个价值观。世界的起源（意志）应该是简单的，但它的表象极其复杂，且日趋复杂。我觉得对复杂性的追求是作为人，作为人类社会，作为文学艺术，乃至于宇宙本身最根本的追求。唯有这种渴望，才能解释所有的过往及我们可能拥有的未来。复杂性不是简单的 CH_2 的累加，它要有构成河流、湖泊与海洋的愿望。系统内充满大量元素，且呈非线性的一个相互作用，是开放的，犹如被风吹动的千万树叶，每片树叶或许并不知道树与自身的名字，但它们却在这个下午构成了这株树所有的形象。一个真正具有复杂性意味的文本（或者人），绝不可能适用于"奥姆剃刀"；能被简化的，即是伪复杂。简笔画可以勾勒出人的轮廓，但它毕竟原始。艺术永无终结之时，除非人类历史终结。

你提到了我的小说中的佛学意味。我妈妈是信菩萨的。小时候再穷，也会隔三岔五去庙里捐点香油钱。对佛学，我打小就充满好奇与兴趣。成人后，阅读甚多。它确实是一种了不起的人生智慧，是"觉悟"。但总的来说，佛学是厌世的，讲的是一个空字，入了佛门，连亲情血缘都要一并斩断；现代物理学根源于理性，相信世界可以被理解，相信人类的认知并未就此结束。基调是乐观的。它们都是"我"的一部分，都在以它们的方式渗透、改造"我"——这个不可捉摸的魂灵。虽然我对它们都只能算略懂皮毛。这是两种截然不同的价值观与方法论。当然，它们在某一方面都是统一的，比如"信"，宗教上的"信"这个就不多做解释；科学也是，比如，搞物理研究，目前，你必须相信光速不变。

对佛学与自然科学的好奇，在作品结构、语言、文体风格上会有什么影响呢？这个说起来就是长篇大论。比如语言，"他活得像一个波函数"。这里的他就至少有双重属性，其一，他是个谨小慎微的人，因为波函数适用于微观状态;其二,他是一个难以琢磨的人,因为波函数是对测不准关系的描述。人类的知识,大抵上可以分成:自然科学与社会科学与人文学科三大类。前二者,它里面的许多术语都具有相对清晰明确的意义,不像人文学科里的"真理"、"道"等,人都有他自己的说法。这便于大家的沟通交流。同时,它也能赋予句子以奇妙的重量感。又比如结构,我把《旅人书》分成上下卷,上卷形而上。旅人在天上,是观念之物;下卷是尘世。旅人以"你我他"之名在地上的行走,是红尘悲喜。这是我自己最初始的设计。一位学现代物理的读者前些日子给我发来一封 email,说,"当我看到这本书的开篇,我疑惑于那首诗《高歌取醉念昔时》在开篇到底有何作用。忽觉那不就是一个希尔伯特空间里的完备基矢嘛,旅人的生活在这样的空间里(每一座城池)被展开叠加,各种奇妙各种有趣。"

郭洪雷:《旅人书》我读了两三遍,那种轻盈、简洁、空灵深深吸引了我,开始时我想到了卡尔维诺的《看不见的城市》,读着读着觉得不够了,就找你的其他作品来读,我感受到了非常陌生、新奇的东西,想进一步了解,就把你的几篇理论性的文字找来读,初一接触还真有点儿懵,就到图书馆借了几本量子力学方面的书恶补了一下,科普的那种,慢慢的还是有了一些理解。对于现代物理学、佛学对你的小说的影响,我不想从"科学"和"信"的角度来认识,毕竟人的肉眼是看不到一只网球在以时速数百公里飞出的不确定性。我更看重你把宏观世界与微观世界套叠在一起对你的写作产生的影响。用老话说那会产生一种世界观,同时也意味着一套相应的方法论,二者结合起来构成了一种启悟,一种属己的生命哲学。这些一旦映射到你的写作中,就会产生一种令人惊异的美学风貌:它的轻盈、简洁、空灵,但不会让有经验的读者将它们直接归因于卡尔维诺、卡弗、博尔赫斯等中国先锋小说的那几位外籍大神,它意味着更多的东西,它是从你的那套生命哲学里滋生出来的。我前面说你的写作对新世纪先锋小说意味着一种可能的方向就是这个意思:机杼自出而又圆融无碍。当然,以上只是"文科生"的臆说。至于《高歌取醉念昔时》我倒觉得没那么重要,更不会坐实到"希尔伯特空间里的完备基矢"上去,那是专家或"理科生"的事情。读《旅人书》的时候我就想过:只要重复的字不是太多,随便换哪首诗,作者都能拎出一长串故事,不过有一样东西不会变,那就是悲郁、欣悦交集的生命情态,也就是你所说的"红尘悲喜"。

黄孝阳: 宏观与微观的重叠,新的世界观与方法论的产生……您说得真好。几天前我在微博上写了一段话:"当你说出你的名字,世界便有了声音。当你说出你的名字,世界便有了色彩。当你说出你的名字,世界便有了万物生长的秩序。当你说出你的名字,我的心里便有了古怪而又悲伤的爱。"我可以毫不羞愧地说,我对这个世界充满深情,有种种"古怪而又悲伤"的爱,对它总是抱有最天真的幻想(并不是奢望它会更好);所以一直在胼手胝足地去做事,一头汗,一些烦躁,许多欢喜,以及无数感伤。我想这些都源于您说的新的世界观与方法论。有时,觉得自己的身体里充满了湍流。湍流,物理学上的一个名词,是对复杂与秩序的同时概括,犹如暴雨将至。应该说,我现在写的小说,个人风格极其明显,一眼就能看出是一个叫黄孝阳的汉人写的。这是好事,也是坏事,所以我一再说"我是我的敌人"。我看过郭老师您写的一篇关于《旅人书》的评论,觉得挠到心头的痒痒肉,当天晚上就想去学王子猷。

郭洪雷: 呵呵,不知那天晚上下雪没有。不过要想做知己还是得交交底,前面提到卡尔维诺、博尔赫斯等人,我想问孝阳兄一个不大该问的问题:哪些作家或作品对你的写作影响比较大,或者说比较直接? 对一位作家特别是一位先锋小说家问这样的问题不大礼貌,就像问人家一个月挣多少钱一样,有掏家底儿的意思。

黄孝阳: 我不大喜欢中国文化里"留一手"的传统。当然,在一个匮乏时代,教会徒弟确实有可能饿死师傅。但在这个现代性的开放社会,我觉得没有什么不可以说,人的透明化几乎是不可避免的命运(不管他多么渴望捍卫隐私)。哪些作家(作品)对我影响比较大? 太多了,最早是唐诗宋词,现代诗;后来是中国五六十年代的那一批作家;接着是拉美欧洲的一批;再后来就少读作家的作品,改读人文思想历史时政科普等。这倒不是一个"望尽千帆皆不是"的心态,而是说,我想跑到外面来看看"小说"。在它内部呆久了,难免不识庐山真面目。尤其是现在,这种"从外面看"的视角特别重要,它会给当代小说注入新的血肉。

对小说而言,最好的时代已经远去,但最激动人心的时刻尚未来临(当它进化成更与个人心灵息息相关的当代小说)。现代性正在把人打碎,时间、知识结构、人际关系、对世界的理解方式等。要回到作为人的整体,作为"一"的自洽,只能是求诸于上帝,或者在某些时刻去阅读文学,而不能指望理性与逻辑——没有比它所导致的傲慢更糟糕的事情了。

在我看来,至少对于新一代的批评家而言,要有能力区分小说与当代小说,就像区分长城与埃菲尔铁塔(这个比喻过于陈旧);或许应该这样说:就像区分亡灵与生者的容貌。我喜欢这两个"就像",前者说明我尚是可以理喻的生物,不必跑到街头抱着马头痛哭,而后者直接把一束光投入我心深处最隐秘的裂缝处,使我看见"我"身上那个巨大的马头。

当代小说最重要的职责将是:启人深思,帮助人们在喧嚣中发现孤独,发现生命,在众多一闪即逝的脸庞上瞥见天堂。从某种意义上说,当代小说的任务不再是对永恒与客观真理的追求;不再是对那些结构工整、旋律优美之物的渴望;也不再迷恋对道德及所谓人性的反复拷问。那些已被发现的,已经被盖成楼堂馆所的,不再具有重复建设的必要。在由故事构成的肌理之下,那些少有读者光临的小说深处,世间万有都在呈现出一种不确定性——而这是唯一能确定的事件。

郭洪雷:问你这个问题时我思考着先锋写作与阅读的关系问题。当然,不管一个人的写作属于什么性质,书总是要读的,但对中国先锋小说而言,阅读尤其重要,它涉及到中国先锋写作的筋骨。80年代的经验告诉我们,你只要读在前面,写在前面,用在前面,你就是先锋。一个人的阅读路径决定着他写作的走向,陈希我在先锋小说家中比较另类,很重要的原因是他的支援背景来自陀思妥耶夫斯基及川端康成、谷崎润一郎、三岛由纪夫、芥川龙之介等日本作家,他的尖锐、阴狠,他对人性中黑暗的专注,与他的阅读有直接关系。一个人阅读路径的调整,他的创作也会发生相应变化。格非自己就曾说过,他能拿出"江南三部曲"与他阅读范围的扩大不无关系。但我总觉得中国先锋小说作家阅读方面存在一些问题,这些问题早就存在,现今也没有多少改观。一是太爱读小说;二是就读那么几个人的小说。时间一长,给人印象中国的先锋小说家都是一窝生的,都是一奶同胞。只要读读先锋小说家们记述自己成长的文字就会发现,总是那十来个人十几本小说在那里晃来晃去。记得顾炎武《日知录》曾举过一个铸钱的例子,铸钱有两种方式:一是取铜于山;二是毁旧钱铸新钱。当下先锋写作走前一条路的太少,走后一条路的太多。刚才你的回答印证了我的一些想法:阅读视野要开阔,多读杂书,也就是你说的"要跑到外边来看看'小说'",要学会"取铜于山"。哪怕就是没事上上网、看看电视、读读报纸、浏览浏览文摘,静下来琢磨琢磨,没准儿还能写出《第七天》那样让人争议的东西。成天泡在那么几本小说里,经典倒是熟了,可你的创造力可能无形中也就枯萎了。前些日子看了一个电视节目,那些用来抽取胆汁的狗熊被解救出来,管子拔掉了,伤口愈合了,被放到动物园里。可是它们总是在原地打转转儿,连一步也迈不出去。有形的铁笼子被打开了,长期的囚禁,无形的铁笼子仿佛已经镶进它们的身体。这倒让我想到了一些先锋小说家:左转半圈撞上卡夫卡,右转半圈碰上马尔克斯,迈前半步和博尔赫斯撞个满怀,退后半步又被卡尔维诺绊了个跟头,就是原地不动,睡觉做梦也还是昆德拉式的。那情形,真让人心疼!

再有,阅读的重要还在于它会帮助一位小说家建立两套谱系,一是技术的谱系;一是精神的谱系。当下先锋小说作家经营前者的很多,构建后者的寥寥无几。不过我注意到一个现象,中国先锋写作如果真的有所谓神谱的话,八九十年代的大神肯定是马原。但在你们这些先锋新锐眼里,王小波地位可能更高一些。例如你的"时代三部曲",可能就瞄着王小波在使劲。你对他怎么看?

黄孝阳:我的本职工作是出版社的编辑,替他人做嫁衣裳。前些天,太阳很大,我在马路上走着,走在朝九晚五的上班途中,突然深感厌烦,就问自己想去干什么,蓦然想起王小波说的一句话——以后活不下去,改行去当货车司机。今天的我已经不好意思说:"操,原来小说可以这样写";也不愿意说:"操,我也能这样写。"但我必须得说,王小波是我的精神源泉之一。这倒不是因为他的深刻,他也不深刻。不是因为他的幽默与诙谐,郭德纲更幽默与诙谐。不是因为他对常识的不遗余力地推广,也不是因为他在文坛外默默奉献出汉语小说的一种美学(尽管是有限的);而是因为他的不服从。简单说,对传统的颠覆。这种颠覆,首先是思想层面的。

几年前,我写过一篇《王小波十年祭》,我把其中的一段话抄在这里。

今天的我读王小波,所作出的结论是:《时代三部曲》是一部经典之作。它禁得起最苛刻的重读。尤其是青铜时代。以世界其他文学经典相论,它毫不逊色。我能轻而易举地发现它与那些人类历史所留下的经典之作之间的血缘关系。每一次重读都会有意外的惊喜,这是一次没有尽头的发现之旅。它提供了我梦寐以求的那个"遁去的一"。这个"遁去的一"并不是通常人们夸奖王小波时所使用的"有趣"所能涵盖。

我承认,这结论只对我个人有用。再经典的作品与作者相遇,皆需要缘。不仅是初见时的缘,还有重逢时的缘。你要有缘进入它的体内,才能感觉到它的心跳与温度。而且,我认为:让中学生,以及一些心智未成熟的人读《时代三部曲》不仅没有益处,反而害处多。刑罚、虐杀、性、作为权力的意识形态话语,贯穿于王小波作品的始终。要想理解"在酷刑中勃起,在屠刀下性交,在临终时咒骂和射精",以及"通过性式化、舞台化的虐恋游戏,让众神下凡,在权力关系内部进行彻底的解构,颠覆现实中的权力关系,并以生命的意志为原则,重新建构出新的权力结构"是困难的。王小波的笔在反讽中有惨烈,在黑色幽默中有沉痛,在戏拟中有愤激。在惨烈、沉痛、愤激的背后又是那个生命的荒原。要想读透这三层,需要智慧,还需要阅历。它对读者所提出的要求是苛刻的,否则只能是"淫者见淫"。它只适合对现实不满的人看,只适合那些不甘心被朝九晚五的笼子的人看,只适合那些趋害避利、作为一个反熵存在的人看,只适合那些渴望着形而上的人看,只适合那些有勇气摘下傲慢与偏见之有色眼镜的人。它也只适合年轻人看。事实上,我现在已经不读王小波了。他是一个必须经过、也必须遗忘的过程。

郭洪雷:一般而言,一个作家风格的形成要经过模仿、摆脱、自成一家三个阶段,我记得你的"时代三部曲"封面上曾有过自报家门的字眼,我们姑且把那个阶段看成是模仿吧,那么从《人间世》到《旅人书》,你自己的东西出来了。当然,我们还不好意思说你的创作已然"自成一家",我觉得你的可能性还远远没有完全释放干净。博兰霓、殷海光、林毓生一系的思想里非常强调对原创性思想和经典揣摩和模仿，只有经过这一段，你才能拿出真正具有原创性的东西。也就是说只有谙熟传统，才谈得上创造型转化。王小波颠覆传统的前提是他对传统的熟悉，包括留美期间他与历史学家许倬云之间的闲聊，他对知识分子问题的反复思考等等，都能使他的颠覆认穴精准，力道强劲。其实就知识分子的精神传统而言，在王小波身上我们还是能够看到孔融、阮籍、李贽、金圣叹等人的精神脉息。传统的强大在于它的内部好像有一个装置，它一方面能把反叛者、颠覆者设置成自我维系的"他者"；另一方面又能把反传统、颠覆传统者纳入到传统中来，使他们成为传统的一部分。反抗传统、颠覆传统几乎是中国先锋小说作者的"袖标"，但只要对他们的小说进行文本细读，传统的筋脉也就露出来了。在我看来，中国先锋小说作家对传统的认识过于狭窄，过于模糊。其实他们所说的传统往往指向"现实主义"或文学史，他们的"弑父"冲动远远大于他们思考、分析、触摸传统的欲望。这也是他们中许多人和王小波比较显得轻浅的主要原因。

黄孝阳：您说的是。"他们所说的传统往往指向'现实主义'或文学史。"怎么说呢，以反抗之名行的事，多半还是日光之下无新事。几千年文明告诉我们，解放者往往就是不久之后的暴君，且更在组织上具有效率。当然，所有的反抗都是有意义的，人生而自由又无往不在枷锁里。反抗，意味着挣脱，对自由的渴望。这是一个生命哲学的问题。但反抗未必就是有利于社会整体福祉的增加。它是浪漫主义最极端的表达。我热爱传统，一个关于人的传统。我只是说："传统虽好，已然匮乏。"从某种意义上说，"人所能唯一必须就去捍卫的，就是形成他的那个传统"。所以，在很多夜里，我总会去想那个能让人把自己献祭出去的东西，它应该包括了：权力、恐惧、性、爱情、对上帝的沉思、口腹之欲、公平与正义，以及星辰等等。这些词语看上去是风马牛不相及，但在让人"心甘情愿"的维度，它们取得惊人的一致。

我总是在沉思天堂（它至少有一千零一种形式），当我还待在人间的时候；我很好奇，等我来到天堂，我将沉思的是什么。是那一千种我已经看见过的形式么？肯定不是，若是，就有悖论，有种种纠结与痛苦。天堂也将摔落于地。那么，一直让我沉溺其中的究竟是什么？

我把这个问号放在这里。在一些时候，问号或许即答案。

郭洪雷: 呵呵,看来孝阳兄在这个问题上也挺纠结。你用"献祭"这个词,让我感到了一种悲凉。我想这种悲凉感受既是形而上的也是现实的。说句俗话,现时代做小说家难,做先锋小说家更难,做一个客观上拒绝了电影、电视剧的先锋小说家尤其难。你那一串串的小故事,你对量子文学的经营,你对"当代小说"的强调,让我看到了一种拒绝,也看到了先锋小说生存的艰难。不过我觉得一个没在先锋写作里边打"过滚儿",上来就写顺滑故事的小说家未见得有太大的出息。莫言、贾平凹、张炜、王安忆、韩少功、刘震云这些被认为写得好的人,不同程度都曾与先锋小说有过染,或"偷"过先锋小说的东西。我们不能只看到莫言现在"收麦子",就忘了他"挖垄沟"的日子。

黄孝阳: 被认为"写得好不好"其实不重要,尔曹身与名俱灭,不废江河万古流。人呐,就是太在意名利了。名利是门,要进去,更要能出来。至少对于我个人而言,写小说,为的不是"出息",而是我开始说的"与世界的互相生成",是自我教育、自我进化,是为了德性与智性,是对"我"的好奇与上下探索,是为了理解少女唇上的笑与老者额上的皱纹。我很喜欢殷海光说的一段话,抄录于此,以为共勉,"我们实在无力去揣摩包含了人类心灵的宇宙是怎样形成和为什么形成的……据我所知,道德标准,正义感,对自由和幸福的追求等等,二次大战以后,这些可贵的品质已受到严重的考验,代之而起的是对权力和财富的追求。但这些心性不曾消失,有些人继续珍惜着它们,这也许就是人类希望的幼芽。"

您说的先锋小说的生存困境,这是一个现实,但对于我个人来说,是一个伪命题。因为人不是一定要屈服于现实。人,完全可以成为艺术的尺度,所谓诗意地栖居。我们说时代潮流逆之者亡顺之者昌,其实,对于人的心灵生活来说,一个时代若太操蛋了,就有理由绕道而行。

我们现在所拥有的生活,并非就一定是人必须拥有的。这倒不是暗示我是一个道德情操高尚的人,或者投胎技术好。而是这个消费社会对先锋文学完全不屑一顾。既然我热爱这样一种富有智性与德性(我可以潜入文本,成为我渴望成为的那个人)的创造活动,这本身已经是对我最丰厚的回馈,我又何必在意它能换来多少银两?宋徽宗写瘦金体,也不是为了卖钱。我不是宋徽宗,但我可以做别的工作养活自己。我也觉得自己是一个有文学才能的人。而所谓的先锋与传统这两个概念在一个更长的时间段来看,只是一个叙事策略。宋词相对于唐诗,是先锋;几百年后,它们都是传统。

郭洪雷:我曾经写过批评《牛鬼蛇神》的文章,批评马原在这部长篇里玩"旧作接龙"。不过我打心眼里还是喜欢马原的。这倒不是因为他小说写得如何好,喜欢的是他谈起自己小说时那股牛逼哄哄、舍我其谁的劲头儿。那劲头儿里有一种尊严,有对文学的雄心在。由于是同事,平时和陈希我接触多些,一次闲聊时我问他:"除了形式技巧之外,80 年代先锋小说的主要遗产是什么?"他说:"形式倒在其次,最主要的是对文学的雄心。"不知孝阳兄对这个问题怎么看?

黄孝阳:陈希我答得巧妙。但这个"文学的雄心"还是在文学的内部,是在一个全球化背景下对自身写作技艺的信心与期待。"文学的雄心"还可以从另一层面阐释,比如我刚才说,在现代性把人打碎的一个历史潮流中,它对人整体性的还原,把碎片黏合,对深埋于技术人、理性人深处"作为人的情感"的挖掘。

文学在这里是可以像上帝一样让人得到安慰的。

"文学的雄心"还不仅于此。

我们知道,从某种意义上说,文学与科学都是在"求真、审美,止于至善"。

一个常被大多数人忽视的事实是,真善美并不互相兼容,且互相为敌。而在它们各自的内部,也同样可能互不兼容。

美的不兼容,这个最好理解,萝卜青菜各有所爱。它在特定时期也有一定的强制性,比如八十年代初谁若穿条喇叭裤,那他多半就是想要流氓。80 年代严打,西安有个马燕秦,因为组织跳贴面舞结果被枪毙了,这要放今天顶多是一个作风不正。

善的不兼容,这个也好理解,中国传统文化中向来有一个忠孝不能两全的命题。善是一个极复杂的道德范畴。我们把它搁在一边,谈论一个技术问题。

为什么我说真也是不互相兼容的?桌子不是桌子,难免是鬼不成?大家都知道,宇宙是加速膨胀的,这是十五年前美国宇宙学家的发现。牛顿的万有引力理论失效了。这意味着什么?我们把肉眼所察觉的牛顿力学体系里的种种现象命名为常识。但宇宙在一个更深的层面,不断阐述着常识之误。

这种启示是否适用于人文学科？若适用,又会有一个什么样的深度与广度？今天的中国,人们太喜欢用常识两字打人了,好像不附和一声苹果是会落地的,就不配为人。常识究竟是谁的常识,如何证伪,或者说如何去求解公约数？要证伪,只能指望事实与逻辑。但事实从来就是主观的事实,是罗生门,是薛定鄂的猫,是一个被利益、本能、人固有的缺陷等所决定的波函数。我们说要求真。这个真随着人对世界认识的不断深入,越来越呈现出一种不确定性,是随机的,由概率支配,某种程度上,是根据观察者的意愿而呈现出他们乐于见到的结果,所谓人择原理。而逻辑这座"不可能的楼梯"也常把人引入歧途,事实上,由于公众语境里叙述技巧的需要,所有人都在设法强调观点与结论,忽略前提与条件,甚至是选择性忽略。白粉与米粉都是粉,但白粉吃了是会死人的。"白"与"米"是定语,是前提与条件,不能说所有的粉都好吃。

换句话说,要证伪,光有科学与理性是不够的,还要诉之于一种作为人的基本情感,要有慈悲,感同身受,己所不欲勿施于人。要警惕理性的自负,要谦卑。只有这样,我们才有可能成为一个常识的捍卫者,良知的践行者,在这个飞速膨胀的宇宙里,以一个人应有的尊严,去追寻那无尽的迷与那无限的美,而其中的某一刻停顿、某一个难以言喻的呈现,即是文学。

郭洪雷:最后问一句,最近在忙什么?

黄孝阳:在写《新世界》。这个小说在脑子里想了 9 个月。在这段时间,我要让我的文字辽阔起来,像入海口的河面;而不是峭壁上滚落的石头。什么样的虚构才是我们的现实啊？众生的脸庞,什么时候才能被我的手指敲进一个个汉字一行行句子？若说《旅人书》是观念与形式之物,是当下某种美学风格的确认;《乱世》则是回眸看眼民国的一段历史,是过去。(这个小说曾以《民国》之名刊发在《钟山》长篇小说增刊上。我喜欢《民国》这个书名,这里蕴藏着许多隐喻,但没办法,世上许多事都是个人没办法的。)这个《新世界》,我希望它是站在通天塔上对未来的眺望。荡胸生层云,决眦入归鸟。会当凌绝顶,一览众山小。

郭洪雷:好! 期待大作问世,到时我们再好好聊聊。

(原载《艺术广角》2014 年第 1 期)

第四辑

倾听关于启蒙的对话：康德与福柯

林毓生在《中国传统的创造性转化》一书中认为，研究者要想获得富于原创性的观点，必须对经典和学术大师进行不断的模拟、揣摩和分析，在重复中寻找创生点。这种表面看来有些保守的观念至少可以避免两种情况出现：一是在学术思考中提出虚假问题；二是不必要的重复。在我们思考面向21世纪的启蒙这样的问题时，也有必要建立一种与经典和大师之间这样的关系，从而寻找到一个坚实的思想基点。

在对启蒙问题的思考上，在康德与福柯之间我们看到了建立这样一种关系的典范。1784年12月，康德在《柏林月刊》发表了影响深远的重要文章《答复这个问题："什么是启蒙运动？"》。两百年后，也就是在1984年，米歇尔·福柯基于当时的文化语境，沿着康德开启的思想理路，展开了对启蒙问题的"当下"思考，发表了《何为启蒙》一文。当我们面对21世纪，在全球化语境中重新思考中国当代文化启蒙的命运时，寻找到这样一种关系模式，可以为我们的思考提供逻辑展开的基点，同时也为我们赢得了充分的"当下"意识。

福柯在文章中表现了浓厚的"关系"意识，他在文中写道："但我认为，现代哲学没能解答而又无法摆脱的这个问题（什么是启蒙运动？）随着此文而悄然进入思想史中。自此现代哲学经历两个世纪，以不同的形式一直在重复这个问题。……现代哲学，这正是试图对两个世纪以前如此冒昧地提出的那个问题做出回答的哲学。"① 那么,在两位大师的经典论述中,我们找到了怎样的"共同起点"呢? 福柯对此也有着明确的认识:"当然,一位哲学家论述自己在某时写作的理由,这并不是第一次。但我认为,一位哲学家紧密而又内在地把他的作品对于认识的意义同对历史的思考和对他写作的特殊时刻(也正因为此他才写作)所作的特殊分析联系起来,这是第一次。把'今日'作为历史上的一种差异,作为完成特殊使命的契机来思考,依我看来,是这篇文章的新颖之处。"② 福柯强调"今日"作为历史上的一种差异,就是强调哲学思考的当下性,这不仅是康德文章的新颖处,同时也是他为自己的思考寻找到的与康德的共同起点,在某种意义上,我们对面对 21 世纪的启蒙这一问题的思考也是由这一"共同起点"出发的。"今日"中国的文化语境,也是以"历史上的一种差异"的面目出现的,我们的思考必然也必须基于当下,指向未来。福柯对"共同起点"的寻找,使我们深深意识到,正是由于面对"今日"中国文化多元的焦虑,对一个多世纪以来思想史的清晰记忆,对价值整合的重新思考,对文化伦理重建的可能性的探索,使得像何为启蒙、面向 21 世纪启蒙的命运如何、我们将经历怎样一种由文化启蒙到启蒙文化的历史转折这样的问题得以凸现。

一

从 18 世纪以来,在不同的历史时期,在不同的历史差异之中,人们都在不断的思考着"什么是启蒙运动?"这样的问题,历史的差异性决定了对这一问题思考的多样性和丰富性。正如福柯所说的那样,"从黑格尔到霍克海默或哈贝马斯,中间经过尼采或马克斯·韦伯,很少有哲学不曾直接或间接地碰到这同一个问题:所谓'启蒙'的事件究竟是什么?"除福柯在这里罗列的哲学家和思想家,像柯林武德、布洛克等人都有自己的理解和论述。

在康德的论述中我们看到了他对"人类脱离自己加之于自己的不成熟状态","他人的引导",以及对"理性的大胆应用"的呼吁。而在《历史的

---

① ［法］米歇尔·福柯:《何为启蒙》,《福柯集》,上海远东出版社 1998 年版,第 528 页。
② 同上书,第 533 页。

观念》中柯林武德则强调"启蒙运动,是指 18 世纪初所特有的那种企图,亦即要使人类生活和思想的每一个门类都世俗化"①。布洛克在《西方人文主义传统》一书中又将"启蒙运动"作为人文传统发展的一个重要历史时期,从而凸现"启蒙运动"的人文意义。福柯在他的文章中对启蒙的意义做了两个方面的强调:"一方面,我曾想着重指出哲学的质疑植根于'启蒙'中,这种哲学的质疑既使得同现实的关系、历史的存在方式成为问题,也是自主的主体自身成为问题。另一方面,我曾想强调,能将我们以这种方式同'启蒙'联系起来的纽带并不是对一些教义的忠诚,而是为永久地激活某种态度,也就是激活哲学的'气质',这种'气质'具有对我们的历史存在作永久批判的特征。"②

对启蒙的不同阐释和理解充分显示了"启蒙"这一话语意义的丰富性和多样性,这一话语的理论能指远远没有穷尽。如果对他们不同的理解和阐释深加推究,甚至能够看到他们之间存在的对立、矛盾和理论错位。例如布洛克强调"启蒙运动"的人文意义,而福柯则更为强调启蒙与人文主义的对立,他认为人文主义是一种主题,或者说是各个主题构成的整体,这个整体横越时空,多次在欧洲社会中再现。这些主体总是同价值的判断相联系,在它的内容及其所保持的价值上,显然在发生重大的变化。故此,他认为:"可以把对我们自身的批判以及在我们的自主性中的持久地创造原则同这个经常被重提的、始终有所依赖的人文主义主题对立起来。我说的是这样一种原则:它处于'启蒙'对自身曾具有的历史意识的核心之中。若从这个观点看,我更多地认为在'启蒙'与人文主义之间是一种紧张状态而不是同一性。"③

当我们今天重新审视这一话题,不妨采用本雅明在《德国悲剧的起源》的序言中所提出的"星座化"的处理方法,古往今来思想大师们的思想结晶,就像悬置在空中的"星座",每当我们眼望"星空",在历史长河中历时出现的大师们的思想得以共时呈现。对启蒙思想资源的"星座化"处理,能

---

①　[英]柯林武德:《历史的观念》,商务印书馆 1997 年版,第 124 页。

②　[法]米歇尔·福柯:《何为启蒙》,《福柯集》,上海远东出版社 1998 年版,第 536 页。

③　同上书,第 538 页。

使我们在历史的一个特殊时刻,以对话的姿态,超越时空,以"今日"所具有
的历史差异性为基础,依循大师们思想所具有的逻辑可能性,展开我们对当
下启蒙思想命运的思考。正如福柯所认识到的,大师们对所谓"启蒙"究竟
是什么的思考,"至少在某方面决定了我们是什么,我们想的是什么以及我
们所作的是什么"①。也就是说,丰富多样的启蒙思想资源只有通过我们的所
"是"、所"思"、所"作",才能得到真正历史的呈现。

二

要想思考面向 21 世纪文化启蒙的命运,就应该回首往昔,考察 20 世纪
中国文化启蒙本身所具有的资质和特征。通过对比会发现,中国的文化启蒙
自出现之日就不仅显出了历史的、时间的差异性,而且还显示了地域的、空间
的和文化的差异性,甚至还包括有不可避免的文化误读。这就需要从最本初
的意义上对文化启蒙加以把握,通过认真地梳理,为我们的思考清理出一块
"场地"。

我们不敢说 20 世纪发生在中国的文化启蒙运动,在多大程度上受到了
18 世纪欧洲启蒙运动的影响,但康德等哲学家当时对启蒙运动所作的理论
思考,对后世的有着普遍的影响和参照意义。"启蒙运动就是人类脱离自己
所加之于自己的不成熟状态。不成熟状态就是不经别人的引导,就对运用自
己的理智无能为力。当其原因不在于缺乏理智,而在于不经别人的引导就
缺乏勇气与决心去加以运用时,那么这种不成熟状态就是自己加之于自己
的了。"②结合前面对启蒙思想资源多样性的分析,参照康德的启蒙运动的定
义,我们就会发现,一个多世纪以前发生在中国的文化启蒙运动,在其出现伊
始就是一种差异性的特殊存在,这表现在中国的文化启蒙的条件、对象、方
向、内在纬度等诸多方面。

首先,中国的文化启蒙运动在面对自己的对象时的姿态和启蒙的方向上

---

① [法]米歇尔·福柯:《何为启蒙》,《福柯集》,上海远东出版社 1998 年版,第 528 页。
② [德]康德:《回答这个问题:"什么是启蒙运动?"》,《历史理性批判文集》,商务印书馆
1991 年版,第 22 页。

不同于西方的启蒙运动。康德一向保守的理论倾向,使他在对启蒙运动的界定中没有充分明确启蒙运动的对象,而是强调了人类要拥有勇气和决心运用自己的理智。柯林武德的论述则有明显的针对性,"它(启蒙运动)不单是对有组织的宗教权力、而且也是对宗教本身的一种反抗"①。因为宗教被认为是人类生活中一切落后的和野蛮的东西的一种职能。当时的宗教无论是作为政治势力、阶层或团体,都使得当时的启蒙运动在方向上表现为一种自下而上的运动。而中国的文化启蒙运动则更多的是自上而下的,这是由当时中国的弱势文化地位,知识分子救亡图存的历史使命共同决定的。西方的启蒙运动以"自由"、"平等"、"博爱"为先导,目的在于冲破中世纪的宗教黑暗,破除愚昧;中国的文化启蒙则要启发民智,破除封建礼教。不同的文化策略决定了不同的姿态和方向。

其次,也是更为重要的一点,在启蒙思想的内在纬度上,二者也存在很大不同。在康德的定义中对理性的大胆应用成为中心,其内在纬度是由"对物的控制关系领域"(科学)、"对他人的行为关系领域"(民主)和"对自身的关系领域"(伦理)共同构成的。中国的文化启蒙有了"德先生"和"赛先生",缺少的是"对自身的关系领域"这一伦理的环节,对于那一代启蒙者(除鲁迅等个别人外)来说,启蒙是向外的、向他人的,很少认识到启蒙向内的纬度。从而,中国的文化启蒙运动有的更多的是一种革命的热情,以非理性的方式去追求理性,缺乏的是对"哲学气质"的激活,这不仅使自身失去了必要的深度,而且也不能获得对自身的历史存在作永久的批判的特征。而这种"哲学气质",是对"我们能够超越的界限的历史——实践的检验,因此,也就是视作我们自身对自身(这被视作自由的存在)的工作"②。这又是"自由"得以保障的基础。这也是为什么这一时期中国并不缺乏"无政府主义"的自由,抽象的拘于概念的自由,而缺少基于理性的由"必然"走向"自由"的自由。20世纪初中国的文化启蒙者缺少一种耐心的劳作为他们对自由的渴望"赋形"。也正是基于这样的原因,中国的文化启蒙在面对新的世纪,面对新的生存挑战,其被降解、被转化、被重新赋形的命运显得不

---

① [英]柯林武德:《历史的观念》,商务印书馆1997年版,第124页。
② [法]米歇尔·福柯:《何为启蒙》,《福柯集》,上海远东出版社1998年版,第540页。

可逆转。

　　还有一点需要在这里连带指出,由于富于实践理性精神的文化传统,中国的文化启蒙运动也没有能在"对物的控制关系领域"加以充分展开。我们拥有相对于"封建迷信"的科学,而没有形成基于"理性"的科学的充分发育。值得注意的是,康德在他的文章中所使用的"理性"(räzonieren)一词,在他的《批判》中也使用,但并不同理性的任意一种用法相关,而是理性除自身之外无其他目的的这种用法有关。räzonieren,即为推理而推理。这样,在近一个世纪的历史中,中国始终没有能发展出一条"理性中心主义"的传统,使得我们在人类的科学进程中始终生存在惯性之中,从而阻碍了中国近现代科学发展的进程。但另一方面也使我们的文化没有陷入"科学主义"的梦魇,保持了中国文化特有的光泽。

三

　　在人类历史上启蒙运动是人类自身发展的一个环节,它的产生、发展和变化都有一定的条件。康德在论述了个人摆脱自己天性的那种不成熟状态的可能性后指出:"然而公众要启蒙自己,却是很可能的;只要允许他们自由,这还几乎确实是无可避免的。"[①]他认为启蒙得以产生和存在的首要条件是"自由"。

　　福柯对康德的这一认识做了进一步的阐发,他认为康德为人摆脱这种未成年状态确定了两个基本条件,这两个基本条件既是精神的,也是体制的、伦理的和政治的。第一个条件是要区分属于服从的东西和属于应用理性的东西。康德认为人类成为成年之日并非是无需再服从命令之时,而是有人告知"惟命是从,但你可以尽情推理"的时候。福柯在这里也引用了康德所使用的著名的"纳税"的例子,纳税,但可以对税收大加议论,这便是成人状态的特征。第二个条件是要区分"理性的私人使用"和"理性的公共使用"。福柯认为康德并不是要人盲目地、愚蠢地顺从,而是要人使自己的理性之使用

---

　　① 〔德〕康德:《回答这个问题:"什么是启蒙运动?"》,《历史理性批判文集》,商务印书馆1991年版,第23页。

适应于既定的境遇,这时,理性便应服从于这些特殊的目的。因此,在此就不可能有自由地使用理性。这种为了适应既定的境遇,为了服从特殊的目的对理性的使用,康德称之为"理性的私人使用"。"反之,当人只是为使用理性而推理时,当人作为具有理性的人(不是作为机器上的零件)而推理时,当人作为有理性的人类中的成员而推理时,那是理性的使用就是自由地和公共的。'启蒙'因此不仅是个人用来保证自己思想自由的过程。当对理性的普遍使用、自由使用和公共使用相互重叠时,便有'启蒙'。"① 需要指出的是,康德所谓"理性的公共使用"意指言论的自由。②

通过福柯的阐发我们发现,启蒙的条件问题最终可以归结为启蒙与特定的政治文化之间的关系问题。在这里,启蒙不应当仅仅被设想为影响整个人类的总进程,不应仅仅设想为个人应尽的义务,其首要的任务是要弄清楚理性的应用怎样取得对它来说必需的公共形式,追求知识的勇气怎样能在光天化日之下充分施展,同时又使个人确实地"俯首听命"。普遍、公共、自由地使用理性是对"唯命是从"的最好保障,其条件是,那个人们必须对其听命的政治原则自身应符合普遍的理性。只有这样,在启蒙与特定的政治文化之间才能建立起一种良性互动的关系机制。

也许被认为是理所当然,关于启蒙的条件问题有一点康德和福柯始终没有提及,这就是人文传统的充分发育,在启蒙的生成与发展过程中始终与人文传统相伴。福柯固然认识到把启蒙运动与人文主义混为一谈是危险的,但如果没有人文精神发展作为背景,启蒙的生成与发展也是难以想象的。赫尔德、布洛克、伽达默尔等人都强调"教化"在人文主义传统中的首要作用,就在于它不仅为人文主义传统打下了广阔的社会基石,而且为康德对"理性的私人使用"和"理性的公共使用"提供了可能。这是因为对"教化"的强调,在西方特别是在德法发育出一套完善的相对独立的学院传统,它不仅为知识分子提供了相对独立、自由的生存空间,而且对"理性的私人使用"和"理性的公共使用"起到了巨大的平衡作用。

---

① [法]米歇尔·福柯:《何为启蒙》,《福柯集》,上海远东出版社 1998 年版,第 532 页。

② 康德在这个问题上曾与当时普鲁士的检查制度发生冲突。在其《历史理性批判文集》中收有《论通常的说法:这在理论上可能是正确的,但在实践上是行不通的》一文,专门探讨这一问题。

　　比较而言,中国的文化启蒙运动也有自身产生的条件和独特的历史语境。首先就是在特定历史时期"弱势文化"的角色认同。救亡图存的生存焦虑,面对启蒙中"强势文化"的矛盾心理的共同作用,不可能给那一代启蒙者以充分从容的理性思考。反而,对传统文化的全面否定,对西方文化的全面肯定构成了那一代启蒙者共同的激进策略和价值选择,而这种策略本身就包含了向"文化革命"过渡和发展的必然性。其次,在康德和福柯的论述中,我们看到了"引导"的方向既是外向的又是内向的,是由先知先觉者和人类摆脱自己加之于自己的"未成年状态"的努力共同构成的。在这里启蒙既表现为一种权威又表现为一种意愿。而中国的文化启蒙更多的是外向的,也就是说在启蒙的对象确定上,那一代的文化启蒙主义者还缺少一种指向主体自身的自觉意识,从而在古今、中外二元论的认知方式中,他们始终没有能够成为行为的道德主体,没有能够建设自身批判的本体论。再有,中国文化启蒙者的激进策略,使得他们不可能与特定境遇之中的政治达成一种"契约"关系,启蒙与政治更多地是以对抗,甚至于激烈冲突的方式存在于中国 20 世纪的历史之中,根本谈不上启蒙与政治之间的良性循环。更为严重的是,启蒙一旦变为革命,他就不得不以一个新的"神话"代替旧的"神话",这样不但不能实现思想方式的真正变革,而新的偏见也正如旧的偏见一样,将会成为驾驭缺少思想的广大人群的圈套。也正是在这个意义上,中国 20 世纪的文化启蒙在 80 年代末与政治的强烈撞击中走向解体,当下知识分子的任务并不是为它"招魂",而是以积极的态度寻找启蒙的文化功能的转换和替代,这既是它的出路,也是文化启蒙命运的必然。

四

　　从表面看来,启蒙话语的内在结构与中国文化启蒙的局限性没有必然的联系,但中国的文化启蒙在一些内在结构上的松动和缺失,导致了自身不可避免的局限性。

　　福柯在《何为启蒙》中指出:"他(康德)所说的'未成年'是指我们的意愿的某种状态,这种状态是我们接受某个他人的权威,以使我们可以走向使用理性的领域……总之,‘启蒙’是由意愿、权威、理性之使用这三者的原有关系的变化所确定的。”① 福柯这里对启蒙的结构分析,可以说对康德的论述把握得极为准确,实际上,历史上每次启蒙运动的到来都是对“意愿”、“权威”和“理性之使用”三者关系由紧张到稳定的调整。福柯对启蒙内在结构的揭示,使我们对启蒙的认识更为深化。在此基础上,他又提出了启蒙的限度问题。他认为启蒙意味着一种哲学质疑的精神,确定了某种哲学探讨的方式,这就是“对我们的历史存在作永久的批判”。而这种批判是有限度的,他在文章中写道:“我仍认为必须指出这篇短文与三个《批判》之间的关系。确实,文章把‘启蒙’描写为人类将运用自己的理性而不服从任何权威的那个时刻,然而,‘批判’的作用正是确定在什么条件下运用理性才是正当的,以断定人们所能认识的、应该去做的和准许希望的东西。”②

中国 20 世纪的文化启蒙是以封建礼教和封建迷信为对象的,并指向了整个传统文化。应当承认,不管康德的人类究竟有何所指,中国的传统文化都是有着自己的历史、传统和精神品格的发育较为成熟的文化。当我们以质疑和批判的态度来对待它,必须有一个理性、客观、科学的态度。将它作为人类文明总体进程的重要组成部分来加以认识,同时更应看到中国传统文化的特殊性,它对于人类文明发展的独特贡献,以及它对人类未来发展可能提供的有益的思想资源。但是中国 20 世纪文化启蒙运动的参与者,是以弱势心态来参与与西方的对话的,他们更多的是倾听者,根本没有基于自己的文化立场进行言说的权力,救亡图存的焦虑成为支配他们行为的主导力量。当他们以激进的文化态度和文化革命的策略来进行启蒙时,任何“权威”对他们都失去了意义,超越理性的限度,来质疑和批判中国传统文化也就成为了必然。正是这样的态度和策略,使得 20 世纪中国文化启蒙运动的参与者总是在寻找一种所谓总体的和彻底的方案。一个多世纪的历史经验和教训告诉我们,企图逃避既有的、现实的体制,以制定出另一种社会,另一种思维方式,另一种文化,另一种世界观的总纲领,这只能导致最危险的传统卷土重来。

康德凭一种理论的直觉,意识到这里存在的危险性,所以在他的文章中

---

①　[法]米歇尔·福柯:《何为启蒙》,《福柯集》,上海远东出版社 1998 年版,第 530 页。
②　同上书,第 533 页。

就已经指出:"因而公众只能是很缓慢地获得启蒙。通过一场革命或许很可以实现推翻个人专制以及贪婪心和权势欲的压迫,但却绝不能实现思想方式的真正改革;而新的偏见也正如旧的一样,将会成为驾驭缺少思想的广大人群的圈套。"① 福柯的学术品格向来偏执,但在这个问题上却显示出了少有的沉稳和坚实,"与 20 世纪中最糟的政治制度老调重弹什么新人的诺言相比,我宁愿选择 20 年来在有关我们的存在方式和思维方式、权力关系、两性关系以及我们观察精神病或疾病的方法等领域中所发生的那些十分确切的变化,我宁愿选择在历史分析和实践态度的互相关系中所发生的那些甚至只是部分的变化"②。从他们的论述中我们可以看到,他们始终在关注着启蒙在历史进程中合理的实践方式问题。虽然康德的思想始终被称为改良主义的或称为保守主义的,福柯在寻求建立人类自身批判的本体论时所运用的"知识考古学"和"知识谱系学"方式失之琐碎,但他们的思想对于我们思考面对 21 世纪启蒙的合理方式有着巨大的借鉴意义。

不同的历史情景,总会使启蒙的内在结构的某一方面被突出强调,从而使人们企图对它们进行均衡把握的愿望化为泡影。康德保守、改良的态度也没能摆脱"理性"的圈套,这是因为其所主张的"为推理而推理"的思想本身就蕴含着西方近代以来"理性中心主义"的"神话"。理性在人类"对物的控制领域"被畸形发展,使得科学主义极度膨胀,科学主义的符码体系成为人类价值体系的主导,人类对"他人行为关系的领域"和"人对自身的关系领域"面临着被重新编码的命运。历史在这里再次显示了它的"诡计"。福柯对此有充分的警惕,在《疯癫与文明》一书中,他深刻地揭示出,人类理性的历史就是对非理性不断驱逐的历史,在这一历史过程中,在理性与非理性的紧张对峙中,非理性如鬼魅一般出现在理性话语的核心之中。科学主义在某种程度上可以被认为是理性主义非理性发展的必然结果。这也是为什么我们在面向 21 世纪思考启蒙问题一再强调人文主义传统的原因之所在,因为它是人类处理与他人行为关系、对自身行为关系最重要的思想资源,同

---

① 〔德〕康德:《回答这个问题:"什么是启蒙运动?"》,《历史理性批判文集》,商务印书馆1991 年版,第 24 页。

② 〔法〕米歇尔·福柯:《何为启蒙》,《福柯集》,上海远东出版社 1998 年版,第 540 页。

时它还是反思中国 20 世纪文化启蒙的重要理论参照，也是面向 21 世纪文化伦理重建的核心。

五

站在新世纪的开端，对百余年文化启蒙作历史"回眸"，我们可以套用福柯《词与物》中的一句话来加以概括，文化启蒙已经成为 20 世纪中国思想史知识谱系中的一个褶皱。也就是说，文化启蒙由于对象、生成条件和内在结构的变化，其在现实中的实践方式也必然发生改变，它以事件、运动、思潮的方式出现的可能性已经很小，而更多的是成为一种思想文化资源。如果我们要想把这一问题思考清楚，必须回到问题的起点："今日"、"当下"作为一种历史差异，文化启蒙究竟将受到怎样的挑战？从文化启蒙到启蒙文化的转变究竟有怎样的历史必然性？面对 21 世纪的启蒙文化，我们拥有和必然坚持怎样的可能的原则？

就思想、哲学而言，20 世纪是一个由建构走向颠覆的世纪，任何对本体论的苦心经营，对庞大体系和巨型话语的精心营造都必然受到无情的质疑、解构和颠覆，启蒙主义话语也难逃其运。当然这只是转变的外在原因，更为内在的原因是现实语境的根本变化。首先，文化启蒙的存在条件已发生深刻的改变。强势文化与弱势文化的对峙，经由文化相对主义和文化保守主义的倡导，冷战的结束，以及全球一体化进程的加剧，已经被大大弱化，这意味着纠缠 20 世纪文化启蒙者的生存焦虑被淡化。其次，20 世纪 80 年代末精英文化的启蒙立场在与主流政治的撞击中遭遇挫折，在价值选择上，无论是民间、庙堂还是广场、学院，都标志着知识分子价值观多元取向的不可逆转，这就使得文化启蒙的固有姿态十分尴尬，显得底气不足，难以为继，文化启蒙的功能不断的被降解、被替代，甚至被出让。再有，中国传统政治文化有其特殊的权力关系模式，加之文化启蒙采取的激进的态度，使之很难构成与政治之间的所谓'契约'关系，"理性的公共使用"也会举步维艰。更为荒诞的是，理性在"人对物控制的关系领域"的畸形发展，极大地强化了主流意识形态的权力关系结构，在这个意义上，理性反而成了文化启蒙的"阉割"者。

就文化启蒙的对象而言,也发生了不可逆转的分化。对国民性的改造与批判,对传统文化的否定与批判,是 20 世纪中国文化启蒙的主要任务。但在新的文化语境下,这些批判话语更像是无的放矢的语言碎片。在旧有语境、价值规范和批判模式中,被认为是封建文化的糟粕的许多东西,经由文化相对主义和文化保守主义的"护卫",都被合法化了。"大众"作为新出现的理论话语渐渐取代了"国民",知识分子身上所凝聚的批判能量和欲望,也在对大众的同质性、低俗性和需求的虚假性的批判中得到宣泄和满足。当然,在文化价值多元的语境中,对文化启蒙价值立场的坚持也会找到属于自己的空间,但它日益成为一种派别立场,并失去了它在以往的主导地位,它渐渐流为部分精英知识分子的一种文化姿态。就本质而言,"新左派"就属于此种情况。这正从反面证明了文化启蒙向启蒙文化转变的必然性。

实际上,20 世纪中国的知识分子对启蒙有着近于本能的精神依恋,文化启蒙的高潮期总是被他们厚描为文化的"黄金时代",他们也始终没有放弃文化救赎的责任承当。但是 20 世纪中国文化启蒙的先天不足,只能使他们在一次次的挫折中表达对"自由"的渴望。就这点而言,福柯的思想成为了我们作进一步思考的出发点,建构当代知识分子"自身批判的本体论",已经成为检验他们是否能够实现文化超越的标志,这是他们自己对自己的工作。他们只有深刻反省,坚定批判的信念,耐心劳作,才能为梦寐以求的"自由"赋形,才能寻找到启蒙文化在 21 世纪新的文化语境中可能的原则。

（原载《北方论丛》2004 年第 5 期）

小说研究：从叙事学到修辞学

——对小说研究理论范式与批评方法修辞学转向的初步考察

　　长期以来，小说叙事学在小说研究中已经成为了最基本的理论范式和批评方法。相形之下，与小说叙事学渊源颇深的小说修辞学的发展则不能令人满意。甚至有人在具体的批评实践和理论研究中，不承认小说修辞研究的"合法性"，认为小说修辞学就是小说叙事学，或者充其量不过是叙事学的一个组成部分。所以产生这种现象，显然是由于人们对二者之间的关系尚未进行深入、系统的辨析，忽视了二者之间存在的区别与差异，没有注意到它们之间存在的"粘连"现象，以及这一现象所掩盖的，二者各自不同的理论渊源、学理背景和理论诉求。这样也就难免产生这样或那样误读、误用。也许二者之间真的渊源太深，有时甚至使用的概念和范畴都交叉在一起。叙事学在小说研究领域成绩斐然，对于这种现象，自然可以神闲气定，置之不理。但对于"先发后至"的小说修辞研究而言，于此则不能不细加推究。只有认识到小说叙事理论自身的局限性，认识到小说修辞研究的理论优势和特长，认识到小说修辞理论自身的完整性和系统性，我们才能认清小说研究理论范式和批评方法修辞学转向背后坚实的理论支撑，认清这一转向给小说研究带来的广阔前景。

一

　　华莱士·马丁在总结西方小说研究的发展趋势时认为:"在过去十五年间,叙事理论已经取代小说理论成为文学研究主要关心的一个论题。"① 这段话不仅反映了西方当代小说研究发展的事实,而且也可以用来概括中国当下小说研究的状况。20 世纪 80 年代中期以来,中国小说叙事研究取得了令人瞩目的成果。可以毫不过分地说,叙事学已经成为小说研究中主导性的理论范式和批评方法。如陈平原先生的《中国小说叙事模式的转变》,杨义先生的《中国叙事学》,都成为了这方面研究的典范之作,其他小说叙事研究论著和文章更是数不胜数。

　　1969 年,在《〈十日谈〉语法》一书中,茨维坦·托多洛夫第一次为"叙事学"(Narratology)命名,在不到四十多年时间里,小说叙事理论所以能够迅速崛起,显然有着深广的社会、历史和文化背景。对此以往研究已多有论述,概括起来主要有以下四个方面:一是 18、19 世纪以来,小说的兴起为叙事学的发展和叙事研究的兴旺提供了丰富的对象和广阔空间。二是科学主义的神话向人文领域的不断渗透,使得"科学性"伴随着"结构",经由语言学的催化,在小说叙事理论中生根发芽。正是研究者对"科学性"的渴望,使叙事学在小说研究中独擅胜场。三是文学研究对"内部研究"的强调,使叙事学在小说研究中如鱼得水。四是小说叙事学在其发展过程中,不断吸纳其他理论和方法的精华,使自己不断得到发展和完善。

　　这里需要进一步强调的是最后一点。小说叙事理论对结构主义、俄国形式主义、语言学的吸纳和借鉴已经成为研究者的共识,但它对小说修辞学的理论汲取,则未能引起大家的充分注意。艾布拉姆斯在《欧美文学术语词典》中描述了小说叙事学"定型"的过程,我们从中可以看到小说叙事学走向完善的大致情形:

　　　　近年来,文坛出现了对小说理论与创作技巧——"小说学"或曰

---

　　① 〔美〕华莱士·马丁:《当代叙事学》,北京大学出版社 2005 年版,第 1 页。

"叙述学"的浓厚兴趣。小说理论一方面继承了从亚里士多德的《诗学》到韦恩·布斯的《小说修辞学》有关小说体裁的传统理论,另一方面它又吸收了旧大陆"形式主义",尤其是法国"结构主义"的新理论。叙述学的基本兴趣在于探讨一个故事(依据时间顺序排列的一系列事件)是如何被叙述组织成统一的情节结构的。叙述学的领域里包括对"情节"、"人物塑造"、"视点"、"文体"、"言白"以及"意识流"手法等方面的系统讨论。①

其实,叙事学对修辞理论和布斯《小说修辞学》的借鉴,不仅局限在"小说体裁"上,还体现在对"隐含作者"、"可信叙事者"、"不可信叙事者"、"讲述"、"显示"等诸多概念的引用和转化上。例如,20世纪80年代末,里蒙-凯南的《叙事虚构作品》被译介到国内,当时颇有影响。该书第七章"叙述:层次与声音",就是在布斯对叙事者进行分类的基础上展开论述的②;第八章"叙述:言语再现",也是通过对布斯所提出的"讲述"与"显示"这对范畴的转化构成的,只不过她又填充了对"自由间接引语"的论述③。仔细阅读就会发现,在对相关问题进行论述时,里蒙-凯南甚至直接采用了布斯对亨利·詹姆斯等人作品的分析。再如,华莱士·马丁的《当代叙事学》中对"叙事交流"的论述,也是建立在布斯对"作者"、"隐含作者"、"戏剧化作者"、"戏剧化叙事者"等概念的区分基础之上的,并描述了一条非常有名的叙事交流"链条",由"作者"到"真实读者",多达九个构成因素。④可以说,叙事学之所以能长盛不衰,与它在理论上的不断自我完善有直接的关系。也正是因为如此,小说修辞研究的价值和意义,长期以来始终处于被遮蔽的状态。

虽然叙事学在小说研究领域成绩多多,但也难掩其理论的局限性。对于中国小说研究而言,这种局限性主要包括两个方面:一方面叙事学理论本身的;另一方面是叙事理论对汉语小说研究来说不可避免的语言问题。

---

① [美]艾布拉姆斯:《欧美文学术语词典》,北京大学出版社1990年版,第111页。
② [以色列]里蒙-凯南:《叙事虚构作品》,三联书店1989年版,第155—191页。
③ 同上书,第191—120页。
④ [美]华莱士·马丁:《当代叙事学》,北京大学出版社2005年版,第154页。

对于叙事理论的局限,乔纳森·卡勒有着清晰的认识,针对叙事学所极力追求的所谓"科学性",他指出:"科学解释事物的方法是把它们置于规律之下,也就是说只要具备了 a 和 b,那么 c 就一定会发生——而生活并不总是像规律一样。它遵循的并不是科学的因果逻辑,而是故事的逻辑,在这个逻辑中理解就是要设想一件事是怎样导致另一件事的,设想某些事为什么发生……"① 卡勒说的可能有点儿简单,但道理还是清楚的。

的确,小说叙事学的不足就像它的优点一样突出。给人印象最深的是,深受结构主义影响的叙事学研究,往往将小说的内容排除在研究视野之外,完全集中于形式。形式被看成符号,其意义取决于惯例、关系和系统,而不取决于任何价值和意义方面的规定性。因此,对一部作品来说,内容并不重要,重要的是要探明和掌握各叙事单元之间的关系结构。对于这一点,不知叙事学为何物的左拉曾有过极端的表达。在谈论"良好写作"的道德时左拉说:"当你写的糟糕时,你完全该受责备。这是我能承认的文学的唯一罪过。如果他们自称要把道德放在什么地方,我看不出他们可以把它放在哪里。一个结构精巧的短语,就是一个良好的行为。"② 左拉所说的"结构",肯定不同于结构主义所强调的"结构",但在强调"形式"这一点上,二者则是相通的。当时左拉的这一信条颇有市场,但却受到了布斯的强烈质疑:"当我们说艺术中的道德在于'写好'的时候,我们便悄悄地把实现一个有价值的目的的概念放入了我们的论点。一个结构精巧的短语能够像为左拉的文学目的服务一样,为希特勒的演讲的目的服务。"③ 在叙事学尚未命名以前,布斯就已经对以"为了艺术"的名义出现的各种形式主义提出了自己的诘难:

> 如果艺术是"为了艺术",就这种具有局限性的存在意义说,仅仅通过抽象的形式和结构提供快感,那么,人们就会以为对一种真实的追求与对另一种真实的追求实际上是一样的,就会认为这种追求得以实现

---

① [美]乔纳森·卡勒:《当代学术入门 文学理论》,辽宁教育出版社 1998 年版,第 86 页。
② [法]左拉:《实验小说及其他论文》,转引自 W.C.布斯《小说修辞学》,北京大学出版社 1987 年版,第 433 页。
③ [美]W.C.布斯:《小说修辞学》,北京大学出版社 1987 年版,第 433 页。

的方式才是好坏之间唯一重要的区别。①

其实,这样的批评和忠告也同样适用于小说叙事学。

小说的叙事学研究另一明显的欠缺是,作为研究对象,经典与平庸之作没有实质性差异,叙事学研究只关心作品的结构分析,而不作评价。例如,被视为叙事学经典的普洛普的《民间故事形态学》,通过对俄国一定数量的民间故事的分析,来揭示民间故事的 31 种叙事功能。普洛普回避每一篇故事的具体人文内涵,抹平了不同故事在艺术水准上的差异,完全无视作品蕴涵的意义,拒绝进行审美价值的阐释。

如从更大的背景来看,小说叙事研究的这一特点,也是 20 世纪西方小说创作"非人格化叙述"潮流的间接表现,表面的客观和所谓的"价值中立",只不过是创作中"虚无主义"在理论上的反映。对以加缪等人为代表的这股"虚无主义"潮流,布斯有充分的警觉,整个《小说修辞学》第三编就是对"非人格化叙事"的集中反思。布斯认为,在理论上,一部不打算提供任何趋向于结论或最终说明的小说是能够设想出来的,"但是根据什么价值标准来确定其优越性呢? 任何回答都必然与完全的虚无主义相矛盾。对于完全的虚无主义者来说,自杀不是有意义的形式的产物,它不过是一贯的姿态而已"②。布斯这段话,主要针对的是加缪将一切文学问题归结为自杀问题的极端的虚无主义立场。在布斯看来,创作上的虚无主义和"价值中立"虽然可以设想,但在具体写作中几乎是不可能的。

此外,小说的叙事研究还有一个局限就是"去主体化"。在小说叙事研究中,创作主体的中心地位被小说文本所取代,作者意图被大大弱化。罗兰·巴特对此的极端表达就是"作者已死"。的确,在小说叙事研究中,我们虽然经常看到"作者"、"叙事者"、"人称"、"视点"等标志着人的存在的概念,但它们在叙事研究的整体中只不过是一种符号,叙事研究看重的是它们的符号功能,而不是"有血有肉"的现实存在。

除小说叙事理论自身的局限外,还有一点不能不引起中国小说研究的

---

① ［美］W.C. 布斯:《小说修辞学》,北京大学出版社 1987 年版,第 324 页。

② 同上书,第 329 页。

注意。叙事学深深地植根于索绪尔以来的结构主义语言学,在它的概念体系中,充满了基于西方表音文字的术语,有的直接加以引用,如"语式"、"语域"、"语法"、"语态"、"主语"、"谓语"、"句法形态"、"动词形态"、"话语"、"语境"、"能指"、"所指"、"深层结构"、"表层结构"等等。当它被运用到像汉语这样不同语系的小说研究时,就不可避免地产生这样或那样的理论隔膜。正如杨义先生所言,以上语言学术语,对中国人都是"洋腔洋调",完全建立在西方语言的认识基础上的。如果对此视而不见,生搬硬套,最终只能是隔靴搔痒,缘木求鱼。①

二

人类的叙述行为在语言产生之后就开始出现了,它是一种超越历史、超越文化的古老现象,任何时代、任何地方、任何社会都少不了叙述。可以说,古往今来,哪里有人,哪里就有叙述。但叙述的本质究竟是什么?叙述究竟是知识的来源,还是幻觉的来源?它意欲表明的究竟是结果还是欲望?不同时期的思想者和研究者对此有不同回答。

众所周知,尼采思想激烈,在整个19世纪,对西方思想传统的冲击和颠覆无出其右者。然而,就是这样一个人,对修辞学却钟情有加,将其视为"共和政体的艺术"②。在他看来,"语言本身全然是修辞艺术的产物。……因为它欲要传达的仅为意见(doxa),而不是系统知识(epistēmē)"③。所以尼采认为,科学与逻辑论述,不仅没有比其他论述在认识论上有任何优越性,科学逻辑论述可以说是最为自欺欺人的。这是因为它以为修辞可以被驾驭,所以忽略了修辞的渗透力。这样我们也就能够理解,为什么他认为从柏拉图到康德到黑格尔的哲学里的真理表述,其实都建立在修辞的运作上。尼采甚至认为:"真理只是经过不断使用而失去了比喻性的比喻,犹如铸文被磨平而失去

---

① 杨义:《中国叙事学》,人民出版社1997年版,第190页。
② 〔德〕尼采:《古修辞学描述》,上海人民出版社2002年版,第3页。
③ 同上书,第20页。

铜币价值的铜版。"① 从尼采的话中,我们不难推知他对前面提出的问题的回答。在尼采的认识中,叙述的本质只能是修辞,叙述意欲表明的只能是欲望,因为"构成语言的人,并不感知事物或事件,而是体察飘忽而至的欲愿:他不沟通感觉,却仅仅是端呈感觉的摹本,与人共享。此感觉,经由精魂的冲动而焕发,不会占据事物本身:此感觉经由形象外在地呈现出来"②。

不同于尼采的彻底和决绝,乔纳森·卡勒对上面问题的思考非常谨慎。他认为我们不大可能回答这些问题。"我们只能在两者之间徘徊,一是把叙述看作一种修辞结构,这种结构产生睿智的幻觉,一是把叙述作为一种主要的、可以由我们支配的制造感觉的手段去研究。"③ 徘徊表明他也许还心存疑虑,但在对人类叙述行为的思考中,卡勒还是明确地看到了对叙述进行修辞理解的可能和潜力。

在尼采的激烈和卡勒的稳妥之间,布斯坚守着修辞学在叙述虚构文体——小说这块"阵地"。他的《小说修辞学》被认为是经典小说修辞理论的奠基之作。陈平原先生认为此书"论战性质太强"④,所以如此,其中一个重要原因是布斯必须为小说修辞学的"合法化"进行抗争。21 年后,在《第二版跋文》中,布斯的态度已经自然、和缓许多,他对小说修辞的普遍性,小说修辞学不同于小说叙事学的价值和意义,有了更为清晰的认识。他写道:"在全书中隐含着一种观念,我今天仍然坚持的一种观念,即修辞研究是可以普遍适用的,如果我们是透过这双瞳孔去看小说,那么任何小说都会包含有趣的材料。"⑤ 从布斯的话中,可以看到他对小说研究中"人"的因素的强调,而这正是修辞学契入小说研究的关键所在,不是"时间",不是作为空洞能指的"视点",也不是坚硬的"结构",而是"人"构成了小说修辞研究的核心和基础。在《跋文》中布斯承认,小说修辞学"没有提供一种完整的'小说理论',或者一种'叙事可能性的结构分类学'……它不是关于什么

---

① 转引自高辛勇:《修辞学与文学阅读》,北京大学出版社 1997 年版,第 43—44 页。
② [德]尼采:《古修辞学描述》,上海人民出版社 2002 年版,第 20 页。
③ [美]乔纳森·卡勒:《当代学术入门 文学理论》,辽宁教育出版社 1998 年版,第 97—98 页。
④ 陈平原:《中国小说叙事模式的转变》,上海人民出版社 1988 年版,第 251 页。
⑤ [美]韦恩·布斯:《小说修辞学·第二版跋文》,广西人民出版社 1987 年版,第 416 页。

东西的一种系统科学;甚至也不是关于'叙述学'的系统科学。"① 但是他坚持认为"叙述的修辞"在原理上适用于一切讲述的故事。在他看来,"只有那些用计算机根据随机程序产生出来的作品不适于修辞分析,然而,即使对这种作品来讲,只要一个读者从打印的计算机结果中发现了叙述的意思,那么,修辞问题立即就出现了"②。

对于小说修辞学与小说叙事学之间的区别这一问题,布斯是通过对热奈特《论叙述》(今译为《叙事话语》)的分析和批评来阐述的,布斯指出:"读热奈特的著作,人们很少会想到,即使最老练的读者的体验也很少包括诸如希望、恐惧或渴望幸福一类的情感,也很少包括某种戏剧性反讽产生的强烈的焦虑。他的著作几乎完全局限于认识、认知,以及对观念和结构的形式观照。甚至读者通常有的对结果的好奇心,对悬念的爱好,也被忽视了。"③ 当然,布斯对叙事学并不只是简单地加以否定,他非常肯定热奈特"对于材料的时间顺序和实现了的叙述时间的三种交互关系"的描述,认为是自己"曾见到的最系统的描述"。在批评、分析的基础上,布斯更为清晰地看到了小说修辞学的理论优势。他认为不同于叙事学对"纯粹的知识"的追求,"修辞研究的是应用,研究目的,研究击中或错过的目标,研究实践并非为了获取纯粹的知识,而是为了进一步(更好地)实践"④。在《跋文》的论述中,布斯表现出了宽广的理论胸怀,他不但要抗拒多年来小说叙事学对小说修辞学的"掠夺",他还要吸纳、倒采小说叙事学的理论精华,将"关于语言、符号、故事的一切真正的科学发现"据为己用。他在《跋文》中强调说:

> 我们高兴地偷袭科学家的领域,拖回一大批战利品,却只是为了应用于自己的研究课题。我们总想懂得一个故事或一个技巧比另一个故事或另一个技巧更好,因为我们知道,不管理论是否能够永远站得住脚,我们作为讲述者或听众的实践却被改进了。⑤

---

① ［美］韦恩·布斯:《小说修辞学·第二版跋文》,广西人民出版社1987年版,第415—416页。
② 同上书,第420页。
③ 同上书,第453页。
④ 同上书,第455页。
⑤ 同上。

通过布斯的论述,不仅使我们看到了小说修辞与叙事之间的区别与联系,更为主要的是,他还使我们认识到,小说修辞研究在对效果的强调、对实践智慧的追求、对人的因素的肯定中,显示出了自身独特的理论价值。

三

在布斯的影响下,20世纪后半期,小说叙事理论被修辞化的倾向日益引人关注。特别是90年代以后,西摩·查特曼、詹姆斯·费伦、迈开尔·卡恩斯等人,都以不同的方式推进着小说修辞理论的成长和发育。在他们中间,詹姆斯·费伦的工作更为引人注目。在《作为修辞的叙事》(1996)一书中,他谋求对小说叙事作彻底的修辞学解读,有力地推进了小说叙事理论修辞化的进程。他借鉴韦恩·布斯、肯尼斯·博克及保罗·德曼等经典和后经典修辞理论,强调叙事是作者向读者传达知识、情感、价值和信仰的一种独特而有力的工具。在费伦看来,叙事的目的既然是传达知识、情感、价值和信仰,叙事就不可避免地被看作修辞。他在谈到“作为修辞的叙事”这一“说法”时认为:“这个说法不仅仅意味着叙事使用修辞,或具有一个修辞的纬度。相反,它意味着叙事不仅仅是故事,而且也是行动,某人在某个场所出于某种目的对某人讲一个故事。”①

《作为修辞的叙事》一书并非一时之作,作者也是逐渐意识到自己在努力创造一个自成体系的东西。这个体系就是要阐明“为什么说叙事是修辞的”②。在该书的写作中,费伦的思想也在不断变化,他对小说修辞的认识也在不断地调整、深入。在他研究的原有模式中,修辞含有一个作者,通过叙事文本,要求读者进行审美、情感、观念、伦理、政治等多纬度的阅读,反过来,读者试图公正对待这种多纬度阅读的复杂性,然后做出反应。在不断的批评实践中,在对博克、费什、拉比诺维茨、解构批评、女性主义理论、精神分析的借鉴基础上,他对原有模式进行了修正。在修正后,阅读的多维性依然得到保留,但作者、文本现象和读者反应之间的界限模糊了。在其修正后的模式中,

---

① [美]詹姆斯·费伦:《作为修辞的叙事》,北京大学出版社2002年版,第14页。

② 同上书,第5页。

"修辞是作者代理、文本现象和读者反应之间的协同作用"①。

通观《作为修辞的叙事》一书,费伦不仅大大推进了由布斯开创的小说修辞学发展的理论进程,而且有效地捍卫了小说修辞理论的自主性和独立性。特别是通过自己的批评实践,显示了小说修辞研究与小说叙述研究不尽相同的理论路径。他所强调的 "作为修辞的叙事"(Narrative as Rhetoric)与所谓的 "修辞性叙事学"(Rhetorical Narratology)有着迥然不同的理论诉求。这在他的理论建构中主要表现在以下几个方面:

首先,费伦坚持了以布斯为代表的经典小说修辞理论的实践性原则。在前面的论述中我们已经看到,布斯的小说修辞理论,始终关注自己的理论是否切于实用,他始终将自己的研究目标指向实践,研究实践的目的是为了更好地服务于实践,而不是为了获取纯粹的知识。与布斯私交甚好学理渊源颇深的费伦秉承了经典小说修辞理论的这一传统,在自己的理论建构中,在对具体问题的阐述中,始终贯彻着实践原则。他在序言中写道:"我认为,如果作者、文本和读者处于一种无限循环的关系中,那么,任何一篇文章都要倚重那种关系的某些方面而轻视另一些——而这是我在与叙事之关系进程中某一特定时刻写下的。因此,本书中任何一篇特定文章都应该具有潜在的实用性,而其推论又不是终极的,不管我在过去的几年中何时将其写成。"② 的确如其所言,在《作为修辞的叙事》中,从前言中"作为修辞的叙事"这一"说法"的提出,到第九章通过利用阅读现象学来论证"作为修辞的叙事",费伦始终将自己的论证和分析建立在对具体的作品的解读之上,这样,就使其任何观点的提出,任何结论的获得,都奠基于具体的文本现象和批评实践之上;并且,在理论的整体设计上,书中每篇文章都是其所提出的理论模式在某一方面的展开,从而使其理论的体系性和实践性获得完美的结合。

其次,在费伦的理论建构中,经典小说修辞理论比较薄弱的读者环节得到发展和完善。布斯置身的芝加哥学派属于"新亚里士多德派",他的小说修辞学理论,继承了亚里士多德模仿学说中对作者重视的传统,更为强调作者如何运用技巧制约、引导、控制读者。相对而言,他对读者环节的重视明显

① [美]詹姆斯·费伦:《作为修辞的叙事》,北京大学出版社 2002 年版,第 5 页。
② 同上书,第 6 页。

不足。他在《小说修辞学》第一版序言中写道:

> 读者不难看出,为了探讨作家制约、引导读者的手段,我任意地把技巧从影响作家与读者的社会因素和心理因素中孤立出来。在很大程度上,我只好摈除不同时代的不同读者对小说修辞的不同要求……。其次,我不得不更加严格地撇开关于读者心理的问题,尽管对它的研究,有助于解释人们普遍对小说感兴趣的原因……①

虽然布斯在序言中对自己的做法进行了解释,但细读之下就会发现,布斯的读者是受控的、失去了主动性的读者,是脱离了具体社会历史文化语境的读者。所以产生这种情况,显然是由于他"划分我们阅读时变成的各类读者与处于不断变化的文化之中的实际活着的读者"造成的。后来在第 2 版跋文中,布斯受巴赫金的影响,对自己的做法进行了反思,但是其小说修辞理论在读者环节的欠缺始终未能得到有效的改进。②

在费伦的理论模式中,修辞是作者代理、文本现象和读者反应之间的协同作用,任何的修辞目的和效果都只能在三者间的无限循环中才能实现和达成,所以,读者在费伦的理论构想中成为了不可或缺的因素。可以说,在《作为修辞的叙事》的每一部分,在阐释分析的每个环节,读者因素都得到了充分的考虑,全书也是在"走向修辞的读者—反应批评"的论述中结束的。

在《作为修辞的叙事》中,费伦借鉴了拉比诺维茨的读者模式,从四个层面对读者进行把握:①实际的或有血有肉的读者——特性各异的你和我,我们的由社会构成的身份;②作者的读者——假设的理想读者,作者就是为这种读者构想作品的,包括对这种读者的知识和信仰的假设;③叙述读者——"叙述者为之写作的想象的读者",叙述者把一组信仰和一个知识整体投射在这种读者身上;④理想的叙述读者——"叙述者希望为之写作"的读者,这种读者认为叙述者的每一句话都是真实可靠的。③

需要指出的是,费伦的借鉴并非简单的理论套用,而是从实践出发、从具

---

①　[美] W.C. 布斯:《小说修辞学》,北京大学出版社 1987 年版,第 1—2 页。
②　同上书,第 426—427 页。
③　[美] 詹姆斯·费伦:《作为修辞的叙事》,北京大学出版社 2002 年版,第 111 页。

体作品出发,来理解和运用这一读者模式。例如对拉比诺维茨"理想叙事读者"概念的处理就说明了这一点。在《小说修辞学》第 2 版后记（1983）中,布斯就采用了拉比诺维茨的模式,但略去了"理想叙事读者"。拉比诺维茨本人在《阅读之前》（1987）中也把这一范畴从有关读者的讨论中删去了。在《解读人物,解读情节》（1989）中,费伦考虑到虽然理想叙事读者是一个逻辑的范畴,但却不足以产生他所想要达到的分析结果,所以也放弃了这个范畴。在《作为修辞的叙事》中,费伦分析洛里·穆尔《如何》的第二人称叙事时认识到:"理想叙事读者可能与受述者相偶合,也可能不相偶合,而叙事读者则可能与理想叙事读者的前提相一致,也可能不相一致。在《如何》中,如在大多数第二人称叙述中一样,理想叙事读者与受述者在'你'这个人物上相偶合,而叙事读者则与'你'处于波动的关系中——有时相偶合（感到成为说话的对象）,有时则从一段情感的、伦理的和 / 或心理的距离进行观察。"[①] 这样,意识到不同的读者角色以及不同角色之间的不同关系,能够为小说的修辞分析提供重要的解释方法,用以说明一些叙事话语,特别是第二人称叙事话语的复杂性。我们可以看到,费伦这种基于实践的理论借鉴,不仅使"理想的叙事读者"这一术语在批评和分析的实践中重新获得价值和生命,而且也使小说修辞理论在读者环节上日趋完善。

　　最后,费伦的小说修辞理论摆脱了以布斯为代表的经典小说修辞理论对修辞的单向理解,使修辞由作者通过技巧控制读者,转变为由读者、文本和读者共同参与的不断循环往复的动态进程。这样,小说修辞研究就获得了理论的动态性。这一点突出地体现在他对"作为修辞的叙事"理解上,当他谈论作为修辞的叙事时,谈论作者、文本和读者之间的一种修辞关系时,修辞就是指写作和阅读中一个复杂和多层次的进程,一个要求我们的认知、情感、欲望、希望、价值和信仰全部参与的进程。

　　在费伦的研究实践中,对具体作品的解读和批评就是在修辞这一动态的进程中完成的,并且他还不断对自己的实践进行理论升华,不断完善对这一动态进程的理论构建。例如在《作为修辞的叙事》中,他对海明威《我的老

---

　　① ［美］詹姆斯·费伦:《作为修辞的叙事》,北京大学出版社 2002 年版,第 116 页。

爸》的"进程"做了深入的分析,并展开了自己对读者参与这一动态进程的论述。在分析中,他将自己的修辞方式聚焦于文本,把文本作为进入读者经验的入口,他认为这样的读者经验至少在两个方面是能动的:一方面,这种经验主要受叙述时间的影响;另一方面,这种经验是多层面的,同时涉及到读者的理智、情感、判断和伦理。他在文中接着写道:

> 进程指的是一个叙事借以确立其自身前进运动逻辑的方式(因此也指叙事作为能动经验的第一个意思),而且指这种运动自身在读者中引发的不同反应(因此也指叙事作为能动经验的第二个意思)。结构主义就故事和话语所做的区别有助于解释叙事运动的逻辑得以展开的方式。进程产生于故事诸因素所发生的一切,即通过引入不稳定性——人物之间或内部的冲突关系,它们导致情节的纠葛,但有时终于能够得到解决。进程也可以产生于话语诸因素所发生的一切,即通过作者与读者或叙述者与读者之间的张力或冲突关系——涉及价值、信仰或知识之严重断裂的关系。①

在分析中,费伦借鉴了结构主义叙事学对叙事中"故事"和"话语"的区分,从两个不同层面对修辞进程中读者的参与及读者经验的能动性进行了阐释。在《作为修辞的叙事》的其他章节,费伦通过实例,对写作和阅读中修辞这一动态进程的各个方面进行立全面的论述,从而使小说修辞的动态进程得到整体呈现。

通过以上对西方小说修辞和叙事理论关系的梳理,通过对小说修辞理论自身发展轨迹的描述使我们认识到:我们再也不能像艾布拉姆斯那样,将"小说学"直接称之为"叙述学"了,这是因为,在"叙事学"的对象——文本的周边,有太多的因素需要纳入到小说研究中来,小说研究的实践要求我们,必须对这些因素进行更为彻底的理论整合。当人们认识到小说叙事理论的局限和欠缺,当人们谋求对小说研究的理论范式和批评方法进行调整和修正时,小说修辞学最起码是理想的选择之一。从小说修辞理论的发展进程

---

① 〔美〕詹姆斯·费伦:《作为修辞的叙事》,北京大学出版社 2002 年版,第 63 页。

看,小说修辞学与小说叙事学更像"连体婴儿","头脑"是两个,个别"器官"则必须共用。对于处于弱势的小说修辞理论而言,首先必须强调的是别具一幅"头脑",在此基础上,贯彻小说修辞研究的"实践"和"效果"原则,并不断吸收相关小说理论的精华,使自己不断走向成熟和完善。只有这样,小说修辞研究才能在保持本色的前提下,获得相对的灵活性和开放性,才能使自己成为一种富于生命力的理论范式和批评方法。

（原载《福建师范大学学报》2007 年第 1 期）

艰难的命名:从"写实主义"到"现实主义"

——简论五四写实小说的修辞困境

　　以往对五四写实小说的研究存在一种现象,研究者往往将"写实主义"等同于"现实主义"。原因很简单,词是一个(realism),翻译不同而已。行文中研究者每当提及其中一个时,后面再加个括号,缀上另一个。表面看不过是翻译问题,没有必要深加推究。但是,结合特定的话语环境我们会发现,当时的"话语实践"存在着一个从"写实主义"到"现实主义"的换名过程。这一过程不仅关涉到五四小说家在创作和理论两个方面对"写实主义"的艰难探索,而且还反映了他们在"写实"问题上面临的修辞困境。

一

　　"写实"一词来自日语,最早由梁启超引入。1902 年,梁启超发表《论小说与群治之关系》一文,将小说分为"理想派"和"写实派"①。这一划分为当时人们所沿用。"写实"这一话语能在当时的批评实践和理论思考中被保留下来,显然与人们对中国旧小说"不合实际"、"向壁虚造"② 的认识相

---

　　① 　梁启超:《论小说与群治之关系》,《新小说》第一号,1902 年 11 月。
　　② 　管达如:《说小说》,《小说月报》第三卷第五号,1912 年。

关。所以,文学革命伊始,"写实"也就成为了倡导者破旧立新的必然选择。胡适倡导白话小说,"以此种小说皆不事模仿古人,而惟实写今日社会之情状,故能成真文学"①。陈独秀宣扬"三大主义",其中重要内容之一就是"建立新鲜的立诚的写实文学"。②二人的推波助澜使"写实"一词作为理论话语慢慢凝固下来。

更为重要的是,"写实"当时不仅被视为文学变革的出路,而且写实文学的提倡、译介,对文化启蒙起到了极大的推动作用。当时文化启蒙的基本策略就是整体否弃几千年的封建文化,全面认同西方文化。而这样的认同"并不是将'特别国情'来衡量容纳新思想。乃是将新思想来批判这特别国情,来表现或解释他"③。对于新文学的倡导者来说,"中体西用"已难堪其用,他们不仅要效仿西方文学的结构、技巧,而且还要整体肯定和接受西方文学观念。而"写实"无论是作为技巧,还是作为观念,都极大地满足了文化批判的要求。

此外,就"写实主义"理论自身看,它与文化启蒙所倡导的"科学"与"民主"有着内在的一致性。可以说,"写实主义"就是在对"科学"与"民主"的希求中成长发育起来的。其实,19世纪中叶西方文学对"写实主义"的提倡,始终携带者作家、艺术家对科学与客观的承诺。被视为现实主义鼻祖的司汤达认为,要想研究人,必须"从生理现象起步"④。左拉更是宣称:"文学由科学来确定。"⑤对"科学"的追求,反映在小说创作上就是要求客观,所以,在西方现实主义的历史中,"镜子"这一喻像为人所常道。从柏拉图提出"镜子"说以后,莎士比亚,菲尔丁、司汤达、巴尔扎克,托尔斯泰等人的创作在不同的历史时期,都被人们肯定为社会的、现实的、甚至革命的"镜子"。艾布拉姆斯《镜与灯》正是以"镜子"为喻,来概括西方重模仿的理论传统和特点。⑥"写实主义"的理论品性很好地满足了文化启蒙者的理

---

① 胡适:《文学改良刍议》,《新青年》第二卷第五号,1917年1月。
② 陈独秀:《文学革命论》,《新青年》第二卷第六号,1917年2月。
③ 周作人:《文学上的俄国与中国》,《小说月报》第十二卷号外《俄国文学研究》,1921年1月。
④ [苏]米·贝京:《艺术与科学》,文化艺术出版社1987年版,第122页。
⑤ [法]左拉:《实验小说》,中国社会科学出版社1988年版,第466页。
⑥ [美]艾布拉姆斯:《镜与灯》,北京大学出版社2004年版,第34—35页。

论诉求和对文学社会功能的想象。

再有，就是读者变化，这种变化并非指读者数量的增加，而是指读者阅读期待的变化。五四时期小说的主要读者层已经从"出于旧学界而输入新学说者"①转变为受科学、民主思想熏陶的小资产阶级知识分子，"他们有更开放更健全的审美需求，迫切希望摆脱'瞒与骗'的封建传统文学，寻找真实反映人生的文学"②。不管新小说家在修辞动机与目的之间出现了怎样的偏差，乃至使其社会影响受到限制，在受文化启蒙影响成长起来的青年学生和知识分子的身上，一种全新的"阅读期待"正在逐渐形成，并随着时间的推移，为"写实主义"的接受和传播确立了难以动摇的阅读基础。

五四时期的小说家和小说理论家在接触"写实主义"之初，深深为"科学"与"客观"所吸引，纷纷以不同方式谈论它们。周作人强调写实小说"受过了'科学的洗礼'，用解剖学心理学方法，写唯物论进化论的思想"③。瞿世英在《小说研究》中，更是历数科学精神对小说的贡献：

> 一、小说家的材料增加了，小说家更学了一种新方法。二、小说家因受了科学的濡浸，对于人生肯老老实实地写出来，不论是如何龌龊污秽、贪婪狡诈都赤裸裸地写出来。这真是近代小说的特别优点。三、因为科学发达，人们的世界观与人生观都改变了，于是小说家也不得不改其对于人生之见解，另从一个方面去观察人生。于是出产的作品也因以不同。④

文中他更是直接借用了"镜子"的比喻，写道："说写实派小说努力描写事物的实在状况，描写现实的人生不避免平常的凡庸的事情，亦不避免不痛快不悦意的事情，譬如用一个镜子，镜子照着怎样，便怎样地写，毫不加粉饰，更不用遮掩。"⑤再如陈钧将小说创作构思过程分为三个阶段，即："科学观察"、"哲学理会"、"艺术表现"，而"科学观察"是指："小说不能凭空杜撰，故构

---

① 觉我：《余之小说观》，《小说林》1908 年第 10 期。
② 温儒敏：《新文学现实主义的流变》，北京大学出版社 1988 年版，第 7—8 页。
③ 周作人：《再论"黑幕"》，《新青年》第六卷第二号，1919 年 2 月。
④ 瞿世英：《小说研究》（上篇），《小说月报》第十三卷第七号，1922 年。
⑤ 瞿世英：《小说研究》（下篇），《小说月报》第十三卷第九号，1922 年。

造之先必有一番之观察,搜集事实,以为小说之材料。其观察务真,一如科学家之研究生光化电然,虽毫厘微末之间,亦必辨析精确。此种科学的精神,小说家必备也。"①

当时不仅在理论上,小说家在创作中也将"科学"视为创作不可或缺的因素。如鲁迅在回忆《狂人日记》的创作时就曾写道:"大约所仰仗的全在先前看过的百来篇外国文学作品和一点医学上的知识,此外的准备,一点也没有。"② 在鲁迅自己看来,"狂人"也是在科学的烛照下诞生的。

二

"科学"只是"写实主义"理论品性的一个方面。另一方面,"写实主义"在其历史生成过程中始终葆有的大众性、民主性甚至革命性的基因。对此西方理论界多有论述。伊恩·瓦特认为,西方现代小说的兴起,正是以大众的产生和现代资本主义民主意识的生成为背景的。笛福被认为是"我们的作家中第一个使其全部时间的叙述具体化到如同发生在一个实际存在的真实环境的作家。"笛福、理查逊、菲尔丁等对"逼真"的追求,使他们有能力把人完全置于具体背景之中,在这个意义上,他们开启了司汤达、巴尔扎克等人"现实主义"写作的先河。他在肯定《鲁滨逊漂流记》的意义时写道:

> 小说的传统就应该始于一部消灭了传统社会秩序中各种关系的作品,由此,引起对以新的自觉的模式构成的人际关系网的机会和需要的注意;当旧道德和旧社会的关系秩序被鲁滨孙·克鲁梭用个人主义翻腾大浪毁灭之时,小说的尚成问题的地位和现代思想的地位,才一道得以确立。③

也就是说,在笛福的"形式现实主义"的写作中,基于"个人主义"而在小说中出现的平民、大众倾向,对于旧道德和旧的社会关系是一种具有破坏和颠覆作用的"革命"力量。

---

① 陈钧:《小说通义》,《文哲学报》第三期,1923年。
② 鲁迅:《我怎么做起小说来》,《鲁迅全集》第四卷,人民文学出版社1981年版,第512页。
③ [英]伊恩·瓦特:《小说的兴起》,三联书店1992年版,第97页。

在皮埃尔·布迪厄对法国19世纪中叶"现实主义"命名者的描述中,我们也看到了同样的情况。"迪朗蒂和尚弗勒里需要的是一种纯观察报告式的、社会的、大众的文学,排除任何博学,他们把风格看成是次要的东西。对库尔贝、米尔热和蒙瑟莱这样的人来说,他们的天职是在殉道者啤酒馆宣称反对安格尔和官方美术,也就是说,是为了破坏,而不是为了建设。……由于他们对政治场和艺术场不加区分(这恰恰是社会艺术的定义),他们带来了在政治长筒形的行为模式和思想方式,把文学活动视为一种参与和一个建立在定期集会、口号、计划基础上的集体活动。"①

从二人的论述不难看出,"写实主义"在发生、发展中所凝聚的理论品性,无论是对"科学"和"客观"的承诺,还是大众性、民主性和革命性的追求,对五四文学革命时期的理论家和小说家来说,不仅使他们对方法和技巧的追求获得满足,而且使他们的创作能够与文化启蒙的时代潮流保持一致。

但是,如果仔细分析就会发现,看似当然的"写实主义"两个方面的品性,相互之间存在着不可避免的矛盾,使得"写实主义"作为一种创作方法,在面对它的中国接受者时,显示出了尴尬的悖论状态。这种状态在中国传统修辞伦理作用下,使得当时的小说家不可避免地陷入了修辞的困惑。1922年2月,沈雁冰在《小说月报》发表致读者信,鲜明地提出:"中国文学若要上前,则自然主义者一关是跨不过的。"随后引来许多读者来信,讨论这一问题。这场讨论的直接后果,就是使许多主张写实的小说家发现自己不得不在艺术追求和现实追求之间来回滑动,找不到比较坚实的立足点。"如果强调了文学要以'表现和讨论一些有关人生的问题'为基本目的,那么似乎难于不从'问题'出发,过于热衷提出'问题'势必导致艺术真实的丧失;但如果强调'自然主义'的客观描写,似乎又难于达到表现与讨论问题的目的,还容易蹈入枯涩沉闷的纯客观境地,与文学指导人生的归旨相悖。"② 如何使自己的创作既表现和提出"问题",指导现实人生,又能保持客观真实性,这是当时的"写实主义"小说家不能不思考的问题。这一困惑背后隐含的,正

① [法]皮埃尔·布尔迪厄:《艺术的法则——文学场的生成和结构》,中央编译出版社2001年版,第108页。
② 温儒敏:《新文学现实主义的流变》,北京大学出版社1988年版,第45页。

是小说家们不能回避的修辞伦理困境。

其实，这样的困境既有时代的特殊性也有理论的普遍性，它是所有现实主义小说家都必须面对的。布斯在《小说修辞学》中，对"现实主义"小说的修辞作了较为全面的分析，对沉积在"现实主义"理论自身之中的诸多矛盾，进行了系统的揭示。他将这些矛盾归结为三个方面："关于作品本身的普遍标准"；对"关于作者态度的标准"；"对读者态度的要求"。① 布斯写道：

> 各式各样不统一的标准还多得很，多得几乎不能一一列出，许多标准与技巧规则简直毫不相干。更麻烦的是，许多作者表现得似乎在寻求两种或两种以上的普遍性质；有时，他们会认识到，对"一切"优秀艺术的两种"绝对"要求，诸如强度和综合，酷肖自然和简洁化，艺术纯净和对生活"不纯净"的真实描绘，是相互矛盾的，这时他们简直要被撕裂了。②

五四写实小说所追求的"科学"与"民主"不过是诸多矛盾中的一种而已。当然，对于文学革命时期的"写实主义"小说家来说，责任和时代都不能允许他们从容、系统地思考和研究"写实主义"自身存在的诸种矛盾，他们更不可能从认识论和语言的层面，对"写实主义"的修辞本质进行一种学院式的辨析和揭示，在那样的时代背景之下，他们迎头撞见的就是"作者的态度"这一伦理问题。学院式的研究，可以使布斯触及这个问题的理论底线，宽容地认为，作家在小说中可以选择沉默，但不能选择消失不见。然而，在时代的"逼迫"下，在传统修辞伦理意识的作用下，五四写实小说作家甚至不能选择"沉默"，他们必须在自己的创作中，做出痛苦而艰难的伦理抉择，在"爆发"和"死亡"之间，他们无法找到"沉默"的位置。

三

五四时期"写实主义"小说面临的修辞困境主要表现在两个方面：一是

---

① ［美］W.C.布斯：《小说修辞学》，广西人民出版社1987年版，第42—43页。
② 同上书，第44页。

小说家在创作实践和理论上的艰难探索;二是面对修辞伦理抉择时的精神困惑和内心痛苦。就前一方面而言,无论是"问题小说"的风行一时,还是对"自然主义理论"的提倡和讨论,都显示出新文学小说作家对"写实主义"创作方法探索的艰难。如果从修辞角度看,"问题小说"的创作受外界环境的压力,修辞目的压倒修辞技巧,呈现出一种修辞功利主义倾向;而在对"自然主义"的理论倡导中,又过分强调了"写实主义"创作方法"科学"的品性,相对忽视了大众性、民主性、革命性等意识形态方面的诉求。可以说,这种在创作方式与理论探讨上的"左奔右突",是"写实主义"小说深陷修辞困境的直接表现。

后一方面在鲁迅的小说创作中表现得尤为突出,在某种程度上,《呐喊·自序》可视为鲁迅面对修辞伦理抉择时精神困惑和内心痛苦的"自供状"。这在"铁屋子"的描写中有直接反映:

> 假如一间铁屋子,是绝无窗户而万难破毁的,里面有许多熟睡的人们,不久都要闷死了,然而是从昏睡入死灭,并不感到就死的悲哀。现在你大嚷起来,惊起了较为清醒的几个人,使这不幸的少数者来受无可挽回的临终的苦楚,你倒以为对得起他们么?[①]

鲁迅非常清楚,写什么固然重要,"怎么写"则是小说艺术的关键。创作中鲁迅往往选择"曲笔"来摆脱自己面临的伦理"困境"。于是,"在《药》的瑜儿的坟上凭空添上一个花环,在《明天》里也不叙单四嫂子竟没有做到看见儿子的梦,因为那时的主将是不主张消极的"[②]。鲁迅的小说中"曲笔"何止这两处,《狂人日记》结尾处的"救救孩子……"的呼喊;《故乡》结尾出现的孩子们"新的生活"的景象,都被鲁迅以"曲笔"的方式附着在"故事"最后,这样一来,"我的小说和艺术的距离之远,也就可想而知了"[③]。然而,"曲笔"在修辞本质上,离鲁迅所深恶痛绝的"瞒和骗"相去并不远,就像他后来所写的那样:"中国人的不敢正视各方面,用瞒和骗,造出

---

① 鲁迅:《呐喊·自序》,《鲁迅全集》第一卷,人民文学出版社1981年版,第419页。
② 同上。
③ 同上书,第420页。

奇妙的套路来,而自以为正路。在这路上,就证明了国民性的怯弱,懒惰,而又狡猾。"① 如此,他在修辞伦理的抉择中,不可避免地落入"躬行我先前所憎恶,所反对的一切,拒斥我先前所崇仰,所主张的一切了"②。

　　当然,鲁迅的小说创作并不是"写实主义"所能规范的,但不可否认的是,"写实"构成了其创作的一个基本平面。如果从修辞行为层面进入鲁迅的小说世界,这种困境会在不同的作品和不同的人物身上表现出来。如《在酒楼上》的吕纬甫,《祝福》中的"我",《幸福的家庭》中的"他"等等,都有不同程度的表现。这种情况也不只存在于鲁迅一个人身上,当时被视为"写实主义"小说家的叶圣陶、茅盾、张天翼等人身上,也都不同程度上存在这一问题。鲁迅要想摆脱自己小说中修辞行为的伦理困境,必须同时在"写实主义"的艺术、技巧和意识形态诉求两个层面上进行理论置换,在潜意识中为自己小说修辞的"曲笔"也好、"瞒和骗"也好,给出一个理由。

　　在艺术、技巧方面的"置换",集中体现在《怎么写》(1927)这篇文章中,该文后半部分,鲁迅比较集中地阐明了自己对小说中修辞与叙事问题的态度。他首先反驳了郁达夫《日记文学》中的观点,认为凡文学家的作品,多少总带点自叙传色彩,若以第三人称来写,则时常有误成第一人称的地方。而且叙述第三人称主人公的心理状态过细,会引起读者的疑心,从而破坏文学的真实性。鲁迅认为:

　　　　……体裁似乎不关重要。上文的第一缺点,是读者的粗心。但只要知道作品大抵是作者借别人以叙自己,或以自己推测别人的东西,便不至于感到幻灭,即使有时不合事实,然而还是真实。其真实,正与用第三人称时或误用第一人称时毫无不同。倘有读者只执滞于体裁,只求没有破绽,那就以看新闻记事为宜。③

文中鲁迅还举了纪晓岚攻击蒲松龄的例子来说明:"靠事实来取得真实性,所以一与事实相左,那真实性也随即灭亡。如果他先意识到这一切是创作,便

　　① 《论睁开了眼》,《鲁迅全集》第一卷,人民文学出版社 1981 年版,第 240 页。
　　② 《孤独者》,《鲁迅全集》第二卷,人民文学出版社 1981 年版,第 101 页。
　　③ 《怎么写》,《鲁迅全集》第四卷,人民文学出版社 1981 年版,第 23 页。

自然没有一切的挂碍了。"鲁迅用"真实""置换"了"事实",在这里我们没有必要评价鲁迅正确与否,或鲁迅的认识有多么的深刻。重要的是这一"置换"在小说的修辞技巧和修辞目的之间起到了明显的润滑作用。这样势必会使"写实"理论的两种品性之间减少抵牾,使修辞主体免受"撕裂"之痛。鲁迅非常强调这种带有主观的"真实",他所以读李慈铭的《越缦堂日记》总觉得不舒服,就是因为"从中看不见李慈铭的心,却时时看到一些做作,仿佛受了欺骗"①。在他看来,只有在作品中将"心"和"灵魂"显示于人的才是"在高的意义上的写实主义者"。正是在这个意义上,鲁迅推重陀斯妥耶夫斯基的作品,认为:"从他最初的《穷人》起,最后的《卡拉马佐夫兄弟》止,所说的都是同一的事,即所谓'捉住了心中所实验的事实,使读者追求着自己思想的径路,从这心的法则中,自然显示出伦理的观念来。'"②陀思妥耶夫斯基所做的,也许正是面对修辞伦理困境时的鲁迅所希求的、所需要的。

特别值得一提的是,《怎么写》中用了一个变戏法的比喻:

> 一般的幻灭的悲哀,我以为不在假,而在以假为真。记得年幼时,很喜欢看变戏法,猢狲骑羊,石子变白鸽,最末是将一个孩子刺死,盖上被单,……大概是谁都知道,孩子并没有死,……但还是出神地看着,明明意识着这是戏法,而全心沉浸在这戏法中。万一这变戏法的定要做的真实,买了小棺材,装进孩子去,哭着抬走,倒反索然无味了。这时候,连戏法的真实也消失了。③

不难看出,鲁迅前文所谓的"真实",奠基于这里所说的"戏法的真实","戏法的真实"对于小说创作而言只能有一种理解:修辞的真实。之所以产生"幻灭的悲哀",就在于忽视了小说创作在本质上不过是一种修辞运作这一事实。当然,鲁迅并不是通过对小说语言本质的思考,通过系统的认识论反思来触及小说创作的修辞性的,他是通过自己的创作实践,通过对"创作"

---

① 《怎么写》,《鲁迅全集》第四卷,人民文学出版社 1981 年版,第 24 页。
② 《〈穷人〉小引》,《鲁迅全集》第七卷,人民文学出版社 1981 年版,第 107 页。
③ 《怎么写》,《鲁迅全集》第四卷,人民文学出版社 1981 年版,第 24 页。

这一行为的深刻领悟,来揭示小说创作的修辞本质的。从他的认识中可以看到,"写实主义"所追求的"科学"、"客观",在本质上不过是维持了"写实主义"小说修辞"幻觉的强度"而已。

要想摆脱修辞伦理的困境,鲁迅还必须对自己作品中存在的意识形态诉求给出一个"说法"。鲁迅在不同的地方,也经常表示自己对文学作品中"宣传"的反感和格格不入,但具体到自己的作品时,他最终还是把自己作品中的意识形态诉求,最终交托给了"希望"和"未来"。1932年12月14日,他在《〈自选集〉自序》里,回顾了自己在这方面的心路历程。他认为自己提笔写小说,"不是直接对于'文学革命'的热情",不过是出于对"热情者们的同感","也来喊几声助助威罢了。""但为了达到这希望计,是必须与前驱者取同一的步调的,我于是删削些黑暗,装点些欢容,使作品比较的显出若干亮色,……这些也可以说,是'遵命文学'"。文章最后写道:

> 然而这又不似做那《呐喊》时候的故意隐瞒,因为现在我相信,现在和将来的青年是不会有这样的心境的了。①

不管鲁迅是否真像吕纬甫所说的那样,"回来停在原地点",但对于他所面临的修辞困境而言,青年、希望、未来毕竟是一种"拔离"的力量,最起码在表面上使自己小说中的意识形态诉求获得了一种说服自己的理由。

其实不难发现,鲁迅摆脱"写实主义"修辞困境也有一个认识过程,正是在这一过程中,小说修辞运作中修辞技巧与修辞目的关系渐渐被重新设置,"写实"这一重技巧的译名就显不太适宜了,Realism在新的话语实践中的重新命名,也就成了必然。而这一任务,恰恰是由鲁迅的朋友和重要诠释者瞿秋白来完成的。1932年瞿秋白在《〈地泉〉序》等多篇文章中,把Realism翻译成"现实主义"。其实这根本不是译者随意的灵光一闪,这一重新命名,显示了小说家们基本修辞策略的调整,特别是在左翼作家的创作中,修辞目的重又堂皇地凌驾于技巧之上,面向当下的"现实"关怀,压倒小说的"艺术"要求,在新的历史环境下,意识形态诉求成为了"现实主义"小

---

① 《〈自选集〉自序》,《鲁迅全集》第四卷,人民文学出版社1981年版,第457页。

说修辞的首要问题。1932年12月11日,瞿秋白在为《高尔基论文选集》写的前言中,对此有明确的说明:

> 高尔基是新时代的最伟大的现实主义艺术家。而他对于现实主义的了解是这样的!他——饶恕我把他来和中国的庸俗的新闻记者比较吧——决不会把现实主义解释成为"纯粹"客观主义,他不懂得中国文,他不会从现实主义"realism"的中国译名上望文生义的了解到这是描写现实的"写实主义"。写实——这仿佛只要把现实的事情写下来,或者"纯粹客观地"分析事实的原因结果,——就够了。这其实至多也不过是自欺欺人的"客观主义",或者还是明知故犯的假装的客观主义。天下的事实多得很。你究竟为什么只描写这一些事实,而不描写那一些事实?天下的现实,每天都在变动。你究竟赞助着或是反对着现实变动的那一个方向?你能够中立吗?你的中立客观上帮助了谁?这些问题是文学家必须回答的;每个文学家也的确在回答着,不过有些利于自己掩饰一下,有意的或无意的。①

也许是不谋而合,瞿秋白的文章与鲁迅的《〈自选集〉自序》几乎同时完成,虽然瞿秋白针对的是整个文学,但二人在对待修辞技巧和修辞目的关系的态度上,却惊人的一致。他们共同认识到:对于文学或小说而言,修辞和修辞中的意识形态诉求是绝对的,"纯粹客观"只不过在维持着"写实"的幻觉。但是不管二人愿意与否,从修辞的角度讲,当时"革命文学"的创作实际,在某种程度上重新回到了"问题小说"的"原地点",只不过在内容上和程度上不尽相同而已,虽然前后相距不过十年左右时间;这一点体现在话语实践层面,不仅表现为"Realism"被翻译命名为"现实主义",而且文学的主流也由"文学革命"转换为"革命文学"。

毋庸置疑,"现实主义"在中国的传播,是20世纪初一次意义重大且影响深远的理论旅行,它必然与中国既有文学传统发生冲撞,产生融合。中国

---

① 瞿秋白:《高尔基论文选集·写在前面》,《瞿秋白文集》(文学编卷五),人民文学出版社1987年版,第324—325页。

文学对"现实主义"也有着多样的理论诉求,并且在文学内外因素的综合作用下,技巧诉求和价值诉求之间形成了极其复杂的理论张力,其消极影响是:技巧与价值之间的相互牵制,在很长时间里,使中国文学难以产生真正意义上伟大的现实主义作品;其积极影响是:不论时代怎样发展变化,价值关怀从未逸出作家们的艺术视野,虽饱经磨难,频遭打击,中国文学的现实批判精神终未断绝。

（原载《浙江学刊》2011 年第 6 期）

面向文学史"说话"的福柯

——也谈中国当代文学史研究中的知识考古学、知识谱系学问题

近年来,关于"十七年文学"和"文革文学"的讨论颇为引人注目。有学者主张应对"十七年文学"和"文革文学"给予重新估价,强调这两个时期文学的文学史价值;同时,积极提倡福柯的"知识考古学"和"知识谱系学",把二者作为文学史的研究方法和写作方式。论者指出:"尝试以'知识考古学'作为当代文学史的一种写作方式,意味着我们将拆解那个已经进入我们潜意识的、其实完全受控于我们当下价值标准的文学 / 非文学的二元对立认知方法,我们的研究对象将不再是那些以今天的观点看来是'真实'的文学作品,而是那些在当时被称为'文学'与'经典'的文学作品。"①从这样的观点看,"知识考古学"和"知识谱系学"不仅为研究者提供了研究方法和写作方式,同时还为文学史对象的确定提供了理论依据。

笔者基于自己对福柯思想的理解和把握,对"知识考古学"和"知识谱系学"在认识和具体操作过程中可能存在的问题进行探讨,以使福柯的思想作为一种资源,在面向中国当代文学史研究时的"面孔"更为清晰。

---

① 李杨:《当代文学史写作:原则、方法与可能性》,《文学评论》2000 年第 3 期。

一、语境：知识考古学与知识谱系学

阅读相关的文章，我们会发现，对于"知识考古学"和"知识谱系学"的提倡与强调，使提倡者获得了强烈的"语境"意识。"这种方式致力于还原历史情境，通过'文本的语境化'与'语境的文本化'使文学史的研究转变为一个时代与另一个时代的平等对话，这不是荒诞地力图否定相对确定的真理、意义、文学性、同一性、意向和历史的连续性，而是力图把这些因素视为一个更为深广的历史——语言、潜意识、社会制度和习俗的历史的结果——而不是原因。这种方法不仅可以成为我们讨论'十七年文学'与'文革文学'的方法，同时还将同时适用于'新时期文学'与'后新时期文学'的研究，它意味着'80年代文学'将被置放在'80年代语境'中进行讨论，同样，'90年代文学'也将在'90年代语境'里进行把握——而不是采用我们经常运用的方法，以建立在'五四文学'基础上的一种被非历史化与高度抽象化的意识形态标准或文学立场研究和把握任何一个时代的文学。"①

我们暂不对"语境化"的处理方式正确与否加以评说，也不去判断经由"语境化"处理的"十七年文学"与"文革文学"是否能够取得"合法"地位。首先要指出的是，"语境"这一概念对"知识考古学"来说是一个"雷区"。福柯对它的处理极为谨慎，他深知如果处理不当，其苦心经营的"知识考古学""大厦"便会毁于一旦。

在"知识考古学"的"话语实践"理论中，"陈述"被作为"话语"的"原子"和"功能"来加以界定，而这种功能又是在"陈述群"的内部关系中实现的。福柯在论述这种功能时指出："一个陈述总有一个密布着其他陈述的边缘，这些边缘不同于我们平时所理解的像'语境'的东西——实际的或者话语的——就是说它们不同于促使某种表述的形成并确定其意义的环境的或语言的成分的总体，它们与后者的区别在于它们使它成为可能。"② 对于这一点，福柯理论的权威阐释者德勒兹认识得也非常清楚，他在阐述"陈

---

① 李杨：《当代文学史写作：原则、方法与可能性》，《文学评论》2000年第3期。
② ［法］福柯：《知识考古学》，北京三联书店1998年版，第123页。

述群"形成规律时指出:"重要的是这些形成规律既不使自己像命题那样归结为某一公理,也不使自己像句子那样,归结于某一语境。"① 福柯与德勒兹的不同在于,福柯的"语境"包括"实际的"和"词语的"两个方面,分别指"文化语境"和某一语言的总体构成,而德勒兹更多指的是后者。

那么,"语境"对于"知识考古学"来说危险性何在呢? 这主要是因为在"语境"中包含颠覆"知识考古学"的因素。"语境"是瑞恰慈语义学的核心概念,他对"语境"的内涵进行了系统的阐述:"也许通过因果律所论述的大自然的再现现象,我们就能确切理解我们所说的语境(context)……最一般地说,'语境'是用来表示一组同时出现的事件的名称,这组事件包括我们可以选择作为原因和结果的任何事件以及那些所需要的条件。"② 这里的"因果律",正是"知识考古学"所极力否定和排斥的"影响"、"传统"、"习俗"、"文化连续性"、"精神"等最为本质的规定性。对于福柯的知识考古学来说,如果将"语境"植入"知识考古学"的核心"话语实践",无异于理论自戕。如此,"知识考古学"所探求的"不连续性、决裂、界限或者是极限形式"便无从谈起。福柯在论述"陈述功能"时,从"实际的"和"词语的"这两个方面驱除"语境",原因也在于此。

在这里,研究者所以误入"雷区",一方面是由于忽视了"陈述"这一层面,将"话语"与"语境"直接联系在一起,采取了"大而化之"的策略;另一方面则是对理论理解的错位与误读。如果对"知识考古学"做简单的"语境化"处理,那么,它与"知人论世"、知"文"论世,就没有什么区别了,同时也失去了"知识考古学"对于我们研究的借鉴意义。

出现理解的错位和误读,显然是没有能够将福柯的理论放入其生成背景中来把握。特别是没有注意到"语言学转向"(Linguistic turn)这一大的学术背景。"语言学转向"为福柯赢得了一种崭新的语言观,在这种语言观中,语言失去了人们过去赋予它的透明性和中立性。因此,作为一种"物",语言"再现"物质世界的能力受到彻底的质疑,也就失去了其在人文科学中固有的权威。福柯认为,正是基于人们对"语言透明度"的幻觉,对世间事

---

① 杜小真编:《福柯集》,上海远东出版社 1998 年版,第 547 页。

② 赵毅衡编选:《"新批评"文集》,百花文艺出版社 2001 年版,第 333—334 页。

物实行了一系列的强行编码,以理解大量经验性的信息,使它们成为可能的实证性的研究对象,从而形成一个时代的人文科学的基础。当一组特定的人文科学经历一个循环周期后,就被基于不同语言命题的另一组科学推翻。这个过程要经历一相对较长的历史时期。而一旦不同时期语言的基本命题被"语境化"处理之后,其中的话语就会变得"活泼",变动不居,也就有了所谓"80年代文学"与"80年代语境","90年代文学"与"90年代语境"的理论表述。如果没有这样的语言观作为理论背景,"知识考古学"与"代有其文学"的思想也就没有多大区别了。

有论者认为,"知识考古学"的方法致力于"历史情境"的还原,并通过"文本的语境化"与"语境的文本化",使文学史的研究转变为一个时代与另一个时代的平等对话。"文本的语境化"与"语境的文本化",使我们马上想到了蒙特鲁斯(Louis Montrose)提出的"文本的历史性"和"历史的文本性"这一新历史主义的命题。从相关文章中可以看到,"知识谱系学"和"知识考古学"的倡导者所强调的显然是"文本的语境化"和"文本的历史性"这一环节。但他们没有认识到,"语境的文本化"和"历史的文本性",将使历史和我们思考的文学史变成什么样子。这种文学史只能是符号性的而非实在的,差异的、偶然的而非同一的,零散的、碎片的而非整体的,它"只是阐释者出于自身需要、根据某些文献遗迹或档案而随意地重构的具有支配文本写作的权力的本文"①。笔者认为,如此的文学史写作,也是有悖于倡导者初衷的。

正是由于理解的错位和误读,以及大而化之的"语境化"诠释策略,使我们看到,他们的具体操作还是我们非常熟悉的材料考订和文献考辨。如在对陈思和"潜在写作"这一范畴的质疑中,他们思索的还是真实的创作时间和寻找有力的证据,就其本心而言,还是在寻找着历史的确定性和真实性。如果这样的工作能够证明其质疑是正确的、有道理的,不拉"知识考古学"这面大旗也是可以的。在他们对"知识谱系学"借鉴中,将"新文学"、"现代文学"、"当代文学"作为话语,放到话语与权力构成的"知识谱系

---

① 王一川:《语言的乌托邦——20世纪西方语言论美学探究》,云南人民出版社1994年版,第327页。

学"视野中加以考察。但令人失望的是,这样的考察不但没有完成"关注局部的、非连续性的、被取消资格的、非法的知识,以对抗整体统一的理论"[①]的"知识谱系学"的任务,反而为我们描述了一条起于胡适终于当下的连续的"二元论"认知模式的发展线索。究其原因,与过于强烈的"语境"意识不无关系。由于缺乏理论的彻底性,在当代文学史相关现象的研究中,以"话语"与"权力"的二元对立,置换了文学与政治的二元对立,没有能真正认识到"话语"的多层次性和不同的"陈述"以及"陈述群"之间关系的复杂性,从而也就失去了对"话语"中"权力"场域本质的认识。出现这样的情况,显然是所持理论与所用方法之间的矛盾造成的。

二、知识：考古学与谱系学

从诠释学的角度看,对于"知识考古学"和"知识谱系学",我们有足够的接受视域与其融合,但正是这固有的接受视域,使研究者轻轻滑过了"知识"(savoir)这一环节。在法语中,有两个词可以表示知识,一是connaissance,指现存学科的形式知识;二是 savoir,指一般知识,知识的总体,又被称为"深层知识",它具体地分布于特殊的社会历史构成中,并与权力一起构成了"权力——知识"这一重要概念。后者更近于一种结构性概念。伊安·哈金甚至认为:"'知识'则指他(福柯)臆想的基本的无意识结构——通过这个结构,认识才有可能顺利进行。"[②]二者的区分,对于我们思考"知识考古学"和"知识谱系学"运用于文学史研究的有效性和可行性非常有意义,因为它不仅涉及到研究中对象的确定,而且还决定了"知识考古学"贯穿文学史可能的"轴线"。

福柯思想的理论资源由两部分组成:一是以尼采和海德格尔为代表的德国人本主义;一是以巴歇拉尔和康吉汉为代表的法国科学主义。巴歇拉尔关于知识史的间断性、局部性、知识的深层结构科学哲学观,深刻地影响了福柯的哲学思想,并由此形成了福柯独特的知识观。这一知识观直接关涉到

---

① 李杨:《文学分期中的知识谱系学问题》,《文学评论》2003 年第 5 期。
② 汪民安、陈永国、马海良编:《福柯的面孔》,文化艺术出版社 2001 年版,第 74 页。

"人"的问题。从文学史研究的角度去接受福柯的"知识考古学"和"知识谱系学",对此不能不深加推究,否则贻害无穷。

"这个由某种话语实践按其规则构成的并为某门科学的建立所不可缺少的成分整体,尽管它们并不是必然会产生科学,我们可以称之为知识"①。从福柯这个粗放的"知识"定义中可以看到,知识形成于话语实践与某门科学的关系之中,知识是由话语所提供的使用和适应的可能性确定的,不具有话语实践的知识是不存在的。知识不仅为科学提供了对象,而且"知识,也是一个空间,在这个空间里,主体可以占一席之地,以便谈论它在自己的话语中所涉及的对象……;知识,还是一个陈述的并列和从属的范围,概念在这个范围中产生、消失、被使用和转换……"② 福柯认为,知识不只是被限定在论证中,它还可以被限定在故事、思考、叙述中,所以,他并不反对"知识考古学"可以向贯穿科学的文本那样,贯穿"文学"的文本或者"哲学"的文本。按照福柯的思路,只有文学史在这种"知识"的成分中找到自己分析的平衡点时,考古学才能在这种"知识"中找到自己的平衡点。其实,福柯在这里以其独特的方式提出了文学史研究和写作中的主体性问题。他认为:"考古学并不贯穿意识—知识—科学这条轴线(这条轴线不能摆脱主观性的指针),它贯穿话语实践—知识—科学这条轴线。"③ 通过福柯在这里描述的"轴线",不仅可以看到其理论追求,而且对于文学史研究也极富借鉴意义。但由于对"知识考古学""语境化"的处理,对"知识"的内涵不予深究,对"知识谱系学"亦只作"话语"—"权力"二元论的认识和运用,所以,始终没有能彻底摆脱旧有的思维习惯和研究惯性,从而也就轻松绕过了对于文学史和"知识考古学"都很重要的"主体"和"人"的问题。

受法国战后思潮的影响,福柯的思想经历了一个从"主体哲学"到"反主体哲学"最后到"回复'主体性'"这样一个类似否定之否定的过程。福柯的"考古学三部曲"就完成在"反主体哲学"阶段。驱除"主体性",追求科学和客观,成为这一时期福柯思想的原则和目标。在"知识考古学"

---

① [法]福柯:《知识考古学》,北京三联书店1998年版,第236页。
② 同上书,第236—237页。
③ 同上书,第237页。

中,他从"对象的形成"、"陈述方式的形成"、"概念的形成"和"策略的形成"四个层次出发,编织了一个整体性的网络,只有在这个相互制约的网络中,考古学的研究才能得以展开。他是这样描述这个网络的:"……这样确定的不同的层次不是互相独立的。我们已经指出:策略的选择并不直接从属于这样或那样的说话主体的世界观或者从首要利益中产生,而是因为策略选择的可能性本身是由概念作用中的分歧点确定的;我们还指出过,概念不在思想的近似的模糊的生动的基础上直接形成,而是以陈述之间的并存形式为出发点。至于陈述行为的方式,我们也已经看到,它们是以主体同它所言及的对象的范围相对而言所据的位置为基础来描述的。以这种方式,存在着一个从属垂直体系,即:所有主体的位置、所有陈述间并存的类型、所有话语的策略并不都是可能的,只有被前面的层次允许的那些才是可能的。……因此,层次在彼此之间不是自由的,也不是根据一种没有界限的自律性展开的,因为,从对象原初的区分到话语的策略的形成,存在着整套关系等级。"① 表面看来,福柯在这里描述的是四个层次关系之间的整体性,实际上他是在思考在知识考古学研究中"主体"可能的侧身之所和介入的条件。在他的描述中,"对象的形成"、"陈述方式的形成"、"概念的形成"和"策略的形成"四者之间的关系带有某种有机性和自生成性,"主体"在此虽然尚存一席之地,但已近于一个被抽空的概念。这一描述也充分反映了他这一时期的理论追求。可以说,这里的描述是福柯版本的"科学"与"客观"的"神话"(这正是知识考古学的诱人之处)。而这一"神话"又是奠基在其特有的知识观之上的。这一知识观对于我们来说是陌生的,如果不进行深入细致的辨析,略过"知识"这一环节,文学史的考古学、谱系学研究只能是"换汤不换药",使之流于无所不能的"万能膏"。

　　虽然我们现在很难为文学确定一个明晰的为人们普遍接受的定义,但是从最低可通约的角度考虑,"文学是人学"这一命题还是差强人意的。它虽然宽泛,有欠精确,但最起码为我们的研究确定了一个对象,也为文学史研究从远处确定了一个界标。福柯的"人文科学考古学"恰恰在"人"的问题

---

① ［法］福柯:《知识考古学》,北京三联书店 1998 年版,第 91—92 页。

上,给了文学乃至文学史研究以重重的一击。"人将被抹去,如同大海边沙地上的一张脸。"① 正是基于这样的认识,福柯在《语言,反记忆,实践》中强调指出:"文学已经绝迹。"② 不管人们对福柯所宣称的"人的死"作何解释,我们也没有必要对他的惊人之语发生太大的兴趣,应该感兴趣的是他得出这一结论的思路。因为,"人"不仅是在"知识"中诞生的,同时,作为历史中的"知识"事件,作为人类知识谱系中的一个褶皱,由于"知识之基本排列发生变化的结果"③,人也在"知识"中死去。虽然西欧的"人",在"知识"中死去,无碍于对中国当代文学做"知识考古学"和"知识谱系学"研究,但按福柯的思路,中国的"人"要么尚未进入其"知识"的视野,要么它已经死去。无论哪一种结果,都会使"知识考古学"和"知识谱系学"与中国当代文学的历史研究的融通大打折扣。其实,这反倒提醒我们,"知识考古学"与"知识谱系学"在应用于文学史研究时,有其特殊的困难,我们必须加以正视。

三、文学史:可思的、可写的与可读的

综合相关文章的观点,我们可以看到,提倡者认为,"知识考古学"和"知识谱系学"可以使文学史研究有以下三个方面的突破:一是通过"语境化","将拆解那个已经进入我们潜意识的、其实完全受控于当下价值标准的文学/非文学的二元对立认知方式"④;二是关注"他者",质疑"减法"历史,解放受到压抑的历史知识,在此基础上,寻求对历史做其他解释的可能;三是可以获得一种比较客观的对文学史思考和写作的态度,对历史叙事的后设性形成清醒的自觉和反省。并提出"尝试以'知识考古学'作为当代文学史的一种写作方式"⑤。对此笔者不敢苟同。

对于第一个方面,我们前文已做过分析,"语境"对于"知识考古学"来说是一个危险的概念,并已指出"文本的语境化"与"语境的文本化"对

---

① [法]福柯:《词与物——人文科学考古学》,上海三联书店 2001 年版,第 506 页。

② 汪民安、陈永国、马海良编:《福柯的面孔》,文化艺术出版社 2001 年版,第 111 页。

③ [法]福柯:《词与物——人文科学考古学》,上海三联书店 2001 年版,第 506 页。

④ 李杨:《当代文学史写作:原则、方法与可能性》,《文学评论》2000 年第 3 期。

⑤ 同上。

于文学史研究的潜在威胁。

至于第二个方面,则要做具体分析。呼唤那些按传统的历史观念被遗弃的边角余料,将他们重新置入历史,从而获得对历史进行其他解释的可能,并认为"福柯的知识谱系学质疑的正是这种不断做'减法'的历史"[1]。不可否认,无论是在"知识考古学"还是在"知识谱系学"中,福柯都非常重视"他者"、"差异性"、"边缘"和"卑微现象"(如癫狂、犯罪、性倒错等),这是他一贯的学术品格。因为在它们身上的确存在着某种颠覆的力量,正如他自己所殷切希望的,"自己的著作是各种解剖刀、燃烧瓶、布雷场,或者类似爆竹燃烧后会爆炸的东西"[2]。但是,无论是在其他的历史,还是在文学史的修撰与写作中,我们绝不能为了颠覆而颠覆,特别是在具体的文学史写作中,"他者"不可能全部出场,否则,文学史就会在写作中"涨爆",落得"碎片"满地,"他者"的"遗骸"堆积如山。这也正是福柯所反对的,并认为这样的文学史只能是"小道传闻史,街头作品史,由于它消失极快,所以从未取得作品的头衔:例如,次文学的、年鉴的、杂志和报刊的、瞬间的成功和不入流作者的分析"[3]。所以,我们必须寻找到"加法"与"减法"之间的平衡,寻找到某种限度,使文学史写作本身成为可能。当然,这样的平衡和限度,终不能摆脱写作者本身所生存的特定社会的权力场域的制约和影响,这就是历史写作自身的"悖论"。

对于第三方面,笔者认为最值得推敲。以"知识考古学"作为文学史的写作方式,无论是从理论还是从实际操作看,都存在一系列问题有待解决。福柯对"话语实践理论"的阐释,对"陈述"的分析,以及在"知识谱系学"中对"知识—权力"理论的阐述,使我们看到,其理论线索旁逸侧出,不可能在像"文学史"这样的学科中,严格地彻底地加以操作。正如有的福柯研究者所认识的那样,"它(知识考古学)不会用一系列的规定来限制单一的作品或作家,它不会满足于我们认为是一门学科或一门科学的普通限定。相反,它会将话语和时间强行重组成'一个崭新的,偶尔会出乎人们意外的统

① 李杨:《文学分期中的知识谱系学问题》,《文学评论》2003 年第 5 期。
② 莫伟民:《主体的命运》,上海三联书店 1996 年版,第 1 页。
③ [法]福柯:《知识考古学》,北京三联书店 1998 年版,第 174—175 页。

一体'"①。福柯著作本身也说明了这一问题。《诊所的诞生:医学知觉考古学》《词与物:人文科学考古学》《知识考古学》被称为福柯考古学三部曲。其中《知识考古学》是对以前知识考古学实践的理论总结和调整,而前两者都是那种"出乎人们意外的"新的统一体。尤其是在其代表作《词与物:人文科学考古学》中,福柯想阐述的是表面上互不关联的自然史、经济学和语法各学科之间存在着共同的构成规则。文学在其中只能作为构成因素,而不是主导因素。

　　笔者认为对文学史的研究和对可能的写作方式的探索,应从可思的、可写的和可读的三个层面加以把握。否则,由于缺少实际的可操作的纬度,就会使研究者的努力成为没有着落的玄想,同时还有可能使文学史成为研究者众声喧哗的"市场"。笔者在这里提出的文学史研究与写作的三个层面,没有巴特对文学文本"可读的"和"可写的"的划分那样玄奥,只是从对文学史写作具体的可操作性出发的一种朴素划分。所谓"可思的"是指对尚未明确而有待进一步研究的文学史问题的探讨,以及对富有实验意义的文学史写作方法的探索。这一层面应与教科书写作拉开一定的距离。主张在文学史研究和写作中运用"知识考古学"和"知识谱系学"的方法应该属于这一层面。所谓"可写的"强调的是较为成熟的具体的文学史修撰。它不必纠缠于许多尚未明确的有争议的局部问题,不管是教科书还是非教科书文学史的修撰,都必须拥有较为成熟的、完善的、可操作的修撰原则和策略。与"可写的"紧密相关的是"可读的",写就意味着读,它强调的是文学史研究和写作中明确的读者定位。对每一次具体的文学史修撰而言,"可读的"层面都是不可缺少的外部结构力量,它影响着文学史修撰行为的各个方面。这三者之间的关系是动态的、可转化的。如果我们对这三个层面有较为明晰的认识,就可以减少许多不必要的分歧和误解。这样,文学史研究和修撰对于我们来说就不仅仅是一种面对"思"的事情,同时还是面对"写"和"读"的事情。

（原载《天津社会科学》2005 年第 1 期）

---

① 汪民安、陈永国、马海良编:《福柯的面孔》,文化艺术出版社 2001 年版,第 207 页。

"民间"的浪漫传奇

——兼论文学史修撰中的叙事问题

历史（History）是故事（Story）。不管是他的（His）历史，还是她的（Her）历史，或者是文学的历史，只要结为文本，就不可避免的沦为一个故事。正如克罗齐所言："没有叙事，就没有历史。"凡试图以历史话语对人类发展的某一阶段作综合的、整体的把握，一种叙事与修辞的冲动就会进入历史叙事的文本之中。过去，我们更多的是把历史叙事当作是要去描写的一组历史事件的"镜像"。随着话语意识的增强，人们看到任何历史叙事都同时具有两个指向的符号系统，一方面指向历史话语刻意描写的一组"事件"，它构成了历史叙事的再现层面；另一方面指向某种故事类型，为了揭示历史的结构和连贯性，叙事者往往在无形中把那组"事件"故事化。这一指向构成了历史叙事的表达层面。

陈思和主编的《中国当代文学史教程》（以下简称《教程》）是提出"重写文学史"以来写得比较成功的一部当代文学史。其成功之处在于，它为我们提供了一种"想象"中国当代文学史的方式。本文以《教程》为个案，探讨在文学史修撰中存在的叙事问题，并通过对《教程》的情节线索、情节模式和叙事策略的分析，来揭示"民间"概念的意识形态内涵。

一、知识分子悲剧与“民间”传奇的纠缠

陈思和提出的“民间”的概念,贯穿《教程》始终。对于“民间”,他在论述知识分子对它的认识过程时,曾经有过一个形象的比喻,“然而,这次不同了,战争唤起了民众的力量,知识分子不但清楚的感觉到了那个庞然大物蠢蠢欲动的喘息、炽热的体温和强烈的脉搏,而且分明意识到它背后一片尚未可知的世界”[①]。细读《教程》,在其叙事的表达层面上,讲述的就是这个“庞然大物”的故事,这个“庞然大物”的浪漫传奇。

虽然就整体而言,《教程》是一部以文学作品解读为主的文学史,但什么样的作品能够作为情节的构成因素进入文学史叙事,取决于叙事本身的情节线索。在叙事的开端,恰恰需要交代线索,选取人物、角色,设置故事的整体格调。《教程》在叙事表达层面的运作,决定了其再现层面的整体格局。这也是历史叙事不同于“编年史”之处。“编年史”按着自然时间流程安排“事件”,而历史叙事则要把那些事件转换成一个“景观”或发生过程的诸要素,“一般而言,这个景观或过程具有一个可变的开头、中间和结尾。把编年史变成故事的这种改造是通过对编年史的事件加以描写而实现的,有些是根据初始动机,有些是根据终极动机,还有些是根据过渡性动机加以描写的”[②]。

通观《教程》不难发现,知识分子的悲剧命运和“民间”这一“庞然大物”传奇经历,构成了并行其间、最终走向合流的情节主线。明乎此,就能够理解为什么胡风和沈从文被摄入当代文学史的开端。胡风的《时间开始了》,似寓言一般触发了当代文学史的开端。虽然该诗存在着诸多不足,但作为开端,它具有出人意表的修辞效果。作为当代中国文学史最大历史冤案的受害人,他在诗中越是以胜利者自居,越是真诚的表达对毛泽东的亲近和钦佩乃至狂热的崇拜,叙事的反讽效果越是强烈,这个“典型”人物身上所

---

① 陈思和:《民间的沉浮:从抗战到“文革”文学史的一个解释》,《陈思和自选集》,广西师范大学出版社1997年版,第201页。

② [美]海登·怀特:《后现代历史叙事学》,中国社会科学出版社2003年版,第374页。

凝聚的悲剧色彩越是浓厚。这样,贯穿全书的知识分子悲剧命运这条线索的基色就被设定了。同样,沈从文也是这样一个肩负着叙事功能的角色。而《教程》对这种叙事功能的揭示,是通过对《五月卅下十点北平宿舍》这篇手记的解读完成的。文本诠释具有多样可能性,陈思和所以回避这篇手记与《边城》的互文性,执意阐发"民间"作为"道路"的暗示性,就是因为从历史叙事的角度,他让这一角色承担了多方面的叙事功能:一是沈从文身上隐含了知识分子归于"民间"得到拯救的"神话",为两条情节主线的合流埋下伏笔;二是沈从文是陈思和所提出的"民间岗位意识"的典范,从而揭示了民间历史叙事的伦理纬度;三是这篇手记"应该是这股潜在写作之流的滥觞"①。这样,当代文学史中,陈思和强调的"潜在写作"现象,在历史叙事的开端就有了明确的交代。可以说,从这两个人物的设置上,我们见到了叙事者鲜明的"初始动机"。

站在当代文学史开端的还有巴金,这一点也许没有引起人们的注意。所以将巴金摆放其间,是因为在他身上潜藏着陈思和当代文学历史叙事的意识形态功能,在后面对"民间"的意识形态分析中,我们还要作具体论述。

"序幕"如此,被陈思和称为"本世纪文学舞台上的一道庄严神圣的落幕"②的结尾也同样如此。陈思和在绪论中谈到90年代文学时指出:"在材料的安排上,80年代末和90年代初的作品也有不少互用现象。这是因为90年代文学作为一个新的文学阶段的特征尚未完备,如果说,80时年代是一个在文化上拨乱反正的过渡时代,90年代才渐渐显示出新的文化活力和特点。"③这样的解释显然不够充分,甚至不构成因果关系。这里的真正原因是,依据传统的叙事—阅读心理,通过材料的重新整合、编排,要为《教程》营造一个完整而富有意义的结尾。依自然时间顺序撰写的编年史"事件"(这里指一种理想状态),本无所谓"庄严神圣",一旦对历史进行"诗意"把握的"终极动机"进入历史叙事,"意义"就会在材料的互用中自然生成。这样,也就不难理解,为什么海子这个80年代末就已死去的诗人,能

---

①　陈思和:《中国当代文学史教程》,复旦大学出版社1999年版,第30页。
②　同上书,第13页。
③　同上书,第11页。

够在当代文学历史叙事终结处出现。因为"他早期的抒情短诗更加体现出
对民间理想的追求"①。这位被认为是"为诗歌殉葬"的诗人,能够"点缀"
历史落幕时刻的"庄严神圣",能够说明知识分子追求的"理想"在"民间"
的重新绽放。这样,在精神层面上,知识分子悲剧命运与"民间"传奇的合
流,不但合规律而且合目的。同样道理,曾撑起精神旗帜的小说家张承志被
"滞后"处理,《教程》选取 1985 发表的短篇小说《残月》,通过杨三老汉
这一普通回民,不但挖掘出人的潜在的精神能量,而且阐明"民间"将成为
精神"最终的寄寓地"。

在《教程》文学史叙事的终结处最引人注目的是张炜。他的长篇小说
《九月寓言》被称为"20 世纪中国文学的殿军之作",原因是"它所描写的
一组发生在田野里的故事,具有极其浓厚的民间色彩"②。它"通过对大地之
母的衷心赞美和徜徉在民间生活之流的纯美态度,表达出一种与生活大地血
脉相通的、因而是元气充沛的文化精神"③。《教程》非常强调小说中的这段
文本:

> 无边的绿蔓呼呼的燃烧起来,大地成了一片火海,一匹健壮的宝驹
> 甩动鬃毛,声声嘶鸣。尥起长脚在火海里奔驰。它的毛色与大火的颜色
> 一样,与早晨的太阳也一样。"天哩,一个……精灵!"

就文本构成而言,这段文字不仅仅是一段引文,它是《教程》叙事文本重要
的构成部分。其意义不仅在于这是一段诗意盎然,元气淋漓,境界纯美的
"寓言"。就像人们不禁想起的《凤凰涅槃》一样,它以隐喻的方式,书写了
世纪之交知识分子在"民间"大地上的涅槃"神话"。知识分子悲剧命运与
"民间"传奇这两条情节线索,在一片"庄严神圣"的"神话"气氛中水乳
交融,"精英"最终在"民间"蜕变为"精灵"。

---

① 陈思和:《中国当代文学史教程》,复旦大学出版社 1999 年版,第 365 页。
② 同上书,第 374 页。
③ 同上书,第 367 页。

二、"民间"传奇叙事的情节模式

就文学史修撰而言,依照不同的目的,叙事可以被用来描写一个环境,分析一个历史进程,还可以用来讲述一个故事。一般而言,历史叙事往往在再现和讲故事的表达两个层面上同时运行,而历史事件一旦进入表达层面,它就会被还原为某些"想象"话语中常见的情节模式,例如诗史的、民间故事的、神话的、传奇的、悲剧的、喜剧的等等。

那么,在具体的历史或文学史叙事中,情节模式究竟是由什么因素决定的? 海登·怀特在论述历史叙事的句法规则和策略时认为,历史不仅是关于"事件"的,"而且也关于这些事件的关系网。关系网并不直接存在于事件中;它存在于历史学家反思事件的脑海里。它以历史学家所处的文化中的神话、语言、民间故事、科学知识、宗教、文学艺术中所承认的关系模式而存在。"① 简言之,历史叙事的情节模式是由叙事者所侧身其间的文化决定的。

从前面的分析可以看到,《教程》对当代文学史的叙述,也是在再现和表达两个层面上进行的。就叙事的表达层而言,所以将两条情节线索分别称之为悲剧和传奇,一方面是由特定历史时期所允许的叙事策略,不同的叙事视点决定的;另一方面,是由叙事者的文学经验,对当代文学史的理解,特别是为"民间"书写浪漫传奇的叙事目的决定的。在此基础上,我们就能够总结出《教程》的两个基本情节模式。一个是对应于"民间文化形态"的"转机"模式;一个是对应于"民间隐形结构"的"寄生"模式。前者是主导模式,它是连通悲剧和传奇的关键,后者则是辅助性的。

"转机"模式:这一模式的在叙事中表现为,随着某个叙事符号的出现,主人公的命运会发生根本转变,它是构成传奇叙事最为本质的原因。在《教程》中,"民间"和"大地"无疑就是这样的叙事符号。《教程》对沈从文命运的叙述,就显示了这一模式的威力。虽然相对于胡风他当时的境遇更为艰难,但是由于他本能地发现了"民间",不但命运得到拯救,还成就了自己的一番事

① ［美］海登·怀特:《作为文学虚构的历史本文》,《新历史主义与文学批评》,张京媛译,北京大学出版社1993年版。

业。"转机"另一方面的表现是,作家只要能深入"民间",不管是"乡村民间"还是"都市民间",他的创作就会得到升华。"其他如莫言、王安忆、李锐、韩少功、陈忠实等作家所表达的民间理想均不相同,但由于他们自觉地把个人立场与民间立场很好地结合起来,所以能在个人视角下展示出多元的社会场景和价值体系。他们的创作达到90年代文学的最高成就。"① 这段文字典型地表现了这种"转机"的传奇性。② 用"民间"和"大地"作为产生转机的叙事符号,是由它们在人们的文化"想象"中,身上所凝聚的力量决定的。研究者对民间文化形态的"藏污纳垢"有不同的理解,但它不可否定的积极意义在于,土地中的污垢是培植"原始生命力"的腐殖质。大地一片纯净,"原始生命力"必然枯萎。是土地中的"营养"使知识分子的命运得到"转机"。

"转机"模式还揭示了民间文化形态的大地性。郜元宝在对比意识形态和民间世界时就触及了这一点。"比起意识形态的流行性、悬浮性、聒噪性,民间世界就显得永恒、沉稳和缄默。意识形态是呼啸而过却不知止于何处的风,民间则是万古无言却始终在场的大地。"③ 陈思和在与人讨论张炜创作时也指出了这一点。"在《九月寓言》里,大地的象有了完整的文化依托,也就是我所指的民间文化形态。民间是一个含混丰富的概念,包含了许多内容,大地的概念自然有其本然的意义,但在这部小说里它与民间的概念有了某种契合,这契合处就是人不是在政治平面上行走,也不是在文化平面上行走,而是在大地上行走的。"④ 不过,陈思和更为看重自己提出的"民间文化形态"。土地几乎在任何话语形式中,都是作为"诗意"的形象出现的。就文学创作而言,大地是民间的基本意象。它沉默无言却又孕育着世间所有的语言。"民间"从大地中涌出,又复归于大地。"民间"的文学是大地深处的声音。接近大地意味着获得生命的滋养,获得飞腾的想象,获得对生命最本真的把握。文学史叙事中,"转机"的力量便来源于此。大地"神话"普遍存于世界各民族文化之中,古希腊神话大地之子安泰的故事就是如此,只要他脚踩大地,就力大无穷,不可战胜,除非你将他凌空拔起。《教程》中"转机"模式虽然复杂,就形式而言,与安

① 陈思和:《中国当代文学史教程》,复旦大学出版社 1999 年版,第 367 页。

② 同上书,第 207 页。

③ 郜元宝:《中国当代文学中的民间和大地》,《文学世界》1995 年第 1 期。

④ 陈思和、张新颖、王光东:《张炜:民间的天地带来了什么》,《文艺争鸣》1996 年第 6 期。

泰神话同构。它使《教程》书写的"民间"传奇,获得了最基本的叙事驱动力。

"寄生"模式:这一情节模式在传奇叙事中是表现叙事中角色生命力顽强的一种重要模式,它往往以寄生于"对手"身上的方式来实现。这种模式主要对应于陈思和提出的"民间隐形结构"。在《教程》中,这一模式更多是在文本诠释层面上产生的。正如陈思和所言,民间隐形结构"往往由两个文本结构所构成——显形文本结构和隐形文本结构。显形文本结构通常由国家意志下的时代共名所决定,而隐形文本结构则受民间文化形态的制约,决定着作品的艺术立场和趣味"①。他更多的是从积极意义上肯定这一文本现象。"民间"生命力之强大,即使在极端压抑状态下,它也能无孔不入,甚至转化为一种形式"寄生"下来。但是,如果我们从"文本的历史性"出发,这一模式是不能进入到作者意愿层面的。所以强调它的寄生性,就在于这一模式往往以"寓教于乐"的形式达成与国家意志的共谋。

当然,一个复杂的文学史叙事,其情节模式也不是单一的。例如,《教程》除上述两种模式之外,还有"隐身"模式,篇幅所限,不再作具体论述。

三

一种历史叙事的意识形态纬度,反映了历史学家就历史知识的性质问题所进行的伦理思考,同时还包括渗透在历史研究中的当下之思。"所谓'意识形态',我指的是为在现在的社会实践世界中采取某种立场并按照这个立场行事(要么改造世界,要么维持它的现状)所需要的一套规定;这些规定伴随着声称'科学'或'现实主义'之权威性的论证。"②在一个具体的历史叙事中,叙事者经常对他们所论的事件进行情节建构,并且,必然选取其自身文化能够承认的情节模式进行建构,或神话或传奇,或悲剧或喜剧。既然文学史事件是经过"研究"才进入历史记录的,那么,文学史的叙事者就有在文化提供的情节模式中进行选择的自由,并通过这些情节模式赋予事件以

---

①　陈思和:《中国当代文学史教程》,复旦大学出版社1999年版,第13页。
②　[美]海登·怀特:《作为文学虚构的历史本文》,《新历史主义与文学批评》,张京媛译,北京大学出版社1993年版,第393页。

不同的比喻意义。叙事者可以讲述关于同一组事件的许多不同的故事,而不违反叙事再现层面上的真实性标准。所以,面对同样的一段中国当代文学史,有的人可能把它想象为建构为诗史,有的还可以目之为闹剧。当然,《教程》讲述的是传奇。正是在这里,在把特定的情节模式投射到特定系列的文学史事件和文本时,出现了文学史叙事的意识形态本质问题。也就是说,这里对文学史叙事的意识形态分析,必须建立在叙事的表达层面上,而非再现层面上。从中我们能够看到中国知识分子"寄托"传统的本来面目。

那么,《教程》书写的"民间"传奇,表达了叙事者怎样的伦理思考呢?"民间"传奇的意识形态内涵究竟是什么?这当然要从"民间"概念的产生背景说起。

"民间"概念的产生具有双重背景。

一方面,它是陈思和学术思考的产物。他认为在当代文学史上,沉默的"民间"是由战争激活的。"战争给了民间文化蓬勃发展的机会。"[①] 这一学理背景最容易引起人们注意。另一方面,就是陈思和"民间"概念产生的时代背景。80 年代末 90 年代初知识分子共同面临着角色认同的危机,这是他们在进行任何学术思考时谁都迈不过去的"门槛"。一方面,他们要重新思考自己的生存策略;另一方面,"不平则鸣"的士人传统,决定了他们总是要以自己的方式去寻着"理想"的栖息地,"精神"的避难所。1991 年,陈平原出版了《千古文人侠客梦》,一本在他的学术生涯中很突兀的书。行文中间,陈平原不时表现出对古人畅快的"仗剑行侠"人生境界的追慕,哀叹当今人们徒能"坐而论侠"。如果说在当时的境况下,陈平原发现了"江湖",那么,陈思和则发现了"民间"。在面对过去的学术思考中,寄托当下之思,是中国知识分子旧有的传统。正是基于生存焦虑的当下之思,使得"民间"凸现在陈思和的学术视野中。其实,这是中国传统知识分子的一种本能反应,过去曰"山林"、"田园"、"江湖",现在叫"民间"。它们被士人想象为理想的自由之地,精神的寄寓之所,生命的逍遥之乡。虽然践行者少,吟诵者多,但在他们对自己进行人格虚构时,这些接近大地的精神意象从未缺场。

---

① 陈思和:《民间的沉浮:从抗战到"文革"文学史的一个解释》,《陈思和自选集》,广西师范大学出版社 1997 年版,第 201 页。

　　90年代,陈思和积极参与发起了关于人文精神的讨论。就本质而言,这次讨论是知识分子出现角色认同危机之后,所进行的关于"我们能做什么?""我们怎样做?"的伦理思考。与王晓明呼喊"敢死队"的激进态度不同,陈思和却选择了"民间"的坚守,他称之为民间岗位意识。他认为:"作为群体的知识分子应该在民间找到自己的工作岗位,通过自己的渠道来传达人文理想的声音。"① 所以,他非常强调学统,强调"守先待后","续命河汾"。②

　　经由90年代的社会转型,学术视野的调整。在《教程》中,"民间"从知识分子的生存策略转换为文学史的叙事策略,在叙事的表达层面上表现出来。前面的分析明确了陈思和的伦理思考,那么,它的意识形态内涵又是什么呢? 这一点,我们得从《教程》文学史叙事的情节模式选择中见出。

　　在文学史叙事中,我们通过其所讲故事的种类,来理解它的意义。故事的种类是由叙事者对情节进行编排,以及他投射于其中的情节模式决定的。在叙事过程中,如果叙事者提供的是悲剧的情节模式,他便以一种方式"解释"这个故事;如果他把故事建构成传奇,他便以另一种方式进行了解释。情节编排是把一系列历史事件编成一个故事,通过逐渐展开而使其成为一个特殊类型的故事。正是在具体类型的故事所包含的"解释"中,意识形态义素便自然流露出来。

　　通观"教程",它所演绎的知识分子悲剧和"民间"的浪漫传奇,参考陈思和对"民间"所作的理论阐发,我们就会发现,《教程》所反映的意识形态内涵是:无政府主义与保守主义的混合。当然,我们并不是在这里说陈思和是一个无政府主义者或保守主义者,我们是说,《教程》所选取的情节模式,对历史事件和文本所作的情节编排,以及在想象的潜在动机中,隐含了这种倾向和因素。这样的解释是不能与现实对照凿实的,否则,极易产生一种"反讽"。如果那样,也就意味着,剥夺了知识分子进行伦理思考最基本的空间。对于中国当代知识分子,无政府主义、保守主义、激进主义或自由主义都是比较敏感的字眼。在学理的层面上,这些意识形态立场应该被理解为,对维护或改变社

---

　　①　许纪霖、陈思和、蔡翔、郜元宝:《人文精神寻思录之三:道统学统与政统》,《文艺理论》1994年第5期。

　　②　隋代大儒王通隐居河汾讲学,守先待后,使传统文化如汾水之流从自己身上流淌过去,发扬光大。参见陈思和:《知识分子的民间岗位》,《天涯》1998年第1期。

会现状之可行性所持的不同概念；对改变社会现状的取向和促成这种改变所用的手段的不同构想。只有这样，以学理的客观追求消解意识形态话语本身所隐含的现实压力，我们对历史叙事中意识形态内涵的分析才会更为从容。

将《教程》所反映的意识形态内涵概括为无政府主义与保守主义的混合，主要基于两方面的原因：

首先，无论是"民间"概念本身，还是传奇的叙事模式，都与无政府主义有着天然的亲和性。"民间"无论是作为文化形态，还是作为价值立场，都表现为对主流意识形态的拒绝与排斥。它所具有的边缘性、自由性和"藏污纳垢"无不显示出与主流意识形态的格格不入。而传奇的叙事模式，在本质上表现为一种自我认同。传奇中的主人公通过对经验世界的超越、战胜和最终从这个世界的解放，象征性达成自我认同的本质。它是善战胜恶、美德战胜罪恶、光明战胜黑暗等虚构与想象的形式化，人最终超越了他由于堕落而被囚于其中的世界。无论是拒绝还是解放，都表现为通过否定主流意识形态的方式达成自己的意识形态功能，而这正是无政府主义的本质规定性。

其次，陈思和通过对中国现代无政府主义历史的考察，为其接续了"民间岗位意识"的血脉，从而也就找到了无政府主义与保守主义连通的现实基础。他在《巴金的意义》一文中认为："无政府主义是一种思想上的乌托邦，任何乌托邦的最终目的都是不能转化为具体政治行动的，正因为它无法实现，所以只能通过其精神力量融化到人们的具体日常性的伦理行为中，在人生的岗位上，点点滴滴的发挥着作用。"[①] 陈思和是巴金研究专家，巴金又是20世纪中国文学史上无政府主义的代表。陈思和这样的理论转换，显然是基于当代知识分子价值立场的思考。一方面显示了在"民间"无政府主义作为一种边缘意识形态存在的现实性；另一方面，也为他所宣扬的"民间理想主义"找到了精神上的"父亲"。这也就让我们明白了前面留下的问题，在第一章中，巴金与胡风、沈从文一起，作为《教程》文学史叙事开端的主要人物，承担着重要的功能——昭示着《教程》"民间"传奇的意识形态之维。

---

① 陈思和：《巴金的意义》，《谈虎谈兔》，广西师范大学出版社 2001 年版，第 311 页。

现代文学史观的"盛世"忧思

　　20世纪90年代初,《中国现代文学研究丛刊》曾搞过一次问卷调查,就文学史观问题,向有文学史修撰经验的研究者,从七个方面征求看法和意见。俞元桂、黄修己、吴福辉、朱德发、殷国明、张中良等多位学者撰文答复,文章分载于该刊1991年第2、3期及以后几期。如就影响看,这次活动无法与"重写文学史"相比,但此次问卷比较全面地反映了当时研究界在文学史观问题上的认知水平。二十年过去了,其间大家通过论坛、专栏、会议、对话等多种方式,不厌其烦地谈论着各自的文学史观,进化论、阶级论受到批判,启蒙主义文学史观,人道主义文学史观,以"民间"为核心概念的文学史观,以"现代性"为纲领的文学史观,以及"大文学史观"等等,纷纷出笼。正是在各种史观指导下,现代文学收获了一大批文学史和文学史研究著作。不可否认的是,虽然水平不一,类型不同(教材型或学术型),这批成果整体水平较80年代已有很大提高,其中一些精品肯定可以传世。然而,考察近年几种有影响的现代文学史观,我们会发现一种盛世心态悄然兴起,这不仅使研究者的文学史观发生了微妙的变化,并且影响了他们的文学史修撰。

　　黄修己先生曾感慨中国现代文学研究的"势大于人"[①],作为社会存在,研究者受时世影响,直接或间接地影响自己的历史观,本"势"所必然,然

---

　　① 　黄修己:《中国现代文学研究的"势大于人"》,《东方文化》2003年第1期。

而，"盛世心态"影响文学史观的后果，还是不免让人担忧。下文以朱德发先生的"现代中国文学史"史观为主，结合其他几种流行史观，略作探析。

一

朱德发先生是一位令人尊敬的文学史家，他于学术上所表现出的执著与孤往精神，笔者深为感佩。80年代初，朱先生与许志英先生力辟俗说，重释五四传统，为现代文学史研究打开了新的局面。长期以来，朱先生对文学史观问题进行着系统思考，接连撰文，详加阐发。系统阅读朱先生文章，我们不难发现朱先生在的思想进路和发展变化。1991年，朱先生答复《丛刊》问卷时主张一种"全方位的文学史观"，强调综合分析，力求文学史"骨架清晰而健全"，"筋络血肉丰满"①；1993年，朱先生凸显其原有史观中的人文线索，强调文学史研究的特殊规律，从"人的发现"、"情的发现"、"美的发现"、"规律的发现"四方面，主张一种人本主义的文学史观②。对于朱先生的人本主义文学史观，当时有学者从理论上提出质疑，称朱先生"将文学史研究的材料与文学史研究的对象这两个不同的概念混为一谈"；这样，"人本主义文学史一开始便是陷阱中的舞蹈"③。在理论上，文学史观易破难立，只破不立的结果只能落得"历史如烟"。好在朱先生始终坚持己见，肯定文学史书写从"政治型"向"人本型"转换所带来的突破和创新。④

然而，面对质疑，朱先生并非心无所动，进入新世纪后，对人本主义文学史观进行升级。2002年，他提出了"现代国家文学史观"，力推"现代中国文学史"⑤，并就其学科基本特征、价值评估体系进行了深入探讨。朱先生所谓"现代国家文学史观"是指以现代民族国家观念为基础，"在现代民族国家发生的所有文学现象、生成的所有文学形态、出现的所有文学运动和文学

① 朱德发：《一份"文学史观讨论"的答卷》，《中国现代文学研究丛刊》1991年第3期。

② 朱德发：《评判与建构——新文学史研究主体思维的沉思》，《文学评论》1993年第1期。

③ 葛红兵：《人本主义文学史观质疑——与朱德发先生商兑》，《中国现代文学研究丛刊》1996年第1期。

④ 朱德发：《中国现代文学史向人本型转换的探索过程》，《山东社会科学》2010年第3期。

⑤ 朱德发：《重建现代中国文学史学科意识》，《福建论坛》2002年第2期。

思潮流派都是属于国家的、民族的,而不是某个阶级、某个社团和某个党派的"①。朱先生以"中国新文学"为主体,用三个"所有",将"中国通俗文学"、"少数民族文学"、"台港澳文学"、"传统体式文学"、"民间文学"一网打尽;并强调现代中国文学肇始于晚清,是一个"上可封顶下不封底"②的文学史学科,向后可以无限延长;此学科的基本特征是:"整体性,即展示现代中国文学的总体面貌;贯通性,它既能打通近代、现代和当代的文学,又能联通古今中外的文学;兼容性,即它可以将现代中国生成的所有文学兼容并包之;异同性,它能理出各种形态文学的差异性又能从差异互见中摸清其联系性和趋同性,使书写的现代中国文学史呈现出多元性与严整性相统一的格局。"③

2008 年,朱先生在《中国社会科学》发表长文《现代中国文学史重构的价值评估体系》,将原本秉持的人本主义文学史观和"现代国家文学史观"结合起来,全面描述了自己的 21 世纪文学史体系。他所描述的"现代中国文学史"研究或书写的客体对象,远远突破"中国现代文学史"的时空范畴,"在长度上它也超过百年甚至会绵延不绝,在宽度上它囊括了现代中国生成或传播的所有文学样态,在高度上它以平视的眼光鸟瞰所有的文学形态,抹平了汉族文学与各少数民族文学、贵族文学与平民文学、雅文学与俗文学的界限"④。同时,朱先生还确立了"一原则三亮点"的价值评估体系:"一原则"是指以"人道主义"作为评价现代中国文学的最高原则,这是由文学的人学本质决定的。由此,"新民文学"、"国民文学"、"民族文学"、"人民文学"、回族文学、维族文学、藏族文学、蒙族文学、"无产阶级文学"、"资产阶级文学"、"工农兵文学"或"封资修文学"、"文革文学"等等,均被网罗殆尽。因为"除了其现代民族国家观念或阶级斗争意识的政治修辞,它们都不同程度地显出'以人为本'的'人的文学'形态"⑤;"三亮点"是指真、善、美。因为"人的真、善、美的终极关怀源于人道主义的最高原则,而人的一切真、善、美之追求则是为了彻底落实人道主义原则。所以,对现代中国

①　朱德发:《关于文学史观的建构——答〈东方论坛〉编者问》,《东方论坛》2009 年第 1 期。
②　朱德发:《重建现代中国文学史学科意识》,《福建论坛》2002 年第 2 期。
③　朱德发:《"现代中国文学史"学科的四个基本特征》,《河北学刊》2008 年第 6 期。
④　朱德发:《现代文学史重构的价值评估体系》,《中国社会科学》2008 年第 6 期。
⑤　同上。

各样态'人的文学'以人道主义标准进行价值评估后,必须以真、善、美的价值尺度进行具体考评,尤其对'美'更应多加注意,因为它对文学至关重要"①。

我想,这样的文学史体系,非"大"字无以尽之。

二

从当下诸家文学史构想所反映的文学史观看,"大"已成为潮流。朱先生以"现代国家文学史观"为基础打造的"现代中国文学史",只是其中的一个显例。

在文学史观的"大"潮中,丁帆先生的思考也十分引人瞩目。丁帆先生在文学史价值观问题上一向态度鲜明,坚持"启蒙主义"价值立场,认为在中国现代文学的治史观念和原则中,"人、人性和人道主义的历史内涵是其评价体系的核心;审美的和表现的工具层面是其评价体系的第二原则"②。在这一点上,丁帆先生的思考与朱德发先生相近,无独有偶,丁帆先生近来也在提倡一种"大文学史观"。他针对当下中国现代文学史者"几乎把所有的目光凝眸定格在文学史的边缘史料发掘和一些原来不居中心的作家作品翻案工作上"的趋势和现象,针对中国当代文学史(1949—2009)研究所面临的"价值混乱",呼唤"用'大文学史'和'大文学史观',用一个中国现代文学的整体观来进行百年文学史的整合"③。并认为这是我们"刻不容缓的历史使命与任务",这才是文学史研究"最大的创新"。不难看出,丁帆先生提倡"大文学史观",目的在求"通",求"整",重塑中国现、当代文学史研究的学科格局。

近年来,杨义先生的"大文学观"及"重绘中国文学地图"的观念极为引人关注。2000年,杨先生首阐"文学三世"说,认为经过古代杂文学和20世纪纯文学阶段,到了世纪之交,"文学开始怀着强烈的欲望,要求在文化深度与人类意识中获得对自己存在的身份和价值的证明,从而逐渐地形成了一

---

① 朱德发:《现代文学史重构的价值评估体系》,《中国社会科学》2008年第6期。

② 丁帆:《关于建构百年文学史的几点意见和设想》,《文学评论》2010年第1期。

③ 同上。

种'大文学'的观念"①。2001 年 8 月,在北京香山召开的"文化视野与中国文学研究"研讨会上,杨先生描述了他的一个梦想——画出一幅比较完整的中华民族的文化或文学的地图,"这个文化地图是对汉文学、少数民族文学及它们的相互关系,进行系统的、深入的研究的基础上精心绘制的。这样的地图可以相当直观地、赏心悦目地展示中华民族文学的整体性、多样性和博大精深的形态,展示中华民族文学的性格、要素、源流和它的生命过程"②。

2007 年,杨义先生从三个层面,将"重绘中国文学地图"的文化根据和学理构成概括为"一纲三目四境"。所谓一纲,即大文学观;所谓三目是指①时空结构:在时间维度上强化空间维度;②发展动力体系:在中心动力上强化边缘动力;③精神文化维度:从文献认证中深入文化透视";所谓"四境",是指"以一纲三目加以贯穿的四个学科分支或学科交叉领域,即文学的民族学、地理学、文化学、图志学"③。杨义先生强调说:"重绘中国文学地图的纲、目、境三者之间组成了互动互释的结构,质言之,就是以纲摄目,以目观境;反之,境开而目明,目明而纲实。这种纲目境的往返互动,为文学阐释和文学史研究提供了丰富的资源、视镜和思想。"杨义先生的"大文学观"和"重绘中国文学地图"的研究设想,可谓"体大虑周"。它显示了杨义先生"博大的文化胸襟气度和开阔的文化视野"④。

不同于前述朱、丁二人,杨义先生要打通古今,将整个"中华民族文学"作为自己的研究对象,气魄更大,视界更宽。然而,他们也有相同之处——立足"当下"反观历史。"当下"为他们文学史观的产生提供了条件和可能,"当下"构成了他们历史想象的原初语境,"当下"为他们的国家民族想象提供了原初动力。然而,中国文化"当下"所浮动的"盛世心态",便会通过各种管道,滋生于诸位文学史观和文学史构想的方方面面,使"历史"在"盛世心态"的作用下变形——因为不管你愿意不愿意,"当下"作为历史发展的环节,联通整个"历史",它不仅可以通过历史书写主体,而且仅凭自

① 杨义:《认识"大文学观"》,《光明日报》2000 年 12 月 20 日。
② 杨义:《重绘中国文学地图通释》自序,当代中国出版社 2007 年版,第 1 页。
③ 同上书,第 2—5 页。
④ 胡景敏:《大文学史观和文学史研究的文化转向》,《北方论丛》2008 年第 6 期。

己本身就可以改变对整个历史的认知、评价和想象。恰如克罗齐所言:"在一切历史判断的深层存在的实际需求,赋予一切历史'当代史'的性质,因为从年代学上看,不管进入历史的事实多么悠远,实际上它总是涉及现今需求和形式的历史,那些事实在当前形势下不断震颤。"①

三

从表面看来,以上所列所论均牵涉文学史研究的"当代性"问题,早在1986年,樊骏先生对此就曾有过系统论述,认为"把从实际出发、尊重历史和从今天的认识水平结合对历史进行新的审视结合起来,历史感和现实感并重,实现历史主义和当代性的统一,才是做好研究工作的基本要求和发展中国现代文学这门学科的必由之路"②。然而,樊骏先生文章写于"伟大变革"时代之初,关注较多的是思想解放给中国现代文学研究带来的"新的生机"和新的可能性,对"历史感"与"现实感"、"历史主义"与"当代性"之间的内在张力所论不多。就本质而言,文学史研究的当代性问题是一个意识形态问题,"时代"阻碍、压制研究主体,只是问题的一面,问题的另一方面,也许是更为重要的一面是,"时代"允许、激励,并在无形中引导、左右研究主体思考的方向、想象的方式和价值体系的构筑;"盛世心态"对当下诸家文学史观的影响即属后一种情况。那么,"盛世心态"在文学史观上有何表现? 它可能带来怎样的后果呢?

首先,体系宏伟,规模庞大,而又充满矛盾和抵牾。在以上所举三家文学史观中,除丁帆先生谋求打通现当代文学史,其他两位都有这样的特点。特别是朱德发先生的国家文学史观,大有"包圆"倾向。对于文学史修撰究竟应当做"加法",还是做"减法",始终是一个争论不休的问题。我们姑且把对修撰者"史识"的要求放在一边,这种庞大的体系本身就充满问题和矛盾,如处理不当,极易由庞大流为庞杂。以朱先生的"现代中国文学史"为例,他的"国家文学史观"是"人本主义文学史观"的升级版,后者是前者

---

① ［意］克罗齐:《作为思想和行为的历史》,中国社会科学出版社 2005 年版,第 6 页。
② 樊骏:《论中国现代文学研究的当代性》,《中国社会科学》1986 年第 6 期。

的内核,前者是后者的在大时代的"外套",朱先生必须回答的问题是:国家意志与人本传统是否兼容? 再有,"人道主义"这一中国知识分子极为珍惜、并不断加以捍卫的思想理念,作为文学史价值观,如何处理其内含的抵牾和冲突。福柯对此看得非常清楚,"这个主题(人道主义)本身太过灵活,太多样化,太不一贯,以致不可用作反思的纲目"①。

其次,与前一点相关,就是"大"而缺乏可操作性。无可否认,任何一种文学史观的形成,都应遵守可操作性的原则。有些人虽撰写文学史,但未必有自己的文学史观;还有些人,"光提出空洞的、想当然的文学史观而不顾其可否操作的现象同样应受到指责"②。盛世心态带来的"大"与"全",作为观念可以理解,但一落实到实践层面,便会困难重重,问题多多:要么"排排坐,吃果果"③,人各有份儿,都给露脸机会;要么使文学史变为巨型工程,成为一张没有标注竣工日期的宏伟"蓝图"。这一点尤其表现在如何处理少数民族文学问题上。固然"新中国成立后,以'五十六个民族是一家'为表征的现代民族国家意识在各民族之间尤其在少数民族身上体现得越来越强烈"④。但是,政治愿景不能代替史学原则,在文学史修撰中,我们强调坚持平等原则,但可以想见,同时也是一个必然的结果:在"现代中国文学史"或"中华民族文学"的地图中,一个少数民族的文学的"出镜"机会必然与它融入汉文化的程度成正比,和它与汉文化圈的距离成反比。再如杨义先生"重绘中国文学地图"的观念,对"盛世心态"的学理转化最为成功,也最为隐蔽。这一观念以"重绘"为核心,在民族学、考古学、地理学、文化学、语言学以及图志学等多个方向展开,杨义先生通过多重途径,在努力寻找"中华民族文学"的"边缘动力"。然而,当被问及如何完成这样一个宏大工程时,亦不得不发出"生也有涯,知也无涯"的慨叹。⑤

再次,对"当代性"的认信,对"盛世心态"的失察,使文学史书写的历

①　[法]福柯:《何为启蒙》,《福柯集》,上海远东出版社1998年版,第538页。
②　朱寿桐:《论文学史热中的现代文学史观》,《南京社会科学》1997年第8期。
③　洪子诚:《问题与方法——中国当代文学史研究讲稿》,三联书店2002年版,第5页。
④　朱德发:《"现代中国文学史"学科的四个基本特征》,《河北学刊》2008年第6期。
⑤　杨义:《中国文学研究的创新与开拓:重绘中国文学地图》,《读书的启示——杨义学术演讲录》,三联书店2007年版,第281页。

史意识渐行渐远。黄修己先生曾经指出，20 世纪后半期，文学研究方法与历史学研究的潮流同步，"以实证方法为主的描述型史学，让位给了强调史学主体的阐释型史学"[①]。就本质而言，以上所论列诸家都带有阐释史学的性质。以这样的文学史观看取历史，其所求之"客观"与"真实"，其所显示的历史价值观，只能是外在于历史的以史学主体价值观为基础的建构型阐释，"历史"不过提供了资料和书写方式。在这个意义上，以"现代国家文学史观"为基础的"现代中国文学史"，以民族意识与民族精神为基础的"中华民族文学"的历史，与以进化论、阶级论、人民性为基础的文学史书写没有本质区别，在盛世心态作用下，难免给人趋时顺势之感。

　　行文至此，笔者不禁想起废名。在现代作家中，无论作品还是思想，废名均堪称卓异。其前期小说化用唐诗绝句，平淡朴讷，简洁奇僻。然而，到了"大跃进"，他会真诚地、发自内心地认为，"新民歌"的价值超越了李白和杜甫[②]；三四十年代，废名对鲁迅有自己的看法，虽不免受周作人影响，但他能怎么想，就怎么说；到五六十年代，发表《跟青年谈鲁迅》《鲁迅研究》等书，他能心悦诚服地接受《新民主主义论》和《讲话》，并以它们为标准评价论说鲁迅，完全放弃了个人见解。前后对照，不能不让人感到震惊。我想，这里除"不得不然"的因素外，更多的还是中国知识分子骨子里的"乐观"精神在起作用。表面看来，历史观、文学史观的本质是价值问题，但在中国知识分子思想深处，价值与文化心态是紧紧纠缠在一起的。

　　前文所涉诸位先生，在文学研究界都是成绩卓著的前辈，这里"说三道四"，难免唐突。但我们应该认识到，对于一个成熟的文学史家，在他的文学史观中，盛世心态的影响虽不可避免，但亦不能不深加省察。

（原载《重庆师范大学学报》2012 年第 1 期）

---

　　①　黄修己：《中国新文学编纂史》，北京大学出版社 1995 年版，第 3 页。
　　②　冯文炳：《新民歌讲稿》，《废名集》第六卷，北京大学出版社 2009 年版，第 2806 页。

跋

我原本不太关注当下创作，读书时同门接二连三发表批评赏析类文章，自己很是眼热。那时《名作欣赏》设有"佳作邀赏"栏目，有一期把格非的《戒指花》挂了出来，让大家作文品鉴，我学着投了一篇。不想一周后就有了回音，主编解正德先生打来电话，说在所有投来的文章中，我那篇是最好的。说实话，当时把我乐懵了。一来没想到解先生会亲自打电话；二来是知道自己也会写这路文字。当然，自己心下明白，解先生来电鼓励，主要还是肯定文章在文本细读方面所下的功夫。记得当时自己从《戒指花》中挖出了博尔赫斯的一首诗，在诗与小说的互文关系中，找到了解读路径。后来循着这个路数又写了一些。第一辑几篇文章献给解正德先生，感谢他的电话，引领我走上了批评之路。

执著于文本让我尝到了甜头，也惹了不少晦气。贾平凹《古炉》刚出版就买来读了一遍，发现了一些硬伤，后来又认真读了六遍，找到小说中的混乱、穿帮和抵牾多达四五十处。写了文章投出去，结果是投哪哪不理，甚至找老师帮忙推荐，也被一一回绝，没办法只能挂在网上。好在"老天爷饿不死瞎家雀儿"，文章后来被《文学报·新批评》发现刊用，这才得见天日。按理，作品有问题，引来批评，是很正常的事情，不想却被别有用心的人污为"泼粪"。当时很气愤，后来一想，这样的批评会触及某些人的利益，人家露出牛二嘴脸也就难怪了。此类文章收在第二辑，当时难得发表的意气之言也放在那里。

第三辑主要收了近年的几篇论文,路数大概还在文本细读。最后一篇是关于先锋小说的对话和访谈,与黄孝阳合作完成。孝阳是先锋小说新锐,70后小说家的代表。他说得比我好,比我多,觍颜收在这里,不好意思了。

第四辑几篇文章写作时间不一,主要是我对文学史和小说研究方法的一些思考,不揣简陋,收在这里,也算给自己的学术道路留下一点踪迹。

感谢张积玉、刘艳、时世平、陈颖、项义华、韩冷、牛寒婷诸位先生、女士,他们的辛苦工作使书中文章得以在各刊物及时发表,使相关成果得到朋友和学界同仁的关注。感谢教研室各位同事。想来已有四五年时间,他们容忍我一个人霸占教研室,容忍我屡屡在他们上课时冒昧地推门而入,转身而出。感谢已故席扬先生,感谢古典文学教研室李连生老师,他们不仅及时、热情地解答我所请教的问题,而且还无私地提供大量资料给我使用。

最后,感谢郑家建先生。这两年学校调整校园功能,文学院办公条件有限,老师没有自己的工作室,每有长一点的文章要写,我就向他借用学科办公室,每次都能得到他的支持。更要感谢的是,他邀我参与他所承担的鲁迅课程的教学,几个学期下来,鲁迅已经越来越成为我展开当下批评的基本视野和参考框架。现在想来,同一篇作品,第一节课他讲,我和本科生坐在下面听。第二节我讲,他和本科生坐在下面听。或者倒过来,我先他后。课堂上,老师、学生可以随时举手提问,或发表自己的看法,所讲内容不重复而又能推敲往复。这样的课,在听在讲,都是很过瘾的事情。最起码,我的感受是这样的。

2015 年 5 月 2 日于仓山

责任编辑：詹素娟
封面设计：彭世兴

图书在版编目（CIP）数据

执著于文本的批评/郭洪雷 著. -北京：人民出版社，2015.7
ISBN 978－7－01－015063－5

Ⅰ.①执… Ⅱ.①郭… Ⅲ.①小说研究-中国-当代 Ⅳ.①I207.42

中国版本图书馆 CIP 数据核字（2015）第 162867 号

执著于文本的批评

ZHIZHUOYU WENBEN DE PIPING

郭洪雷 著

人 民 出 版 社 出版发行
（100706 北京市东城区隆福寺街 99 号）

北京中科印刷有限公司印刷 新华书店经销

2015 年 7 月第 1 版 2015 年 7 月北京第 1 次印刷
开本：710 毫米×1000 毫米 1/16 印张：17.5
字数：275 千字

ISBN 978－7－01－015063－5 定价：50.00 元

邮购地址 100706 北京市东城区隆福寺街 99 号
人民东方图书销售中心 电话 （010）65250042 65289539